Tania [illegible]

deux [illegible]

l'auteur [illegible] *Substitutions*, *Le Rôdeur* et *Une cage en enfer.*

Paru dans Le Livre de Poche :

Le Rôdeur

Une cage en enfer

TANIA CARVER

Choquée

TRADUIT DE L'ANGLAIS PAR MÉLANIE CARPE

IXELLES ÉDITIONS

Titre original :

CHOKED
Publié par Sphere, une division de Little, Brow Book Group,
Grande-Bretagne

ISBN : 978-2-253-16488-3 – 1re publication LGF

PROLOGUE

L'agneau pascal

1

Il ouvrit les yeux, se leva lentement. Il avait mal. Mal partout. Il observa autour de lui. Embrassa la scène du regard. Et sut ce qu'il lui fallait.

Une arme à feu.

Il savait où en trouver une. Un fusil de chasse à deux coups que l'on utilisait pour tirer les lapins et les pigeons d'argile.

Mais pas aujourd'hui.

L'armoire dans laquelle il était rangé sous clé s'ouvrait facilement. Il referma sa main sur le fusil, en apprécia le poids, le soupesa, comme s'il cherchait à mesurer ce dont l'objet était capable. Ou avait été capable.

Détachant ses yeux du canon double, il parcourut la pièce du regard. La maison était saccagée. Il se rappelait les savons qu'il recevait, enfant, quand il avait le malheur de jouer sur le mobilier toujours disposé avec minutie, astiqué à intervalles réguliers. Les objets anciens représentaient un territoire interdit. Il ne devait en aucun cas y toucher, ni à rien d'autre d'ailleurs, sous peine de voir se réaliser ce dont on lui rebattait les oreilles dans une rengaine qui constituait l'un de ses plus lointains souvenirs entre ces murs. Il avait grandi dans cette terreur. Si l'une de ses mains venait à frôler par accident un vase ou une figurine de porcelaine, il se couchait le soir avec, au ventre, la peur indicible d'un obscur et atroce châtiment.

Mais tout cela avait disparu, à présent, cédant la place au carnage.

Les meubles étaient renversés, les vitrines fracassées, les fauteuils éventrés. Les antiquités gisaient tout autour de lui, brisées en mille morceaux, étendant sur le sol de chaque pièce un tapis hérissé de tessons.

Quelque chose accrocha son regard. Dans un coin, un vase était perché sur le socle qu'il occupait depuis toujours, unique rescapé. Il traversa la pièce pour toucher l'objet du bout des doigts. Caresser, flatter ce dernier vestige du passé, de son passé. Au point d'en oublier le fusil en équilibre sur son autre bras, logé au creux de son coude. Comme il exécutait un mouvement trop rapide, l'arme percuta le vase, qui s'écrasa sur le parquet. Un millier de minuscules éclats de porcelaine se répandirent sur le sol, tintant à ses oreilles.

Il recula d'un bond. Sentit les fragments se broyer sous ses pieds. Et, de nouveau, cette terreur d'enfant. Cette certitude qu'on lui ferait payer sa maladresse. Que, d'une façon ou d'une autre, il serait puni.

Il se retourna pour fuir la pièce. Chercher la paix, le répit.

Mais c'était partout pareil. Partout le même carnage, les mêmes ravages.

Les mêmes cadavres.

C'étaient eux qu'il cherchait à fuir, trop effrayé pour les regarder. Eux qu'il chassait de son champ de vision. Car il les connaissait tous. Les reconnaissait tous. Il y avait là l'homme qu'il appelait son père, la fille qu'il appelait sa sœur, le garçon qu'il appelait son frère. Et sa mère.

Sa mère...

D'eux, il ne restait plus rien. Plus rien que des déchets dans un abattoir puant. Leur sang et leurs viscères redécoraient les murs, les plafonds, les sols. Il pouvait remonter leur piste, suivre leur parcours de pièce en pièce pour échapper au fusil. Voir leur course, leurs cris. Leurs mains qui agrippaient les antiquités, des pièces de collection coûteuses rassemblées avec soin, pour les jeter, les briser avec bruit. Qui tiraient les sofas et les méridiennes pour en faire de futiles boucliers. Malgré la conviction qu'aucun geste, qu'aucun mot, qu'aucune ressource ne pourrait empêcher les coups de feu de partir, de les transpercer.

De transpercer ceux qu'il avait fini par appeler sa famille.

La fatigue s'empara de lui, comme s'il subissait le contrecoup d'une poussée d'adrénaline. Il bâilla, le fusil de chasse pareil à un cinquième membre dans ses bras. Ou un bébé endormi. Il se mit à déambuler à travers la maison, regardant sans voir.

Sa mère.

Sa mère...

Il grimpa l'escalier, le descendit. Pénétra dans chaque pièce, en ressortit. Recommença, encore et encore. Rien ne changeait. Rien ne bougeait. Dehors, le ciel s'assombrit. Le soleil déclina au-dessus des haies. Il n'alluma pas la lumière, ne s'aperçut de rien. Les ombres s'épaissirent dans le silence seulement troublé par le bruit de ses pieds qui piétinaient les débris. Finalement, il regagna la pièce principale. Le grand salon, comme s'obstinait à vouloir lui faire dire sa prétendue sœur. C'était la pièce qui renfermait les pires horreurs. Pires encore que dans son souvenir.

Presque tous les membres de sa famille avaient échoué là. Traqués, abattus à coups de fusil comme des lapins dans un champ ou des disques d'argile dans le ciel.

Sa mère avait réussi à atteindre la cheminée. Les ombres crépusculaires jetées par la haute fenêtre latérale la transformaient en un sac difforme d'abats et d'os, de textile et de cheveux. Face à ce spectacle, il se sentit plus épuisé encore, plus engourdi de l'intérieur. Il s'agenouilla près d'elle pour lui caresser les cheveux, les écarter de son visage et de ses yeux aveugles. Il retira ses doigts au contact d'une substance molle et humide. Contempla sur sa peau le sang maternel, noirci par l'obscurité.

Il avait envie de pleurer, mais il avait dépassé le stade des larmes.

Il s'éloigna, tirant un repose-pied jusqu'au mur pour s'asseoir dessus. Puis il observa encore la scène qui s'offrait à ses yeux. Tout était détruit. Des vies, des avenirs. Sa vie, son avenir.

Il soupira. *Je devrais être content*, songea-t-il, *tout ça m'appartient maintenant. Plus de disputes, plus de messes basses, plus de secrets derrière mon dos. Plus personne pour me donner des ordres, me rabaisser, me maltraiter. M'obliger à agir contre ma volonté. M'interdire de toucher les objets quand tout le monde en a le droit, quand ma prétendue sœur en a le droit. C'est fini tout ça. Fini.*

Il considéra le fusil. Sentit surgir en lui des émotions sur lesquelles il n'aurait su mettre de mots. La respiration lourde, la peau fiévreuse et parcourue de fourmillements, comme s'il couvait une mauvaise grippe. La pièce dansait devant ses yeux, annonçant la migraine.

Les émotions le submergeaient, tourbillonnaient de plus en plus vite en lui, l'engloutissaient.

C'était fini.

Fini.

Il saisit le fusil coincé dans le pli de son bras. Les muscles de son coude, raidis par l'effort, cédèrent lentement, douloureusement, tel un vieux portail rouillé.

Le fusil dans sa main droite, il tendit le bras de tout son long et, toujours étourdi, pointa le canon sous son menton. Il sentit le métal froid sur sa peau chaude. Resserra les cuisses sur la crosse, enroula ses deux pouces autour de la détente. Ferma les yeux.

Fini.

— Si je peux me permettre une petite suggestion…

Il se figea. Rouvrit les paupières.

— Si tu tiens vraiment à passer à l'acte, fais-le bien, au moins.

2

Il sursauta, surpris. Il croyait être seul dans la maison. Seul en vie, en tout cas.

— Tu t'y prends de travers.

Un index se pointa sur le fusil.

— Tu le tiens dans le mauvais sens.

Il baissa les yeux sur l'arme. Le pontet était orienté vers l'extérieur, à l'opposé de son torse. Il s'était dit que c'était la position la plus commode pour ramener ses deux doigts sur la double détente. Et aussi la plus sûre pour ne pas se rater.

— Exactement comme dans *Le Village des damnés*.

Il ne trouva rien à répondre, perplexe.

— *Le Village des damnés*, répéta l'intrus, une pointe d'exaspération dans la voix. Tu sais, avec les blondinets qui donnent la chair de poule. Le vieux film en noir et blanc. Oh, tu l'as forcément vu. Tu ne te souviens pas ?

Il peinait à intégrer les informations, à suivre la cadence. La maison, les gens qu'il appelait sa famille. L'intrus. Et maintenant ce qu'il lui racontait. Du blabla, des parasites dans sa tête. Son cerveau semblait opérer avec plusieurs secondes de retard.

— Bref, dans une scène du film, un fermier fait un truc qui ne plaît pas aux gamins, alors ils le poussent au suicide. Le fermier retourne son fusil contre lui et il fait comme ça. Comme toi.

Il suivit du regard le geste de l'intrus en direction de ses mains. Et lâcha la détente, soudain gêné.

— C'est une méthode comme une autre, mais ça laisse trop de marge d'erreur. Tout un tas de choses peuvent mal tourner : ton doigt peut riper, tu peux te rater, le coup peut t'arracher la mâchoire et manquer le cerveau… Tu ne mourrais pas, mais tu serais dans un sale état. C'est ce que tu veux ?

L'intrus le scruta, fouilla son visage des yeux. Troublé, il détourna le regard.

Toujours silencieux.

Il considéra de nouveau le fusil. Rien ne l'empêchait de le brandir. Viser, presser la double détente… et faire disparaître l'intrus. C'était simple, expéditif. Une infime pression de l'index. Une détonation. Un mort.

Et un héros.

L'intrus reporta son attention sur lui avec un sourire. Il fuit son regard, incapable de le soutenir. C'était comme si cet homme pouvait lire dans ses pensées.

— Si tu tiens vraiment à passer à l'acte, retourne-le et enfonce-toi le canon dans la bouche. Tout au fond, vers le haut. Il faut que tu t'étouffes avec, que ça te donne envie de vomir. Et puis tu tires. Voilà comment il faut s'y prendre.

Il mima les gestes, puis ajouta :

— Mais ce n'est peut-être pas vraiment ce que tu veux. Si ?

Il s'aperçut qu'on lui avait posé une question

directe. Et se sentit obligé de répondre. En toute franchise.

— Je… Je sais… pas.

L'intrus lui sourit d'un air peu surpris.

— C'est bien ce que je pensais. Tant pis.

Puis, poussant un soupir, il observa :

— C'est intéressant comme film, *Le Village des damnés*. C'est tiré d'un roman de John Wyndham, *Les Coucous de Midwich*. Ça te dit quelque chose ?

Silence.

— Non. Tu ne m'as pas l'air d'un mordu de lecture. Tu devrais le lire, c'est captivant.

Il partit d'un rire qui n'avait rien d'agréable, avant de remarquer :

— Surtout pour toi. Les nids de coucou, ça te connaît, non ?

Comme il demeurait muet, l'intrus détourna les yeux, passant en revue les dégâts.

— Quel bazar ! Une sacrée pagaille !

Puis, se tournant vers lui :

— Et pas une question. Tu ne me demandes même pas qui je suis et ce que je fais ici. Tu n'es pas un peu curieux ?

Il ouvrit la bouche, mais aucun mot n'en sortit. Sa tête et son cœur avaient cessé de fonctionner. Il ne savait plus que penser, ni que ressentir.

L'intrus s'esclaffa encore.

— Je suis ton Jiminy Cricket, bien sûr, déclara-t-il en riant de plus belle. La voix de ta conscience. Ton ami imaginaire. Comme Pinocchio. Tu te souviens de lui ? Quand même ! La marionnette qui voulait devenir un vrai petit garçon, un gamin comme les autres. Ça ne te rappelle pas quelque chose ?

Il parcourut la pièce du regard. Dans l'obscurité, les cadavres se réduisaient à des masses sombres, indiscernables des meubles défoncés et renversés.

— C'est bien ce que je me disais.

L'intrus s'assit par terre près de lui.

— Tu peux lâcher le fusil maintenant, tu ne vas pas t'en servir. Ni sur moi ni sur toi.

Il s'exécuta, déposant avec précaution l'arme sur le parquet.

— Parfait.

L'intrus étudia le fusil sans chercher à le ramasser.

— Bon, qu'est-ce qu'on va faire de toi ? Tu peux me le dire ?

— Co… Comment ça ?

— On ne peut quand même pas te laisser là. Si ?

— Je… Je sais pas. Je… J'y ai pas réfléchi.

— Bien sûr que non. Pour ça, il faut planifier, anticiper… Mais ce n'est pas le travail de Pinocchio, pas vrai ? C'est celui de Jiminy Cricket.

Une image fugitive traversa son esprit : les deux personnages du film de Disney chantaient et dansaient dans la rue. Ce n'était pas réel, mais ils semblaient si heureux. L'illusion était telle qu'elle lui parut soudain à sa portée. Il sourit.

— Ça y est, tu me suis. Un vrai petit génie ! Bon, pour ce qui est de cette pagaille…

L'intrus embrassa la pièce d'un grand geste, puis déclara :

— Il va falloir arranger tout ça. Mais avec moi, c'est comme si c'était fait. Si c'est ce que tu veux, bien sûr.

Il était encore tout déboussolé. Il n'arrivait pas à enregistrer, à intégrer ce qui s'était produit, ni le spectacle qui s'offrait à ses yeux. Il ne comprenait pas comment, de l'instant où il avait franchi la porte de la maison, sa maison, rempli de colère et d'un sentiment de persécution, d'apitoiement et d'injustice, mû par la volonté de vider son sac, de régler les choses, de tout arranger… Comment de ça, il en était arrivé…

Il parcourut de nouveau la pièce du regard.

Là.

— D'accord, dit-il en se tournant vers l'intrus. Aide-moi.

— Ah ! Une nouvelle vie commence pour nous deux ! Une petite idée d'où c'est tiré ?

Et l'intrus éclata de rire, faisant retentir les murs noirs de sang d'un écho glacial.

VENDREDI

Vendredi saint sanglant

3

Elle aurait dû nager dans le bonheur. Mais elle sombrait en plein cauchemar.

Marina Esposito ouvrit lentement les yeux. Sous le choc, elle refusait de croire le spectacle qui s'offrait à sa vue. Elle se souleva péniblement sur les coudes, tâchant de chasser avec des clignements de paupières les images qui s'imprimaient sur sa rétine. En vain.

Elle avait l'impression de s'être réveillée au beau milieu d'un paysage apocalyptique. Le cottage, le jardin derrière, le petit bout de côte devant… Tout avait disparu. Le cadre rural sûr et apaisant avait cédé la place à des ruines, des flammes.

Elle se redressa en position assise, adjurant son esprit d'accompagner le mouvement de son corps. Mais il n'y avait qu'un immense vide dans sa tête. C'était plus d'informations que son cerveau ne pouvait traiter, comme si son cauchemar l'avait suivie du sommeil à la veille. Mais alors elle sentit la chaleur sur son visage et sa peau, la poussière dans ses yeux, l'empreinte douloureuse des graviers sur ses mains, ses bras et son visage. Et elle comprit qu'elle ne rêvait pas.

Elle cilla, s'efforçant de rassembler ses idées dans

un ordre plus ou moins rationnel, de se remémorer les derniers événements, comprendre ce qu'elle faisait là.

Ils séjournaient tous ensemble dans un cottage. Un…

Elle regarda la ruine en feu devant elle, traversée par un éclair de lucidité. Le cottage…

— Seigneur…

Elle se hissa lentement sur ses pieds, ignorant les écorchures des graviers, les égratignures sur sa peau, les vertiges. Des flots d'adrénaline se libérèrent dans son organisme. Son cœur s'emballa, martelant si fort sa poitrine que celle-ci menaçait d'exploser. Chancelant sur ses jambes mal assurées, elle considéra un instant la petite maison de campagne qui flambait sous ses yeux avant d'en prendre la direction. Elle progressait au ralenti, les pieds comme coulés dans le béton. Graviers et galets crissaient sous ses pas. Et tandis qu'un souffle rauque sortait de sa bouche, son cerveau tournait à plein régime pour ne pas se laisser distancer par son corps.

Quelques jours au vert avant la reprise du travail, juste après leur mariage et leur lune de miel. Tous ensemble : Phil, elle, les parents de Phil…

Et leur fille de trois ans.

— Non ! Oh non ! Non !

Elle reposa les yeux sur la bâtisse en feu, pressant le pas.

C'était le week-end de Pâques. Ils s'étaient rendus à Aldeburgh, une petite bourgade sur la côte du Suffolk célèbre pour son festival de musique dans d'anciennes malteries, les Snape Maltings. Une longue plage, des pubs, des restaurants. Une façon de remercier Don et Eileen de garder Josephina.

Mais cette vision d'horreur…

Marina courait presque à présent. Elle fouilla le brasier des yeux, tentant d'y distinguer des silhouettes. Appela.

— Phil ! Phil ! Oh, Seigneur… Eileen ! Don !

Pas de réponse. Juste le crépitement des flammes qui s'intensifiait à son approche.

Et son cœur, qui menaçait de crever sa cage thoracique.

Devant le cottage, le feu dévorait une voiture qu'elle n'avait jamais vue. Ce n'était ni la leur ni celle de Don et d'Eileen. Mais elle chassa aussitôt cette réflexion pour poursuivre sa course en direction de la bâtisse. Elle ne s'était pas rendu compte qu'elle se trouvait si loin.

Une partie d'elle chercha à s'expliquer ce qu'elle faisait à l'extérieur de la maison, loin des siens, mais l'autre partie écarta aussitôt ces interrogations. Elle avait des choses plus importantes à faire. Des questions plus importantes à élucider.

Des cris s'élevaient derrière elle, de plus en plus forts, mais elle les ignora. Comme elle ignora les pas précipités qui approchaient. Son esprit et son corps étaient tout entiers tendus vers le cottage, son monde réduit à cette ruine en feu, à sa famille en péril.

Elle avait presque atteint la voiture lorsqu'on l'attrapa par-derrière.

— Éloignez-vous ! Vous êtes cinglée ou quoi ?

Se libérant d'une saccade de l'étreinte qui la retenait, elle continua sa course, aussitôt freinée.

— C'est dangereux, vous allez vous tuer. Arrêtez !

Des mains la tiraient en arrière, l'empêchaient d'avancer, l'arrachaient à sa famille.

Elle tenta de se dégager, mais les poings se resserrèrent.

— Restez là, s'il vous plaît. Ne faites pas n'importe quoi.

Le désespoir et l'adrénaline lui insufflant de la force, elle se retourna et découvrit un homme de son âge environ qui lui agrippait les épaules, les yeux remplis d'angoisse et de peur. Elle se débattit. Réussit à lui échapper.

Lorsqu'elle atteignit la voiture, la touffeur du feu l'enveloppa. Si forte qu'elle l'obligea à fermer les paupières. Si puissante qu'elle la percuta avec la violence d'une présence physique. Les yeux plissés, elle scruta les flammes à la recherche de formes humaines. Le paysage ondoyait dans la brume de chaleur.

Elle entendit la voix de l'homme derrière elle.

— Revenez ! La voiture va…

Des mains l'attrapèrent, puis une masse la plaqua au sol. Soudain, le souffle brûlant d'une terrible explosion l'engloutit, la consumant comme un soleil miniature, avec un fracas si puissant qu'elle crut que ses tympans crevaient.

Puis il n'y eut plus rien.

Plus rien que les ténèbres.

4

On lui avait donné ses propres rideaux. C'était déjà ça. Des rideaux et une fenêtre. Mais pas de vue. Une vue, ç'aurait été trop demander.

Cela ne l'empêchait toutefois pas de regarder par la fenêtre. D'observer et de penser. Certains jours, il ne faisait que ça, parce qu'il n'avait rien d'autre à quoi s'occuper. Rien qu'observer et penser, même s'il n'y avait pas grand-chose à voir. Parfois, il comptait les pigeons, essayait de les identifier à leur plumage, de les individualiser. Les anthropomorphiser, même : leur donner un nom, des traits de caractère. Il comprenait alors qu'il avait trop observé. Encore un peu et il les habillerait de petits vestons. Il retournait donc s'asseoir sur son lit et portait son attention en lui plutôt qu'à l'extérieur.

Il réfléchissait à ce qu'il avait lu dans les livres, aux notes qu'il avait gribouillées au crayon dans leur marge. Les volumes restaient maintenant à demeure sur son étagère, dont il ne les descendait qu'en de rares occasions. Il les avait suffisamment étudiés pour mémoriser ses passages préférés, les plus importants.

Le temps lui fournissait l'un de ses principaux

sujets de réflexion, dans lequel il s'absorbait tout entier. Il avait lu des tas d'ouvrages sur la question. Toutes sortes de théories selon lesquelles il ne se déroulait pas en ligne droite, mais se contorsionnait, s'étirait. Paraissait court quand il était long. Formait des boucles. Prenait des apparences trompeuses.

Il appliquait ses lectures à sa vie, à sa situation. À cette existence qui lui semblait courte alors qu'elle était longue, même si, la plupart des jours, c'était plutôt l'inverse. Non, pas la plupart des jours. Tous les jours. Et toutes les nuits. Les nuits étaient encore pires que les jours.

Car, chaque nuit, il faisait le même rêve. Lune après lune. Depuis qu'il était arrivé ici, des années plus tôt. Il rêvait de sa mort. Et c'était toujours une lente agonie : le cancer, la sclérose en plaques, le sida ou quelque chose qui y ressemblait. Un mal évolutif et incurable, qui s'emparait de lui petit à petit, transformait son corps en une cage dont il se retrouvait prisonnier. Le mal prenait parfois tout son être, n'épargnant que sa voix. Une petite voix faiblarde qui s'égosillait en silence. Sans être écoutée. Sans être entendue.

Au réveil, le rêve subsistait, se cramponnait, le persuadait qu'il était mort. Il devait alors se forcer à croire le contraire. Il gisait ainsi dans le noir, dans les plaintes et les cris qui s'élevaient derrière sa porte, et il pensait à la mort. À son corps décomposé, à son esprit dissous. À la fin de l'existence, des pensées, de la vie, des souvenirs. Au néant.

Un sentiment de solitude inhumain le saisissait alors.

Puis le matin venait et un autre jour se levait. Identique au précédent, identique au suivant. Chaque fois qu'il se réveillait, il traînait dans son sillage un plus grand fragment du rêve, subsistant à peine jusqu'à ne plus exister, jusqu'à se voir réduit à néant.

Il n'était plus qu'une collection de souvenirs. Or il savait la mémoire aussi peu fiable que le temps. Racontez à quelqu'un qu'une table est une chaise, racontez-le-lui assez longtemps et assez fort, et il finira par vous croire. C'était ce qui s'était produit avec lui. On lui avait raconté ce qu'il avait fait, on lui en avait exposé les causes et les conséquences. Et bien qu'il ne l'ait pas cru, qu'il se soit battu, qu'il ait opposé ses souvenirs à ceux des autres, ces derniers s'étaient imposés par la force et l'avaient emporté. Il avait fallu des années, mais il avait fini par accepter la parole des autres comme vérité, leur mémoire comme souvenirs, leurs dires comme passé.

À compter du moment où il s'était laissé inoculer leur version des faits, tout était devenu plus facile. On se montrait plus gentil avec lui, on parlait de le laisser partir. Même le temps avait accéléré sa course. À moins qu'il ne se soit remis à lui jouer des tours.

Sans doute pas, car le jour était arrivé. Aujourd'hui. Il ne fixerait plus les rideaux. Ne resterait plus assis avec ses livres appris par cœur, à rêver d'une mort en sursis.

Il allait sortir. Être libre.

On lui avait dit que c'était bien, que c'était forcément ce qu'il souhaitait. Et lui avait acquiescé, parce que c'était ce qu'on voulait entendre. Si les autres étaient contents, alors lui aussi.

Il se leva au bruit de clés dans la serrure, braqua les yeux sur le mur devant lui. La porte s'ouvrit sur deux hommes. L'un souriait.

— Alors comme ça tu rentres chez toi ? dit ce dernier.

Il aurait voulu répondre que c'était ici, chez lui, mais il se ravisa. Se contenta d'un hochement de tête.

L'homme au sourire rit.

— Tu ne vas pas savoir quoi faire de toi.

Conscient qu'on attendait une réaction de sa part, il rit à son tour.

— Oh, si ! répondit-il, déclenchant un nouveau rire de l'homme au sourire.

— Alors prends tes affaires, intervint l'autre avec un bâillement. Allez !

Il connaissait leurs noms, les utilisait même, parfois. Mais il les oublierait sitôt parti. Il n'en aurait plus besoin.

Il jeta un dernier regard à sa cellule. Sa maison. Il parcourut du regard les rideaux, les livres appris par cœur, les produits de toilette.

— Je ne veux rien d'ici.

— Comme tu voudras.

Il les suivit.

La porte se referma derrière lui avec un fracas métallique.

Il quitta le bloc, longea le couloir et se dirigea vers la sortie. Il s'appliquait à penser à l'avenir plutôt qu'au passé. Espérait que le temps ne lui jouerait plus de tours et qu'une table redeviendrait une table.

S'efforçait de ne pas sentir la mort dans chacun de ses pas.

5

Marina ouvrit les yeux. Elle essaya d'accommoder, mais une lumière trop vive baignait la pièce. Elle ferma les paupières, puis les rouvrit. Lentement, cette fois.

Elle distingua des rideaux. Un tissu fin décoré de motifs qu'elle ne parvenait pas à identifier avec précision. Promenant le regard autour d'elle, elle découvrit une pièce exiguë. Non, pas une pièce, un box. Avec un petit lavabo adossé à un mur beige. Elle s'aperçut alors qu'elle était étendue sur un brancard d'hôpital. Pendant quelques secondes, sa conscience se dissocia de sa mémoire, flotta à la dérive, puis revint la télescoper. Elle se redressa d'un bond.

Le cottage. L'incendie.

— Holà ! Hé ! Tout doux !

Des mains se posèrent sur ses épaules. Fermes, mais douces. Elles la retenaient plus qu'elles ne la repoussaient.

— Où suis-je ?

— Au General Hospital d'Ipswich. Aux urgences.

Une voix familière. Chaleureuse et amicale. Une nouvelle pensée surgit dans l'esprit de Marina.

— Phil ? Où est Phil ?

— Tout doux…

Marina fixa son regard sur le visage en face d'elle. Peau noire, cheveux teints en blond, veste en jean, tee-shirt. C'était sa collègue et amie, l'inspecteur Anni Hepburn.

— Anni, qu'est-ce… ?

— Recouchez-vous, Marina. Recouchez-vous.

C'était la dernière chose qu'elle voulait, mais elle se fia à Anni. Son regard s'attarda sur le visage de sa collègue. Son habituelle bonne humeur avait déserté ses traits, à présent tendus et tirés.

— Que s'est-il passé ? Où est Phil ? Et Josephina ?

— Une minute, une minute. Détendez-vous, d'accord ?

Anni paraissait ne pas trouver ses mots. Notant son malaise, Marina tenta de se rasseoir. Ses os l'élancèrent et une violente douleur vrilla tout son corps, la forçant à se recoucher.

— Anni, dites-moi ce qui s'est passé.

Anni fouilla la pièce du regard avec un soupir, comme si elle cherchait du soutien. N'en trouvant pas, elle se tourna vers Marina.

— On vous a retrouvée devant un cottage à Aldeburgh, dans le Suffolk, cette nuit.

Marina hocha la tête, prise de vertiges.

— On était en week-end.

— Il y a eu un incendie…

Il aurait fallu plus que la luminosité de la pièce pour percer la noirceur des paroles d'Anni. Des bribes de souvenirs revinrent à Marina, telles des pièces de puzzle vives sur un fond sombre et terne.

— Un incendie…

— Vous vouliez vous élancer dans les flammes. Un type qui passait par là vous a retenue. Sans lui…

Marina ferma les paupières. Les pièces du puzzle s'assemblaient lentement.

— Et… Et les autres ?

Sa respiration se bloqua. Elle essaya d'empêcher les mots de se former dans sa bouche, mais elle savait qu'il faudrait qu'ils émergent à un moment ou à un autre. Qu'elle entende les réponses à ses questions.

— Ils sont… ?

Anni soupira. Marina ne la quittait plus des yeux, l'appréhension et la peur triomphant de sa fatigue pour lui donner de la voix.

— Je connais cet air, je l'ai déjà vu chez Phil. C'est l'air que vous prenez pour annoncer les mauvaises nouvelles. Pour informer quelqu'un que son enfant a été assassiné. Pour la visite de condoléances. Je connais…

Elle s'interrompit.

— Seigneur !

— C'est… Marina, vous êtes sûre que vous êtes prête à entendre ça ? Vous venez juste…

— Je ne sais pas, Anni. À votre avis ? Est-ce que je serai prête un jour ?

Le ton était brusque, cassant.

— Je m'excuse, soupira-t-elle. Dites-moi juste ce que vous avez à me dire.

— Phil est… en vie.

Marina sentit un immense soulagement déferler dans tout son être. Phil était en vie. Mais elle jugula aussitôt ses émotions. Elle avait perçu une hésitation dans la voix d'Anni.

— En vie ?

Anni déglutit, poussa un autre soupir.

— Oui.

— Je peux le voir ?

— Pas pour le moment. Il est…

— Quoi ?

— Inconscient.

— Oh, mon Dieu…

— Il… Il n'a pas encore repris connaissance.

Les paroles d'Anni la percutèrent comme un boulet de démolition. Elle tâcha d'intégrer ces informations, mais un cyclone se déchaînait dans son crâne, les mots tourbillonnaient.

— Et… Et…

Elle ne pouvait se résoudre à prononcer son nom. Et Josephina, sa fille ?

— Eileen ne va pas trop mal, s'empressa d'ajouter Anni. Elle n'a pas subi de lésions trop graves, elle s'en sort plutôt bien.

La jeune femme baissa d'un ton. Elle savait qu'elle devait poursuivre, même si elle-même ne voulait pas entendre ce qu'elle avait à dire.

— On ne peut pas en dire autant de Don.

La tornade redoubla dans la tête de Marina.

— Quoi ? Don…

Anni plongea les yeux dans les siens, soutenant son regard.

— Il est… mort.

Le cyclone atteignit son paroxysme dans le crâne de Marina, emportant ses pensées et ses émotions dans une violente spirale. Elle avait l'impression que sa tête allait exploser. C'était trop à gérer, trop à intégrer d'un coup. Il lui restait cependant une question à éclaircir. La question qu'elle n'osait pas poser.

— Josephina ?

Sa voix franchit ses lèvres en un filet fragile.

De nouveau, un soupir d'Anni.

— On… On ne l'a pas retrouvée.

Marina dévisagea son amie.

— C'est la vérité. Elle n'était pas… On n'a retrouvé aucune trace d'elle.

6

Les pompiers avaient presque terminé dans le cottage, dont il ne restait que des décombres carbonisés et fumants. Un squelette noirci au charbon de bois, consumé par les flammes. L'inspecteur-chef Jessica James observait la scène, la main en visière contre son front, les yeux plissés face au soleil.

Elle avait été briefée en chemin depuis Ipswich. Un flic en vacances et sa famille victimes d'une explosion. Un incendie. Sans doute le fait d'une arrivée de gaz défectueuse. Mais pas forcément…

— Marchez sur des œufs, lui avait recommandé l'inspecteur divisionnaire. N'oubliez pas que c'est l'un des nôtres, même s'il n'est pas du coin.

— Plus frères qu'ennemis.

Il avait confirmé.

— Faites le travail à fond, c'est tout ce que je vous demande.

Il pouvait compter sur elle. Ce n'était sans doute rien de bien méchant, juste un malheureux accident.

Mais voilà, un flic se trouvait parmi les victimes. Alors… Une vengeance ? Le méfait d'un malfrat nourrissant une rancune tenace contre le type qui l'avait coincé, ou une affaire de ce goût ? Elle trouvait le scénario plutôt fantaisiste. Un parfait cliché de série B. Ça ne risquait pas d'arriver dans la vraie vie, pas dans le coin.

Mais force était de constater que si on lui avait demandé, quelques années auparavant, si un détraqué sexuel aux pulsions sadiques pouvait semer la terreur dans les rues d'Ipswich et assassiner cinq prostituées en toute impunité, elle en aurait dit autant. Pourtant, c'était arrivé. Elle n'avait donc aucune intention d'être prise en défaut.

Elle passa ses doigts dans ses cheveux, secoua la tête. S'ébroua mentalement. Si elle avait su qu'elle devrait se pointer au boulot un jour de congé, elle ne serait pas sortie boire un coup avec les copines la veille au soir. Un coup qui s'était transformé en un autre, puis un autre, et d'autres encore. Suivis d'un curry et d'un coup de fil pâteux à la maison pour prévenir qu'elle rentrerait tard, qu'il ne fallait pas l'attendre. Et ensuite… Elle ne savait plus trop. Le *Tiger Tiger* ? Une danse ou deux avec un type ? Un numéro de drague ? Puis, finalement, un atterrissage brutal dans son pieu à Dieu sait quelle heure.

Et voilà le résultat ! Rappelée par le devoir, obligée de faire une croix sur son week-end et de rouler jusqu'à Aldeburgh en s'enquillant sur tout le trajet bonbons à la menthe, cachets de paracétamol et goulées d'Évian.

Elle rejoignit un homme qui donnait des ordres à des agents en uniforme. Petit, tiré à quatre épingles, un porte-bloc entre les mains, il avait l'allure et le comportement d'un jeune carriériste prêt à se donner à cent dix pour cent pour décrocher le job de ses rêves. Plus jeune loup aux dents longues qu'inspecteur de police. Deepak Shah dans toute sa splendeur. Ce qui avait le chic d'irriter Jessica plus qu'elle ne le laissait paraître.

— Qu'est-ce qu'on a, Deepak ?

Il se retourna vers elle.

— Il est encore trop tôt pour le dire, madame, mais tout porte à croire que l'incendie s'est déclaré dans le séjour, expliqua-t-il, assez prévenant pour lui indiquer d'un geste l'avant de la ruine. Des témoins oculaires parlent d'explosion. Le feu se serait ensuite propagé à l'ensemble du cottage.

— Des rescapés ?

Il lui adressa un signe affirmatif de la tête.

— Un seul mort. Le père, semble-t-il.

Il jeta un regard à ses notes avant de poursuivre.

— Il se trouvait dans la pièce où a eu lieu l'explosion. Il a presque tout pris, il est mort sur le coup. Deux personnes sont dans un état critique. Une autre était à l'extérieur. Elle a essayé de retourner à l'intérieur, c'est la voiture qui l'en a empêchée.

Il lui montra une épave calcinée garée devant la maison.

— L'explosion l'a projetée en arrière. Ils ont tous été transportés au General Hospital d'Ipswich.

Jessica hocha la tête, s'appliquant à ne pas trahir son irritation face à cette démonstration d'organisation de la part de son collègue.

— Il n'y avait pas un bébé dans l'histoire ?

Deepak reporta son attention sur elle. Ses yeux ne contenaient plus aucune trace de la minutie tatillonne et du zèle qui le caractérisaient. À leur place, Jessica y vit le professionnalisme qu'elle attendait de chaque membre de son équipe, doublé de quelque chose d'autre. Une sorte de déterminisme pétri de compassion. Cela même qui lui rendait l'inspecteur supportable, comprit-elle.

Il secoua la tête.

— Rien. Aucun signe.

— Mais il y avait bien un bébé ici ?

— Une fillette. Ils avaient retenu un petit lit à l'agence de location, pour un enfant de trois ans. Nous avons retrouvé des affaires, deux ou trois jouets, des vêtements, mais pas grand-chose. Il pourrait bien y avoir une poussette là-dedans.

Il indiqua de nouveau les décombres, où trois hommes en bleu évoluaient à pas prudents.

— Les pompiers et la police scientifique inspectent encore les lieux.

— J'espère qu'ils regardent bien où ils mettent les pieds.

Deepak ne répondit rien.

L'œil de Jessica James fut alors attiré par une voiture en approche. Elle roula jusqu'au cordon de sécurité tendu en travers de la route de gravier qui menait au cottage et s'arrêta devant le policier en uniforme qui bloquait le passage. La portière du conducteur s'ouvrit sur un homme. Grand, bien charpenté, les cheveux coupés ras. L'air guindé dans sa chemise écossaise et son jean. Il montra quelque chose à l'agent, qui lui laissa la voie libre. Jessica le regarda venir à sa rencontre.

— Vous êtes ? demanda-t-elle lorsqu'il s'immobilisa devant elle.

Il exhiba sa carte de police.

— Inspecteur-chef Michael Philips.

— Inspecteur-chef Jessica James.

Ils échangèrent une poignée de main.

— Brigade d'intervention criminelle de l'Essex.

Jessica haussa les sourcils.

— Le MIS ? Vous vous éloignez de votre champ d'action. Pour autant que je sache, il ne s'agit pas encore d'un crime.

Il soupira, perdant dans l'expiration un peu de sa raideur.

— Je ne suis pas venu à titre officiel.

Il indiqua le cottage avec une grimace.

— C'était mon boss là-dedans.

— N'allez pas trop vite en besogne, inspecteur-chef… Vous avez dit ?

— Philips. Mickey. Mon chef et sa femme, Marina. Une psychologue. Elle fait aussi partie de la brigade.

— Bien, Mickey. Votre chef, c'est l'homme le plus jeune ? Il y avait un père et son fils.

Mickey confirma de la tête.

— Alors pas besoin d'employer le passé. Il est encore en vie.

Il dodelina de la tête, sans toutefois paraître plus convaincu.

Jessica jugea plus sage de changer de sujet. S'il était venu en renfort, il ne leur serait d'aucune utilité dans cet état.

— Alors, quel vent vous amène ?

Il haussa les épaules.

— Je me disais que… En fait, je me demandais si vous aviez besoin d'un coup de main. C'est mon jour de repos.

— Bienvenue au club ! observa-t-elle avec l'ombre d'un sourire.

— Si je peux faire quelque chose, n'importe quoi…

Elle l'observa. Un vrai taureau, tout en muscles et en force. Le type même du joueur de rugby, ou du boxeur. À ceci près que son regard trahissait une certaine douceur. Une intelligence, une compassion qu'elle trouvait attirantes. Très attirantes.

Ce fut son tour de hausser les épaules.

— Plus on est de fous, plus on rit. Vous pourrez toujours nous rancarder sur votre chef. Phil Brennan, c'est bien ça ?

Mickey confirma d'une inclinaison de tête.

Elle sourit.

— Alors bienvenue à bord !

Les présentations furent faites avec Deepak Shah et une poignée de main échangée, mais toute velléité de conversation fut interrompue par l'arrivée d'un expert de la police scientifique en combinaison bleue.

— Alors ? l'interrogea Jessica. Vous avez trouvé quelque chose ?

— Pas d'enfant, l'informa-t-il. On va regarder de plus près, bien sûr, mais il n'y a rien là-dedans qui indique qu'un enfant se trouvait dans l'explosion. À moins que, vous savez…

— À moins qu'il ne se soit trouvé au centre, j'ai compris, compléta Jessica, la gorge serrée. Continuez la fouille.

— Entendu. Il est encore trop tôt pour affirmer quoi que ce soit, mais on pense avoir identifié l'origine de l'explosion.

— La cuisinière ? La cheminée ?

L'homme secoua la tête.

— Ni l'une ni l'autre, d'après nos premières conclusions.

Un frisson traversa Jessica.

— Vous voulez dire qu'il s'agit d'un acte criminel ?

— On ne peut écarter aucune hypothèse.

Et il s'éloigna.

Tout à coup, le scénario téléphoné de série B ne paraissait plus aussi ridicule.

7

À mesure que les mots d'Anni s'imprimaient dans son esprit, Marina plongeait dans un abrutissement plus profond encore que celui causé par les analgésiques.

— Comment ça, on ne l'a pas retrouvée ?

— On ne l'a pas retrouvée, répéta Anni en gigotant sur sa chaise, l'air aussi mal dans sa peau que dans un costume urticant mal ajusté. On a cherché partout, on n'a trouvé aucun signe d'elle…

— Partout. Vous avez cherché partout.

— Oui, partout. Dans le cottage, dehors…

Anni s'agitait de plus belle, dans tous ses états.

— On a trouvé quelques affaires. Des vêtements, des jouets, ou ce qu'il en restait. Mais pas Josephina.

— Je dois… Je dois y aller.

Marina tenta de passer par-dessus le bord du lit, de raidir ses jambes, de planter ses pieds au sol, mais sa respiration se bloqua dans sa gorge. Suffoquée, elle inspira une brusque bouffée d'air. Le mouvement communiqua des spasmes de douleur à l'ensemble de son corps. Elle retomba lourdement sur le dos.

— Marina, vous feriez mieux de rester ici.

— Je… Je dois y aller. Ma fille, je dois retrouver ma fille.

— Mais on a cherché…

Marina essaya à nouveau de se lever. En vain.

— Il faut… chercher encore.

— On…

— Je viens avec vous. Je devrais être sur place. Vous avez besoin de moi. Josie a besoin de moi.

Ignorant la douleur, elle réussit à s'asseoir.

— Elle est forcément là-bas. Elle… Je ne sais pas, peut-être qu'elle s'est traînée dehors ou enfuie. Peut-être qu'elle…

— On a cherché partout, Marina, insista Anni d'une voix basse, d'un calme autoritaire. Il faut me croire.

Une douleur bien plus atroce que les blessures physiques saisit Marina. Une crainte qui se répandait comme du plomb dans ses veines, l'empoisonnait, l'écrasait. La coupait du reste du monde.

— Peut-être qu'elle… qu'elle est avec quelqu'un. Que quelqu'un l'a trouvée et recueillie, prend soin d'elle.

Sa voix frôlait l'hystérie. Elle tendit la main, agrippa la manche d'Anni et la tira de toutes ses forces, tordant le tissu.

— On explore toutes les pistes.

Marina laissa retomber son bras, envahie de colère. Ces mots, elle les avait déjà entendus dans la bouche de Phil.

— Ne me parlez pas comme ça, Anni ! Pas à moi !

Anni eut un mouvement de recul, abasourdie.

Marina se redressa. La pièce se mit à tournoyer autour d'elle, mais elle ignora ses vertiges pour se concentrer sur son interlocutrice. Elle ancra ses yeux dans les siens afin de s'assurer qu'elle comprenait bien ce qu'elle lui disait.

— Josephina, Josie… Elle est forcément là-bas. Forcément. Elle est forcément quelque part.

— On a cherché. On a cherché partout.

— Cherchez encore.

Anni soupira.

— C'est ce qu'on fait.

— Quelqu'un doit bien savoir… si elle était là, si elle… a été recueillie… si… Quelqu'un doit l'avoir vue, quelqu'un…

Marina s'effondra sur le brancard, épuisée.

— Seigneur ! Seigneur !

La douleur s'apaisa. Le mouvement de la pièce ralentit, puis cessa.

— Je sais, dit-elle d'une voix affaiblie. Je sais. Je suis sûre que tout le monde fait de son mieux.

— Mickey s'est joint aux opérations, l'informa Anni. Il est au cottage en ce moment, avec les forces locales.

Mickey Philips était inspecteur-chef au sein de la brigade d'intervention criminelle dont ils faisaient tous partie.

— Oh, mon Dieu ! s'exclama Marina, frappée par une terrible pensée. Elle est peut-être…

Sa voix, tremblotante, se brisa.

— Le cottage… Elle est peut-être…

— Mickey est sur place, répéta Anni un ton plus bas. Si elle est là-bas, il la trouvera. Où qu'elle soit.

Marina répondit par une inclinaison du menton, puis continua à dodeliner de la tête. Elle ne remarqua les larmes qui ruisselaient sur ses joues qu'au moment où Anni passa un bras autour d'elle.

— Mon Dieu !

La sensation de plomb dans ses veines s'amplifia. Son cœur, son corps pesaient lourd. La peur la paralysait.

— Mon Dieu !

Elles demeurèrent ainsi, dans une sombre nature morte, tandis que le temps se vidait de sa substance.

Le tableau fut brisé par l'ouverture du rideau du box. Levant les yeux, Marina avisa une infirmière au visage fatigué.

— Comment vous sentez-vous ? demanda celle-ci.

Sa voix, distraite, ne dénotait qu'un intérêt strictement professionnel, mais ses yeux creusés de cernes exprimaient de la bienveillance.

Marina la dévisagea, incapable de lui donner ne serait-ce qu'un début de réponse.

— Mon mari… Comment… comment va-t-il ? Où est-il ? Est-ce que je… je peux le voir ?

— Il est encore au bloc. Les chirurgiens font tout ce qui est en leur pouvoir.

— Oh, non !

Encore cette lourdeur, ce poids qui la broyait.

— Du nouveau ? demanda Anni d'un ton de professionnel s'adressant à un pair. Des informations à nous communiquer ?

L'infirmière lui renvoya un regard calme.

— Ils ont bon espoir.

— Quel est le problème ?

— L'incendie a provoqué une explosion, expliqua l'infirmière en examinant Marina. Par chance, il ne se trouvait pas trop près du centre, sinon il ne serait plus de ce monde. Mais il a été blessé par des projections. Il est touché à la tête. On est en train de l'opérer.

Les mots de l'infirmière glacèrent Marina, la laissant pétrifiée.

— Votre belle-mère est en bonne voie, son état est moins critique qu'on ne le pensait.

Elle marqua une pause, avant d'ajouter :

— Je suis navrée pour votre beau-père. Les secours ne pouvaient déjà plus rien pour lui quand ils sont arrivés sur place.

Marina ne répondit pas, incapable de prononcer un mot.

— Vous êtes en état de choc, observa l'infirmière. On attend juste qu'un lit se libère pour vous y transférer. On préfère vous garder en observation pour la nuit. Et puis, je suis sûre que vous voulez rester près de votre mari.

Son regard passa de Marina à Anni.

— Je repasserai dès que possible.

Elle partit, tirant le rideau derrière elle.

Anni demeura silencieuse tandis que Marina fixait le rideau, dont les motifs dansaient et ondulaient devant ses yeux.

Soudain, le téléphone d'Anni sonna, lui arrachant un sursaut.

— C'est peut-être Mickey. Je reviens tout de suite.

Elle sortit du box, manifestement soulagée de se voir offrir un instant de répit.

Marina ne bougea pas, les pupilles fixes, rivées droit devant elle. Les yeux de sa fille, c'était tout ce qu'elle voyait. Ses yeux. Son sourire. Ses cheveux.

Elle éprouva tout à coup une violente envie de hurler, de marteler les murs, de s'y cogner la tête. Tout évacuer, extérioriser les émotions inexprimables qui se déchaînaient en elle. Mais elle se contint.

Anni réapparut et reprit sa place sur la chaise.

— Des nouvelles ? Josephina ? Qu'y a-t-il ? Qu'est-ce…

Anni secoua la tête.

— Rien pour l'instant. Je suis désolée.

Marina se laissa retomber sur le brancard.

— Non ! Non ! Elle est forcément là-bas. Forcément.

— Je sais, mais… Ils poursuivent les recherches.

Marina demeura silencieuse.

— Écoutez, je suis navrée, reprit Anni, mais je dois vous poser quelques questions.

— Non.

Marina secoua la tête. Ferma les yeux.

— S'il vous plaît, Marina. Je sais que c'est difficile, mais il faut nous aider. On ne devrait même pas être ici. C'est parce que c'est vous et Phil, que vous êtes du métier. Les forces locales ferment les yeux. Alors, s'il y a quoi que ce soit…

— Non !

D'un regard à Anni, Marina comprit que la jeune femme ne se contentait pas de faire son travail. Elle essayait réellement de lui prêter secours.

— D'accord, soupira-t-elle. Laissez-moi juste cinq minutes.

Anni se leva.

— Très bien. Vous voulez quelque chose ? Je vais me chercher à boire et une barre de chocolat. J'ai une faim de loup.

C'est à peine si Marina l'entendit.

— Bon, dit Anni, j'y vais alors.

Et elle s'éloigna.

Marina s'était recouchée et replongée dans la contemplation du rideau lorsqu'une musique se fit entendre. Elle reconnut l'air. Une vieille chanson de Joy Division, *Love Will Tear Us Apart*.

Elle se demandait distraitement d'où pouvait provenir la mélodie quand elle identifia une sonnerie de téléphone.

Elle regarda autour d'elle. Le sac d'Anni reposait par terre à côté de la chaise. Elle se pencha pardessus le bord du lit, prise d'étourdissements, les flancs déchirés par des élancements. Non, le son émanait d'ailleurs.

Elle reprit sa position allongée, mais les notes continuaient de s'égrener. Elle promena de nouveau les yeux sur la pièce. Aperçut son sac de l'autre côté du brancard. La musique venait de là.

Avec un froncement de sourcils, elle tendit le bras pour le ramasser et, farfouillant à l'intérieur, en extirpa un téléphone. Un Smartphone noir bon marché qu'elle n'avait jamais vu de sa vie. Perplexe, elle décrocha, collant l'appareil contre son oreille.

— Allô ? dit-elle timidement, d'un ton interrogateur.

— Marina Esposito ?

Elle ne reconnut pas la voix. Synthétique, déformée. Ni masculine ni féminine, mais malgré tout intelligible.

— Oui ?

Elle jeta un bref regard autour d'elle, comme si elle craignait d'être entendue.

De l'appareil s'éleva un son dans lequel elle perçut un sourire.

— Je crois que j'ai ce que vous cherchez.

Tout le corps de Marina se convulsa dans un frisson. Elle n'arrivait pas à expulser un seul son de sa bouche.

— Ce que vous avez perdu.

— Qu… quoi ?

— Une certaine… Josephina.

Le dernier mot fut prononcé avec un plaisir manifeste.

Marina se mit à trembler, le souffle court.

— Où est-elle ? Je dois… Je dois…

— Fermez-la et écoutez, reprit la voix, soudain plus dure, plus froide. Si vous voulez revoir votre fille en vie, fermez-la et écoutez.

8

La porte se referma derrière lui. Il avait imaginé le raclement métallique de la clé dans la serrure et des verrous se rétractant. Le grincement de protestation des vieux gonds contre cette nouvelle libération. Le claquement du battant reprenant brutalement sa juste place dans l'encadrement pour ne plus en bouger, comme inébranlable. Le bruit lourd et définitif du verrouillage, dont l'écho finissait par se fondre dans un vide assourdissant.

Mais il était loin du compte.

La porte avait simplement coulissé, comme à l'entrée d'un garage ou d'une usine. Après qu'il l'eut franchie, elle avait retrouvé sa position initiale, puis le ronronnement de moteur électrique s'était tu.

Il observait à présent la rue devant lui. Les voitures qui défilaient, plus rapides que dans son souvenir. De formes et de couleurs différentes, aussi. Toutes métallisées. Futuristes, mais reconnaissables. Les gens qui marchaient sur les trottoirs. Des hommes, des femmes. Des jeunes, des vieux. Certains encore en costume; d'autres, surtout des femmes et des jeunes, affublés de tenues étranges, étrangères. Des habits tout droit sortis d'une dimension parallèle.

Deux femmes derrière des poussettes entrèrent dans son champ de vision. Sans veste, seulement vêtues d'un tee-shirt léger et d'un jean. Jeunes et plus jolies que dans son souvenir, elles parlaient et riaient comme si le monde n'était qu'une vaste plaisanterie.

Il les regarda marcher, nota le balancement de leurs hanches sous le denim, sentit remuer quelque chose en lui. De profond et primitif, longtemps refoulé. Ignoré pendant des années. Quelque chose dont il s'était, une fois de plus, convaincu de l'inexistence, mais qui se déclencha au spectacle de ces femmes qui remontaient la rue.

Il les suivit des yeux. S'arrêta sur l'aspect bizarre de leur peau.

Des tatouages. Sur leurs épaules nues, sur leurs bras. Cette vision coupa court à la sensation qui se propageait en lui. Des tas de prisonniers arboraient des tatouages. Des marques appliquées pour tuer l'ennui. Des formes grossières, des orthographes fautives. Mais ceux de ces femmes étaient très différents. C'étaient des volutes délicates, des dessins, des écritures tout en courbes et en fioritures. Des scarifications volontaires. Le monde devait décidément avoir beaucoup changé pour que des jeunes femmes ressentent le besoin de se marquer ainsi. Elles ne pouvaient quand même pas autant s'ennuyer que les reclus. Pas avec toute cette vie trépidante autour d'elles.

Il les regarda passer. Sans bouger, réticent à s'éloigner de la prison. Sans savoir où aller.

Avant sa sortie, on lui avait remis l'adresse d'un centre de réinsertion. Un foyer. Histoire d'avoir un toit en attendant de se remettre à flot, lui avait-on dit. Ses coordonnées se trouvaient dans sa poche, avec son allocation de libération et de quoi payer ses frais de transport. Il avait déclaré qu'il s'y rendrait, parce que c'était ce qu'on attendait de lui.

Mais à présent, devant cette porte, il ne savait plus que faire. Ni où aller.

Si le monde au-dehors n'était ni silencieux ni vide, sa tête et son cœur l'étaient, eux. Le temps avait encore glissé, s'était contorsionné. Il aurait aussi bien pu être planté sur ce trottoir depuis quelques secondes que depuis quelques années. Comment le savoir avec certitude ?

Il jeta un nouveau regard par-dessus son épaule. Cet endroit lui avait pris seize années de sa vie. Celui-ci et d'autres qui lui ressemblaient. La porte d'usine avait retrouvé sa position, comme si elle n'avait jamais bougé. Un autre hériterait de sa cellule, de ses livres, de ses vêtements et de ses produits de toilette. Et alors il ne resterait plus rien de lui. Pas même un souvenir. Telles les rides provoquées par la chute d'une pierre à la surface d'une mare, il allait s'évanouir.

Malgré la chaleur du matin, il frémit. Cette pensée le déprimait.

S'évanouir.

Il se demandait encore où aller lorsqu'une voiture s'immobilisa le long du trottoir et donna un coup de klaxon. Il sursauta, mais demeura au même endroit. Le klaxon retentit de nouveau et une main s'agita à l'intérieur de la voiture.

Il jeta un coup d'œil derrière lui en se demandant à qui s'adressaient ces signes.

Comme la main indiquait d'approcher, il s'aperçut que c'était lui qu'on appelait.

Il exécuta un pas en avant. Le conducteur l'encouragea d'une inflexion de la tête, renouvelant son geste. Il réfléchissait encore quand une autre voiture klaxonna. Pour lui aussi ? Il étudia le second automobiliste. Non. Juste un conducteur frustré de se retrouver bloqué par la voiture à l'arrêt et la circulation en sens inverse. Une file commença à se former derrière le premier véhicule. L'homme au volant agita la main de plus belle, pressant.

Ne souhaitant pas porter la responsabilité d'un embouteillage ou d'une altercation, il avança jusqu'à la voiture.

Le conducteur se pencha pour lui ouvrir la portière du passager. Il monta dans le véhicule.

— Eh bien, qu'est-ce que tu attends pour refermer ?

Il s'exécuta. Puis étudia l'homme au volant, qui s'esclaffa.

— Tu te souviens de moi ?

Silence.

— Il n'est pas toujours aisé de reconnaître ses amis, docteur.

Nouvel éclat de rire. Pourquoi avait-il prononcé ces mots avec un drôle d'accent chinois ?

— Tu sais d'où c'est tiré ? Oui ? Non, évidemment que non. Laisse tomber.

Le conducteur le toisa.

— Tu n'as rien d'autre ?

— Non.

— C'est toi qui décides.

Le conducteur passa une vitesse, adressa un bras

d'honneur à la voiture de derrière, des éclairs de colère dans les yeux, puis démarra.

— Je te connais. Tu es…

Il se creusa les méninges pour retrouver le nom qu'il cherchait.

— Jiminy Cricket.

— Coupable, Votre Honneur, répondit l'autre avec un sourire.

— Où tu vas ?

Jiminy Cricket rit.

— On a du pain sur la planche. Mais, déjà, on va s'occuper de toi. T'inquiète. Aujourd'hui, c'est le premier jour du reste de ta vie.

Il partit d'un nouveau rire.

— Et j'en ai encore plein d'autres en stock.

9

Marina fut saisie de vertiges qu'elle ne devait pas seulement à la douleur. Elle écouta la voix, se força à comprendre ce qu'elle disait, laissant les mots percer à travers les parasites dans sa tête.

— Josephina, lâcha-t-elle, suffoquée. Où est-elle ? Elle est blessée ? Où…

— Taisez-vous et écoutez.

La voix était cassante, autoritaire.

Marina se tut. Écouta. Mais elle n'entendait que la course précipitée du sang dans ses oreilles, son souffle dans sa poitrine. Des grondements, des bouillonnements, comme si les chutes du Niagara déferlaient dans son crâne.

— Vous devez faire quelque chose pour moi. Ensuite, vous pourrez la voir.

Marina était incapable de parler. Elle redoutait de ne pas trouver les mots justes.

— Compris ?

— Ou… Oui.

— Bon.

— Pourquoi ?

Silence.

— Pourquoi ? Qui… ?

— Je vous ai dit de vous taire. Et d'écouter.

Marina obtempéra. S'évertua à disséquer la voix dans un effort pour l'identifier. Peine perdue. Comment l'aurait-elle pu ? Elle n'arrivait même pas à déterminer si elle appartenait à un homme ou une femme.

— Vous allez vous rendre là où je vous dis. Une fois sur place, vous ferez quelque chose. Compris ?

— Oui.

— Bon. Il y a un livre de cartes routières dans votre sac.

La voix se tut. Interprétant ce silence comme une invitation à chercher l'objet, Marina empoigna son sac par terre à côté du brancard. Fourrageant dedans, elle trouva un atlas routier de l'Essex.

— Il y a une marque sur une page, reprit la voix. Ouvrez-le.

Le livre était flambant neuf, à l'exception d'une trace de pliure nette sur toute la longueur de son dos. Quand elle le saisit, il s'ouvrit à la page en question. Un cercle était tracé dans le quadrillage, et un nom inscrit dessous.

— Allez à l'endroit indiqué.

— Et après, je fais quoi ?

— Demandez…

La voix marqua une pause.

— Demandez Tyrell.

— Et après ? Josephina sera là ? Est-ce qu'elle…

— Obéis !

Le ton neutre se teinta d'émotions hideuses. Du frisson pervers du dominant.

— Où est ma fille ? Je veux l'entendre.

— Contente-toi de faire ce qu'on te dit.

Marina chercha en vain une riposte. Elle était pourtant psychologue criminelle, formée à percer à jour ce genre d'individu, experte du langage à adopter dans pareilles situations. Sauf qu'elle n'avait jamais traité ces cas que de façon abstraite, ne les avait jamais abordés que dans un cadre professionnel. Aujourd'hui, elle le vivait de l'intérieur. C'était du concret. Elle ne répondait déjà plus de son état émotionnel, sa tête ressemblait à une décharge publique. Tout son savoir avait fondu comme neige au soleil.

Elle devait se ressaisir, surtout ne pas céder à l'hystérie. Trouver un point d'ancrage quelque part au fond du chaos de son esprit. Réagir en professionnelle.

— Pourquoi faites-vous ça ? demanda-t-elle, s'efforçant de brider ses émotions, de parler de la voix la plus rationnelle qu'elle pût trouver. Pourquoi moi ? Pourquoi me faites-vous ça à moi ?

Un silence s'installa sur la ligne. Marina perçut le sifflement électrostatique de l'absence de son. Un sentiment d'impuissance s'insinua en elle à l'idée que la voix avait raccroché.

— Pour punir les coupables.

Elle refoula la panique qui grandissait en elle. C'était toujours quelque chose. Une réponse brève, mais suffisante pour creuser davantage.

— Les coupables ? De quoi suis-je coupable ?

Le silence. Puis une respiration, furieuse, beaucoup moins maîtrisée que la voix. Enfin, des mots sifflants :

— Ferme-la. Obéis si tu veux revoir ta fille vivante.

— D'accord, mais…

— Et ne dis à personne où tu vas et ce que tu fais. À personne. Je t'ai à l'œil. Je te surveille, même si tu ne me vois pas. Je suis là, je te regarde.

Marina virevolta si vite sur elle-même qu'une douleur lui traversa les flancs et que sa tête se mit à tourner. Personne. Elle s'avança vers l'extrémité du box, tira le rideau sur le côté. À part deux infirmières qui passaient, il n'y avait pas âme qui vive. L'instant d'après, Anni apparut au bout du couloir, un café dans la main.

— Souviens-toi, à personne. Surtout pas à la flic qui approche.

Le cœur de Marina cessa de battre. Elle demeura muette, comme si elle avait perdu l'usage de la parole.

Elle décela un sourire dans la voix.

— Bon, je crois qu'on va pouvoir s'entendre. Maintenant, tu as une mission à accomplir. Exécution !

Le téléphone se tut dans sa main, la laissant pétrifiée au milieu du box.

S'extirpant brutalement de sa stupeur, elle empocha l'appareil, ramassa son sac. Tâtonna dans ses poches, jeta un regard autour d'elle. Ses clés de voiture. Elle n'avait pas ses clés de voiture. Elle n'avait même pas sa voiture, sans doute restée à Aldeburgh.

Elle explora le box des yeux. Le sac d'Anni se trouvait à l'endroit où elle l'avait laissé, à même le sol. Sans y réfléchir à deux fois, elle se baissa pour fouiller à l'intérieur. Elle n'eut pas à chercher bien loin. Après s'être emparée du trousseau de clés aussi vite que possible, elle traversa le box, tira le rideau. Tomba nez à nez avec Anni, qui recula d'un bond, surprise.

— Ça va mieux ?

Anni nota la lueur farouche dans les yeux de Marina et la tension qui se dégageait de tout son corps.

— Je dois y aller, dit Marina, la bousculant pour passer.

— Hé !

Anni s'écarta prestement, de crainte de voir son café atterrir sur son tee-shirt.

— Il faut que j'y aille.

Les vertiges reprenaient. Marina avait l'impression que le monde entier tournait autour d'elle, l'attirant dans le vide. Anni, elle, ne bougeait pas.

— Je… Je dois aller aux toilettes.

— Je vais demander à l'infirmière de venir et…

— Non.

Au regard que lui lança Anni, Marina comprit qu'elle s'était montrée trop brutale. Elle grimaça un sourire.

— Non, c'est… Ça ira.

— Vous êtes sûre ? Vous n'avez pas l'air…

— Je peux me débrouiller toute seule.

— Je peux vous aider si…

— Je vous ai dit que je peux me débrouiller, cracha Marina.

La tête d'Anni imprima un brusque mouvement de recul, comme sous l'effet d'une gifle.

— Très bien. D'accord.

— Merci. Bon, je… j'y vais.

Elle passa devant Anni à grands pas et s'éloigna le plus vite possible, se retenant de toutes ses forces de courir.

Elle avait l'impression que du verre pilé s'incrustait dans sa peau à l'idée de laisser Phil derrière elle.

Mais l'idée d'abandonner sa fille à son sort lui infligeait une torture plus atroce encore.

10

— On ne devrait pas aller ailleurs ?

— Où voudriez-vous aller ?

Stuart Milton haussa les épaules.

— Je ne sais pas. Au poste, j'imagine. Quelque part comme ça.

Jessica James s'installa sur la banquette arrière de sa voiture. Elle avait cherché un endroit tranquille, loin des équipes de télévision et des journalistes qui commençaient à s'amasser autour du cottage, forçant de leurs téléobjectifs le cordon de sécurité agité par la brise.

— Ici fera très bien l'affaire.

Elle considéra l'homme assis à côté d'elle. Stuart Milton portait encore sur le visage et les mains les écorchures que lui avaient infligées les graviers lorsqu'il avait plaqué Marina au sol pour l'empêcher de rejoindre le cottage en feu. Même sa veste en daim affichait un côté plus vieilli que l'autre. D'âge moyen, de classe moyenne, il incarnait le touriste type d'Aldeburgh. *Je parie qu'il lit le journal au petit déj'*, songea Jessica. *Et qu'il fréquente les festivals d'art et de musique.*

— Je veux juste revoir quelques points, revenir sur quelques détails. C'est tout.

Elle tenait son bloc-notes ouvert, incliné vers la portière pour l'empêcher de lire ce qu'elle y inscrivait. Une position qui la rendait d'autant plus consciente de l'espace réduit à l'intérieur de la voiture. De l'intimité qu'il leur imposait. Et des emballages de paracétamol et de bonbons à la menthe qui jonchaient le siège du passager… et n'avaient pas échappé à l'attention de son interlocuteur, elle en aurait donné sa main à couper.

— Réexpliquez-moi tout. Que s'est-il passé ?

Il lâcha un soupir horripilé.

— C'est indispensable ? Je voulais juste prendre des nouvelles de cette femme.

— Elle va bien, merci. Donc… Vous descendiez le sentier de gravier qui longe la maison…

— Oui. Et il y a eu une explosion.

Il se tut, inclinant la tête en arrière.

Elle le regarda dans les yeux, cherchant à se glisser dans son esprit afin de s'assurer que ce qu'elle y voyait correspondait bien aux faits. Elle n'avait aucune raison de se méfier de lui en particulier, mais elle avait pris l'habitude de ne croire aucun témoin sur parole tant que sa version n'était pas confirmée par une autre source.

— Dans quelle direction alliez-vous ?

— Vers… la mer.

— Et d'où veniez-vous ?

— Je revenais des Maltings, j'étais allé me promener, me dégourdir les jambes.

— Vous êtes d'ici ?

— J'habite…

Il s'interrompit pour la considérer, rougissant entre ses écorchures.

— Vous me considérez comme un suspect? Qu'est-ce que c'est que cette histoire?

— Ce ne sont que des questions de routine, monsieur Milton. Je ferais mal mon travail si je ne vous les posais pas. Donc, vous êtes du coin?

— Si on veut, j'ai une résidence secondaire ici. Je vis à Londres le reste du temps.

— Et vous êtes marié?

— Seriez-vous en train de me faire des avances, inspecteur?

Ce fut au tour de Jessie de rougir. Elle sentit ses yeux sur elle. Sombres et pénétrants.

— Je cherchais juste à savoir si vous étiez venu seul, précisa-t-elle, la gorge soudain sèche. Rien d'autre.

— Je vois. Eh bien, non, je suis venu avec… des amis. Des collègues de travail, pour la plupart. Pour les concerts. Mais c'est parfois un peu trop de compagnie. J'avais besoin de me retrouver un peu seul, je suis donc allé me promener.

— D'accord.

Elle hocha la tête. Ces quelques mots en disaient long sur la vie de Stuart Milton. Des week-ends dans le Suffolk, des étés en France ou en Italie, sûrement. Des soirées au théâtre. Pas le genre de type qu'elle était amenée à côtoyer souvent. On n'en croisait pas beaucoup de son espèce au *Tiger Tiger* d'Ipswich.

— Et l'explosion s'est produite alors que vous passiez devant le cottage?

— Exact.

— Et après?

— Eh bien… J'ai été projeté à terre. Il y a eu… un souffle violent, un bruit énorme, et une chaleur…

Sa voix se voila. Jessica attendit patiemment qu'il poursuive.

— Et puis… Je me suis relevé, j'ai ouvert les yeux. Je croyais que j'étais mort. Ça a été ma première pensée. J'ai cru que j'étais mort.

— Mais vous ne l'étiez pas.

— Non. Je me suis remis debout, j'ai vérifié que je n'étais pas blessé. Et c'est alors que cette femme a couru vers moi.

— Vers vous ?

— Oui, vers le cottage. Des flammes sortaient par la fenêtre. De la fumée noire, aussi. Et elle avait l'air de vouloir entrer.

— Et qu'avez-vous fait ?

— Je… l'ai stoppée.

— En la poussant au sol.

— En la tirant, pour être exact. Elle s'est débattue.

Il mima l'action de ses mains, puis précisa :

— Elle voulait à tout prix rejoindre cette maison, mais je ne pouvais évidemment pas la laisser. Alors je… Je l'ai retenue. Jusqu'à ce qu'elle… qu'elle arrête de crier.

Jessie inclina le menton. Observa Milton. Sa tête était baissée, ses paupières mi-closes. Sans doute revivait-il la scène.

— Avez-vous aperçu quelqu'un d'autre dans les parages ?

— Comment ça ?

— Y avait-il quelqu'un près du cottage au moment de l'explosion ? En dehors de cette femme.

Stuart Milton fronça les sourcils d'un air pensif. Puis il secoua la tête.

— Non. Pas que je m'en souvienne.

— Une petite fille ? Dans les trois ans ?

— Non. Une petite fille a disparu ?

— On n'en sait encore rien.

Jessica estimait avoir obtenu de son témoin tous les renseignements qu'elle pouvait en tirer.

— Merci, monsieur Milton, je…

— Ce n'est pas tout…

Il mâchonnait son pouce, à présent, tourmentant une envie du bout des dents. Son visage se déforma, comme s'il se débattait avec les mots qui se formaient dans sa bouche.

Jessie patienta.

— Elle…

Il soupira. Puis arracha son petit bout de peau et releva la tête.

— Quand je l'ai rattrapée, elle a dit quelque chose.

— Quoi ?

Il reporta son regard sur son pouce, où une minuscule pointe de sang était apparue à la place de la peau. Il se mit à la sucer avec énergie.

— Quelque chose comme…

Il leva les yeux.

— « Il faut que j'y aille. Qu'est-ce que j'ai fait ? »

Il branla de la tête.

— Oui, c'est ça. « Qu'est-ce que j'ai fait ? » Ou quelque chose qui y ressemble.

Jessie avait déjà la bouche ouverte pour le questionner davantage quand on frappa un petit coup sec à sa vitre. Elle releva la tête. Mickey Philips lui adressait des signes. Ça avait l'air urgent.

— Excusez-moi.

Elle descendit de voiture et referma la portière derrière elle, sous le regard attentif de Milton.

Le visage de Mickey était crispé, ses traits tirés.

— Je viens de recevoir un coup de fil, l'informa-t-il. D'une collègue qui est à l'hôpital d'Ipswich.

— Que se passe-t-il ?

Son expression laissait présager de mauvaises nouvelles. Le décès de son boss ? De la mère de son boss ? Des deux ? Et dire que la journée ne faisait que commencer.

— C'est Marina. Elle a disparu.

— Comment ça, disparu ?

— Elle est partie. Elle s'est enfuie.

Jessie, qui ne s'était pas rendu compte qu'elle retenait sa respiration, expulsa une grande bouffée d'air.

— Bon sang, j'ai cru qu'elle était morte, remarqua-t-elle avant de froncer les sourcils. Que s'est-il passé ?

— Elle a fait semblant d'aller aux toilettes et filé à l'anglaise. Elle a pris la voiture de ma collègue.

— Vous avez une idée de l'endroit où elle a pu aller ?

— Aucune.

Jessie s'éloigna de sa voiture, les bras serrés contre elle. Son regard se porta sur la mer. Le soleil donnait à ce vendredi des airs estivaux. C'était un jour à se la couler douce et prendre du bon temps. Faire comme si tout allait pour le mieux dans le meilleur des mondes.

Elle se retourna vers Mickey.

— D'après le témoin, elle voulait retourner dans le cottage. Et elle a dit quelque chose comme : « Qu'est-ce que j'ai fait ? »

Mickey fronça les sourcils.

— Quoi ?

— On dirait qu'elle se sentait responsable. Vous croyez qu'elle essaye de revenir ici ? Pour se lancer à la recherche de sa fille ?

Il haussa les épaules.

— Tout est possible. Je vais tenter d'approfondir la question.

— D'accord. Avec mon équipe, on continue de chercher la petite. Je vais envoyer des agents en uniforme ratisser le secteur, vérifier que personne n'a rien vu. On garde l'œil ouvert au cas où la mère reviendrait dans le coin. Envoyez-moi l'immatriculation de son véhicule.

— Entendu.

— On se tient au courant.

Leurs regards se croisèrent. Plus longuement que Jessie n'en avait l'intention. Puis elle rompit le contact. Il tourna les talons avec un signe de la tête.

Jessie le regarda s'éloigner. Elle savait reconnaître un chic type quand elle en voyait un. Pivotant vers la voiture pour annoncer à Stuart Milton qu'il pouvait disposer, elle trouva la portière arrière ouverte. L'oiseau s'était envolé.

11

Southend-on-Sea avait connu des jours meilleurs. Des jours que la ville avait regardés s'en aller en agitant son mouchoir, consciente que jamais ils ne reviendraient.

Dans le Londres d'après-guerre, elle s'était érigée en destination balnéaire respectable pour les familles de l'East End qui trouvaient leur bonheur dans la nouveauté d'une promenade en train jusqu'à l'extrémité de l'estuaire de la Tamise. La plus longue jetée du monde, des parties de pêche pour papa, du lèche-vitrine pour maman, des cafés pour parquer papi et mamie, un champ de foire et des jeux d'arcades pour les petits. C'était une ville de mouchoirs noués et de pantalons retroussés, de chaises longues, de sable dans la crème glacée et de galets sur la plage.

Mais plus personne ne venait en vacances à Southend. Sauf, peut-être, en tout dernier recours.

La jetée, elle, était restée, s'étirant jusqu'à une poignée de boutiques de souvenirs à l'agonie. Plus loin, une vue sur Canvey Island, et plus loin encore, la raffinerie de Shell Haven. Les magasins ressemblaient à ceux de n'importe quelle artère commerçante du

Royaume-Uni, dans une version un peu plus miteuse. Les éclairages des galeries de jeux du bord de mer brillaient d'un éclat déprimant. Les bêlements électroniques et les jingles répétitifs composaient une symphonie digne d'un Stockhausen fou bourré aux amphétamines. À l'intérieur, des zombies à la peau blême et au regard éteint consacraient leurs jours et leurs nuits aux exercices de tir, enregistrant des scores spectaculaires comme tueurs vidéo pendant que des prédateurs féroces se tapissaient dans les ombres des néons, prêts à bondir sur les naïfs et les curieux.

Le champ de foire s'était développé puis atrophié, ses rêves de grandeur brisés par les lois municipales relatives à la santé et à la sécurité. Les familles qui venaient en quête de divertissement trouvaient désormais les gosses du coin plus effrayants que les montagnes russes.

S'il ne restait plus rien des petits cafés coquets, les restaurants prospéraient sur le front de mer, servant de tout pourvu que ce soit rapide, frit et gras.

En ce Vendredi saint, une timide apparition du soleil avait attiré un flot de flâneurs vers les arcades et les bars. Marina longea des pubs croulants. Devant, de vieux bancs de bois balafrés accueillaient des hommes tatoués en débardeur qui se roulaient des clopes et éclusaient des blondes, riaient en montrant les dents et faisaient du gringue aux gonzesses des potes avec une violence latente à peine maîtrisée, à l'image des chiens d'attaque couchés à leurs pieds sous les tables.

Marina se hâtait sur le bord de mer. La foulée soutenue, la respiration forte. Maîtresse d'elle-même, en surface.

Après avoir quitté l'hôpital, elle avait suivi l'A12

puis l'A127 sans s'arrêter. Partie pied au plancher, elle avait vite ralenti l'allure, consciente qu'elle ne gagnerait qu'un contretemps à attirer l'attention de la police pour excès de vitesse. Et encore, dans le meilleur des cas. Dans le pire, ce serait un retour forcé à la case départ.

Et alors elle pourrait dire adieu à Josephina.

Elle avait donc maintenu l'aiguille du compteur juste en dessous de la limitation, le pouls plus rapide que le moteur.

Peu familière de Southend, elle avait suivi les panneaux indiquant le bord de mer et les parkings. Elle s'apprêtait à bondir de la voiture lorsque son regard avait accroché son reflet dans le rétroviseur. Elle était dans un état épouvantable : le visage couvert de sang séché et d'égratignures, les cheveux emmêlés en une masse de gribouillis sombres. Elle s'était arrangée de son mieux, rapidement nettoyé le visage, plus ou moins coiffée. Pas le centième des opérations auxquelles elle se serait d'ordinaire livrée pour se rendre présentable.

Mais cela, c'était avant. Dans son ancienne vie. Car elle avait changé. Elle n'était plus la même.

Elle longeait à présent le front de mer. Sans prêter attention aux buveurs devant les bars, mais consciente d'être observée. Par des yeux lourds de jugement. Mauvais. Invisibles.

Des yeux devant lesquels elle ne voulait surtout pas tout gâcher. Pour son bien.

Pour le bien de sa fille.

Elle bifurqua, tournant le dos à la mer. Elle avait mémorisé l'itinéraire sur la carte. Les coordonnées menaient à une rue. Et un nom : Coasters.

Elle déboucha bientôt sur la voie qu'elle cherchait.

Les bruits et les odeurs du bord de mer lui parvenaient encore. Des bribes de musique et de jingles d'arcade, de cris sur les montagnes russes, de relents de graillon. Portées puis emportées au gré du vent, tournant et virant comme les mouettes qui piquaient dans le ciel pour fouiller les poubelles.

Marina les ignora, continua d'avancer.

Et se retrouva face à sa destination.

Dans la grande confrérie des bouges, *Coasters* aurait occupé le haut de l'échelle. Une rangée de constructions de plain-pied en parpaings donnait sur un parking rudimentaire bourré de nids-de-poule, de bris de verre et de voitures en attente de l'inévitable acte de vandalisme qui permettrait à leur propriétaire de toucher l'argent des assurances. Les quelques bâtiments qui n'étaient pas condamnés par des planches arboraient tous de lourds barreaux et grillages devant leurs fenêtres crasseuses à la peinture écaillée et des rideaux métalliques au-dessus de leur porte. Les enseignes annonçaient divers commerces : un magasin d'occasions que Marina identifia tout de suite comme une boutique de recel, deux ou trois bars, un institut de beauté et un salon de tatouage où, s'il fallait en juger par les photos décolorées qui décoraient la vitrine, l'artiste possédait le talent et le style d'un enfant de six ans.

Elle s'arrêta à l'entrée de *Coasters*. Une façade peinte en pourpre sombre par une main d'amateur, un coup de blanc appliqué au-dessus des barreaux rouillés de la fenêtre. Par la porte ouverte, elle avisa une réclame pour une soirée années 1980 qui prenait des libertés exaltées avec la grammaire et l'orthographe. Juste à côté, une pancarte informait que le pub se composait de deux niveaux, mais que le bar du front de mer n'était accessible que par le front de mer. L'écriture faisait planer sur les mots une menace voilée à l'encontre des contrevenants.

— Vous qui entrez ici, perdez tout espoir, chuchota Marina pour elle-même.

Elle tâcha de rassembler son courage. Sans succès. Elle baissa les yeux sur le tapis encrassé et râpé qui couvrait le seuil. Une odeur reconnaissable d'alcool éventé et de crasse s'échappait de l'obscurité. Des voix lui parvenaient. Basses, conspiratrices. Et, en bruit de fond, le murmure plat d'un présentateur de télévision. Des silhouettes se mouvaient, ombres parmi les ombres. Elle sentit plus qu'elle ne les vit les têtes se tourner dans sa direction.

C'était le dernier endroit au monde où elle avait envie de mettre les pieds. Mais elle pensa à Phil, inerte dans un lit d'hôpital, inaccessible. À la voix au téléphone.

À Josephina.

Elle prit une profonde inspiration.

Et entra.

12

— Nous y voilà ! On n'est jamais mieux que chez soi !

Il dirigea son regard droit devant lui, sur une caravane rouillée abandonnée sur un carré de pelouse brûlée envahi par les mauvaises herbes, non loin d'une bâtisse qui tombait en ruine. Il n'y avait rien à des kilomètres à la ronde. Non, ce n'était pas l'idée qu'il se faisait d'un chez-soi.

— Alors, comment tu trouves ? lui demanda Jiminy Cricket avec un éclat de rire, comme s'il attendait des applaudissements.

— Je... Je devrais pas être ici, répondit-il avec un froncement de sourcils. C'est pas là que je devais aller.

Son compagnon parut agacé. Ce n'était pas la réponse qu'il escomptait.

— Ne t'en fais pas pour ça, je m'en occupe.

— Je dois me présenter à la police. La liberté surveillée, ça s'appelle. Je dois signer. Je peux pas disparaître. Je peux pas partir comme ça, tout seul.

Il débitait ses objections comme un discours appris par cœur.

— Je t'ai dit de ne pas t'en faire. Bon, alors…

Pivotant sur lui-même avec un geste cérémonieux en direction de la caravane, Jiminy Cricket retenta sa chance.

— Elle te plaît ta nouvelle maison ?

Il n'avait pas la moindre idée de l'endroit où il se trouvait. Le trajet avait duré longtemps. Enfin, c'était l'impression qu'il avait eue, parce qu'il ignorait où on l'emmenait. Il avait regardé le paysage défiler derrière la vitre sans rien reconnaître. Une grande route, des mouvements incessants, des grondements de moteur. Il n'aimait pas beaucoup ça, ça lui fichait la frousse. Et puis la route s'était rétrécie et ils avaient contourné une agglomération. Il avait cru reconnaître les lieux, mais il n'en était pas certain. Il y avait si longtemps. Il était quelqu'un d'autre à l'époque. Une histoire de ville romaine… Une plaque du souvenir… De quel souvenir ? Il ignorait ce qu'il était supposé se rappeler, ou oublier. Tout se mélangeait dans sa tête.

Lorsqu'ils étaient sortis de l'agglomération, les routes s'étaient encore réduites. Jiminy Cricket avait remarqué qu'ils étaient à l'étroit, mais lui n'était pas d'accord. Il l'était bien moins que là d'où il sortait.

Peu à peu, les constructions s'étaient espacées, puis elles avaient presque disparu au profit d'arbres et de champs. Les voitures s'étaient raréfiées. Il aurait dû trouver le paysage plus paisible, mais c'était l'inverse. Les espaces verts qui s'étendaient à perte de vue sous le ciel immense le paniquaient. Il aurait voulu du bruit, plus de bruit.

Ils avaient fini par quitter la route pour emprunter un chemin de terre meuble plein de trous et de cailloux pointus. La voiture l'avait ballotté sur son siège jusqu'au pied d'une colline où se dressait une maison de pierre. Un cottage, lui semblait-il, puisqu'ils se trouvaient à la campagne. Autrefois blanche, la bâtisse paraissait ne plus trop savoir quelle couleur l'habillait. La peinture s'écaillait autour des fenêtres sales, la porte d'entrée tenait à peine debout. Il n'y avait pas de fleurs. Pas de chaleur. Une vieille voiture gris métallisé était garée à côté.

— C'est là. Ouste !

Il était descendu de voiture, avait regardé autour de lui. Une odeur différente imprégnait l'air. De sel. De mer. Il avait fermé les yeux, tendu l'oreille. Entendu de l'eau. Ils se trouvaient à proximité de la mer, ou d'un grand fleuve. Il avait aussi entendu des chiens, le genre de molosses qu'on laisse devant la porte pour qu'ils aboient contre tout ce qui bouge. Et puis un autre son, par-dessus. Une sorte de couinement saccadé transporté par le vent.

— C'est quoi ? Un enfant qui pleure ?

Jiminy Cricket avait fait comme s'il ne l'entendait pas.

Il avait insisté.

— Où on est ?

En guise de réponse, son compagnon avait esquissé un sourire.

Ils avaient contourné la maison et s'étaient arrêtés devant la caravane. C'est alors qu'il avait appris que c'était chez lui, maintenant.

Il étudia la remorque. Ses flancs mangés par la rouille, ses pneus à plat. Ses fenêtres poisseuses garnies d'horribles rideaux troués, comme rongés. Ça ne ressemblait pas à la liberté. Plutôt à une autre cellule.

Comme s'il était encore prisonnier, malgré l'immense ciel bleu au-dessus de sa tête.

La panique qu'il avait jusque-là réprimée se mit à bouillonner en lui.

— Je veux pas rester ici. Je dois y aller.

Il tourna les talons, mais une main se posa sur son bras pour le retenir.

— Tu n'iras nulle part.

Un rire, suivi d'une intonation hollywoodienne qui s'efforçait de rendre les mots plus légers.

— J'ai besoin de toi. Il me faut la magie du vieux *blade runner.*

Il ne comprenait pas ce qu'on lui racontait. Voulut s'éloigner.

— S'il te plaît. Je veux pas... rester ici. Je veux partir.

L'intonation hollywoodienne disparut, mais la main resta sur son bras.

— Où ? Dans un foyer ? Dans un *bed and breakfast* ? Pour être épié ? Forcé à signer un papier toutes les deux semaines ? C'est ce que tu veux ?

Il ne répondit pas.

— Un foyer. Avec des pédophiles et des meurtriers. Des vrais meurtriers, figure-toi. Pas comme toi. Sans oublier les cinglés et les psychopathes.

— Mais... C'était comme ça en prison.

— Peut-être, mais il y avait une énorme porte en métal pour te protéger. Tu crois que ce sera pareil au foyer ?

Son compagnon interpréta son silence comme un assentiment.

— C'est bien ce que je pensais. Crois-moi, tu es

beaucoup mieux ici. Et puis, on a conclu un marché tous les deux.

— Quoi ?

— Tu ne te souviens pas ? Il y a très longtemps.

Le sourire de son compagnon s'élargit, révélant des dents pointues de requin.

— Je t'ai dit que si tu jouais le jeu, tu finirais gagnant. C'est ce que je t'ai dit, non ?

Il ne s'en souvenait plus. C'était possible.

— J'avais un plan, non ? Il a fallu un peu de temps pour le mettre en œuvre, c'est tout. C'est un jeu de patience.

— Et c'est quoi, ce plan ? Qu'est-ce que j'y gagne ?

— Une nouvelle vie. Et ta revanche. Sur ceux qui t'ont envoyé derrière les barreaux, qui t'ont volé ton existence. Ah, je vois que je bénéficie de toute ton attention maintenant…

— Mais… Comment ?

— Tu verras.

Il lui indiqua de nouveau la caravane.

— Pour l'instant, mets-toi à ton aise, profites-en pour prendre du bon temps.

Ses yeux clignotèrent. Quelque chose le turlupinait.

— Mais je suis en liberté surveillée. Je dois signer. On me donne de l'argent pour vivre.

— Tu auras bientôt de l'argent. Autant qu'il te faudra. Même plus. Des millions.

— Mais, je… On va me rechercher. Mon nom…

— Tu en as un nouveau.

Ses paupières cessèrent de papillonner.

— Tout à fait, tu as un nouveau nom. Tu vas devenir quelqu'un d'autre, quelqu'un de complètement différent. C'est un nouveau départ. Qu'est-ce que tu dis de ça ?

Il réfléchit et, tandis qu'il cogitait, un sourire pointa sur ses lèvres. L'idée lui plaisait. Même beaucoup.

Son compagnon rit.

— Je pensais bien que ça te ferait plaisir.

— Qui je suis ?

— Tyrell. Malcolm Tyrell.

— Tyrell.

Il fit rouler le nom dans sa bouche pour voir s'il lui convenait.

— Malcolm Tyrell.

Jiminy Cricket partit d'un nouveau rire, puis désigna la caravane d'un geste.

— Monsieur Tyrell. Si vous voulez bien prendre vos quartiers.

Les chiens aboyaient toujours, mais il n'entendait plus les pleurs d'enfant.

Bien sûr qu'il le voulait. Rien ne lui aurait fait plus plaisir.

13

Tous les buveurs lorgnèrent Marina lorsqu'elle entra dans le bar.

Elle jeta un regard circulaire, habituant lentement ses yeux à la brusque obscurité qui contrastait avec la luminosité extérieure. Rudimentaire, dépouillé, l'intérieur trahissait, plus que des temps difficiles, une misère congénitale. À mesure que les ombres prenaient consistance, Marina nota que la clientèle s'accordait parfaitement avec le décor. Une poignée d'hommes qui l'observaient tous, le regard dur et méfiant. De la marchandise fut promptement dégagée des tables, des mains se dérobèrent. On l'avait jaugée, et aussitôt identifiée comme étrangère. Une présence officielle et importune. Les services sociaux, l'application des peines, la police… Ou simplement une folle échevelée atterrie là par hasard.

Elle se sentait comme un flingueur solitaire débarquant dans un saloon du Far West. S'il y avait eu un piano dans le pub, sa mélodie se serait interrompue.

Elle ravala sa nervosité avec l'espoir qu'elle ne se cristalliserait pas en peur, s'avança jusqu'au bar, posa ses deux mains sur le comptoir. Les retira aussitôt à son contact poisseux.

Massif et dans la force de l'âge, le barman évoquait un ancien boxeur engraissé. Le visage rouge et amoché, le crâne chauve et luisant de sueur. Il portait une chemise hawaïenne décolorée sur un jean de supermarché. Appuyé contre son tiroir-caisse, les bras croisés, il attendit sans bouger de voir ce qu'elle voulait et l'accueil que lui réserveraient ses clients. Ses yeux durs, pareils à deux silex enfoncés dans la bouillasse écarlate de son visage, ne la quittaient pas.

Je dois affronter ça, songea Marina. *Je dois le faire*. Le visage de Josephina s'imposa à son esprit. *Je peux le faire*. Elle braqua ses pupilles sur lui.

— Je cherche Tyrell.

Les mots sortirent de sa bouche avec plus de véhémence que voulu. Elle pria pour que son langage corporel s'accorde avec sa voix, se força à ancrer ses yeux dans ceux du barman.

Le silence qui régnait dans le pub s'épaissit, seulement troublé par le bla-bla du présentateur de chaîne sportive officiant dans le vieux poste noir qui encombrait un coin de la salle.

Mais personne ne prêtait attention à lui. Tous les regards étaient rivés sur Marina.

— Tyrell, il est ici ? tenta-t-elle de nouveau.

Les yeux du barman se détachèrent d'elle pour se poser dans son dos. Elle fit volte-face. Guignait-il un des buveurs assis dans la salle ? Si oui, lequel ? Tous faisaient mine de regarder ailleurs.

Elle se retourna vers le barman.

— Tyrell.

— Y a personne de ce nom ici.

Une voix grossière et hideuse, à l'image de son corps.

Marina sentit le désespoir sourdre en elle.

— S'il vous plaît…

Ses mots se bloquèrent dans sa gorge, mais elle persévéra.

— Tyrell. Il est là, Tyrell ? Je dois… Je vous en prie…

Le barman se pencha sur le bar pour la fixer. Marina voyait la transpiration perler sur sa peau cramoisie, sentait la chaleur qui émanait de tous ses pores.

— Y a personne de ce nom ici, j'ai dit.

— Je ne vous crois pas, lâcha-t-elle avant de pouvoir s'en empêcher, provoquant un haussement de sourcils surpris de son interlocuteur. Vous mentez.

Il la dévisagea, à court de mots. Puis un sourire s'étala sur son visage.

— Ah ouais ?

— Je m'excuse, reprit Marina, soudain embarrassée d'avoir laissé libre cours à ses émotions. Je… On m'a envoyée ici pour rencontrer un certain Tyrell. Il est censé être ici. Il…

Elle soupira.

— Il est forcément ici.

— Écoute, ma jolie. Je connais tout le monde dans ce troquet, et y a pas de Tyrell.

Elle parcourut l'établissement du regard, fouilla chaque visage à la recherche de la vérité, tel un détecteur de mensonge humain. Personne ne laissait rien transparaître. Les uns regardaient la télé. Les autres s'absorbaient dans la contemplation de leur verre. Un petit homme mal fagoté d'une quarantaine d'années scrutait Canvey Island à travers la minuscule lucarne du bar comme s'il venait de découvrir l'existence de cette île. Tous empêtrés dans leur désir de s'exhiber en train de secourir une damoiselle en détresse et leur crainte d'approcher d'un peu trop près la foldingue qui perdait les pédales devant la compagnie. Elle se retourna vers le barman.

— S'il vous plaît, il doit y avoir…

— Désolé, ma jolie, déclara-t-il avec une secousse de la tête. J'peux pas t'aider.

Marina jeta un dernier regard dans le bar, tenaillée par un sentiment d'impuissance qu'elle n'avait encore jamais éprouvé. Toute sa formation, toute son expérience partaient à vau-l'eau. Son esclandre avait neutralisé le moindre avantage dont elle aurait pu se prévaloir. Elle passa une main dans ses cheveux, regrettant de ne pas avoir Phil à ses côtés. Ces hommes n'auraient pas menti, pas résisté face à lui. Non, ils n'auraient pas osé. Elle décida de tenter sa chance une dernière fois. Elle n'avait rien à perdre.

Baissant la voix afin de n'être entendue que du barman, elle ramena ses yeux sur lui.

— Écoutez, Tyrell est ici. Il est forcément ici, on me l'a dit. Je dois le voir. Je dois lui parler, c'est important. *Très* important. Alors, je vous en prie, montrez-moi qui c'est pour que je puisse lui parler. Après ça, je vous ficherai la paix. S'il vous plaît.

— Écoute, poupée, je le ferais si je pouvais. Mais j'peux pas. Y a pas de Tyrell ici. Je connais pas de Tyrell. Point-barre.

Il haussa les épaules, comme si cela mettait fin à la discussion.

Désarmée, Marina sentit une rage impuissante l'envahir. L'image de Josephina s'évanouissait dans son esprit, emportant avec elle tout espoir de la retrouver. Elle se livra à une dernière tentative :

— Vous mentez. Vous mentez forcément. C'est important. Je dois trouver Tyrell. Je vous en prie, vous devez m'aider.

— Je dois rien du tout, poupée, à part tenir ce pub, observa-t-il avec un geste en direction du maigre étalage de bouteilles à bouchon doseur derrière lui. Un gin tonic ?

Elle refusa de la tête.

— Dans ce cas, tu ferais mieux de te tirer.

Marina ne savait pas où chercher, que penser, ni qu'éprouver. Surtout, elle ne savait plus que faire.

Love Will Tear Us Apart. Le téléphone. Elle l'extirpa de son sac, répondit.

— Sors, lui ordonna la voix.

Marina obéit. Elle plissa les yeux, assommée par la luminosité, le soleil et la chaleur. Elle avait oublié qu'il faisait encore jour.

— Alors, Tyrell est là ? demanda la voix. Tu l'as vu ?

— Non. Le barman dit qu'il n'y a personne de ce nom dans son pub.

La voix rit.

— C'est qu'il n'a pas tout à fait tort.

Marina fronça les sourcils.

— Quoi ?

— C'était un test. Histoire de vérifier que tu étais capable de suivre les instructions. D'obéir, de tenir ta langue et de semer la police. Tu as réussi. Bravo !

Elle sentit de nouveau les émotions enfler en elle. La colère, le malaise, le désespoir. Qui tournoyaient, emportaient sa tête dans un tourbillon.

— Où est-elle ?

Aucune réponse.

— Où est-elle ?

— Tu vas la voir. Quand tu auras fait ce qu'on attend de toi.

— Mais quand ?

— À bientôt…

— Quoi ?

Marina refusait de raccrocher, terrifiée à l'idée de voir s'envoler tout espoir de retrouver sa fille si la communication s'interrompait.

— Vous ne pouvez pas faire ça. Je vous en prie, j'ai fait ce que vous m'avez demandé. Je vous en prie…

— Tu as fait du bon travail jusque-là, ne fous pas tout en l'air.

L'appareil se tut dans sa main. Elle promena son regard autour d'elle, d'un côté et de l'autre de la rue, dans les renfoncements de porte, sur les passants. Il n'y avait personne d'autre dans les environs. Personne au téléphone.

Elle était totalement seule.

14

— C'était risqué.

— Mais payant. J'ai appris ce qu'on voulait savoir.

Elle secoua la tête. Ce n'était pas la question, et il le savait.

L'homme qui s'était présenté sous le nom de Stuart Milton s'assit près d'elle sur le lit. Elle l'attendait, vêtue de la tenue qu'il affectionnait. Toute de coutures, de talons, de clous, de lanières et de noir transparent. Le lit était soigneusement préparé, avec les entraves de cuir et de corde, les nœuds compacts et les lourdes boucles, les bandeaux et les accessoires. L'esclave était cloîtrée dans sa chambre. Ils avaient prévu une sauterie, rien que pour eux deux, mais les festivités étaient suspendues à présent.

Elle savait qu'il l'observait du coin de l'œil. L'absorbait, la caressait du regard. La langue pointée au coin de la bouche, se pourléchant inconsciemment. Des frissons s'éveillèrent en elle. Malgré tout ce qui se passait, elle éprouvait encore des frissons. Et lui aussi en éprouverait. Il ne pouvait pas lui résister, elle y veillait personnellement.

Immobile, concentrée sur sa respiration, elle se

regarda dans le grand miroir placé à un endroit stratégique. Elle était encore dans le coup. Les cheveux encore bruns, le visage encore lisse. La peau veloutée et bronzée, d'une belle couleur café. Les jambes galbées, les seins fermes. Elle aimait se contempler. Son reflet affirmait son identité.

Et justifiait les coûts d'entretien. Oui, le jeu en valait la chandelle. Largement.

Elle sentit ses mamelons durcir face à son reflet.

— Je leur ai donné un faux nom.

Lui aussi l'observait dans le miroir.

— Quoi ?

Il demeura un moment silencieux, le coin des lèvres retroussé par un sourire.

— Stuart Milton.

— Espèce de crétin ! Et s'ils…

— Aucun risque. Ils ne peuvent pas remonter jusqu'à moi, ni même faire le lien. Ne t'inquiète pas. J'ai joué mon petit numéro.

Son sourire s'ouvrit, révélant une bouche pleine de dents pointues.

— Tu aurais été fière de moi.

Elle ne répondit pas, se contentant de s'admirer dans le miroir. Son indifférence affichée finirait peut-être par l'irriter. Du moins, elle l'espérait.

— Elle a été emmenée à l'hôpital, dit-il, un ton plus haut. Ils ne l'ont pas, je le sais.

Elle ne détacha pas ses yeux du miroir.

— Comment le sais-tu ?

— C'est la police qui me l'a dit. Ils ne l'ont pas.

Elle lui présenta son visage. Plongea ses yeux dans les siens, les y ancra, sans ciller. La bouche pleine et rouge, telle une meurtrissure.

— Tu en es sûr ?

— Certain, affirma-t-il tandis que ses joues s'empourpraient. Je l'ai rattrapée le premier. Je l'ai empêchée d'y retourner. Et puis…

Elle devina qu'il se remémorait l'explosion. C'est à peine si elle n'en voyait pas le souvenir se refléter dans ses iris. Les flammes, la fumée…

— Elle a été emmenée à l'hôpital. La police dit que je lui ai sauvé la vie.

— Ce n'est pas ce qui était prévu.

— Non, convint-il, d'une voix qui monta encore d'un cran. Je sais. Mais il y a eu un changement de plan. Il a bien fallu puisque… Enfin, tu sais bien. Ils étaient sur place. J'ai dû improviser.

Il posa sa main sur son bras nu. Fit glisser ses doigts vers le pli de son coude. Elle sentit ses poils se hérisser sous cette caresse.

— Il faut faire preuve de souplesse, suivre le cours des événements, s'adapter. Quand on y pense, c'est plutôt excitant.

Elle ne chercha pas à l'arrêter. Ni à l'encourager. Pas besoin.

— Tu aurais dû suivre le plan à la lettre.

Il retira sa main, furieux. Se leva, s'éloigna. Elle le regarda partir, son souffle coincé dans sa gorge.

— Il n'y a plus de plan, déclara-t-il. Plus rien. J'y ai même laissé la voiture.

— Tu as laissé…

— Elle est partie en fumée avec le reste. Mais ne t'inquiète pas, ils ne pourront rien en tirer. Et puis, tout le monde a explosé. Ils doivent tous être morts à l'heure qu'il est.

— Tous sauf elle.

Il lui concéda ce point d'un hochement de tête.

— Oui, sauf elle.

— Et la fillette.

Il se retourna vers elle.

— Oui.

Sa voix grimpa encore. Mais plus de triomphe que de colère, cette fois.

— Tout à fait. La fillette. Et je sais où elle est.

— Tu n'en sais rien du tout.

— Si, je le sais. Tu sais qui j'ai vu là-bas, avant l'explosion.

Ce n'était pas une question. Juste une affirmation.

— Et tu sais ce qu'ils mijotaient. Ils ont la petite maintenant.

— S'ils ont la petite, la mère l'aura vite récupérée, articula-t-elle lentement, comme si elle expliquait la simplicité même à un enfant buté. Et on ne sera pas plus avancés.

— Faux !

Il se pencha au-dessus d'elle et lui saisit le menton, la forçant à lever les yeux vers lui, à le regarder. Elle résista, juste pour la forme. Ils savaient tous les deux qu'elle finirait par se soumettre.

— Faux ! Parce que j'ai feinté, j'ai semé le doute.

Elle se pourlécha.

— Explique.

— J'ai raconté que je l'avais entendue dire que c'était sa faute.

Une lueur traversa le regard qu'elle levait vers lui.

— C'était risqué.

— Je sais, mais ça a fait mouche. J'ai entendu les policiers parler entre eux. Elle était à l'hôpital, mais elle en est partie. Ils croient qu'elle a pris la fuite.

— Elle est donc allée les retrouver. Récupérer la petite.

Il sourit.

— Tu crois que c'est aussi simple ? Je te rappelle qu'ils ont une mission pour elle.

— Que fait-on, alors ?

— Élémentaire ! On suit la police. Elle nous conduira jusqu'à elle.

— Et eux ? On s'en charge comment ?

Il eut un nouveau sourire. Tout en dents, étincelant comme une lame de rasoir.

— On leur envoie le Golem.

Ses yeux s'écarquillèrent quand elle prit conscience de la portée de ses mots.

— Exactement, confirma-t-il, interprétant son silence. Qu'en dis-tu ?

Elle demeura muette, mais son souffle se fit plus lourd.

— Si on n'arrive pas à retrouver la trace de la petite et que la police ne nous conduit pas à eux par le biais de la mère, le Golem s'en chargera. Ce sera l'un ou l'autre.

Il serra sa mâchoire dans son poing.

— Et alors… on les tiendra !

Elle sentit son estomac se ratatiner, sa température augmenter. En particulier entre ses jambes. Comme si des anguilles électriques s'y lovaient, serpentaient en jetant des étincelles, à la recherche d'une sortie. Elle maintint ses yeux dans les siens, entrouvrit la bouche. La meurtrissure avait éclos. Il la considéra avec un sourire.

Il ne restait, sur ses traits, plus rien de l'esthète de classe moyenne qui lit le journal au petit déjeuner. Le vernis de courtoisie s'écaillait, cédant la place à quelque chose de sauvage, de charnel. Un désir primitif. Lâchant brutalement son visage, il retira à la hâte sa veste en daim. Tira sur les boutons de sa chemise.

Elle se laissa aller en arrière sur le lit, appuyée sur ses coudes. Les yeux rivés sur lui, elle écarta lentement les jambes, ses seins se soulevant et s'abaissant à chacune de ses respirations. Elle vibrait de désir pour lui. Pour ce qu'il pouvait lui donner.

Une fois nu, il la rejoignit. Elle vit tout de suite qu'il était dur à souhait. Elle sourit tandis qu'il se rapprochait d'elle. La serrait. La dominait de son corps chaud.

— Tu m'aimes ? lui demanda-t-elle d'une voix basse et pressante. Tu m'aimes ?

— Oui, répondit-il dans un sifflement, mâchoires serrées.

Ses yeux s'élargirent, sa voix tomba dans les graves.

— Tu me hais ?

La réponse se noya dans un grognement tandis qu'il l'empoignait avec brutalité.

Mais il fallait qu'elle l'entende.

— Tu me hais ?

— Oui.

Sa voix n'était plus qu'un rugissement féroce.

Elle sourit. Tant mieux.

— Alors montre-le-moi. Montre-moi ce que tu ressens pour moi.

Il se mit à califourchon, en équilibre, ses jambes fortes et musclées de part et d'autre d'elle. Puis il catapulta sa main droite derrière lui et, les yeux dans les siens, l'abattit sur elle.

La gifle s'écrasa sur sa joue, projetant violemment sa tête vers la droite. Elle la ramena rapidement, soutint son regard. Le visage rempli de douleur, les yeux remplis de désir.

— Encore ! Fais-moi mal !

Il frappa encore. Sa joue s'empourpra, se tuméfia.

— Encore !

Il recommença.

Et encore. Guidé par la rage et un désir lubrique.

Elle l'aimait. Comme elle n'avait encore jamais aimé personne.

Il continua de la brutaliser. D'une main, puis des deux. Le visage, puis le corps.

Elle ferma les paupières. Perdue dans la douleur.

Perdue dans l'extase.

Perdue dans un amour exclusif et spécial.

15

Marina marchait lentement en direction de la voiture. À pas de condamné. Le cœur plus lourd qu'il ne l'avait été depuis longtemps. Plus lourd qu'il ne l'avait peut-être jamais été.

Elle ouvrit la portière, s'assit sur le siège du conducteur. Reposa sa nuque contre l'appuie-tête. Elle entendit ses sanglots avant de sentir les larmes sur son visage. Comme si elle renfermait en elle quelque chose de si noué que cela ne pouvait s'échapper que par éruptions brèves et saccadées. De la colère. De la douleur. Un sentiment de perte. D'impuissance.

Josephina. Phil. Don et Eileen. Sa vie.

Autant d'épées aiguisées par l'émotion qui s'abattaient sur elle, l'atteignant à chaque coup, la transperçant, lui entaillant les chairs.

Elle comprima les poings. Martela le volant avec des hurlements. Le pilonna, le rossa. Pas un mot ne sortait de sa bouche, juste une rage incohérente. Elle frappa, frappa encore. Et encore. Jusqu'à ce qu'il ne reste plus rien à expulser, qu'elle ne trouve plus l'énergie de l'évacuer, qu'elle soit épuisée. Alors elle demeura assise, la tête renversée en arrière, les yeux clos, la respiration haletante comme sur la ligne d'arrivée d'un marathon. Vidée. Vidée et déprimée. Ses émotions fracassées, consumées.

Elle savait que cela ne durerait pas. Que ce sentiment serait passager. Elle se remplirait de nouveau et les émotions accumulées en elle réclameraient un exutoire. Il venait de se produire un tel cataclysme dans son existence que c'était inévitable.

Elle espérait juste réussir à y faire face.

Love Will Tear Us Apart.

Elle se jeta sur son sac, négligemment abandonné sur le siège du passager. Elle le vida de son contenu, envoyant tout valser dans l'habitacle exigu, jusqu'à mettre enfin la main sur le téléphone portable. Décrochant, elle le plaqua contre son oreille.

— Allô ? lâcha-t-elle d'un timbre aigu, strident. Allô ?

Elle déglutit, s'efforçant de contenir le désespoir qui grandissait en elle.

— Allô ?

— C'est bien.

La voix. Égale à elle-même.

Marina resta muette, dans l'expectative. Jusqu'à se voir contrainte de briser le silence qui se prolongeait à l'autre bout du fil.

— Où est-elle ? Où est Josephina ?

— Chaque chose en son temps.

— Je veux lui parler, entendre sa voix…

— Pas encore. Tu dois encore… Il te reste quelque chose à faire.

Sa détresse enfla. Une vague de rage impuissante déferla dans tout son être, parcourant ses jambes et ses pieds de picotements, recroquevillant ses orteils.

— Mais… S'il vous plaît, laissez-moi parler à ma fille.

Seul le silence lui répondit.

— Je vous en prie…

Toujours le silence. Elle distingua un bruissement étouffé. Des voix assourdies, des chuchotements. Rien d'intelligible. Puis, enfin :

— Pas encore. Pas tant que tu n'as pas fait le boulot.

Les larmes menaçaient de nouveau. Elle ne se sentait plus la force d'y résister.

— Quel boulot ? demanda-t-elle, résignée. Dites-le-moi, je le ferai.

— Entre ça dans ton GPS, ordonna la voix en lui dictant un code postal. Vas-y. Les instructions suivront.

Elle tenta de rassembler ses idées. De retrouver ses réflexes de psychologue.

— Pourquoi faites-vous ça ? demanda-t-elle. Écoutez, on pourrait parler. Comment… Comment vous appelez-vous ?

Un rire amer retentit.

— N'essaye même pas tes conneries de profileur avec moi. Tu perds ton temps.

— Mais…

— Démarre.

Elle ne trouva pas la force de discuter.

— Les règles restent les mêmes. Ni police ni personne. Aucune trace. Tu t'en es bien sortie jusque-là, ne gâche pas tout maintenant.

— Et après ? Je pourrai voir ma fille ?

— Si tu es sage et obéissante.

— Je vous en prie, ne… ne lui faites rien. Ne lui faites pas de mal, s'il vous plaît.

La communication fut coupée.

Jamais Marina ne s'était sentie aussi seule au monde.

Elle posa l'appareil sur le siège du passager, perché sur la montagne de rebuts exhumés de son sac. Puis elle passa la première et quitta le parking.

Sans lâcher de l'œil le téléphone. Juste au cas où il sonnerait. Avec l'espoir qu'il sonnerait.

Mais il ne sonna pas.

16

Un couloir monotone de plus, dans un hôpital de plus. Depuis le temps, Mickey Philips aurait dû y être habitué, mais il ne s'y faisait pas. Et, d'une certaine manière, il s'en estimait heureux.

Au fil des années, de l'uniforme au civil, il s'était assis sur d'innombrables chaises en plastique, buvant du jus de chaussette et trompant l'ennui en lisant et relisant des affiches remplies de conseils sévères. Des conseils qu'il oubliait sitôt parti, trop soulagé de quitter les lieux. Mais assis sur une chaise en plastique de plus, un gobelet de lavasse de plus entre les mains, il était assailli par les souvenirs.

Attendre. Toujours attendre. Que les victimes d'accidents de la route reprennent conscience et découvrent leurs pertes, anatomiques ou psychologiques. Leur rappeler leur chance d'être en vie. Lire dans leur regard qu'elles ne partagent pas cet avis.

Attendre que des femmes dont le mari transforme le domicile en zone de combat et le corps en punching-ball ou cible de tir sortent du bloc. Vérifier si ce dernier exercice tactique d'amour vache leur a insufflé le courage de porter plainte et de couper les ponts pour prendre un nouveau départ, de mettre fin à la guerre pour gagner la paix. Ou si, au contraire, elles en ressortent affaiblies et brisées, prêtes à donner une autre chance à leur futur meurtrier, parce qu'il les aime vraiment, au fond.

Attendre que des enfants blessés soient ouverts et opérés, et voir exposer au grand jour le gigantesque mensonge des convictions parentales sur le monde et leur place en son sein. Voir la vie rompre ses promesses sans qu'il y ait personne à qui s'en plaindre.

Chaque fois, Mickey attendait sur sa chaise en plastique en espérant ne pas se retrouver contaminé par leur chagrin. Mais, cette fois, c'était différent. Cette fois, il était l'ami éploré, le parent inquiet. Celui qui levait la tête à chaque passage d'un infirmier ou d'un médecin. Qui demandait des nouvelles, quand bien même il savait qu'il n'obtiendrait aucune réponse tant qu'il n'y en avait pas à donner. Quand bien même il savait qu'il devait attendre, comme tout le monde.

Cette fois, c'était son chef. *Son chef.* Se mettre dans des états pareils pour son boss, qui l'eût cru ? Mais plus Mickey y pensait, plus il y croyait.

Car Phil Brennan était plus qu'un chef pour Mickey. Quand d'autres au sein des forces de police ne voyaient en lui qu'un raté borné toujours sur le fil du rasoir, Phil avait décelé un talent et lui avait accordé une chance. Et Mickey s'était montré à la hauteur des espérances de l'inspecteur principal. Et des siennes, aussi. Du moins s'y était-il évertué. Phil l'avait encouragé, formé. Il avait révélé en lui des talents dont Mickey ignorait lui-même l'existence, pour en tirer le meilleur inspecteur-chef possible. Ainsi valorisé au sein de l'équipe du MIS, la brigade d'intervention criminelle sous la direction de Phil, Mickey s'était senti, pour la première fois de sa carrière et de sa vie, à sa place. Pour lui, Phil était donc plus qu'un chef. C'était l'un des siens. Un être cher, plus important encore que la famille.

La double porte au fond du couloir s'ouvrit sur un homme râblé et massif. Les cheveux roux, la figure rouge, la petite quarantaine. Manifestement mal à l'aise dans un costume pour toutes occasions, heureuses et malheureuses, qu'il semblait porter sous la contrainte. On aurait dit un rugbyman à la retraite, néanmoins capable de surprendre par une pointe de vitesse ou un accès d'agressivité.

L'inspecteur divisionnaire Gary Franks. Le nouveau chef de Phil. Et de Mickey, par la même occasion.

Il s'arrêta devant l'inspecteur-chef.

— Du nouveau ? demanda-t-il de son accent gallois aussi peu discret que ses cheveux roux. Comment va notre homme ?

Mickey se leva et se débarrassa de son gobelet en plastique dans une poubelle voisine, heureux de se voir libérer de l'obligation de le terminer.

— Toujours pareil. Il est au bloc.

— Quelles sont ses chances ?

Mickey haussa les épaules.

— Plutôt bonnes, d'après les médecins. S'ils peuvent… Vous savez…

Les traits assombris, il observa :

— Toujours meilleures que celles de son père.

Franks en convint d'un signe de tête.

— Une triste affaire. Son père disparu comme ça, sa mère qui s'accroche… Des nouvelles de sa fille ?

— Toujours rien.

Les mots semblaient franchir les lèvres de Mickey à contrecœur.

— Les hommes de la police scientifique sont sur les lieux. Ils pensent que si elle se trouvait tout près, l'explosion aurait pu…

Il n'acheva pas sa phrase.

— Mais rien n'est sûr, observa Franks.

— Des agents en uniforme font du porte-à-porte. C'est la priorité. Si quelqu'un l'a vue, ils auront tôt fait de le découvrir.

— Et Marina ?

Mickey s'apprêtait à annoncer à son supérieur la disparition de la psychologue lorsque l'inspecteur Anni Hepburn fit irruption dans le couloir, essoufflée et transpirante. Sa poitrine se soulevait et s'affaissait au rythme de sa respiration haletante, sa peau sombre luisait sous un voile de sueur. En dépit des circonstances, Mickey ne put s'empêcher de lui couler un regard béat. Même plusieurs. Qu'elle surprit tous. Un sourire lui chatouilla le coin des lèvres, mais elle repassa aussitôt en mode professionnel.

Cela faisait des mois que Mickey et Anni se tournaient autour, en proie à une incontestable force d'attraction, sans toutefois qu'aucun ose franchir le pas de peur qu'une histoire se termine mal et signe la fin d'une belle amitié. Sans parler d'une relation de travail fructueuse. L'attirance n'en demeurait pas moins. Quand ils se trouvaient en présence l'un de l'autre, elle grésillait dans l'air comme de l'électricité statique.

— Justement la personne qu'il nous faut, remarqua Mickey.

— Désolée, je suis venue aussi vite que j'ai pu, dit Anni, s'efforçant de dompter sa respiration.

Franks se retourna vers elle.

— Des nouvelles de Marina ?

Anni lança un regard hésitant à Mickey, qui le lui retourna. Elle n'avait pas le choix.

— Elle est partie.

— Comment ça, partie ? la questionna Franks. Partie où ?

— Je n'en sais rien, déclara-t-elle, circonspecte.

Les derniers inspecteurs divisionnaires à la tête du MIS n'y avaient pas laissé un souvenir impérissable. Mais Franks, brusque et franc, d'une honnêteté qui frisait parfois la grossièreté, semblait différent. Il avait été nommé à la tête de la brigade pour y apporter de la stabilité et une assise solide. Il n'était pas arrivé depuis longtemps, mais tous s'étaient pris de sympathie pour lui. Il avait su gagner le respect de ses subalternes, une considération qu'il leur rendait bien.

Franks lui décocha un regard qui aurait terrifié le premier rang de spectateurs d'un film d'angoisse.

— Elle a pris ma voiture, ajouta-t-elle.

Il fronça les sourcils.

— Que s'est-il passé ?

— Elle m'a dit qu'elle allait aux toilettes et elle s'est envolée.

— Et vous l'avez laissée faire.

— Elle ne m'a pas demandé mon avis.

Mickey vit Anni perdre contenance sous le regard scrutateur de leur supérieur.

— Dans quel état se trouvait-elle ? l'interrogea Franks.

— D'après vous ?

Comme il se dispensait de répondre, Anni reprit :

— Elle fait partie de l'équipe. C'est l'une des nôtres, elle reviendra peut-être.

— Vous pensez ?

— Je me mets à sa recherche, annonça Mickey. J'étais juste passé voir si elle avait laissé des éléments derrière elle, mais il n'y a rien.

— Et elle n'a contacté aucun de vous ?

Ils répondirent tous les deux par un mouvement négatif de la tête.

— Il y a autre chose.

Franks et Anni portèrent leur attention sur Mickey.

— On a un témoin à Aldeburgh, l'homme qui a empêché Marina de retourner à l'intérieur du cottage. Il a déclaré à l'inspecteur-chef James, de la police du Suffolk, que Marina criait quelque chose en s'élançant vers les flammes. Elle aurait dit : « Qu'est-ce que j'ai fait ? »

Un silence suivit sa révélation. Franks lui adressa un long regard pénétrant.

— « Qu'est-ce que j'ai fait ? » Vous en êtes certain ?

Mickey confirma de la tête.

— Ça peut vouloir dire tout et n'importe quoi, remarqua Anni. Peut-être qu'elle se croyait responsable de l'incendie, qu'elle croyait que... Je ne sais pas, qu'elle avait laissé le gaz ouvert.

— Elle vous a parlé de quelque chose ?

— Non, fut-elle forcée de reconnaître. Elle ne m'a rien dit là-dessus.

— « Qu'est-ce que j'ai fait ? »

Franks s'absorba dans ses réflexions. Puis il releva la tête vers ses deux inspecteurs.

— Vous qui travaillez avec elle depuis plus longtemps que moi, qu'en pensez-vous ?

— Vous la suspectez ? demanda Anni. Vous pensez qu'elle aurait délibérément plastiqué sa propre famille ?

Franks haussa les épaules.

— Est-ce envisageable ?

— Non, répondit-elle. Absolument pas.

Mickey se rangea à cet avis.

Franks branla de la tête.

— Prendre la fuite, c'est un signe infaillible de culpabilité.

— En général, monsieur, remarqua Mickey. Mais pas toujours.

— Dans quatre-vingt-dix-neuf pour cent des cas, répliqua l'inspecteur divisionnaire. Et, pour l'instant, c'est tout ce que nous avons à nous mettre sous la dent. Étant donné que nous ne pouvons pas lui poser directement la question…

Il promena son regard d'un côté et de l'autre du couloir. À son expression, Mickey eut la nette impression que Franks partageait son sentiment sur les hôpitaux.

— Bien. L'affaire relevant de la juridiction du Suffolk, ne donnons pas l'impression de marcher sur leurs plates-bandes. Ils enquêtent sur l'incendie au cottage et la disparition de la petite.

Il pointa son index sur Mickey.

— Mais vous, vous allez vous mettre à la recherche de Marina. En l'absence de toute autre piste et au vu de sa petite escapade, tout porte à croire qu'elle a de sérieux comptes à rendre, même si cela nous coûte de l'admettre.

Il se retourna vers Anni.

— Restez encore un peu sur place. Voyez ce que vous apprenez de Phil Brennan et de sa mère quand ils se réveillent.

Un silence s'abattit sur eux. Aucun des trois n'osait remplacer ce « quand » par un « si ».

— Je vais appeler cet inspecteur-chef… James, c'est bien ça ?

Mickey confirma de la tête.

— D'accord. Je vais voir s'il peut réinterroger le témoin, dénicher de nouvelles pistes.

— Elle, corrigea Mickey.

— Quoi ?

— Elle, répéta Mickey en avalant sa salive. James est une femme.

Il sentit les yeux d'Anni sur lui, mais il n'osa pas la regarder.

— Elle, c'est noté.

L'inspecteur divisionnaire porta son regard vers le bout du couloir avant de le reposer sur eux.

— Quelque part par là, il y a un bloc opératoire, observa-t-il dans un murmure rauque. Et dans ce bloc, des chirurgiens essaient de sauver la vie de l'un de mes meilleurs éléments. Je ne suis pas à la brigade depuis longtemps, mais ça ne veut pas dire que je ne sais pas reconnaître des bons flics quand j'en vois. Et c'est ce que vous êtes tous. De sacrés bons flics. Je ne peux pas me permettre de perdre l'un de vous.

Mickey et Anni l'écoutèrent en silence.

— Alors retroussez-vous les manches et trouvez-moi le coupable. Cet incendie était volontaire. Nous recherchons un meurtrier. Et, qui que soit cette personne, je veillerai personnellement à ce qu'elle soit appréhendée et menée devant la justice. Elle a commis une grosse erreur en s'attaquant à l'un des nôtres.

Il posa chacune de ses mains sur l'épaule de ses inspecteurs.

— L'un des nôtres. Nous ne le tolérerons pas.

Il se redressa, laissa retomber ses mains.

— Allez, au travail !

Il n'eut pas à le répéter.

Anni et Mickey avaient déjà tourné les talons et disparu.

17

Avec son toit en pente, sa façade terne et ses innombrables rangées de fenêtres minuscules s'ouvrant à peine, l'hôtel ressemblait à une prison. Il ne lui manquait plus que des murs de briques et une clôture surmontée de barbelés acérés.

Calme, claire et impassible, la voix féminine du GPS lui annonça qu'elle était arrivée à destination. Marina s'arrêta sur le parking, coupa le contact et attendit.

En chemin, elle s'était prise à nourrir l'espoir que ce trajet la mènerait quelque part. À une fin. Des retrouvailles avec sa fille. Un retour dans le foyer familial. C'était un espoir fou, elle le savait. Les ravisseurs n'entendaient pas lui rendre sa fille tout de suite. Mais une fois que l'idée avait germé dans son esprit, sa raison s'était révélée incapable de l'enrayer. Et elle avait grandi, grandi, jusqu'à ce que, suivant les instructions du GPS, elle quitte l'A120 pour pénétrer sur le parking d'un établissement anonyme de chaîne hôtelière. Et comprenne qu'elle ne retrouverait pas Josephina. Pas maintenant.

Ni jamais.

Cette pensée lui porta un coup presque physique. Des couteaux aussi affilés que des lames de rasoir s'enfoncèrent dans sa chair et lui raclèrent les os. Non. Elle ne pouvait pas l'envisager. Elle ne s'y autoriserait pas. Sinon…

Non. Elle se l'interdisait.

Et puis, il y avait Phil, inconscient sur un lit d'hôpital. Comme elle aurait voulu être près de lui. Le serrer dans ses bras, entendre sa voix. Encore un bonheur qui ne lui serait peut-être plus jamais donné.

Elle songea à contacter l'hôpital. Ses doigts se posèrent même sur les touches du téléphone. Mais elle s'arrêta. Et si l'appareil était sur écoute ? Elle n'aurait plus qu'à dire adieu à sa fille. Aussi renonça-t-elle à prendre des nouvelles de Phil.

Elle consulta le GPS avec l'espoir, toujours cet espoir, d'avoir saisi un mauvais code postal. Pris une mauvaise direction, peut-être. Commis une erreur quelque part. Mais non. C'était bien l'endroit où elle devait se rendre.

L'hôtel avait été choisi avec soin. À l'intersection de l'A120, qui reliait l'Essex à l'Hertfordshire, et de l'embranchement en direction de Braintree, il se dressait seul au milieu de terrains vagues. Un phare de monotonie dans un désert de néant.

Facile à observer de la route qui le dominait. Facile à surveiller.

Elle jeta un coup d'œil par la vitre, fouilla du regard le parking à la recherche d'un individu suspect, quelqu'un à qui elle puisse imputer son martyre, la raison de sa présence ici. Les lieux étaient presque vides. L'hôtel accueillait principalement des hommes d'affaires de passage. Aucun touriste ne s'y serait aventuré, surtout pas un soir de Vendredi saint.

Les lampes à vapeur de sodium s'allumaient, baignant le parking d'une brume crépusculaire. Dans l'obscurité grandissante, les voitures formaient des taches sombres luisantes, tels des insectes rassemblés pour la nuit.

Elle soupira. Songea à son mari. À sa fille. Avec l'impression d'avoir été éviscérée, ses entrailles creusées à l'acide.

Love Will Tear Us Apart.

Elle saisit le téléphone.

— Oui ?

— Bien arrivée ? Pas trop d'embouteillages ?

En quelques heures à peine, elle en était arrivée à haïr cette voix. Moqueuse. Rieuse. Joueuse. Sa main se mit à trembler sur le combiné.

— Où est-elle ? Où est ma fille ?

— Elle va bien. Pour le moment. Tant que tu fais ce que je…

La voix prit une inspiration, puis marqua une pause avant de corriger :

— Ce qu'on te dit de faire.

La colère s'empara de nouveau de Marina. Impuissante, brûlante.

— Mais qu'est-ce que je dois faire ? Dites-le-moi, je le ferai.

— Commence déjà par t'accorder une bonne nuit de sommeil. Une longue journée t'attend demain.

— Pardon ?

La voix soupira, comme si elle se voyait contrainte d'expliquer un fait d'une grande simplicité à une personne d'une plus grande simplicité encore.

— Repose-toi. Dors. Tu dois être en pleine forme pour demain.

— Comment voulez-vous que je dorme ? Avec tout ça, avec ce que vous… vous… Ma fille…

Le feu sacré l'abandonna. Soudain, elle se sentit lasse. Si lasse que le seul fait de tenir le téléphone contre son oreille lui réclamait un effort.

— C'est fini ? Bon ! Entre dans l'hôtel et prends une chambre. Ce n'est pas ça qui manquera un week-end de Pâques. Tous les gens sont chez eux en famille, à se demander pourquoi il faut que les commerces ferment plus tôt et que la télé ne passe que de la merde sous prétexte que des bricoleurs du dimanche se sont entraînés à planter des clous sur Jésus. Et attends l'appel.

Elle demeura silencieuse.

— Tu es toujours là ?

— Oui.

— Je préfère. Tout le monde trouvera plus vite son compte si tu suis les instructions.

Marina avait l'impression que des poids de plomb la maintenaient sur son siège.

— Un dîner, du repos, un petit déjeuner, une douche. Et j'insiste sur la douche. Demain, le travail commence pour de bon.

Marina soupira. Des barreaux se dressaient tout autour d'elle. Où qu'elle aille, elle était prisonnière.

— Et Marina… N'essaie même pas de te faire la malle. Ni d'appeler au secours tes petits copains chez les flics ou de bavasser à l'hôtel. On te surveille. Chaque seconde.

La ligne fut coupée.

Elle jeta l'appareil sur le siège du passager, de

résignation plus que de rage. Puis, se ravisant, elle le fourra dans son sac.

Elle descendit ensuite de voiture et traversa le parking jusqu'à l'hôtel.

Prête pour une nuit sans sommeil.

18

La salle de sports appartenait à une espèce en voie de disparition. Comme les hommes à l'intérieur.

Son entrée se situait au bout d'une vieille ruelle dégradée du quartier de Bethnal Green, dans l'est de Londres. Les rues des environs avaient succombé à un embourgeoisement rampant à mesure que les bobos branchés de la nouvelle génération et les cols blancs de la City s'improvisaient explorateurs urbains pour y acquérir des propriétés. Si la ruelle avait jusque-là résisté à leurs avancées, le délabrement de ses briquetages et la hausse des loyers présageaient sa fin imminente. Et avec elle, celle de cette salle dont les murs de briques bruts suintaient de condensation et les planchers de bois nus baignaient dans des décennies de transpiration. Remplacée par une agence de pub, peut-être, si ce n'était une boîte de marketing ou un café.

Le ring accueillait encore des boxeurs. Deux adolescents filiformes virevoltaient l'un autour de l'autre en débardeur et en short, la tête et les mains capitonnées, concentrés sur le combat. Leur entraîneur criait ses instructions derrière les cordes. Le long du mur, on soulevait des poids, on frappait dans des sacs. Des hommes, jeunes et moins jeunes, de toutes les couleurs, du blanc terreux au noir profond, chauffaient la salle. Il n'y avait pas d'embrouilles, rien que la grande camaraderie de l'agressivité maîtrisée.

Il en allait autrement au niveau du dessous. Les habitués, les bons clients, n'avaient ni l'occasion ni la nécessité d'y descendre. Car un autre genre d'agressivité y régnait. Sans maîtrise, sans règles. Le sous-sol abritait une pièce insonorisée. Un endroit à louer pour échanger des liasses ou régler des comptes. À condition de mettre la main au portefeuille.

Mike Dillman le savait. Tout comme il savait, quand il avait rencontré Lisa, que cette nana lui donnerait du fil à retordre. Et c'était pour cette raison qu'il l'avait épousée. Lisa était une grande gueule, une fougueuse. Et bagarreuse avec ça, toujours prête à partir au quart de tour. Il aimait son sale caractère, parce que c'était aussi ce qui faisait d'elle un si bon coup au pieu. Le revers de la médaille, c'était sa jalousie maladive. À peine regardait-il une autre gonzesse qu'elle lui tombait dessus. Or Mike ne s'était pas contenté de regarder. Et plutôt deux fois qu'une. Assis sur une chaise au milieu de ce sous-sol, il commençait toutefois à regretter de ne pas avoir gardé ses yeux et ses mains dans sa poche.

Il avait l'impression d'avoir crevé. Les bras attachés dans le dos, les jambes ligotées aux pieds de la chaise, la chemise ouverte. Le visage dégoulinant de sang. Le corps déchiré de douleur, comme traversé par un courant électrique.

Lisa se tenait debout devant lui, ruisselante de sueur. À son poing luisait du métal lourd taché de sang. Sa poitrine se soulevait au rythme de son souffle et une lueur primitive enflammait son regard. Elle était de toute beauté, il fallait lui rendre cette justice.

Derrière elle, un homme en costume attendait sur une chaise, un magazine porno ouvert sur les genoux. L'air de s'ennuyer à mourir, il jeta un coup d'œil à sa montre.

— Ça y est ? demanda-t-il. C'est fini ?

Lisa secoua la tête, puis lança un regard à l'horloge au mur.

— Il me reste un quart d'heure. J'ai payé, j'en veux pour mon pognon.

L'homme haussa les épaules.

— C'est toi qui décides.

Puis il se replongea dans son magazine.

Lisa reporta son attention sur Mike. Cette haine dans ses yeux, cette rage. Ce qu'elle était belle ! Quand elle se mettait dans des états pareils, ça se terminait toujours par une inoubliable partie de jambes en l'air. Mike n'aurait pas dit non, malgré ce qu'elle lui avait infligé.

— T'as retenu la leçon ? gueula-t-elle. Ça t'a coupé l'envie d'aller tirer ton coup à droite à gauche ? Remarque, peut-être pas… Peut-être qu'il faut que je te rappelle encore à qui t'es marié…

— Non, parvint-il à souffler d'une voix qu'il ne reconnut pas. Je m'excuse. J'ai… J'ai compris, je recommencerai pas. Viens… Viens, on rentre à la maison.

Lisa inclina la tête, puis donna de l'élan à son poing pour l'écraser sur son menton. La tête de Mike se renversa en arrière dans des gerbes de sang et de salive. Nom de Dieu, ça faisait un mal de chien ! Mais quand même moins que la dernière fois. Elle s'épuisait. Comme son temps.

Elle recula d'un pas et l'étudia, tête penchée.

— C'est bon, dit-elle sans se retourner. J'ai fini.

Mike releva la tête.

— Je suis désolé. Viens, aide-moi… et on n'en… on n'en parle plus, d'accord ?

Lisa s'éloigna sans lui adresser un regard.

L'homme au costume se leva, lui jeta une serviette.

— Va te nettoyer. On s'occupe de terminer ici.

Mike Dillman regarda sa femme quitter la pièce, perplexe. Posant son magazine sur sa chaise, l'homme considéra le pantin sanguinolent assis devant lui.

— Tu devrais pas faire le con, dit-il sur le ton du simple constat, sans la moindre note de jugement. Regarde où ça te mène.

— Ouais. On m'y reprendra plus.

Mike essaya de bouger ses bras. Ce qu'il douillait ! Il leva la tête vers l'homme, s'efforçant de le distinguer entre ses paupières gonflées.

— Vous… Vous allez me détacher ?

— J'ai juste un peu de ménage à faire.

L'homme s'enfonça dans l'obscurité de la pièce, exécuta un geste. Une ombre se détacha alors du mur sombre pour s'avancer vers Mike. Sur son visage amoché se peignit alors une expression de stupeur.

De terreur.

L'ombre approcha, révélant un homme aux cheveux ras, vêtu d'un tee-shirt et d'un jean enfoncé dans des chaussures montantes. Un vrai colosse. Pourtant, ce n'est pas sa taille qui retint l'attention de Mike, mais sa peau. De la couleur de la fumée, de la pénombre. Grise.

— Qui… Qui c'est ?

— Le Golem, lui répondit l'homme en costume d'une voix de professionnel. Mais, pour toi, la dernière personne que tu verras avant de clamser.

Les mots de l'homme s'imprimèrent dans le cerveau de Mike, qui fut soudain saisi de tremblements. Oubliée la douleur, il ne pensait plus qu'à une chose : fuir, vivre. Il entendit des cris, des beuglements. Comprit qu'ils s'échappaient de sa gorge. Il s'égosilla de plus belle.

— Désolé, mon pote, dit l'homme en costume. L'affaire n'est plus entre mes mains. Elle a payé pour la totale. D'abord elle te règle ton compte, ensuite on se débarrasse de toi. Et pas la peine de brailler, c'est insonorisé ici. Comporte-toi en homme, tu veux ?

Le Golem s'approcha de Mike, qui s'époumonait toujours.

Mais alors qu'il tendait la main vers lui, une sonnerie résonna dans la pièce.

Merci mon Dieu ! songea Mike. *Merci mon Dieu !*

L'homme en costume fronça les sourcils. Le Golem, lui, sortit un téléphone portable de sa poche de jean et jeta un regard à l'écran.

— Je dois prendre, annonça-t-il avec un accent étranger.

Portant l'appareil à son oreille, il écouta. Mike l'observait, la bouche ouverte, le souffle coupé.

— Maintenant ?... Où ?... Combien ?...

Il acquiesça de la tête.

— D'accord.

Rempocha le téléphone.

— C'est pas pour te presser, vieux, mais on en a un autre à 19 heures, intervint l'homme en costume.

— Pas de problème, répondit le Golem avec son accent à couper au couteau. Juste quelques secondes.

— Non ! lâcha Mike. Non, non !

Le Golem tendit le bras pour refermer une énorme main autour de son cou. Mike plongea ses prunelles dans les siennes. Il s'attendait à y voir quelque chose, n'importe quoi, sa vie qui défilait. Mais il ne vit rien. Rien que deux puits gris et vides.

Non, pensa-t-il, *ce n'est pas juste. Pas question. Non ! Ma vie ne va quand même pas se terminer comme ça. Ce n'est pas... Je...*

Un craquement et ce fut terminé. Mike Dillman n'était plus de ce monde. Le Golem se redressa, tourna les talons.

— Tu laves, dit-il en passant devant l'homme en costume. Il y a de la pisse et de la merde.

Et il disparut dans la pénombre.

L'homme en costume le regarda partir, puis rejoignit le centre de la pièce pour commencer le nettoyage.

Au moment de s'emparer du balai, il remarqua que ses mains tremblaient.

Et pas qu'un peu.

19

L'inspecteur-chef Jessica James jeta un nouveau regard sur son calepin. Elle releva la tête, la rebaissa sur ses notes. Cela ne concordait pas.

La maison devant elle ne ressemblait en rien à celle qu'elle avait imaginée. Elle s'attendait à découvrir une bâtisse ancienne, certes, mais bien entretenue. En bois, peut-être. Voire à clins. Bourrée de charme et de caractère. Originale, même. Mais d'une singularité placée sous le signe de l'argent et du goût. D'une élégante discrétion. Avec des céramiques bleu et blanc sur le rebord des fenêtres.

Bref, rien de ce qui s'offrait à son regard. La construction était ancienne, soit, mais l'entretien laissait à désirer. La peinture des encadrements de fenêtre s'écaillait, leur bois pourrissait autour des carreaux. Des marbrures de moisissure vertes décoraient la façade autrefois blanche. Une allée de béton défoncée courait jusqu'à la porte, envahie par les herbes folles qui poussaient dans les fissures.

Jessie n'arrivait pas à se figurer Stuart Milton dans une maison pareille.

L'inspecteur divisionnaire Franks lui avait téléphoné alors qu'elle se rendait à l'adresse indiquée par le témoin. Cela ne l'avait pas dérangée ; en fait, elle attendait son appel. Elle aurait agi de la même façon à sa place. D'office, il lui avait déclaré qu'il ne prétendait pas lui apprendre son métier, et son ton avait suffi à la convaincre. Il voulait simplement voir si l'enquête avançait et s'il pouvait l'aider d'une façon ou d'une autre.

— Comment, par exemple ? avait-elle demandé.

Un bruit lui était parvenu de l'autre bout de la ligne. Elle l'avait imaginé en train de gonfler les joues, puis d'expulser l'air. Une pensée qui, associée à son accent roulant et bourru du pays de Galles, avait aussitôt fait surgir dans son esprit l'idée d'un taureau.

— N'importe comment. Si vous avez besoin de renseignements, de me consulter sur certains éléments, ou même de renforts. N'importe quoi.

— J'ai déjà dit à...

Elle s'était interrompue. Elle ignorait si l'inspecteur divisionnaire savait que Mickey Philips lui avait proposé de lui donner un coup de main. Tout laissait supposer que oui, mais, dans le cas contraire, elle ne préférait pas vendre la mèche. Elle ne tenait pas à mettre Mickey dans le pétrin.

— J'ai mis une équipe sur la disparition de la fillette. Nous allons remonter toutes les pistes potentielles. Je crois que tout est sous contrôle. Mais si j'ai besoin de quoi que ce soit, vous serez le premier averti.

— J'apprécie, merci.

Franks paraissait sincère. Malgré la rudesse de sa voix, elle lui trouvait un timbre attachant.

Il s'était tu quelques secondes, avant de reprendre :

— Marina, Marina Esposito. Elle a disparu. Elle a quitté l'hôpital. Vous le saviez ?

— Je l'ai entendu dire, oui.

— Elle est partie comme ça. Nous devons la retrouver. Elle est fragile psychologiquement.

— Je veux bien le croire. Je m'apprête à aller réinterroger le témoin qui se trouvait avec elle cette nuit. Il a mentionné quelque chose qui me travaille. Je vais voir si je peux en tirer davantage.

Le témoignage de Stuart Milton sonnait faux. Quelque chose la tracassait, mais quoi ? Elle n'arrivait pas à mettre le doigt dessus. Lorsqu'elle s'était repassé leur conversation dans sa tête, elle ne lui avait rien trouvé de louche. De prime abord, Milton faisait un témoin parfaitement crédible. Il avait empêché Marina de retourner dans le cottage en feu, ses égratignures en témoignaient. Pourtant, quelque chose clochait chez cet homme. Intuition de flic. Que sa disparition du matin n'avait fait que confirmer. Ou, du moins, conforter.

— Bonne idée, James. Tenez-moi au courant.

— Je n'y manquerai pas.

Et elle avait raccroché.

Ce n'est qu'après qu'elle s'était rendu compte que Franks ne lui avait pas demandé ce que Stuart Milton lui avait révélé de si perturbant. Soit c'était un mauvais flic, ce dont elle doutait fort, soit il le savait déjà. C'était la solution la plus probable. Auquel cas elle n'avait pas à se préoccuper d'ébruiter la visite de Mickey au cottage.

Jessie jeta un regard d'un côté et de l'autre de la rangée de maisons attenantes. Jamais elle n'aurait cru qu'Aldeburgh comptait des rues aussi misérables. Elle s'avança vers la porte. Frappa. Il y avait bien une sonnette, mais elle ne jugea pas utile de vérifier qu'elle ne fonctionnait pas.

Elle s'apprêtait à cogner de nouveau quand elle entendit un bruit de pas. La personne derrière la porte progressait avec lenteur, comme si elle traînait quelque chose derrière elle.

Le battant s'ouvrit enfin sur un homme. Pas Stuart Milton, c'était certain. En pantoufles, il portait un pantalon de survêtement et un vieux débardeur élimé incrusté de taches sous une chemise ouverte à l'imprimé défraîchi. Il avait les cheveux gras et, bien qu'il ne soit pas gros, il paraissait mou et flasque, comme si son corps avait perdu beaucoup de poids sans prévenir sa peau.

— Ouais ?

Il respirait aussi fort que s'il venait d'accomplir un marathon.

Jessie lui présenta sa carte de police.

— Inspecteur-chef James, de la police du Suffolk. Je cherche Stuart Milton. Il est là ?

Elle avait deviné sa réponse avant même de poser la question.

Ses yeux se détournèrent, indéchiffrables.

— Qui ? demanda-t-il d'une voix râpeuse.

Jessie jeta un regard dans le couloir derrière lui. Le peu de lumière camouflait avec plus ou moins de succès le triste état de son intérieur. Elle distingua la forme d'un fauteuil roulant qui se détachait dans l'obscurité, le contour d'une bouteille d'oxygène. Pas besoin d'être flic pour deviner que son interlocuteur souffrait d'une maladie respiratoire grave. Même mortelle, s'il fallait en croire ses oreilles.

— Stuart Milton, persista-t-elle. Je lui ai parlé aujourd'hui. Il m'a donné cette adresse.

Les yeux de l'homme se fermèrent, toujours impénétrables.

— Y a… Y a personne… de ce nom… ici.

Il s'agrippa à la porte, le souffle sifflant. Le chuintement menaçait de se transformer en toux rauque et convulsive.

Cancer, diagnostiqua Jessie. Des poumons.

Avec un effort manifeste, l'homme entreprit de fermer la porte.

— Je peux juste vous le décrire ? Je n'en ai pas pour longtemps.

Interprétant son silence comme une invitation, elle se lança dans la description de Stuart Milton. À ses mots, l'expression de l'homme changea imperceptiblement. Elle crut apercevoir une lueur de reconnaissance dans ses yeux. Voire l'ombre d'un sourire sur ses lèvres. Elle s'interrompit.

— Vous le connaissez ?

Il secoua la tête.

— Non.

— Vous êtes sûr ?

— Je vous ai dit non, non ?

De la colère filtrait à travers ses mots, menaçant de lui donner une nouvelle quinte de toux.

— Dans ce cas, je ne vous retiendrai pas plus longtemps, monsieur… ?

Il la considéra en silence.

— Je n'ai pas bien saisi votre nom.

— Je… vous l'ai… pas donné.

— Monsieur… ?

Elle attendit.

Il dut finir par comprendre qu'il ne se débarrasserait pas d'elle tant qu'il n'aurait pas décliné son identité, car il se résolut enfin à lui répondre.

— Hibbert. Jeff, Jeffrey… Hibbert.

— Merci, monsieur Hibbert. Je vous laisse tranquille, maintenant.

Tournant les talons, elle emprunta l'allée en sens inverse. Derrière elle, la porte se referma. Les premiers éclats de la toux qu'il avait retenue lui parvinrent à travers le battant. Le pauvre bougre semblait cracher ses poumons.

Le soir s'épaississait, le ciel s'assombrissait. Elle aurait déjà dû être en train de se préparer pour la traditionnelle virée du vendredi soir avec les copines. Pâques ou pas Pâques. Mais elle n'en avait aucune envie.

Entre Stuart Milton, qui s'était évanoui dans la nature, et Jeff Hibbert, qui prétendait ne pas le connaître mais mentait sûrement…

L'enquête prenait un tour intéressant.

20

Tyrell n'arrivait pas à se détendre.

Assis. Debout. Au pas. D'un côté, puis de l'autre. Il avait tout essayé, mais rien ne fonctionnait. Rien n'y faisait, il ne parvenait pas à se sentir à l'aise.

Il avait cru que la caravane l'aiderait. Elle lui rappelait sa cellule. Petite, exiguë, saturée de mauvaises odeurs, même avec les fenêtres ouvertes, comme si les fantômes de ses anciens locataires rôdaient encore. Tout y était usé, éculé, et rien ne lui appartenait vraiment. Il ne faisait qu'y passer en attendant d'être remplacé par un prochain occupant.

Pourtant, il n'arrivait pas à se calmer. Il lui semblait au contraire que la caravane lui compliquait la tâche, réveillant chez lui des émotions inverses.

Depuis que Jiminy Cricket l'avait laissé là, ses heures s'étaient écoulées dans la solitude. Personne n'était venu le voir ni lui parler. Cela ne le dérangeait pas outre mesure. Il avait l'habitude de rester tout seul dans sa tête. Après tout, il y avait passé des années. Mais là, c'était différent. Et il essayait de comprendre pourquoi.

Ce n'était pas une question d'espace, c'était certain.

Ni de vue. Il pouvait regarder par la fenêtre de sa cellule. Et puis, de toute façon, il faisait noir maintenant. L'absence de bruit ? Peut-être. En prison, il y avait beaucoup de bruit. On aurait été tenté de croire que des hommes enfermés derrière d'épaisses portes de métal insonorisées étaient silencieux, mais les prisons et le silence, ça faisait deux. Il avait perdu le compte des nuits passées à veiller sur sa couchette en se bouchant les oreilles pour ne pas entendre les braillements et les pleurs. Les vagissements et les marchandages. Et les autres voix, faibles mais qui se voulaient fortes, qui interpellaient les brailleurs : « Chante-nous une chanson ! Raconte-nous une blague ! Récite-nous un poème ! » Qui riaient, annonçaient ce qu'elles réservaient à ceux qui obéissaient… et à ceux qui désobéissaient.

Au début, le matin venu, il essayait de mettre un visage sur les voix, de toutes les identifier. Mais il avait vite abandonné. Parce que pendant qu'il recherchait leurs propriétaires, les autres en faisaient autant. Et il ne voulait surtout pas qu'ils reconnaissent dans la voix avec laquelle il parlait le jour celle avec laquelle il pleurait la nuit.

Il se demandait parfois s'il trouverait le sommeil sans ce boucan. Et il n'y avait presque pas de bruit ici.

Juste l'enfant.

Il l'avait entendu à son arrivée. Il avait posé des questions à son sujet, demandé où il était, pourquoi il pleurait. Sans obtenir de réponse. Et puis les pleurs avaient cessé et il avait cessé d'y penser. Au point de douter de les avoir entendus. À l'extérieur, en tout cas. Pour de vrai. Ils étaient juste dans sa tête. Il entendait toujours des choses dans sa tête. Et on lui disait toujours que ce n'était pas la réalité.

Alors il avait ignoré l'enfant, pensé à autre chose. Vidé son esprit. C'était facile, on lui avait donné des médicaments en prison. Des cachets qui chassaient la migraine et les souvenirs. Il troquait alors une tête pleine d'épingles contre une tête pleine de brouillard. Mais ce n'était pas toujours à la tête qu'il avait mal, il l'avait déjà expliqué. Parfois, c'était au cœur. Et le fait qu'il ne sache plus très bien pourquoi ne contribuait qu'à accentuer la douleur. Alors il préférait oublier.

La prison... Même elle commençait à s'effacer. Il ne savait plus depuis combien de temps il en était sorti. Un jour ? Plus ? Moins ? Non, un jour. Il en était sûr. Parce qu'il n'avait pas encore dormi dans la caravane. Il s'en serait souvenu, s'il s'était réveillé dans cet endroit.

La prison, c'était quatre murs comme ceux-ci. C'était quelqu'un qui lui donnait trois repas par jour. C'était marcher dans un carré. Des cours et des ateliers. Des livres. C'était vivre dans sa tête. La prison, ce n'était pas ça. La prison n'avait pas une porte qu'il pouvait ouvrir.

Et c'était précisément cela qui le perturbait.

Il pouvait se lever, traverser la caravane et ouvrir la porte. Sortir quand ça lui chantait. Il n'avait besoin de personne pour le faire à sa place. Ni besoin d'attendre un moment précis. Il était libre de se lever et de l'ouvrir seul.

Mais il ne l'ouvrait pas. Il ne le pouvait pas.

Il étudia de nouveau la porte, scruta la poignée. Toutes deux en métal fin. Faciles à ouvrir. Un geste du poignet, une pression et il serait dehors.

Sans quitter le battant des yeux, il sentit ses jambes le porter. Comme si une force invisible le tractait. Tel un zombie de film d'épouvante dans une transe vaudoue.

Il traversa la caravane. Devant la porte, il s'immobilisa, tendit la main. La figea au-dessus de la poignée. Sans même la toucher, il la sentait. Des ondes d'énergie s'en dégageaient, lui adjurant de la saisir, de l'actionner…

Il retira sa main. La laissa retomber contre sa cuisse. Il ne pouvait pas. Pas après tout ce temps. Pas après…

Il releva la main. De nouveau, la force d'attraction s'exerça sur ses doigts. Et de nouveau, il laissa chuter son bras le long de son flanc.

Soupirant, il tourna les talons. Traversa la caravane en sens inverse. Il allait s'asseoir quand il perçut un bruit.

L'enfant qui pleurait.

Il se figea pour regarder autour de lui. Le bruit provenait de dehors, de la maison près de la caravane. Il n'avait rien inventé. C'était la réalité.

Regagnant la porte, il avança sa main. La laissa retomber.

Mais l'enfant continuait de pleurer.

Quelque chose se produisit alors dans son esprit. Un déclic. Loin, hors d'atteinte de sa mémoire. Perdu dans le brouillard. Un petit enfant. Une voix qui pleurait dans la nuit. Dans sa tête, dans son cœur. Enfouie au plus profond de lui. Et qu'il voulait faire taire. Qu'il devait faire taire à tout prix.

L'enfant pleurait encore.

Il tendit la main. Son cœur battait à tout rompre, ses jambes tremblaient.

Il saisit la poignée.

Le sang déferlait dans son crâne. Il entendait son grondement dans ses oreilles qui couvrait presque la voix de l'enfant. Presque, mais pas tout à fait.

Il referma son poing. Prit une profonde inspiration. Une autre.

Puis il tourna la poignée.

Et sortit.

21

Marina ne trouvait pas le sommeil. Et c'était, de tout ce qu'elle avait vécu au cours de cette journée, ce qui la surprenait le moins.

L'hôtel, de construction récente, était totalement désert. La clientèle d'affaires faisait relâche en ce Vendredi saint. Les couloirs beiges résonnaient de musique aseptisée. Marina se demandait comment un endroit aussi neuf pouvait posséder une atmosphère aussi hantée.

Elle était assise sur le bord du lit, le corps tendu, prête à bondir, incapable de se décontracter. Pointant la télécommande sur le poste de télévision, elle zappa de chaîne en chaîne avec l'espoir d'y trouver des nouvelles de sa fille et de son mari. Un jeu de célébrités, qui l'amusait d'ordinaire, lui paraissait maintenant exaspérant et condescendant au possible. Elle zappa. Tomba sur un film hollywoodien à gros budget, avec des explosions, des cascades et des héros miraculés. Zappa. Une comédie musicale contemporaine revisitant la crucifixion avec des apprentis comédiens en gangsters. Zappa. Le journal. Elle fixa les informations en tressaillant, comme si elle s'attendait à chaque seconde à recevoir un coup de poing. Rien.

Elle laissa tomber la télécommande sur le lit et, s'allongeant, fixa le plafond, rongée de désespoir.

Avant sa rencontre avec Phil et la naissance de Josephina, la famille était pour elle quelque chose à fuir plutôt qu'à chérir. À l'école, les religieuses leur apprenaient que rien ne comptait davantage que la famille dans la vie. Marina les écoutait sans moucher dans la crainte de nouveaux coups, mais elle n'en pensait pas moins. *Vous croyez ça ?* aurait-elle voulu leur lancer. *Alors vous ne connaissez pas la mienne !*

Son père, une brute alcoolique, infidèle et tyrannique, avait déserté le foyer familial lorsqu'elle avait sept ans et n'y rendait plus que des visites sporadiques pour y semer une terreur de son propre cru. Sa mère tenait plus du punching-ball que de l'être humain. Quant à ses deux frères, la dernière fois qu'elle les avait vus, ils semblaient s'évertuer à marcher sur les traces de leur père dans leur vie tant personnelle que professionnelle.

Malgré leur acharnement à lui inculquer l'amour du Christ au moyen de tous les instruments de punition physique et psychologique autorisés par la loi, les bonnes sœurs avaient réussi une chose : elles avaient décelé son intelligence.

Une bourse d'études l'avait propulsée de Balsall Heath, à Birmingham, à Cambridge, où elle s'était lancée dans des études de psychologie. À l'époque, c'était une façon de prendre sa revanche sur son père. D'essayer de comprendre le pourquoi du comment de sa personnalité et de ses actes. Marina craignait de ne pas avoir seulement hérité de son teint et de ses cheveux sombres d'Italien, mais aussi parfois de son caractère. Peut-être cherchait-elle, inconsciemment, à se comprendre elle-même, ou à ne pas devenir comme lui.

Le cancer avait emporté sa mère avant qu'elle puisse la voir avec son diplôme en main. C'était l'un des grands regrets de Marina, même si elle savait, au fond de son cœur, que sa mère était fière d'elle.

Elle ne pouvait pas en dire autant de ses deux frères. Aux dernières nouvelles, l'aîné, Lanzo, purgeait une peine de prison pour une série de braquages dans des stations-services de Walsall. Il ne risquait pas de sortir avant un bail.

Le cadet, Alessandro, l'avait récemment contactée. Installé depuis peu à Jaywick, dans l'Essex, il avait proposé qu'ils dînent ensemble. Elle n'avait aucune intention de répondre à son invitation, mais Phil, lui-même fils unique, avait insisté pour qu'elle consente à un effort.

Ils s'étaient donc retrouvés au Warehouse, à Colchester. À l'instant où Alessandro avait franchi les portes de la brasserie, Marina avait compris son erreur. Sa cavalière portait une tenue digne d'une version miteuse d'un club de strip-tease de Las Vegas. Quant à lui, il s'était mis à insulter Phil en deux langues en apprenant sa profession.

Le dîner s'était achevé avant le dessert.

Quelques jours plus tard, Alessandro avait téléphoné pour s'excuser. Il était sous pression et regrettait ses propos. Il serait toujours là pour sa frangine si elle avait besoin de lui. Il lui demandait juste une nouvelle chance.

Marina ne l'avait jamais rappelé.

Sa famille, c'était Phil et Josephina. Et jamais elle n'avait éprouvé un besoin plus pressant de les voir.

Elle se leva, refoulant des larmes et des cris. Elle les imaginait tous les deux : Phil, grand, blond, beau, et Josephina, avec ses boucles brunes et ses grands yeux à elle. Elle aurait tant voulu être auprès d'eux. Les toucher, les serrer dans ses bras, leur dire son amour. Se sentant de nouveau débordée par ses émotions, elle tâcha de se ressaisir. Elle n'y gagnerait rien. Elle ferait mieux de se concentrer sur une action constructive, utile.

Le téléphone inconnu la fixait depuis son sac posé par terre. Elle le ramassa. Le considéra. Ce serait si simple…

Non, l'appareil était peut-être sur écoute. Parcourant la chambre du regard, elle repéra le téléphone sur la table de nuit. Un simple boîtier de plastique beige. Les visages de Phil et de Josephina s'imprimèrent de nouveau dans son esprit. Elle brûlait de tout son être de les revoir. C'était un risque à prendre.

S'emparant de l'appareil, elle pressa le bouton pour téléphoner à l'extérieur et composa le numéro des renseignements.

— L'hôpital d'Ipswich, s'il vous plaît.

La connexion fut établie. La sonnerie résonna dans le combiné, puis on décrocha.

— Allô ? dit Marina d'une petite voix rauque et chevrotante. Phil Brennan… Vous avez un patient du nom de Phil Brennan. Je… J'aimerais savoir… comment il va, s'il vous plaît ?

— Votre nom et votre lien de parenté, je vous prie ?

— Je… Je suis sa femme.

Elle ne pouvait plus faire marche arrière.

Elle fut invitée à patienter, puis plongée dans le silence. Son cœur battait plus fort que la musique d'attente. Enfin, l'infirmière reprit la communication.

— Il est stable. Il est sorti du bloc, il se repose.

— Oh, merci Seigneur !

L'infirmière s'apprêtait à ajouter quelque chose quand elle parut distraite par quelqu'un à l'autre bout du fil.

— Un instant. Puis-je vous demander de rester en ligne, s'il vous plaît ?

Marina raccrocha brusquement.

Personne ne localiserait cet appel.

Elle voulut se rasseoir, mais tout son corps vibrait de cette conversation, de ce contact. Elle se repassa les mots dans sa tête. Stable. Sorti du bloc.

Elle ressentit un nouveau pincement au cœur. Le désir brûlant, l'envie irrépressible, le besoin d'être auprès de Phil. Elle parcourut de nouveau la pièce du regard. La traversa pour jeter un coup d'œil par la fenêtre. Dehors, il faisait nuit. Entre les flaques orangées formées par les lampes à sodium, le parking était noyé d'obscurité. Au-delà, l'A120 déroulait son ruban d'asphalte.

Marina considéra le téléphone portable qui gisait sur le lit. Il n'avait pas sonné. Elle n'attendait pas d'appel avant le matin. Elle se retourna vers la fenêtre, du côté de la route.

On ne pouvait pas la surveiller sans cesse. Pas vingt-quatre heures sur vingt-quatre. Son cœur battait à tout rompre lorsqu'elle prit sa décision. Saisissant les clés de voiture, elle quitta la chambre.

La réception était déserte. Personne derrière le

comptoir, personne dans le hall. Elle rejoignit la porte aussi vite que possible et, une fois dehors, s'arrêta pour observer les alentours. Elle scruta partout, dans tous les coins et recoins du parking, à la recherche d'un éventuel témoin. Porta ensuite son attention sur la route.

Personne. Nulle part.

Sans courir afin de ne pas attirer l'attention, elle se pressa jusqu'à la voiture, s'installa au volant et tourna la clé dans le contact. Un dernier regard alentour et elle démarra vers la sortie. Elle s'engagea sur la bretelle d'accès, puis sur l'A120. Vers l'est, vers Phil. Avec d'incessants regards dans le rétroviseur pour s'assurer qu'on ne la filait pas.

La circulation était clairsemée. Personne n'emprunta la bretelle ni ne rejoignit l'A120 derrière elle. Elle exhala un profond soupir de soulagement. Un sourire lui étira le coin des lèvres, puis un rire grisé s'échappa de sa bouche.

On ne l'avait pas suivie. Elle le savait, le sentait. Elle aborda un rond-point, prête à bifurquer à gauche et prendre de la vitesse.

Quand la sonnerie retentit.

Love Will tear Us Apart.

Son cœur se glaça. Elle mit le téléphone sur haut-parleur.

— Qui n'a pas été sage, mais pas sage du tout ?

Encore cette voix. Cette foutue voix à la con.

— Co… Comment ça ?

— On t'a dit de rester tranquille à l'hôtel. Tu n'es pas à l'hôtel, que je sache.

Ses mains se mirent à trembler sur le volant.

— Je… Je…

— Fais demi-tour et rentre à l'hôtel. Tu recevras tes instructions demain matin.

Au moment de s'engager sur le rond-point, elle mit son clignotant et exécuta un tour complet pour revenir sur ses pas.

— Je préfère ça, déclara la voix.

L'hôtel réapparut devant elle. Elle actionna son clignotant, tourna, puis se gara à la place de parking qu'elle venait de quitter.

— Obéis, Marina, et tout le monde sera content.

Le téléphone se tut.

Elle demeura assise au volant, comme transie.

Un long moment s'écoula ainsi avant qu'elle descende de voiture pour regagner sa chambre.

Et fixer le plafond toute la nuit.

22

L'air nocturne frappa Tyrell de plein fouet, lui coupant le souffle. Il ne s'attendait pas à un froid pareil, pas après une journée d'avril aussi chaude. Mais il fallait dire que, pendant des années, il n'avait connu de la nuit que ce qu'il en voyait de la fenêtre de sa cellule.

Il frissonna. Il portait une chemise à manches longues, mais il regrettait de ne pas avoir enfilé un sweat-shirt par-dessus. Une voix craintive lui souffla de revenir sur ses pas, d'ignorer l'enfant en pleurs, de rester en sécurité, mais il lui tint tête. Il regarda autour de lui. Inspira de grandes bouffées d'air froid et sifflant dans ses poumons. Puis s'éloigna de la caravane.

L'odeur iodée lui rappelait la prison sur l'île de Sheppey. Au loin, il devinait des éclairages publics et des lumières d'habitations. Des ampoules brûlaient dans la maison près de la caravane. C'était de là que provenaient les sanglots.

Frémissant, il s'aventura un peu plus loin vers la maison. C'était une vieille et imposante bâtisse. Ou peut-être que c'était seulement l'impression qu'elle lui donnait après toutes ces années entre quatre murs.

Elle lui rappelait un autre endroit. Une autre maison. Un autre temps. Un temps où…

Non ! Il ferma les yeux, serra les paupières de toutes ses forces. Non, surtout ne pas y penser. Ne pas y retourner.

Lentement, il rouvrit les yeux. La maison se trouvait toujours devant lui. Mais l'autre, l'ancienne, avait disparu. Tant mieux.

Il évolua d'un pas mal assuré sur le sol irrégulier truffé d'ornières et de trous. Les chiens qui montaient la garde dehors demeuraient silencieux. Il y avait de la lumière dans les pièces du rez-de-chaussée. La voiture dans laquelle il était venu était toujours garée devant la maison, près de la vieille guimbarde gris métallisé.

Soudain, il l'entendit de nouveau.

Il se figea, ignorant le vent qui sifflait dans ses oreilles pour se concentrer sur l'enfant. Oui, c'était bien un enfant. Une petite fille. Qui pleurait, malheureuse comme la pierre. S'avançant jusque sous une fenêtre, il parvint à discerner des mots.

— Maman… Papa… Lady… Si to plé…

Une voix qu'il ne connaissait pas retentit. Furieuse, elle ordonna à la petite de la fermer. Les pleurs redoublèrent.

Tyrell frissonna, mais pas de froid, cette fois. Le souvenir d'un autre enfant tourbillonnait dans sa tête. Un enfant triste et solitaire, en manque de réconfort et d'amour. Un enfant qui n'avait droit qu'à de la colère et de la souffrance. Une souffrance qui le déchirait de l'intérieur.

Il ferma les paupières, s'efforçant de refouler ce souvenir dans les ténèbres. De le renvoyer là d'où il venait, de le repousser.

Il rouvrit les yeux. Le souvenir avait disparu, mais l'enfant pleurait toujours. Il devait faire quelque chose. Sécher ses larmes. Trouver un moyen de lui redonner le sourire.

Il s'agenouilla sous la fenêtre, soudain mû par un sentiment inconnu, dont il ignorait même le nom. Du courage, peut-être.

Tout doucement, il pointa la tête par la fenêtre pour couler un regard dans la maison. Une cuisine. Avec, sur la table, un ordinateur, un appareil électronique, une bouteille de whisky bien entamée et deux verres. Une femme à l'air rude était assise devant l'ordinateur, les yeux rivés sur l'écran. Par terre à côté d'elle, le poignet attaché au bouton de la porte par une cordelette, se trouvait une petite fille. Les cheveux bruns et les yeux tristes, le visage rouge et humide. Secouée de sanglots que l'autre s'escrimait à ignorer. Tyrell remarqua que la figure de la femme aussi était rouge. Sans doute le whisky.

Soudain, cette dernière se tourna vers la fillette, qui décampa, fuyant aussi loin que le lui permettait sa laisse. Les pleurs cessèrent, remplacés par la peur. Tyrell tressaillit. Qu'avait donc fait la femme pour terroriser ainsi la fillette ?

— Tu vas la boucler, saloperie ! lâcha cette dernière d'une drôle de voix mal accordée. Je te l'ai déjà dit. Tu rentreras chez toi quand ta mère fera ce qu'on lui demande.

Avec une secousse de la tête, elle reporta son attention sur l'écran.

— Petite conne ! Je devrais te donner à bouffer aux clebs !

Ces mots infligèrent un véritable choc à Tyrell. Il

s'écarta de la fenêtre comme s'il avait reçu un coup et, perdant l'équilibre, trébucha en arrière. Les chiens, alertés par le bruit, se mirent à aboyer. Se relevant à la hâte, Tyrell s'aplatit contre le mur. Puis, lentement, il tendit le cou pour jeter un regard à l'arrière de la maison. Les chiens hurlaient dans une cage près de la porte de derrière, le museau fourré dans les mailles du grillage, leurs babines dégoulinantes de bave. Ramenant la tête en arrière à toute vitesse, il regarda de nouveau par la fenêtre.

Dans la cuisine, la femme pestait contre les chiens en leur criant en vain de la fermer. La petite fille, elle, pleurait à chaudes larmes. Se levant, la femme se dirigea d'un pas furieux vers la porte de derrière.

Tyrell respirait fort, comme s'il avait couru un marathon. Un tas de bois était adossé au mur un peu plus loin, vers l'avant de la maison. Il passa sous la fenêtre en catimini pour s'emparer d'une bûche. Assez fine pour être maniée avec facilité. Assez longue pour frapper à distance. Assez lourde pour blesser. Après s'être exercé deux ou trois fois, histoire de prendre le coup, il retourna à son poste sous la fenêtre. Il prit une longue inspiration. Puis une autre. Prêt à s'élancer vers la porte de la cuisine.

— Tu vas quelque part, Malcolm ?

Tyrell sursauta, manquant lâcher son gourdin. Se retournant, il découvrit Jiminy Cricket, la voix joyeuse et souriante de sa conscience.

Sauf qu'il ne souriait plus.

— Je t'ai demandé si tu allais quelque part, Malcolm Tyrell.

Il prononça son nom avec insistance, comme s'il le gravait dans la pierre avec le poing.

Tyrell déglutit, la gorge soudain sèche, les jambes flageolantes. Malgré le ciel ouvert et la nuit, il avait l'impression de se retrouver derrière les barreaux, face à une brute épaisse saisie d'un coup de sang.

— Je... Je... Il y a une fille là-dedans. Une petite fille. Elle pleure.

— Ce ne sont pas tes oignons.

— Mais... Elle pleure.

— Ne t'en fais pas pour elle.

— La dame, elle a dit qu'elle allait la jeter aux chiens pour qu'ils la mangent.

Jiminy Cricket força un rire, avant de déclarer sur un ton de mafieux :

— Ça, c'est rien. Tu sais, des fois on est nerveux, ça veut rien dire.

Avec un regard incandescent, il reprit sa voix normale.

— Retourne dans la caravane maintenant.

Le tremblement de Tyrell s'intensifia. Pas de peur, mais de colère. Il palpa le bois dans sa main. Ce n'était pas comme s'il était confronté à un gros dur de la prison. Son arme faisait toute la différence.

— Quoi ? lâcha Jiminy Cricket avec un nouvel accent, dans une imitation ridicule de sale type. Tu me cherches ? C'est ça ?

Il ouvrit grand les bras, un sourire sur les lèvres.

— Vas-y, balance ton meilleur coup.

Tyrell donna de l'élan à son bras, prêt à frapper.

— Mais si tu fais ça, je te jure que je te ferai la peau.

À sa voix grave et sinistre, Tyrell devina que Jiminy Cricket tiendrait parole. Et qu'il y prendrait un malin plaisir. Son regard passa de la fenêtre à son compagnon, puis à la bûche dans sa main. Son bras tremblait. Il considéra de nouveau Jiminy Cricket, qui lui sourit.

— Lâche ça, dit-il, comme s'il s'adressait à l'un des chiens en cage.

Conscient qu'il n'avait pas le choix, Tyrell obéit.

— Bon. Maintenant, rentre dans la caravane. Une grosse journée t'attend demain.

Tyrell s'exécuta, comme s'il venait de recevoir un ordre d'un gardien de prison.

Il faisait un peu plus chaud à l'intérieur que dehors. Retrouvant sa place sur le lit, il vit la porte se fermer, puis entendit des clés tourner dans la serrure.

Sa première nuit de liberté, et il se retrouvait déjà sous les verrous.

23

Jeff Hibbert était assis dans son lit, les pupilles rivées au plafond, pas foutu de fermer l'œil. Il n'arrêtait pas de se repasser dans sa tête la visite de la fliquette, mais ce n'était pas ce qui l'empêchait de pioncer.

Il n'y avait que lorsqu'il était adossé à une pile d'oreillers que son supplice s'apaisait un peu, c'était la seule position dans laquelle il arrivait à trouver le sommeil. Comme Elephant Man, lui avait fait remarquer sa femme peu de temps avant de se faire la malle.

Helen Hibbert était une garce. Il était bien placé pour le savoir, c'était la raison pour laquelle il l'avait épousée. Elle se faisait une joie de voler la vedette à toutes les autres gonzesses de leur entourage, draguait leurs mecs, les allumait, se les tapait même, parfois. Le tout avec la bénédiction de Jeff. Lui, ça l'excitait. De temps en temps, elle l'autorisait même à mater. La concurrence n'appréciait pas. Les bourgeoises détestaient les Hibbert, quand elles ne les redoutaient pas. Ah, c'était le pied !

Jeff et Helen formaient un couple qu'ils se plaisaient à qualifier de non conformiste et désinhibé.

Unique, différent. Et ils se contrefichaient de ceux qui se mettaient en travers de leur chemin. Ils s'étaient bien amusés, mais Helen avait fini par se lasser. Et puis elle s'était attaquée à Jeff, et soudain il s'était moins amusé.

Le cancer des poumons l'avait frappé au pire moment. Il venait de perdre son boulot et, avec, leur train de vie. Il avait échafaudé des plans pour le récupérer, bien sûr. Des plans qui leur rapporteraient du pognon à la pelle. Car il savait où étaient enterrés les cadavres. Et où les cadavres qui auraient dû être enterrés rôdaient encore. Mais le cancer l'avait foudroyé et Helen avait perdu patience. Elle s'était remise à flirter avec d'autres. Plus jeunes. Mieux foutus. Des hommes qui ne glaviotaient pas du sang. Qui savaient y faire avec les gonzesses. Sous les yeux de son invalide de mari, s'il le fallait. Et Jeff ne s'amusait plus du tout.

— Je ne sais pas ce qui te fera le plus souffrir, avait-elle remarqué un matin, après avoir foutu à la porte son dernier coup en date. Que je parte ou que je reste.

Elle avait donc emménagé avec sa dernière conquête, laissant Jeff crever dans la solitude.

Quand il pensait à tous ces secrets ignobles qui auraient dû lui assurer sa fortune et ne servaient plus à rien ! Mais ils ne seraient pas perdus pour tout le monde. Ça non ! Pas pour ses anciens complices. Jeff haïssait cette idée. De tout son être, à un point tel que la haine finirait par le bousiller. Mais pas tout de suite. Pour le moment, c'était elle, et elle seule, qui le maintenait en vie.

Au moins Helen n'en profiterait pas. C'était toujours ça.

Quel gâchis ! Toute cette organisation, toutes ces heures investies ! Un foutu gâchis ! Il tendit le bras, palpa le bord de son ordinateur portable sous le lit. Tout se trouvait là-dedans. Les faits, les stratagèmes pour étouffer les affaires, ses plans de vengeance, de fortune. Tout. Là, bien en sécurité.

Et bon à foutre à la poubelle maintenant.

Ramenant sa main sur le lit, il reporta son regard sur le plafond. Sa poitrine sifflait chaque fois qu'il inspirait et expirait de l'air, ses poumons pareils à des cornemuses hérissées d'aiguilles.

Stuart Milton… C'était foutrement malin. Ça voulait l'être, en tout cas. Mais c'était dangereux. Un peu plus et la mèche aurait été éventée.

Il savait bien que ce nom n'avait pas été choisi par hasard. Ni son adresse. C'était un avertissement. *On sait où tu vis.* Le message était aussi clair que s'il avait été imprimé sur une banderole tractée par un avion au-dessus du bord de mer. *Ta vie est entre nos mains.*

Ouais, ouais. Cause toujours. Plutôt entre celles du cancer.

Il essaya de dormir. Ses paupières venaient à peine de tomber quand il entendit un bruit au rez-de-chaussée.

Ses yeux s'écarquillèrent brusquement.

Un nouveau bruit. On s'introduisait chez lui.

Son cœur se mit à battre plus fort, amplifiant la douleur dans sa poitrine.

Ça y est, se dit-il. *Ils viennent me régler mon compte.*

Mais alors qu'il tentait péniblement de quitter son lit, il retrouva un semblant de bon sens. Helen. C'était Helen, bien sûr. Elle ramenait un type pour se payer sa tronche. La garce ! Il se laissa retomber sur sa pile d'oreillers. Il l'ignorerait. Ferait semblant de dormir. Ne prêterait pas attention à ce qu'elle fabriquait. Ça lui ferait les pieds, tiens.

Un objet se fracassa. Puis un autre.

Ce n'était pas Helen.

Hibbert se redressa et, ignorant la souffrance, balança ses jambes par terre en toute hâte. Son cœur martelait sa poitrine, la peur pompait de l'adrénaline dans tout son organisme, l'anesthésiant un peu pour lui donner la force nécessaire à ses mouvements. Il tendit le bras pour attraper sa robe de chambre qui pendait derrière la porte, mais lâcha prise avant de pouvoir l'enfiler, la laissant tomber par terre.

Des pas montaient l'escalier. Lourds, bien que le plus discrets possible. Ce n'était pas Helen, c'était certain.

Il s'agenouilla pour ramasser son vêtement, mais ses doigts refusaient de remuer. Frôlant le bord de l'ordinateur portable, ils le poussèrent un peu plus loin sous le lit. Personne ne toucherait à ça. Personne.

Les pas cessèrent devant la chambre. Hibbert retint son souffle, regarda la porte s'ouvrir.

Ses yeux remontèrent le long des jambes colossales du visiteur, s'arrêtèrent sur le torse musclé, les bras épais. La tête aux cheveux ras baissée vers lui. Les yeux vides.

Un monstre venait de débarquer dans sa chambre.

— Va-t'en…

Hibbert manquait trop d'air pour insuffler à ses mots la force qui leur donnerait un tant soit peu de sens.

L'intrus le considéra en silence.

— Je sais… qui tu es. Je sais… ce que tu veux…

L'intrus tendit un bras pour le soulever. Une douleur insoutenable saisit Hibbert. Il poussa un cri, tenta d'empoigner le bras, de le forcer à le lâcher, mais il se débattait contre un poteau de béton. Ou quelque chose qui y ressemblait. Il observa la peau de l'intrus. Grise. De la couleur du béton. De la couleur de la mort.

Hibbert savait qui était son visiteur. Et cette prise de conscience en généra une autre. Il allait crever.

Tout de suite.

Il éclata d'un rire brisé, comme le reste de son corps.

— Tu… Tu peux pas… me tuer. Je suis… déjà mort.

— Oui, mais tu as encore des choses à me dire. Et à me donner.

La voix de l'intrus était à l'image de sa peau. Dure. Morte.

— Je… Je…

— Où c'est ?

Hibbert voulut rire, se dérober, mais ses yeux le trahirent. Le Golem surprit son regard en direction du lit.

— Va chercher.

Comme l'étreinte se relâchait, Hibbert s'affaissa sur son matelas, le corps rabougri, le pyjama collant de sueur. On aurait dit un tas de vieilles guenilles. Il leva sur le Golem des yeux pleins de feu. Un tout dernier acte de défi.

— T'as qu'à le chercher toi-même.

Le Golem se pencha, tira l'ordinateur de dessous le lit. Reporta son attention sur Hibbert.

— Mot de passe ?

Pour toute réponse, Hibbert lâcha un nouveau rire éreinté.

Soudain, il fut saisi d'une atroce souffrance. Le Golem l'avait attrapé et enfonçait ses doigts sous sa cage thoracique, comme s'il cherchait à broyer ses poumons malades. Il sentit une côte se casser. Deux. La pression augmenta.

Il hurla comme il n'avait jamais hurlé.

— Mot de passe, répéta la voix morte.

— Helen, suffoqua Hibbert.

La douleur retomba à un niveau supportable.

Hibbert demeura tête basse. Il avait souillé son pyjama. Il savait que c'était la fin. La rage sourdait en lui. Il était furieux. Contre lui. Contre Helen. Contre sa putain de vie de merde, puante et pourrie. Des larmes coulèrent sur son visage.

— C'est… C'était pas censé… se… se terminer comme ça. Pas censé se terminer… tout court.

Des sanglots s'échappèrent de sa gorge.

— Helen… Helen, ex… excuse-moi.

L'ordinateur portable sous un bras, le Golem tendit l'autre main. Hibbert leva la tête.

— Pas la peine. Je… Je suis… déjà mort.

Il y eut un craquement discret, presque délicat. Hibbert s'effondra sur son lit.

Le Golem observa le corps sans vie.

— Maintenant tu es mort.

Puis il tourna les talons et partit.

La maison retomba dans le silence et l'obscurité. Comme si personne n'y était jamais venu.

24

Minuit. Le Vendredi saint se changea en Samedi saint. Et l'inspecteur Anni Hepburn n'avait pas bougé de l'hôpital.

— Vous devriez rentrer, lui avait dit Franks. Vous reposer un peu. D'autres peuvent prendre la relève ici.

Elle avait esquissé un semblant de sourire.

— Je sais, patron. Mais, de toute façon, il faudra que je revienne demain. Ça m'évitera toujours un aller-retour sur l'A14.

— La route de l'enfer, avait-il observé avec un sourire. Bon, très bien. Gardez quand même à l'esprit que nous ne sommes pas censés travailler sur cette enquête. Si une affaire se présente et que j'ai besoin de vous, vous devrez rappliquer *illico presto* et laisser la police du Suffolk se charger de ça.

Puis il était parti.

Sorti du bloc, Phil Brennan avait été transféré dans une chambre individuelle. Il n'avait pas encore repris conscience et Anni n'avait pas été autorisée à le voir.

— Inutile, lui avait déclaré le médecin. Il sera incapable de parler pendant un moment.

— Quelles sont ses chances de se rétablir complètement ?

Le médecin avait haussé les épaules.

— Tout dépend de ce que vous entendez par là. Il a souffert de brûlures, il faudra peut-être envisager des greffes, mais nous espérons que ce ne sera pas le cas. Sa blessure au crâne est moins grave que nous ne le pensions. Nous avons réduit l'œdème et nous le gardons en observation pour surveiller d'éventuels signes d'embolie ou de thrombose. Mais, dans l'ensemble, je suis optimiste. Il est sous sédatifs. Nous le réexaminerons demain matin.

Anni regagnait le lit pliant qui lui avait été fourni lorsqu'un couinement attira son attention. Un fauteuil roulant débouchait du coin du couloir. Son occupant poussa lentement les pneus en caoutchouc dans sa direction.

Il fallut à Anni un moment pour reconnaître Eileen Brennan.

La pauvre femme se trouvait dans un état épouvantable, couverte de pansements et d'ecchymoses. Sa peau blême contrastait avec ses yeux sombres et profonds. Elle rejoignit Anni, jetant des regards autour d'elle.

— Où est-il ? On m'a dit qu'il était ici.

— Eileen ? Eileen Brennan ?

Comme la mère de Phil levait la tête, Anni avisa la lueur égarée dans ses yeux. Elle ne put s'empêcher de se demander ce qui retenait cette femme de s'effondrer, par quelle force elle tenait encore debout.

— Qui êtes-vous ?

— Anni Hepburn. Je travaille avec Phil.

— Oh…

Sa tête retomba le temps d'enregistrer l'information, puis elle l'inclina de nouveau vers Anni.

— Il est ici ?

Anni lui indiqua d'un geste une porte close.

— À l'intérieur, nous ne sommes pas autorisées à entrer.

— Pourquoi ça ?

— Les médecins disent qu'il a besoin de repos, qu'il se remettra plus facilement…

Eileen hocha la tête pour elle-même. Puis elle jeta un regard d'un côté et de l'autre du couloir d'un air déboussolé, comme si, reprenant soudain conscience, elle s'étonnait de se trouver dans un endroit inconnu.

Anni, qui croisait souvent des gens en grande détresse dans l'exercice du métier, réussit à lui adresser un sourire.

— Quelqu'un vous a dit de venir ici ? On vous a donné ce fauteuil ?

Eileen la considéra sans un mot.

— Je parie que non, reprit-elle sans se départir de son sourire. Mais vous avez bien fait.

La mère de Phil émit un drôle de rire, qui se transforma en hoquet étranglé.

— On m'a dit que je pourrai le voir demain, que je devais me reposer. Mais c'est mon fils…

Sa voix faiblit, se brisa. Ses mains agrippèrent les accoudoirs du fauteuil, tremblantes.

— Il fallait que je le voie. Il est… tout…

Des spasmes la secouèrent de la tête aux pieds. Des larmes gonflèrent dans ses yeux, puis roulèrent sur ses joues. Elle baissa la tête avec pudeur.

Anni s'agenouilla près d'elle.

— Venez, Eileen, je vais vous raccompagner.

Elle lui retransmit les propos du médecin. Eileen leva vers elle des yeux humides et blessés, dans lesquels tentait de percer la lueur d'un fol espoir.

— Vous le verrez demain.

— C'est vrai ? Ils... Ils pensent qu'il va...

— Ils sont optimistes. Venez, allons-y.

Eileen se laissa reconduire et, tandis qu'elles échangeaient quelques mots, Anni put mesurer tout le chagrin et la peine de la mère de Phil.

— Don est parti... parti... et je... je ne sais pas... Je ne peux pas perdre Phil aussi.

— Je sais, mais il faut espérer que ça n'arrivera pas. Moi non plus, je ne veux pas le perdre, vous savez. C'est l'un des rares chefs avec qui je me sois jamais entendue.

Mais Eileen n'écoutait pas, noyée dans son malheur.

Anni la déposa dans son service, où une infirmière prit le relais. Puis elle regagna son lit pliant. Avec l'espoir qu'elle trouverait le sommeil et que le lendemain leur réservait de meilleures nouvelles.

Curieusement, elle doutait autant de l'un que de l'autre.

SAMEDI

Silence

25

Marina se réveilla en piteux état. En temps normal, elle n'arrivait jamais à dormir la première nuit qu'elle passait dans un lit inconnu. Elle se réveillait toutes les heures ou au moindre bruit inhabituel, se demandant sans cesse où elle se trouvait et pourquoi sa chambre avait changé de disposition. Or rien de ce qui lui arrivait n'était normal. Loin de là.

Elle était restée étendue sur le lit à fixer le mur et le plafond. Se demander si quelqu'un ou quelque chose était tapi dans l'ombre, prêt à lui bondir dessus. Scruter le rai sous la porte verrouillée au cas où quelqu'un essaierait d'entrer ou d'y glisser un message. Contempler les visages de son mari et de sa fille chaque fois qu'elle fermait les paupières. À un moment, trop épuisée pour veiller plus longtemps, elle s'était assoupie. Mais même alors elle n'avait pas réussi à se reposer, hantée par des rêves superficiels et angoissés. Son inconscient lui criait de ne pas baisser la garde, de ne pas céder, et son corps répondait par d'incessants réveils en sursaut.

Mais le téléphone n'avait pas sonné.

Chaque fois qu'elle ouvrait les yeux, elle saisissait l'appareil sur la table de nuit pour vérifier, sans grand espoir, qu'elle n'avait pas manqué un appel, comme s'il existait une possibilité qu'elle n'ait pas entendu la sonnerie. Ou un texto, peut-être. Mais il n'y avait jamais ni appel manqué ni message écrit.

Tantôt, elle se pelotonnait en position fœtale et s'abandonnait aux pleurs. Tantôt, elle braillait, donnait des coups de pied et, le corps traversé par la rage comme par un courant électrique, crachait des mots furieux, la bouche écumante. Tantôt, elle gisait inerte en essayant de ne pas penser à sa famille, de ne rien sentir, s'offrant tout entière à la torpeur.

Ainsi s'était écoulée sa nuit.

Elle s'extirpa du lit et se traîna jusqu'à la salle de bains, dont la lumière était aussi crue et impitoyable que dans un palais des congrès. D'un bref examen, elle s'aperçut que son corps reflétait son tourment intérieur. Des ecchymoses et des écorchures dues à l'explosion couvraient son flanc endolori. La femme qui lui renvoyait son regard dans le miroir avait pris dix ans en un jour. Ses yeux étaient hagards, cernés de noir.

Elle s'aspergea la figure d'eau dans une tentative pour se ramener à la vie. Puis elle décida de prendre une douche, non sans retourner d'abord dans la chambre pour y chercher le téléphone. Elle contrôla l'écran. Rien. Mais à peine fut-elle sous le jet d'eau qu'elle paniqua. Et si la buée ou les gouttes endommageaient l'appareil, l'empêchant de recevoir l'appel tant attendu ?

Elle ferma les yeux, s'efforça de se vider l'esprit. Sentit l'eau chaude sur sa peau, sa caresse relaxante. Et, aussitôt, culpabilisa de presque l'apprécier.

Une fois sortie de la douche, elle inspecta le téléphone. Il fonctionnait toujours, mais elle n'avait reçu ni appel ni message. Le seul fait de regarder l'appareil, si anodin soit-il, l'usait physiquement.

Elle regagna la chambre tout en s'essuyant. Au moment où ses yeux se posèrent sur le tas de vêtements qui traînait par terre, son cœur se serra un peu plus. Elle aurait voulu ne plus jamais les voir, les brûler, oublier ces guenilles sales, déchirées par l'explosion, imprégnées de la sueur de ses efforts. Mais elle n'avait rien d'autre à se mettre sur le dos, elle devait donc s'en satisfaire.

Après avoir enfilé ses loques et peigné du bout des doigts ses boucles remplies de nœuds, elle s'assit sur le lit et attendit. Désœuvrée, elle alluma la télévision. C'était l'heure du journal régional. Il ne se passait pas grand-chose. Un accident de voiture sur l'A12. Des coupes budgétaires dans les services publics de la municipalité de Braintree. Un meurtrier en liberté conditionnelle qui ne s'était pas présenté à son foyer de réinsertion. Marina, toute à ses préoccupations, y prêta à peine attention.

Enfin, le téléphone sonna.

Love Will Tear Us Apart.

Elle l'attrapa et le colla à son oreille, le cœur battant.

— Allô ?

La voix chantonnait.

— Aujourd'hui, c'est le grand jour ! Le grand jour !

Un rire, puis :

— Bien dormi ?

— Où est ma fille ? Elle va bien ?

— Chaque chose en son temps. Tu vas la retrouver.

Pour ça, il suffit que tu fasses ce qu'on te demande. Que tu le fasses bien et selon nos désirs. Et tu récupéreras ta fille saine et sauve. Tu parles d'une aubaine !

— Non.

Marina ravala la rage, la peur et la panique qui menaçaient de percer dans sa voix. Tâcha d'agir en professionnelle, de rester calme, posée.

— Je veux vous aider, et je vais vous aider, mais je veux l'entendre avant. Il faut que je l'entende. Passez-la-moi. Maintenant.

— Impossible.

Le cœur de Marina battait si fort qu'elle discernait à peine sa propre voix. Sa main tremblait autour de l'appareil.

— Dans ce cas, je suis navrée, mais je ne vais rien pouvoir faire pour vous.

Un silence s'empara de la ligne.

— Dommage que tu prennes les choses comme ça.

— C'est comme ça.

Frisant l'hyperventilation, Marina vomit tous les mots qui avaient tourbillonné dans sa tête pendant la nuit.

— Vous avez le choix. Ou vous me laissez lui parler, vous me prouvez qu'elle est en vie, qu'elle va bien, et je fais ce que vous voulez. Ou…

— Ou quoi ?

— Ou je préviens la police, à la minute même, pour tout raconter.

Une inspiration brusque lui parvint de l'autre bout du fil.

— Je ne crois pas, non.

Son interlocuteur s'évertuait à paraître calme, mais elle sentait bien qu'elle avait réussi à l'ébranler.

— Moi, je crois que si, dit-elle, regrettant que son cœur ne manifeste pas la même certitude que sa voix. Et vous aussi. Vous n'avez pas le choix, alors passez-la-moi. S'il vous plaît.

Sa voix accrocha le dernier mot. Elle pria pour que ce soit passé inaperçu.

Le silence se prolongea. *Non!* pensa-t-elle. *Ils ont raccroché. Je n'aurai plus jamais de nouvelles. Ils vont tuer Josephina. Et tout ça, c'est ma faute. J'ai voulu jouer à la plus maligne, c'est ma...*

— Maman ?

— Jo ? Josie, ma puce, je suis là…

— Maman ! Maman ! Y a…

La fillette fut interrompue. Des sons étouffés s'élevèrent à l'autre bout de la ligne.

— Josie ! Josie ! Écoute, je viens te chercher, je…

La voix reprit la parole, mais Marina entendait encore les cris assourdis de sa fille en fond sonore.

— Voilà. Je t'ai dit qu'on l'avait. Je t'ai dit qu'elle allait bien.

— Qu'est-ce que vous lui avez fait ? hurla Marina, sans se soucier d'être entendue dans tout l'hôtel. Qu'est-ce que vous lui avez fait, bon Dieu ?

— Rien ! beugla la voix, peinant à percer au-dessus des cris de Marina et de Josephina. Rien ! Elle est saine et sauve. Et elle le restera si tu obéis.

Marina s'efforça de retrouver son sang-froid.

— Et si j'obéis, je la récupère et… et… c'est fini ?

— C'est fini.

Marina respirait fort. L'adrénaline déferlait dans ses veines.

— Vous avez intérêt. Parce que si vous mentez, ou que vous lui faites mal… Si vous touchez à un seul de ses cheveux, je vous retrouverai. Et je vous tuerai.

Marina s'aperçut, en proférant ces menaces, qu'elle n'avait jamais mis autant de conviction dans des mots. La rage héritée de son père brûlait en elle.

— C'est ça, répondit la voix, cherchant à garder le contrôle de la situation. Rentre le code postal qui va suivre dans le GPS. Il est temps de se mettre au boulot.

Quelques secondes plus tard, un SMS arriva sur le téléphone.

Marina quitta sa chambre.

26

Sous le regard attentif de Dee Sloane, Michael Sloane aligna l'ordinateur portable de Jeff Hibbert avec les bords de son bureau.

— Bien, dit-il. Voyons voir…

Il entra le mot de passe, puis se cala contre son dossier. L'écran se modifia devant eux : le système lui autorisait l'accès. Il adressa à Dee un sourire triomphant. Qu'elle lui rendit, non sans une grimace de douleur.

Elle avait encore mal là où il l'avait frappée au visage… et sur le reste du corps. Mais c'était une douleur agréable, un fourmillement émoustillant. Promenant sa langue dans sa bouche, elle y trouva une dent branlante. La remua, savourant chaque élancement dans sa mâchoire.

Michael l'observait. Elle crut d'abord qu'il pensait comme elle à la volupté de la veille, aux coups qui l'avaient presque démolie, à l'impatience avec laquelle elle attendait les prochains. Mais elle saisit alors son regard. Elle connaissait cette expression, et ce qu'elle signifiait. Il se concentrait sur la tâche.

Son premier réflexe fut de lui répondre par la provocation. Un léger frisson de bravade la traversa à cette idée. Elle sourit, lui renvoyant un message bien à elle. D'ordinaire, il aimait ça. Ça faisait partie de leur petit jeu. C'était leur façon à eux de s'amuser. Mais elle avait décelé autre chose dans son regard. Il n'y avait chez lui plus aucune trace de son rôle de composition de la veille, l'aimable Stuart Milton qui lisait le journal au petit déjeuner.

Ne me cherche pas, lui disaient ses yeux. *C'est du sérieux.*

Elle ferait mieux d'obéir, ou elle le paierait. Et alors une douleur tout autre s'inviterait à la fête. Baissant docilement la tête, elle porta son attention sur l'ordinateur.

— Bravo ! le félicita-t-elle.

C'était ce qu'il attendait d'elle. Il lui rendit son sourire. Leur petit jeu pouvait bien attendre un peu.

— C'est là-dedans, reprit-il. Tout ce que nous voulons est quelque part là-dedans. Il ne reste plus qu'à…

Il se mit à taper sur des touches, à dérouler des menus. Elle suivait ses progrès par-dessus son épaule, s'évertuant à se concentrer sur ses paroles, à afficher de l'intérêt sans la moindre trace d'excitation. L'heure était grave. C'était une question de vie ou de mort. Mais c'était d'un ennui !

Tandis qu'il s'absorbait dans des colonnes de mots et de chiffres, elle parcourut la pièce du regard. Leur séjour s'était transformé en cellule de crise. Dee s'était habituée au remue-ménage qu'exigeaient leurs activités. Elle l'avait toujours toléré, car les affaires étaient d'une importance capitale. C'était même toute leur vie. Elle autorisait donc que les meubles luxueux soient déplacés, la table et les chaises rassemblées au centre de la pièce. Mais elle éprouvait toujours un grand soulagement quand chaque chose retrouvait enfin sa place. Quand l'ordre était restauré.

L'esclave était enfermée dans sa chambre. Ils ne voulaient pas de témoins. Rien qu'eux deux. Et le Golem.

Ce dernier se tenait dans un coin près de la porte, immobile et silencieux. Le corps inerte, le visage impassible, les yeux dissimulés par la pénombre. Un automate qui attendait une nouvelle commande. Le regard de Dee s'attarda sur lui. Un très bel automate. Parfaitement sculpté. Malgré sa peau grise. En fait, elle le rendait d'autant plus fascinant à ses yeux.

Profitant de l'inattention de Michael, plongé dans le contenu de l'ordinateur, Dee s'éloigna du bureau, le laissant à ses occupations. Elle se promena à pas lents autour de la pièce, l'air de rien, pour venir se placer juste à côté du Golem. Elle l'étudia de plus près. Il portait un jean et un tee-shirt dont le tissu se tendait sur son torse d'athlète. Une démangeaison familière se réveilla dans son entrejambe. Le Golem ne lui adressa pas un regard. C'était comme s'il n'avait pas remarqué sa présence. La douleur au creux de ses cuisses n'en devint que plus intense.

Lorsqu'elle la prenait, et elle la prenait souvent, cette sensation exigeait une satisfaction immédiate. Toute subtilité, toute civilité étaient bannies. C'était un besoin physique, un désir animal réclamant l'assouvissement, une nécessité aussi absolue que de la nourriture pour apaiser la faim. Son esprit capitulait face à son corps et rien ne pouvait l'arrêter tant qu'elle n'était pas rassasiée. En général, Michael suffisait à la contenter mais, en son absence, elle devait bien trouver d'autres exutoires. D'autres mâles.

Or un tueur à la peau grise faisait parfaitement l'affaire.

Passant sa langue sur ses lèvres, elle tendit la main pour dessiner du bout du doigt le contour du biceps gris. Le Golem se retourna, ancra ses yeux dans les siens. Le cœur battant la chamade, elle lui adressa un sourire qu'elle espérait aguichant, se délectant par avance des promesses de ce corps de brute.

Elle continua de lui flatter le bras, d'une main plus insistante.

Il ne la lâchait pas du regard.

— Joli ! observa-t-elle sans interrompre ses caresses.

Sans détacher ses yeux des siens, elle mordit sa lèvre meurtrie, se repaissant de la douleur. Elle enfonça ses dents, jusqu'à sentir le sang. Creusa plus fort. Le goût du métal chaud lui emplit la bouche. Elle passa sa langue sur ses dents, entrouvrit les lèvres en un sourire, révélant l'émail rougi et luisant.

Il scruta ses yeux, ses dents. Puis se détourna, imperturbable.

Son impassibilité respirait le mépris. Elle aurait dû se sentir honteuse, humiliée. Et c'était le cas. Tellement que la torture de la démangeaison s'intensifia.

— Un vrai robot, observa-t-elle d'une voix grave et baignée de sang, avant d'ajouter avec un petit rire : Un grand robot humain, bien bâti. Puissant. Et terrifiant…

— Ça te dirait de me terrifier ? Si je te laissais faire ?

Elle s'approcha.

— Tu me donnerais des frissons ?

Comme il ne répondait rien, les doigts de Dee glissèrent le long de son flanc, sur son torse compact.

— Et si je te suppliais…

— Dee.

Elle leva la tête. Michael avait arrêté de travailler sur l'ordinateur et la dévisageait. Il n'avait pas l'air content. Cela ne faisait pas partie du jeu.

Elle le rejoignit, tête baissée.

— Je n'ai pas bien entendu.

— Pardon, lâcha-t-elle dans un murmure voilé, à peine audible.

Il reporta son attention sur l'ordinateur. Croyant bon de l'imiter, elle posa son regard sur la surface brillante de l'écran. Et découvrit son reflet.

Pas son reflet habituel, actuel, mais l'ancien. Son visage d'avant. Révélé dans toute son horreur. Son cœur sombra comme une pierre au fond d'un lac. La démangeaison disparut, cédant place à la honte. Elle ne pouvait pas regarder ces images. Pas plus qu'elle ne pouvait en détacher les yeux.

— Dee.

De nouveau, la voix de Michael. Il devinait ce qu'il se produisait.

— Regarde-moi, Dee.

Elle arracha ses yeux de l'écran pour les tourner vers lui. Il posa ses mains sur ses bras, les serrant fort.

— Ce n'est pas la réalité, dit-il. Ce n'est pas toi.

Elle entendit ces mots sans les croire. Elle n'était jamais dupe. Jamais tout de suite.

— Répète après moi.

— Ce n'est pas la réalité, prononça-t-elle d'une voix sèche et morte. Ce n'est pas moi.

— Tu es Dee Sloane. Qui es-tu ?

— Dee. Sloane.

— Bien. Ne l'oublie pas.

Lorsqu'il la relâcha, elle demeura silencieuse, la tête basse.

— C'est bien caché, remarqua-t-il en lui montrant l'ordinateur. Mais c'est là-dedans. Ce n'est qu'une question de temps. Ensuite, nous les tiendrons.

— Bien, dit-elle, consciente qu'il attendait une réponse de sa part.

— Voilà, c'est comme ça qu'il faut réagir.

Et il se repencha sur le clavier.

Dee demeura près de lui, perdue dans son monde.

27

Tyrell avait eu du mal à s'endormir. Les chiens avaient aboyé par intermittence tout au long de la nuit. Incapable de chasser de son esprit l'image de leurs crocs en train d'écharper la petite fille, il s'était levé à intervalles réguliers pour jeter un coup d'œil par la fenêtre. De la caravane, il ne voyait pas l'intégralité de l'enclos, rien ne lui assurait donc que la fillette n'y avait pas échoué, mais il se disait qu'il l'aurait sûrement entendue dans ce cas. Il l'espérait, en tout cas. Depuis les premières lueurs de l'aube, il montait la garde à la fenêtre. Le jour s'était complètement levé lorsque Jiminy Cricket fit son apparition.

— Arrêtez la branlette et enfilez vos chaussettes ! lança-t-il en riant.

Tyrell ne se joignit pas à son hilarité.

— Je t'ai apporté ton petit déjeuner.

Il posa sur la table un vieux plateau stratifié à deux sous. Tyrell considéra son contenu : une tasse remplie d'un liquide brunâtre, des toasts et un monticule d'œufs brouillés qui avaient durci en chemin pour former un Uluru jaune miniature.

Comme en prison.

— Mange ! ordonna Jiminy Cricket.

Tyrell ne bougea pas de son poste d'observation.

— Elle est où la petite fille ?

— Dans la maison. Elle va bien.

Tyrell dévisagea son interlocuteur. Calmement, sans ciller. Jiminy Cricket décocha des regards aux quatre coins de la caravane. Ses yeux fusaient, ricochaient sur les surfaces comme une balle de pistolet sur les murs blindés d'une salle des coffres. Ils finirent par se poser sur les œufs brouillés.

— Mange. Tu as besoin de prendre des forces. Une grosse journée t'attend.

— Elle est où la petite fille ?

— Elle va bien, cria presque l'autre, sa voix jaillissant de son corps comme de la vapeur d'une cocotte-minute mal fermée. Tu… Tu n'as pas de souci à te faire pour elle. Elle va bien. Très bien.

— Et les chiens ?

— Quoi, les chiens ?

Un ton grincheux, irrité.

— Vous vouliez la jeter aux chiens.

Jiminy Cricket lâcha un soupir excédé.

— On ne voulait pas la jeter aux chiens.

— Si. C'est la dame dans la cuisine qui l'a dit, j'ai très bien entendu.

— Personne ne va la jeter aux chiens.

— Je veux pas que les chiens dévorent la petite fille.

— Ils ne la dévoreront pas !

— Je vous aiderai pas si vous faites ça.

Jiminy Cricket se tut, le regard fixe. Cette fois, ses yeux croisèrent ceux de Tyrell. Il s'avança jusqu'à se trouver nez à nez avec lui.

— Elle va bien, répéta-t-il, peinant à contrôler le volume et le débit de sa voix. Ne t'inquiète pas pour elle.

Tyrell ne détourna pas le regard.

— Écoute, hier soir, j'étais... énervé, continua l'autre. Mais tout va bien maintenant, d'accord? Compris ?

Il cherchait à le convaincre, mais Tyrell n'était pas certain de vouloir lui accorder sa confiance. Il lui semblait toutefois plus sage de ne rien en dire. Il se mura donc dans un silence que Jiminy Cricket interpréta comme un signe d'approbation.

— Bon, parfait. L'affaire est close.

Il soupira, visiblement soulagé d'avoir désamorcé la rébellion d'une main de maître. Puis il lui montra les œufs avec un sourire.

— Mange. Une grosse journée t'attend.

— Pourquoi ?

Un autre soupir, accompagné d'un roulement d'yeux à la dérobée. Comme s'il prenait Tyrell pour un imbécile mais ne voulait pas le lui montrer.

— Je te l'ai déjà dit. Aujourd'hui, tu vas obtenir les réponses à toutes tes questions. Tu vas découvrir qui tu es.

— Je sais qui je suis, tu me l'as dit. Je suis Malcolm Tyrell.

L'autre s'approcha pour passer un bras autour de son épaule, comme le ferait un ami ou un vendeur de voitures d'occasion trop familier.

— Oui, c'est vrai, tu es Malcolm Tyrell. Mais ce n'est qu'un nom. Aujourd'hui, tu vas retrouver ton identité, ton héritage. Tu vas découvrir qui tu es, qui tu étais et, surtout, qui tu vas être jusqu'à la fin des temps.

Tyrell ne répondit pas. Ses pensées s'étaient reportées sur la petite fille et les chiens.

— Voilà, je préfère, rit l'autre en lui serrant l'épaule. Fais-moi confiance. Bientôt, on sera millionnaires.

Tyrell ne savait plus trop s'il voulait continuer l'aventure. En fait, il regrettait d'être monté dans la voiture au lieu de se rendre tout droit au foyer de réinsertion. Il regrettait…

D'être sorti de prison.

Son ami retira son bras de son épaule et, se dirigeant vers la porte, lui indiqua une dernière fois la table.

— Mange tes œufs.

Puis il partit. Fermant à clé derrière lui.

Tyrell considéra l'assiette de nourriture et le thé qui refroidissait déjà. S'asseyant à table, il saisit sa fourchette. Il ne voulait pas manger, mais il n'avait pas le choix.

Il enfourna une bouchée. Le plat avait un goût aussi douteux que son apparence.

28

Marina s'apprêtait à traverser le hall de l'hôtel lorsqu'elle s'aperçut que quelque chose ne tournait pas rond.

Deux agents en uniforme attendaient devant la réception.

En temps normal, elle n'y aurait pas prêté attention. Après tout, elle travaillait en tant que psychologue criminelle au sein de la police. Reste qu'elle ne pouvait plus se permettre de considérer les policiers comme des individus inoffensifs, ni des alliés. Pas quand la vie de sa fille en dépendait.

Ils sont venus pour moi, se dit-elle. *Ils savent que je suis ici, ils sont venus me chercher. C'est mon appel d'hier soir qui m'a trahie. Ou ma carte de crédit quand j'ai payé la chambre. Ils ont retrouvé ma trace.*

Son cœur battait à tout rompre. Elle devait à tout prix quitter l'hôtel. Passer devant eux, monter en voiture. Partir. Faire ce qu'exigeaient d'elle les ravisseurs pour récupérer sa fille. Et surtout ne pas se faire embarquer par les flics.

Elle se ravisa. *Non, ils ne sont pas ici pour moi.*

Ils sont venus pour une autre affaire, qui n'a rien à voir. Ils ne peuvent pas m'avoir retrouvée aussi vite. Elle poursuivit son raisonnement. *Dans ce cas, je n'ai qu'à passer mon chemin. Traverser le hall, rejoindre la voiture. Et déguerpir.*

Mais quelque chose l'en empêcha. De la paranoïa ? Un sixième sens ? La prudence la plus élémentaire ? Un peu de tout cela.

Elle se tapit à l'angle du mur et pointa discrètement la tête vers la réception pour vérifier que personne ne l'avait aperçue. Rassurée, elle tourna les talons, jetant derrière elle un dernier regard, qu'elle regretta aussitôt. La réceptionniste faisait des signes dans sa direction. Ou, du moins, dans la direction du couloir.

Son rythme cardiaque s'accéléra. Elle pressa le pas vers l'ascenseur, appuya sur le bouton. La cabine n'avait pas bougé depuis qu'elle en était descendue, quelques instants plus tôt. Les portes s'ouvrirent lentement. Déjà, Marina entendait des pas progresser dans le corridor.

Elle bondit dans l'ascenseur, pressant le bouton du premier et du dernier étage. Les pas se rapprochaient, accompagnés de voix. Il lui sembla que les portes mettaient une éternité à se refermer.

Enfin, la cabine s'ébroua.

L'ascenseur monta lentement. Arrivée au premier, Marina s'élança sur le palier, appuyant au passage sur le bouton de fermeture accélérée des portes. L'appareil reprit son ascension.

Marina jeta un coup d'œil d'un côté et de l'autre. Un chariot de service stationnait un peu plus loin dans le corridor. Deux femmes de chambre changeaient le linge des pièces libérées.

De l'autre côté, sur la gauche, une porte à deux battants ouvrait sur l'escalier. Elle la rejoignit en courant, la poussa. Tendit l'oreille. Des claquements de chaussures. Des voix.

Les deux policiers montaient.

Tout à coup, le visage de Josephina s'imposa à son esprit. Celui de Phil, aussi, inconscient sur un lit d'hôpital. Elle les chassa dans un effort de concentration. Jeta des coups d'œil nerveux sur l'étage, le cœur battant. Elle referma la porte, puis s'enfonça dans le couloir.

Personne, à l'exception des femmes de ménage.

Elle se dirigeait vers leur chariot quand la porte de l'escalier s'ouvrit derrière elle.

Sans se retourner, elle prit le pas de course et dépassa le chariot de ménage avec des regards affolés de tous côtés, cherchant désespérément une cachette.

Le local de service était ouvert. Sans y réfléchir à deux fois, elle se rua à l'intérieur et referma la porte derrière elle.

La main encore sur la poignée, elle se retourna.

Et découvrit une femme de chambre en train de la dévisager.

C'était une jeune étrangère, dont la surprise initiale céda rapidement le pas à la peur. Elle ouvrit la bouche. Pour donner l'alerte ou lui parler, Marina l'ignorait, mais elle ne pouvait prendre le risque de le vérifier.

— Excusez-moi, murmura-t-elle, aussi fort qu'elle osa. C'est mon mari.

Elle pointa le doigt vers la porte sous le regard ahuri de la femme de chambre.

— Il est… Je ne devrais pas être ici.

Son interlocutrice ne semblait pas convaincue.

Peut-être qu'elle ne parle pas ma langue, se dit Marina. *Ou qu'elle ne comprend pas, tout simplement.* Une femme ébouriffée et dépenaillée bondissait dans son réduit et en refermait la porte derrière elle, la prenant en otage. Marina ne pouvait pas lui reprocher sa frayeur.

Les voix s'amplifiaient dans le couloir.

La femme de chambre les avait entendues, elle aussi. Sa bouche s'ouvrait déjà sur un cri.

Marina chercha désespérément un moyen de la rallier à sa cause.

— Mon mari, il…

Lâchant la poignée, elle mima un coup de poing en direction de son visage. Puis elle indiqua du doigt la porte et les voix qui approchaient.

La jeune femme lui répondit par un hochement de tête entendu. Marina crut même déceler une étincelle de compréhension dans ses yeux, la complicité d'une expérience commune. Un pincement de culpabilité la saisit, mais elle parvint à sourire.

— Merci.

La femme de chambre lui répondit par une esquisse de sourire, sans mot dire.

Enfin, les pas et les voix s'évanouirent.

Avec toutes les précautions du monde, Marina tourna la poignée et risqua un coup d'œil dans le couloir.

Avec un dernier merci de la tête à la jeune femme, elle sortit et se précipita vers l'escalier.

Après avoir franchi la porte à double battant, elle dévala les marches deux à deux jusqu'à ce qu'un faux pas lui fasse perdre l'équilibre. Elle se ressaisit, s'arrêtant une demi-seconde avant de poursuivre sa descente à toute vitesse.

Au rez-de-chaussée, elle ouvrit la porte, haletante, et jeta un regard dans le corridor.

Personne.

Elle s'engagea dans le hall, prit une profonde inspiration et mit le cap sur l'entrée.

Arrivée au niveau de la réception, elle détourna le visage. L'employée de l'hôtel, qui travaillait tête baissée, leva les yeux à son passage.

— Oh ! s'exclama-t-elle. La police... Quelqu'un vous cherche.

Marina l'ignora.

— Madame ! S'il vous plaît !

— Je vais juste à ma voiture, cria Marina par-dessus son épaule. Je reviens dans une seconde.

Les portes s'ouvrirent devant elle. Elle sortit dans l'air frais du printemps.

La réceptionniste la hélait toujours. Sans doute se demandait-elle si elle devait se lancer à sa poursuite ou prévenir les policiers.

Marina ne pouvait pas lui laisser le temps de réagir.

Elle courut jusqu'à sa voiture pour s'y engouffrer, verrouillant les portières derrière elle. Après avoir vérifié que le téléphone se trouvait bien dans son sac, elle tourna la clé dans le contact. Elle entrerait le code postal dans le GPS plus tard.

Lorsqu'elle passa devant l'entrée de l'hôtel, les deux agents en uniforme, un homme et une femme, étaient sortis avec la réceptionniste. L'homme se précipita devant la voiture avec de grands gestes des bras pour l'arrêter.

Marina appuya sur la pédale d'accélérateur, forçant le policier à s'écarter d'un bond. Puis elle continua vers la sortie et s'engagea sur la route.

Elle ne préférait pas penser aux policiers, ni à ce qu'elle venait de faire.

Une seule chose comptait : retrouver sa fille.

29

On se croirait au funérarium, en train de lui rendre les derniers hommages, remarqua l'inspecteur-chef Jessica James. Il ne manque plus que l'orgue.

Le cadavre était étendu de tout son long sur le lit, les bras contre le corps, les jambes jointes, la tête renversée et les paupières closes. Elle se pencha dessus pour l'examiner avec minutie, portant une attention particulière à son cou et sa tête. Se redressant, elle se tourna vers l'inspecteur Deepak Shah, qui se tenait près d'elle.

— Qu'en pensez-vous ? Vous tombez dans le panneau, vous ?

Il secoua la tête.

— Pas plus que vous, madame.

Elle approuva d'un mouvement du menton.

— S'il était debout, sa tête tiendrait sur son cou comme une boule de bowling sur un manche à balai.

L'enquête entrait dans son second jour, mais ils piétinaient. Personne ne semblait avoir vu une enfant de trois ans correspondant à la description de Josephina, ni seule ni accompagnée. Les recherches se poursuivaient malgré tout. Les agents en uniforme continuaient de quadriller le terrain et son équipe fouillait les environs.

À défaut de véritable avancée, Jessie s'était fendue d'une nouvelle visite à Jeff Hibbert afin de le soumettre à un interrogatoire plus poussé, mais elle avait trouvé porte close. Surprise qu'il ait quitté son domicile dans son état, elle avait fait le tour de la maison et trouvé la porte de derrière ouverte, son verrou à moitié décroché, son encadrement fendu.

Elle s'était précipitée à l'intérieur en l'appelant, sans obtenir de réponse. Craignant le pire, elle était montée à l'étage. Et l'avait trouvé étendu sur le lit. En paix.

Elle n'avait pas cru une seule seconde à cette mise en scène.

Pas plus que les hommes de la police scientifique, qu'elle avait aussitôt prévenus, prenant bien soin de ne rien toucher autour d'elle. Elle était ensuite ressortie de la maison en empruntant le même chemin en sens inverse, afin de ne pas contaminer davantage les lieux.

Le médecin légiste et les techniciens terminaient à présent leur examen préliminaire et avaient autorisé Jessie et Deepak à entrer. Ils se tenaient au milieu d'une pièce sinistre, dont les rideaux tirés accentuaient l'atmosphère déprimante.

La tête de Jessie lui faisait aussi l'effet d'une boule de bowling sur un manche à balai. Picoler deux soirs d'affilée alors qu'elle travaillait le lendemain, ce n'était vraiment pas raisonnable. Mais c'était plus fort qu'elle. Elle était juste allée boire un verre avec une copine. Un verre, c'était tout… au début. Et puis la soirée avait dérapé et elle n'avait pas reçu un accueil très gai quand elle s'était enfin pointée à la maison. Elle soupira et se frotta les yeux, reléguant toutes ces pensées dans un coin de son esprit. Elle s'en occuperait plus tard. Des affaires plus urgentes la réclamaient.

— C'est affreux de vivre dans un endroit pareil, observa Deepak avec un regard autour de lui.

— Et d'y mourir.

Jessie se désintéressa du cadavre pour étudier le reste de la chambre.

— Il était mourant, déclara-t-elle en indiquant du doigt une bouteille d'oxygène posée près du lit. Cancer des poumons, je crois. Il avait l'air mal fichu quand je suis passée hier. Je me suis dit que je ferais mieux de me dépêcher de revenir l'interroger.

Deepak fronça les sourcils.

— Pourquoi ?

Elle lui relata le témoignage de Stuart Milton et l'adresse qu'il lui avait fournie.

— Il m'a semblé que Hibbert en savait plus qu'il ne le laissait entendre, conclut-elle, avant de considérer le corps sans vie. Maintenant, on ne le saura jamais.

Deepak pointa le menton vers les techniciens de scène de crime.

— Sauf s'ils peuvent nous révéler quelque chose.

— C'est vrai.

Portant de nouveau son attention sur le décor, Jessie remarqua des marques circulaires dans la poussière qui tapissait le buffet. Elle baissa les yeux. Deux figurines hideuses gisaient par terre, l'une décapitée par sa chute. Sûrement tombées dans la mêlée. Elle s'agenouilla près d'elles pour jeter un regard sous le lit. Il y avait quelque chose là-dessous.

Elle se baissa complètement, le nez presque collé à la moquette. L'odeur des fibres sales, nettoyées à une fréquence qui laissait beaucoup à désirer, lui emplit les narines.

— Ça schlingue ici.

— Je ne crois pas que le ménage figurait parmi ses priorités, madame, observa Deepak.

Elle sortit son téléphone et en activa la fonction torche pour balayer la moquette du faisceau lumineux. Elle ignora de son mieux les détritus et les moutons pour se concentrer sur ses recherches.

— Oui, c'est ça…

La pièce tangua légèrement autour d'elle lorsqu'elle se rassit. Les excès de la nuit qui se rappelaient à son bon souvenir. Et Deepak qui ne la quittait pas des yeux…

Elle se leva.

— Il y avait quelque chose là-dessous, dit-elle en pointant son doigt sous le lit. Il y a une trace rectangulaire dans la poussière.

Deepak se baissa à son tour.

— Vous en pensez quoi ?

Il haussa les épaules.

— Un ordinateur portable ? Une vieille bible de famille ?

Jessie hocha la tête.

— Je crois que ce n'est pas tirer des conclusions hâtives que de dire que quelqu'un s'est introduit ici, a essayé de dérober un ordinateur, qu'il y a eu lutte…

Elle pointa l'index sur la statuette cassée, avant de conclure :

— Et que ce pauvre vieux Hibbert a terminé avec les cervicales brisées.

— Après quoi le cambrioleur a disposé le cadavre avec soin sur le lit dans l'espoir de faire croire qu'il avait rendu l'âme dans son sommeil.

— Absolument.

Jessie reporta son attention sur le corps inerte.

— À moins que…

Deepak attendit sans un mot son hypothèse.

— Et si c'était délibéré, le corps étendu de cette façon ? Aucun cambrioleur ne procède de la sorte. C'est comme si on avait voulu le laisser…

— En paix.

— Tout à fait. Mais pourquoi ? Ce ne serait qu'une pure coïncidence ? Stuart Milton, l'incendie, la disparition de la fillette et maintenant un opportuniste qui s'attaque au domicile d'un mourant ?

— Nous ne croyons pas aux coïncidences, madame.

— Non, vous avez raison, Deepak. Mais alors…

Le téléphone de Jessie l'interrompit au beau milieu de sa phrase. Elle jeta un coup d'œil à l'écran avant de répondre. Mickey Philips. Comme elle portait le téléphone à son oreille, elle éprouva une drôle de sensation au creux de l'estomac. Sans doute encore les effets de l'alcool ingurgité la veille.

— Bonjour, inspecteur-chef James.

— Bonjour, Mickey. Pas la peine de faire tant de cérémonies, vous pouvez m'appeler Jessie.

Un silence pesa sur l'autre bout de la ligne.

— Jessie… James ? finit par hasarder Mickey.

— C'est bien ça. Je commençais à me demander quand vous feriez le rapprochement. Mais ne vous bilez pas, j'ai déjà entendu toutes les blagues possibles et imaginables sur le sujet. Et je vous arrête tout de suite, la police du Suffolk n'est pas une horde de cow-boys. Non.

Mickey rit, au grand plaisir de Jessie. Deepak, lui, se détourna.

— On est sur les lieux d'un homicide, déclara Jessie en reprenant ses esprits. On se demandait justement si c'était lié aux événements d'hier.

— Et alors ?

— Difficile à dire pour l'instant.

Elle lui exposa néanmoins le rapport entre les deux affaires.

— Comme dit toujours mon chef, observa Mickey, les coïncidences n'existent pas.

— Je suis de son avis. Comment va-t-il ?

— Il est encore sous sédatifs. Mais les médecins semblent optimistes.

— Croisons les doigts, alors.

— Oui. Dites, j'ai du nouveau pour vous.

Mickey lui raconta alors ce qu'il savait au sujet de Marina.

— Bon, lâcha Jessie lorsqu'il eut terminé. Je crois qu'on peut la rayer de la liste des suspects pour le meurtre de M. Hibbert.

Cette fois, Mickey ne rit pas. Mais Jessie n'était pas certaine de plaisanter. Elle poursuivit :

— De notre côté, on va enquêter sur la mort de Hibbert et se mettre en quête de ce mystérieux Stuart Milton, histoire de voir si on arrive à mettre la main sur lui. On va le rechercher dans la base, peut-être que ça nous mènera quelque part. Une équipe est toujours à la recherche de la petite et on essaie de remonter la piste de la voiture qui était garée devant le cottage.

On fait du porte-à-porte, on quadrille tout le secteur. Le grand jeu.

— Parfait. De mon côté, je continue de suivre la piste de Marina.

— Très bien, on se tient au courant.

Jessie raccrocha, surprenant Deepak en train de la dévisager.

— Quoi ?

— Rien, madame.

Voilà qu'il la gratifiait encore de sa moue désapprobatrice. Elle savait très bien ce qu'il pensait, mais elle n'y prêta pas attention. C'était un plaisir d'entendre la voix de Mickey. Un chic type, ce Mickey. Mais elle refoula une fois de plus ses pensées dans un coin de son esprit. Elle avait du pain sur la planche.

Et un meurtrier à coincer.

30

Le Golem avait changé de pièce. Toujours chez les Sloane, il attendait de recevoir ses ordres, mais il prenait du temps pour lui.

C'était une pratique à laquelle il devait se livrer quotidiennement. S'isoler pour méditer. Recharger les batteries. Redécouvrir son ancien moi, se réconcilier avec et, ainsi, ouvrir la voie à suivre. Ses employeurs savaient tous qu'il s'adonnait à cet exercice. Ils l'acceptaient et, compréhensifs, lui accordaient ce moment, aménageant même des créneaux spécifiques dans leur planning. Il fournissait un service très spécial, il devait donc opérer selon sa méthode.

À cet instant, toutefois, cette habitude ne justifiait pas à elle seule son envie d'isolement. Il cherchait à mettre le plus de distance possible entre lui et les Sloane. Dee Sloane, en particulier. Il repensa à ses dents tachées de sang, à son corps malléable. À son besoin d'être dominée, brisée, et à son désir de le voir s'en charger personnellement. Rien n'aurait été plus facile que de la satisfaire. Il y aurait même pris du plaisir.

Mais il travaillait.

Il ferma la porte derrière lui, savourant le déclic

sonore qui le coupa du reste du monde. Debout au milieu de la pièce, il apaisa sa respiration. Promena son regard sur ce qui l'entourait.

L'endroit était presque vide. Une chambre d'amis jamais meublée. Étant donné leur fortune, les Sloane semblaient s'être encombrés de peu de vieilleries et de fourbi au cours de leur existence. Le Golem interprétait ce dépouillement comme le signe d'une vie ancrée dans le présent, d'un refus de crouler sous le poids du passé. Une vision qu'il approuvait.

Après avoir fermé le store pour bloquer la lumière du jour, il retira son tee-shirt et ses brodequins et s'assit à même le sol, le dos droit et les jambes croisées. Lentement, il inspira par le nez, filtrant les odeurs autour de lui pour se concentrer sur l'air pur. Il imagina ensuite un point rouge, comme il l'avait appris, et fixa son attention dessus. Le jour s'évanouit autour de lui. Il n'entendait plus que la symphonie qui résonnait à l'intérieur de son être.

Il sentit les valvules de son cœur s'ouvrir, le sang impur s'y engouffrer, les orifices et les cavités se remplir, se vider, filtrer. Puis le sang sain, purifié, se propager dans son organisme. Le nettoyer, le régénérer, le guérir.

Lorsque, ayant compté un certain nombre de battements cardiaques, il fut certain qu'une quantité suffisante de sang avait circulé, il permit au rituel de commencer.

— *Combien depuis la dernière fois ?*

— *Deux.*

— *Des vies achevées, des âmes libérées ?*

— *Comme vous dites, ce n'est pas à moi de nommer les choses.*

— *Des noms ?*

— *Non.*

— *Ont-ils souffert ?*

— *Non. C'était fini aussi vite que possible. Je ne suis pas sadique.*

— *Avaient-ils une famille ?*

— *Je ne sais pas.*

— *Seront-ils regrettés ?*

— *Je ne crois pas. Je veux ne pas le croire.*

— *Es-tu prêt à les évacuer de ton cœur et à les laisser partir ?*

— *Oui.*

Un silence s'installa.

— *Ils sont partis. Tu es purifié, régénéré, guéri. Te voilà de nouveau en paix.*

— *Merci.*

Le Golem demeura en tailleur au milieu de la pièce, sa conscience totalement tournée vers lui-même. Soudain, le visage de sa mère lui apparut. Il suffoqua. Elle hurlait.

Son autre vie. Quand il portait encore un nom. Avant qu'il devienne juste le Golem.

Les bombardements secouaient la pièce. Des cris retentissaient autour de lui, des prières vides et désespérées. Son enfance, l'époque où l'espoir d'indépendance et d'autodétermination pour les Bosniaques s'était mué en haine. Où l'armée de Milosevic les avait attaqués, transformant les voisins en ennemis, légitimant la haine. Où naître à Srebrenica était le pire sort imaginable.

Nettoyage ethnique. Une expression propre et nette cachant une réalité atroce : viol, torture, meurtre. Tout ce que les Serbes et l'armée populaire yougoslave avaient infligé aux siens. Ceux qui survivaient aux massacres étaient parqués dans des camps. Ceux qui survivaient aux camps restaient marqués à jamais.

Comme lui.

Sa mère et ses sœurs avaient été violées et mutilées avant de rendre leur dernier souffle. Son père, assassiné. Et lui, il était mort avec eux. Privé de sentiment d'humanité, il brûlait d'une fureur éprise de justice, d'une soif de vengeance.

La guerre s'était achevée en 1995, mais pas sa guerre. Il s'était reconstruit. Transformé en machine à tuer. Focalisé sur la traque des Serbes responsables de la mort des siens. Il gobait des pilules, ingérait des compléments vitaminés. Soignait son corps, sa condition physique. Et, à mesure qu'il s'étoffait et s'endurcissait, il changeait de couleur, jusqu'à avoir la peau entièrement grise.

Au début, il détestait, ne supportait pas de se regarder dans le miroir. Et puis il s'était peu à peu accepté. Il avait l'impression d'être mort à l'intérieur, et le gris seyait bien aux morts. Le surnom n'avait pas tardé à suivre. Le Golem. Une créature de glaise, le sauveur mythique du ghetto de Varsovie. Il l'avait aimé. Adopté.

Finalement fin prêt, paré à tuer, il était passé à l'acte. À défaut de retrouver les assassins de sa famille, il s'en était pris à tous ceux qui avaient combattu au côté des Serbes. C'était brouillon, violent. Et, contrairement à son idée, il n'y avait pas gagné la paix d'esprit.

Ce qu'il y avait gagné, en revanche, c'était une renommée auprès d'une certaine clientèle : des barons de la drogue, des trafiquants d'êtres humains, des malfrats. Il avait d'abord refusé de faire affaire avec ces gens, avant de finalement y consentir. Il était une machine à tuer sans personne à tuer, alors pourquoi ne pas en tirer un revenu ?

Il ne prenait toutefois aucun plaisir à son activité, hanté par le fait qu'il ignorait si ses victimes méritaient leur sort. Il avait donc cherché de l'aide, qu'il avait trouvée dans la méditation. Il avait désormais atteint un équilibre qui lui permettait d'accomplir sa besogne et de s'absoudre ensuite. Une façon comme une autre pour un mort de supporter la vie.

Un bruit retentit derrière lui. Une porte qui s'ouvrait et se refermait.

Son esprit s'engouffra en sens inverse dans le tunnel du temps pour regagner à toute allure le présent. Le point rouge, puis l'extérieur. Il était de retour dans le monde.

— Salut !

Il se retourna et, la vue troublée par ce retour forcé dans le présent, découvrit Dee Sloane. Appuyée contre la porte, elle déboutonnait son chemisier.

— Je t'ai cherché partout.

Elle défit un autre bouton. Ses yeux vagabondèrent sur le corps du Golem, parcoururent son torse nu.

— Je vois que tu as commencé sans moi.

Elle s'approcha lentement. Ses talons aiguilles claquaient sur le sol avec détermination, comme des carreaux d'arbalète perçant leur cible.

Il ne bougea pas, s'efforçant de rester de marbre.

— Je sais ce que tu veux, continua-t-elle. Je l'ai lu dans ton regard. Tu essayais de le cacher, mais je vois bien quand quelqu'un me désire.

Son chemisier échoua sur le sol à ses pieds. Le Golem garda la tête droite.

— C'est moi que tu veux, je le sais.

Les yeux fixés devant lui, il sentit ses poings se refermer.

— J'étais très sérieuse, tu sais, déclara-t-elle dans un murmure. Je veux que tu me domines. Que tu me brises.

Son soutien-gorge rejoignit son chemisier par terre, mais il l'ignorait toujours.

— Ne t'inquiète pas. Michael fait joujou avec l'ordinateur, il en a pour des heures. De toute façon, ça ne le dérange pas. Et puis…

Un doigt glissa le long de ses épaules nues.

— Tu es plus costaud que lui.

La pression s'accentua sur ses épaules.

— Bien plus costaud.

Ses ongles s'enfoncèrent dans sa peau. À présent tout près de son oreille, sa voix faisait naître des fourmillements dans son cou.

— J'aime ça, ne pas savoir ce que tu vas me faire. La peur, ça m'excite tellement.

Il lui saisit la main avec force, la suffoquant. Puis il leva la tête vers elle et ancra ses yeux dans les siens.

— Tu t'en vas.

De la confusion traversa le regard de Dee Sloane. Elle la chassa d'un clignement de paupières, parvenant à esquisser un sourire.

— J'ai dit : tu t'en vas, commanda-t-il encore, d'une voix basse et posée.

— Ça va, Michael…

— Tu t'en vas.

Un ordre définitif.

Détournant les yeux, elle se baissa pour ramasser les vêtements qu'elle avait abandonnés par terre.

Il entendit ses talons claquer sur le sol, puis la porte s'ouvrir et se refermer. Puis, de nouveau, le silence.

Avec un soupir, il baissa les yeux sur ses mains. Elles tremblaient.

31

La voiture cahotait sur le sentier sillonné d'ornières, secouant Marina de gauche à droite.

Elle immobilisa le véhicule au pied de la colline, où la route s'arrêtait pour laisser place à des dunes de sable. Elle coupa le moteur, descendit de voiture. Le soleil échouait à égayer le paysage désolé de bord de mer. De vieilles bicoques de bois dégradées par les intempéries s'écaillaient et pourrissaient devant des dunes tristes où pointaient des herbes folles. Le sable paraissait dense, boueux, détrempé. Prêt à engloutir les promeneurs non avertis, selon Marina. En contrebas des carcasses de bateau et des embarcations qui agonisaient au bout d'une chaîne, abandonnées sur le rivage, le fleuve se jetait dans la mer du Nord.

Elle se tourna vers la gauche pour jeter un regard dans son dos. Elle savait qu'il y avait quelque part par là un jardin muré abritant une caravane piquée de rouille. Elle pivota vers la droite. La ferme tombait en ruine, livrée aux éléments. Mais même lorsqu'il n'en resterait plus qu'un tas de pierres, Marina porterait ses fantômes en elle jusqu'à la fin de ses jours.

— Enfoirés ! Enfoirés de merde !

Sa voix fut emportée par le vent.

C'était ici qu'elle avait failli mourir. Et ici qu'elle était née.

Ou plutôt qu'elle était née une seconde fois.

Trois ans auparavant, un dangereux psychopathe l'avait enlevée et séquestrée dans un sous-sol sous cette caravane pour lui prendre l'enfant qui grandissait en elle, Josephina. Responsable de l'enquête, Phil avait réussi à remonter la piste du tueur jusque sur ces lieux pour la secourir. Après l'avoir retrouvée dans le souterrain labyrinthique, il avait tenté d'arrêter le désaxé. Mais c'était Marina qui avait mis fin à la folie meurtrière de l'homme et protégé leur enfant à naître. C'était Marina qui l'avait tué.

Et c'était ainsi qu'elle était née une seconde fois.

Cette rencontre intime avec la mort lui avait permis de comprendre qui elle était, ce qu'elle pouvait endurer et ce dont elle était capable pour protéger les siens. Elle pensait que les ravisseurs de sa fille l'ignoraient, mais elle était forcée d'admettre qu'ils la connaissaient sans doute mieux qu'elle ne le pensait.

Des notes troublèrent le silence.

Love Will Tear Us Apart.

Elle attrapa le téléphone dans son sac et le colla contre son oreille.

— Tu es arrivée ? demanda la voix. Ça n'a pas été trop dur à trouver ?

— Espèce d'enfoiré !

Il y eut une pause à l'autre bout de la ligne. Puis la voix se fit de nouveau entendre, dure mais curieuse.

— Qu'est-ce que tu racontes ?

— Vous le savez très bien ! Me faire venir ici !

Nouveau silence.

— Je me suis dit que tu te souviendrais de cet endroit.

— Quelle foutue perspicacité !

Malgré les efforts que son interlocuteur déployait pour maîtriser sa voix, elle sentit y percer du désarroi.

— Je… Je ne pensais pas que ça produirait cet effet sur toi.

La colère saisit Marina au corps.

— C'est à crever de rire, connard !

— Tu es à Wrabness.

— Je sais où je suis.

— Tu es déjà venue ici.

— Bravo, Einstein ! C'était dans tous les journaux.

Nouveau silence. Marina commençait à penser que la communication avait été coupée lorsque la voix reprit :

— Bon, tu vas recevoir un e-mail. Lis-le. On te donnera les instructions après.

— C'est tout ? C'est pour ça que vous m'avez fait venir ici ? Pour ressusciter de très désagréables souvenirs ?

— Écoute…

— Non, vous écoutez !

La fureur enflait en elle, menaçant d'éclater.

— Vous avez fait sauter ma famille, kidnappé ma fille, et maintenant vous me faites venir jusqu'ici. J'ai eu affaire à des salauds de première dans ma vie, mais vous êtes de loin…

Elle s'interrompit, soudain incapable de trouver les mots.

— Tu vas m'écouter maintenant.

Consciente que la voix perdait elle aussi son sang-froid, Marina se tut.

— Je ne comprends rien à ce que tu me racontes. Évidemment que tu es déjà venue, c'est pour ça qu'on t'a choisie toi. Mais…

Un soupir.

— Contente-toi de lire le mail.

Et la voix raccrocha.

Marina garda le téléphone dans sa main tremblante, les yeux rivés dessus. Son regard se reporta sur la ferme délabrée et sur la caravane rouillée qui apparaissait derrière le mur en partie écroulé. Puis de nouveau sur le fleuve, le sable. Le paysage morne et désolé. Un frisson la parcourut. Cette fois, Phil ne viendrait pas la sauver.

Elle sentit quelque chose se durcir en elle. *Plus jamais*, se dit-elle. *Plus jamais*. Elle avait vu, ici même, ce dont elle était capable pour protéger sa famille. Cette nouvelle visite le lui confirmait. Qui que soient les ravisseurs de sa fille, il était temps de les affronter.

Le téléphone émit un tintement. Elle ouvrit l'e-mail pour se plonger dans sa lecture.

Et comprit peu à peu.

32

— Jeff ? Mort ? J'imagine qu'il fallait s'y attendre. Il était très malade.

— En effet, madame Hibbert.

— Appelez-moi Helen. Je n'ai jamais aimé qu'on m'appelle Mme Hibbert, ça m'a toujours donné l'impression d'être sa mère.

Elle prit une profonde inspiration, qu'elle arrosa d'une gorgée de vodka tonic.

— Dieu sait que c'est la dernière chose que j'aurais voulue, ajouta-t-elle, frémissant à cette pensée.

Jessie James peinait à imaginer Helen Hibbert en mère de qui que soit. Jamais cette femme n'aurait supporté qu'on lui vole la vedette. Sur le chemin, Jessie s'était essayée à dresser le portrait de l'ex-épouse de Jeff Hibbert. Elle se prêtait souvent à ce jeu avec Deepak, histoire de lui apprendre à ne pas se fier aux apparences ni tomber dans la facilité des préconceptions, à développer ses idées et une pensée originale, loin de tout conformisme. Pour introduire un brin de compétition dans l'exercice, il lui arrivait de mettre un peu d'argent sur la table. Celui qui donnait la description la plus proche de la réalité l'emportait. Le perdant payait le déjeuner. Deepak ne se laissait pas souvent prendre au jeu, mais cela n'empêchait pas Jessie de tenter sa chance.

— Je vous parie qu'elle ressemblera à son mari, avait-elle avancé. Dans la force de l'âge, boulotte. Les cheveux courts, à la garçonne. Le visage bouffi et terne. Dans le genre femme de fermier, ou fermière tout court, d'ailleurs. Habillée de la tête aux pieds des plus belles pièces de la collection Barbour.

Au volant, Deepak l'avait surprise en émettant une opinion.

— Tout faux.

Jessie sourit, sa curiosité éveillée.

— Et je peux savoir pourquoi ?

— Vous généralisez, vous cédez à l'influence des préjugés, dit-il en lui jetant un furtif coup d'œil. Madame.

— Tiens donc ? Dans ce cas, donnez-moi votre opinion tout à fait personnelle, dépourvue de tout préjugé.

— Elle est plus jeune que lui, sans conteste.

— Vous croyez ça ?

— Et blonde.

— Pourquoi blonde ?

— Vous m'avez demandé mon avis, madame. Je pense qu'elle est blonde, mais que ce n'est pas forcément sa couleur naturelle.

— Évidemment.

— Elle est extravertie, beaucoup plus m'as-tu-vu que lui. Il devait avoir du mal à suivre, si vous voulez mon avis.

— Ah bon ? Et sur quoi fondez-vous ces suppositions parfaitement impartiales ?

— Sur mon travail de policier, madame. Leur maison a connu des jours meilleurs, tout comme leur couple. Les quelques éléments décoratifs sur place coûtaient relativement cher à une époque. Et correspondent à des goûts de femme, pas d'homme.

— Pas aux miens, en tout cas.

— Ni aux miens, mais il a bien fallu qu'ils plaisent assez à quelqu'un pour se retrouver là. Je crois qu'elle a d'épais cheveux blonds, porte des vêtements tape-à-l'œil, débourse beaucoup en maquillage et en soins de beauté… Bref, vous voyez le genre.

— Le genre de femme qui achète ces décorations ?

Deepak confirma de la tête.

— Nous jouons pour un déjeuner ? demanda-t-il, les lèvres chatouillées par un petit sourire.

Après tout, j'encourage mon subalterne, pensa Jessie. *C'est mon rôle.*

— Pourquoi pas ?

Deepak avait mis en plein dans le mille. Helen Hibbert habitait un appartement sur Common Quay, à Ipswich, un quartier sur les berges devenu bourgeois. Leurs cartes de police brandies devant le visiophone, ils lui avaient décliné leur identité et annoncé qu'ils souhaitaient s'entretenir avec elle au sujet de son mari. La porte de l'immeuble s'était ouverte devant eux.

Dans l'ascenseur, Jessie avait souri à Deepak.

— Vous vous en sortez plutôt bien jusque-là.

À peine entrée, Jessie comprit que ce serait elle qui régalerait au déjeuner. C'est à peine si Helen Hibbert n'avait pas pris la pose spécialement pour eux. Elle était assise dans un coin de son appartement, une jambe bronzée croisée sur l'autre, dominant les quais d'Ipswich comme si elle était au-dessus de tout, tant au sens propre qu'au sens figuré. Parfaitement maquillée, manucurée de frais. Le genre de femme à toujours avoir des ongles impeccables, soupçonnait Jessie. Elle nota sa robe, ses chaussures de grand couturier et, comme l'avait prédit Deepak, sa chevelure blonde. Son attitude était posée, à l'image de son expression faciale. Elle était certes plus jeune que son mari, mais de peu. Malgré tous les soins et traitements, sa peau se relâchait, ses pattes-d'oie s'allongeaient et sans doute lui fallait-il consacrer un peu plus de temps chaque matin devant la glace pour y retrouver le reflet du jour précédent. Le temps la rattrapait lentement mais sûrement.

Elle leur proposa un rafraîchissement avec un geste en direction de son verre de vodka tonic.

— Vous devez penser qu'il est un peu tôt pour ça, mais je m'en contrefiche ! Quelque part sur la planète, c'est l'heure de l'apéritif.

Lorsque Jessie lui annonça que son époux avait été retrouvé sans vie à son domicile, Helen Hibbert leur présenta un numéro presque sans faute de veuve éplorée.

— Ce pauvre Jeff ! soupira-t-elle. C'est d'une tristesse !

Pauvre, c'est le mot, songea Jessie au souvenir de la misère noire dans laquelle le malheureux avait vécu et péri. *Sans doute les dispositions du divorce*.

— Quelque chose dans sa mort a retenu notre attention, déclara-t-elle avec le plus de désinvolture possible.

Les yeux d'Helen Hibbert s'étrécirent. Elle considéra Jessie avec un regard rusé de fouine, comme si ses paroles risquaient d'engendrer pour elle des pertes financières.

— Comment ça ? Il avait le cancer.

— Oui, mais ce n'est pas ce qui l'a tué. Il a été assassiné.

Jessie ne lâcha pas des yeux son interlocutrice, notant et enregistrant ses réactions. Helen Hibbert parut véritablement abasourdie. Épouvantée, même. Jessie s'efforça de décrypter la somme d'émotions conflictuelles qui traversèrent son regard. L'empathie n'y figurait pas.

— Est-ce que… Que s'est-il passé ?

— Pour autant que l'on puisse dire, quelqu'un s'est introduit à son domicile, expliqua Deepak en se penchant en avant. L'intrus pensait peut-être trouver la maison vide. Il se peut que…

Il haussa les épaules.

— Il se peut qu'ils se soient battus, que votre ex-mari n'ait pas fait le poids. Nous n'en savons guère plus pour l'instant.

— Pouvez-vous nous dire quelque chose, madame Hibbert ?

— Que voulez-vous savoir ?

— S'il avait des ennemis ou des dettes. Il devait peut-être de l'argent à quelqu'un. Quelqu'un aurait-il pu le cambrioler, le tuer pour de l'argent ?

— Il a été cambriolé ?

— Le vol pourrait être le mobile, observa Deepak.

— Qu'est-ce qu'on lui a volé ?

— Nous ne le savons pas précisément, répondit Jessie. Si vous pouviez dresser un inventaire de ses biens, ça nous serait très utile.

— Je ne sais pas ce que Jeff possédait.

— Un ordinateur portable, peut-être ?

Helen Hibbert plissa de nouveau les yeux. Il se passait quelque chose dans sa tête. Mais quoi ? Jessie n'arrivait pas à savoir.

— Je ne sais pas, finit par répondre Helen Hibbert. Je n'en ai strictement aucune idée.

Jessie et Deepak échangèrent un regard. Jessie refusait de capituler.

— Est-ce que…

Elle fut interrompue par un bruit dans une autre pièce. Elle adressa un regard interrogateur à la propriétaire des lieux.

— Il y a quelqu'un d'autre ici ?

Helen Hibbert décocha un regard en direction du bruit.

— Un ami… qui a dormi ici, répondit-elle en se levant. Je crois que j'ai eu ma dose de questions pour aujourd'hui. C'est un dur choc pour moi. J'aimerais mieux que vous me laissiez seule maintenant.

Jessie voulut poursuivre, mais Helen Hibbert avait fermé boutique.

Une fois dehors, dans la fraîcheur d'un ciel de printemps où virevoltaient les mouettes, Jessie leva les yeux vers l'appartement.

— Je déteste qu'on me mente. Et elle nous mentait. La question est de savoir à quel sujet et pourquoi.

— Techniquement, remarqua Deepak, ça fait deux questions.

— Ce que vous pouvez être tatillon ! En tout cas, je vous dois un repas. Joli boulot !

— Merci, madame.

— Du profilage parfaitement impartial. Comme quoi, la méthode fonctionne bien.

Il se dirigea vers la voiture, les lèvres étirées par un sourire.

— Il faut dire que j'avais vu sa photo dans le portefeuille de la victime.

Jessie le suivit en souriant.

— Quel charlatan !

33

Postée à sa fenêtre, Helen Hibbert observait les deux policiers qui longeaient le quai.

— Et merde !

Deux mains se posèrent sur ses épaules et des doigts chauds encerclèrent ses muscles pour les masser.

— Glen, tu ne veux pas aller voir ailleurs si j'y suis.

Le mouvement cessa sur-le-champ.

Une voix d'homme lui répondit. Un ronronnement grave qui se voulait sans doute sexy, mais évoquait surtout une inflammation des amygdales.

— Je peux t'aider à te détendre ? Arranger les choses ?

— Pas maintenant, je dois… réfléchir.

Son amant payé comptant s'éclipsa sans qu'elle quitte des yeux les deux inspecteurs qui montaient dans leur voiture et s'éloignaient.

Alors ils l'ont eu, songea-t-elle. *Ils ont fini par passer à l'acte*. Pas besoin de faire preuve de beaucoup d'imagination pour deviner ce qui s'était produit. Jeff avait sûrement tenté de mettre en œuvre ses projets de chantage et ses manigances s'étaient retournées contre lui. De manière fatale. Elle sirota son cocktail. Dans quelle situation cela la plaçait-elle ? Elle en savait autant que Jeff sur les Sloane. Allaient-ils s'en prendre à elle aussi ? Elle but une autre gorgée. Si oui, elle pouvait d'ores et déjà dire adieu à la vie. Elle finirait comme Jeff. Mais si elle prenait les devants… Un plan commença à se former dans son esprit.

Les deux policiers étaient sortis de son champ de vision. Son verre était vide. Glen réapparut derrière elle. Elle se retourna. Il était vraiment beau, il fallait lui reconnaître cette qualité. Talentueux, aussi, et bien doté par la nature. Mais consommable. Il y en avait des tas comme lui là où elle l'avait déniché.

— Chéri, je dois sortir. Attends-moi ici.

Il lui obéirait. Aussi longtemps qu'elle le paierait.

34

Michael Sloane scrutait l'écran de l'ordinateur, lui adjurant de lui révéler ses secrets. Il pianota sur d'autres touches. Attendit. Rien.

S'étirant, il promena son regard autour de lui. Dee se montrait très discrète depuis peu, mais cela ne l'étonnait guère. Il avait sa petite idée d'où elle se trouvait, avec qui et pour quoi. Et de l'accueil qu'elle recevrait.

Il ne se formalisait pas de ses petits jeux. En fait, il y participait. Les encourageait même, sur les conseils de leur psychiatre. Ils se révélaient essentiels à l'équilibre de Dee. À son bonheur, aussi. Et, pour être tout à fait honnête, cela ne déplaisait pas à Michael. Bien au contraire.

Chassant ces pensées, il se concentra sur l'écran. En général, il tapait à l'ordinateur avec aisance, ses doigts glissaient sur les touches. Mais cette machine lui menait la vie dure. Les touches du vieux clavier collaient. Il faisait des erreurs. Et quand il faisait des erreurs, il se mettait en rogne. Ce qui ne le conduisait nulle part.

Il tâcha donc de maîtriser sa colère, accepta

les choses telles qu'elles étaient et poursuivit ses recherches. C'était quelque part là-dedans, forcément. Des données géographiques, des projets, des combines. Leur stratégie d'attaque, la date, le lieu. Tout. Il lui suffisait juste de trouver où Hibbert avait tout planqué.

Il appuya sur une autre touche, qui accrocha à son doigt, lui bloquant l'accès qu'il cherchait.

Il se renversa contre le dossier de son fauteuil, tout près de brailler contre l'écran. Mais il se retint. Non, cela ne fonctionnait pas. Il devait changer d'approche.

Il ferma les paupières.

Que ferais-je à la place de Jeff Hibbert ? Où dissimulerais-je des informations ?

Il tenta de se glisser dans la tête de Hibbert. Quelles étaient ses passions ? Ses centres d'intérêt ? Son ex-femme, ce n'était un secret pour personne. Lorsque Jeff Hibbert se mettait à parler d'elle, il remportait la palme du raseur toutes catégories.

Il rouvrit les yeux. Les photos, bien sûr ! Parcourant le disque dur, il trouva ce qu'il cherchait. L'ouvrit. Sourit. Helen Hibbert y apparaissait à divers stades de la nudité, seule ou accompagnée, souvent de plus d'un partenaire. Sloane éclata de rire.

Le vieux pervers !

Il examina minutieusement les photos, fouilla les dossiers dans lesquels elles étaient rangées. Continua de faire défiler les fichiers.

Et trouva enfin ce qu'il cherchait.

S'enfonçant dans son siège, il se lança dans la lecture du document. Sourit en arrivant à ses dernières lignes. C'était d'une telle évidence.

Il saisit son téléphone portable. Autant l'utiliser

plutôt que de s'époumoner dans toute la maison. Dee ne tarda pas à décrocher.

— Le Golem est avec toi.

C'était une affirmation, pas une interrogation.

Elle ne répondit pas.

— Dis-lui que j'ai une mission pour lui, reprit-il en considérant l'ordinateur. La chasse est ouverte.

35

Sur la plage de Wrabness, Marina lisait l'e-mail. Elle comprenait à présent pourquoi on l'avait fait venir ici. Ce n'était pas du tout ce qu'elle avait imaginé.

Stuart Sloane. Toute cette affaire concernait de près ou de loin Stuart Sloane.

Elle longea la plage pour remonter le cours du fleuve, laissant la ferme délabrée derrière elle. Les arbres s'épaississaient, bloquant la lumière du soleil. Bâties en retrait, les bicoques de bois se dressaient sur leurs pilotis, accessibles par des marches. La plupart paraissaient occupées. Des visiteurs de passage pour Pâques, probablement, quoique certaines semblaient servir de résidence principale. Marina trouvait que c'était un drôle d'endroit pour passer ses vacances et, a fortiori, s'établir. Mais il fallait dire que, dans son esprit, une ombre sinistre planerait toujours sur les lieux.

Tout ce que tu dois savoir se trouve ci-dessous, annonçait l'e-mail. *Bonne lecture !*

Tout en cheminant, elle repensa à ce qu'elle venait de lire.

Il était une fois un petit garçon qui s'appelait Stuart Milton. Stuart n'était pas un garçon comme les autres. Il était différent. Spécial. Il avait du mal à apprendre, n'était pas doué pour les relations humaines, ne comprenait pas ce que tous ses camarades trouvaient évident, avait toujours un temps de retard sur les autres. Mais Stuart était un bon garçon, un gentil garçon.

Un garçon inoffensif.

Stuart n'avait jamais connu son père, parti alors qu'il n'était encore qu'un petit garçon. Sa mère, Maureen Milton, acceptait tous les petits emplois qui se présentaient afin d'assurer leur subsistance. C'est ainsi qu'elle trouva une place chez les Sloane, une famille de propriétaires terriens. Comme l'expliquait l'annonce, les Sloane « étaient propriétaires d'une exploitation agricole et producteurs-récoltants de la majorité des fruits de mer de la région, en particulier les coques, les moules et les huîtres ». Maureen fut embauchée comme domestique, pour les tâches ménagères et le service. Elle travaillait dur, il faut lui rendre cette justice, et elle sut très vite se faire apprécier de la plupart des membres de la maisonnée. Un en particulier.

Le chef de famille, Jack Sloane, venait de perdre sa femme. Fragilisé par son deuil, il se prit d'affection pour Maureen et lui proposa d'emménager chez lui. Et c'est ainsi que Maureen s'installa dans la propriété avec son fils. L'affection de Jack Sloane pour Maureen continua de grandir et il lui déclara bientôt sa flamme. Elle ne demandait, pour sa part, qu'à répondre à ses égards. Et lorsque Jack lui demanda sa main, elle la lui donna. Les noces furent organi-

sées et Stuart adopté. Il devint ainsi un Sloane à part entière.

Jusque-là, tout allait pour le mieux dans le meilleur des mondes, songea Marina. Mais l'e-mail changeait soudain de ton pour devenir plus agressif.

Mais tout le monde ne partageait pas la joie de Jack et de Maureen. Notamment Michael et Deanna, les enfants nés du premier lit de Jack. Ils voyaient clair dans le jeu de Maureen, une vulgaire garce appâtée par la fortune familiale. Quant à son fils, ce n'était qu'un attardé abruti et inutile. Un avis qu'ils ne manquèrent pas de partager avant le mariage. Ils ne s'attendaient pas à ce que leur père menace de les déshériter.

L'e-mail contenait ensuite un lien vers une édition d'un journal local datée de seize ans auparavant. Marina cliqua dessus. Un gros titre apparut.

« Noces de sang dans la maison de l'horreur. »

D'après l'article, le mariage s'était déroulé à merveille et les Sloane nageaient dans le bonheur. Le lendemain, cependant, la police avait été appelée sur la scène du massacre le plus sanglant jamais connu dans la région. La maison était ravagée. Les décorations brisées. Les meubles renversés, éventrés, cassés. Les lignes téléphoniques arrachées. Toute la famille avait été poursuivie à travers les pièces par un fou armé d'un fusil. Jack Sloane et sa nouvelle femme gisaient tous les deux sans vie. Les enfants Sloane, Michael et Dee, étaient laissés pour morts. Mais l'horreur avait atteint son comble quand on avait découvert l'identité du tireur : Stuart Sloane. C'était l'un des employés de la famille, un certain Graham Watts, qui l'avait retrouvé l'arme au poing et avait alerté la police.

Marina connaissait la suite. Stuart Sloane avait été arrêté et inculpé. Bien qu'il soit techniquement adulte, ses avocats l'avaient jugé inapte à encourir un procès en raison de son arriération mentale. La défense avait fait appel à autant de psychologues et de psychiatres qu'elle le pouvait afin d'évaluer son client et d'appuyer sa thèse, ce dans le but de le faire déclarer non responsable de ses actes et de plaider la déficience mentale.

Il s'agissait avant tout de limiter les dégâts, les avocats en avaient parfaitement conscience. Les preuves, bien qu'indirectes, étaient trop accablantes. La défense ne doutait pas un seul instant de la culpabilité de Stuart Sloane, elle cherchait juste à lui éviter la prison afin qu'il purge sa peine dans un endroit qui lui bénéficierait plus qu'il ne lui nuirait.

Marina connaissait bien l'affaire, avec ou sans e-mail. Et pour cause, c'était l'une des premières sur lesquelles elle avait travaillé après avoir décroché son diplôme de psychologue. Elle savait que les débutants se voyaient rarement offrir de telles opportunités et que, si elle s'en sortait bien, cela lui garantirait quantité d'autres affaires. C'était également une occasion de faire ses preuves. Cependant, si ce cas l'avait marquée, c'était pour une autre raison.

Elle n'avait jamais cru à la culpabilité de Stuart Sloane.

Elle se remémora son arrivée sous escorte dans le bureau du psychologue de la prison de Chelmsford. Tout le monde considérait Stuart Sloane comme un homme parce qu'il avait dix-huit ans, mais c'était un enfant qu'elle avait découvert. Un petit garçon désorienté et chétif, à la croissance retardée par la malnutrition et au développement intellectuel entravé par des dommages irréparables dans son circuit cérébral.

Elle s'immobilisa et contempla les arbres face à elle, fouillant sa mémoire à la recherche des questions qu'elle lui avait posées, des réponses qu'il lui avait données. Si les détails lui échappaient, elle se rappelait parfaitement son attitude, son comportement. Déboussolé, c'est le terme qu'elle aurait employé si elle avait dû le décrire en un seul mot. Un garçon déboussolé, perdu dans la grande ville après avoir lâché par inadvertance la main de sa mère. Il ne comprenait ni les événements autour de lui ni la gravité de sa situation.

Il avait été retrouvé avec le fusil entre les mains, la police avait donc, logiquement, conclu à sa culpabilité. Comme le lui demandaient les avocats de la défense, Marina avait accepté cette présomption et orienté ses questions en conséquence.

Que faisait-il dans la maison ? Se souvenait-il de ce qui l'avait conduit à agir ? Comment avait-il accueilli la nouvelle du mariage de sa mère avec Jack Sloane ? Des questions précises, ciblées.

Mais il demeurait vague dans ses réponses, flou quand elle lui demandait des précisions.

Il ne se rappelait pas ce qu'il avait ressenti en apprenant le mariage, ni ce qu'il faisait là, simplement qu'il était très content pour sa maman. Si elle était contente, lui aussi l'était.

Et maintenant, qu'éprouvait-il ?

Maintenant il était triste, très triste. Marina revit son expression chagrinée à ces mots. Puis ses traits s'étaient éclairés et un sourire s'était posé sur son visage. Mais tout irait bien, Jiminy Cricket le lui avait promis.

Sa curiosité éveillée par ces propos, Marina avait tenté de creuser. Qui était Jiminy Cricket ? Que lui avait-il promis ?

Stuart Sloane l'avait considérée d'un air béat.

Jiminy Cricket était la voix de sa conscience. Il lui avait dit que sa mère était au Ciel, avec les anges. Et il avait un plan. Tout marcherait comme sur des roulettes. Il fallait juste attendre de voir.

Lorsque Marina avait rapporté cette conversation aux avocats, ils ne s'étaient pas montrés surpris. D'autres psychologues avaient eu droit au même discours. Ils en avaient conclu à un dédoublement de personnalité. Incapable d'assumer des actes aussi graves, le cerveau déficient de Stuart Sloane s'était ainsi déchargé de sa responsabilité.

L'explication n'avait pas convaincu Marina. Elle connaissait le dossier de son patient. Jamais auparavant il n'avait montré de symptômes de personnalité multiple ou de troubles dissociatifs. Ce Jiminy Cricket avait tout d'une personne réelle, présente dans la pièce avec lui au moment du drame. Stuart ne paraissait pas savoir comment s'était déroulée la fusillade, ni même comment manier un fusil. Elle doutait de sa culpabilité dans ces meurtres. Peut-être, avaient répliqué les avocats, mais il était toujours possible d'avancer que le traumatisme avait réveillé ses multiples personnalités, lui avait donné les moyens de se servir du fusil et insufflé le courage d'écouter ses impulsions.

C'était la thèse qu'ils avaient retenue.

Marina avait cependant mis le doigt sur autre chose. Elle ne doutait pas un instant que ses confrères l'avaient remarqué, eux aussi, pourtant cela n'avait jamais été mentionné lors du procès. Lorsqu'elle avait interrogé Stuart sur ses frère et sœur adoptifs, il s'était ratatiné sur lui-même et de l'effroi s'était peint sur ses traits. Une agitation extrême s'était emparée de lui, au point qu'il ne tenait plus en place sur sa chaise, bégayait et butait sur les mots. Elle avait persisté, convaincue que cette réaction cachait quelque chose. Mais lorsqu'elle avait voulu le questionner davantage sur sa relation avec eux, elle s'était vu poliment rappeler le cadre de sa mission. En aucun cas il n'incluait le frère et la sœur. Ils étaient victimes. Et riches, de surcroît. La défense devait donc y réfléchir à deux fois avant de lancer une enquête ou des allégations contre eux. À contrecœur, Marina s'était rangée à l'avis des avocats.

L'affaire avait continué de la tracasser, mais en l'absence de convocation pour témoigner au tribunal, il n'y avait rien qu'elle puisse faire de plus. Sur le conseil de ses confrères, elle avait encaissé le chèque et s'était installée devant un bon petit gin tonic pour s'ôter toutes ces idées du crâne.

Cela ne l'avait toutefois pas empêchée de suivre l'affaire au journal télévisé et dans la presse écrite. Ni de s'horrifier de la couverture médiatique et du nombre de portraits au vitriol de Stuart Sloane qui avaient fleuri dans les tabloïds, signés par des gens qui ne l'avaient jamais rencontré. Pendant le procès, l'accusation avait tourné en ridicule la thèse des personnalités multiples avancée par la défense et personne n'avait mentionné la relation de Stuart avec Michael et Dee Sloane. Marina avait appris sans surprise sa condamnation. Elle avait dû vivre avec. Ce n'était plus son problème.

Jusqu'à maintenant.

Comme elle fouillait les environs à la recherche d'un sentier pour regagner les maisons de bois, son regard s'arrêta. Une vieille et imposante bâtisse tournait le dos au fleuve, délabrée, envahie par les herbes folles, comme si la nature cherchait à reprendre ses droits et à l'engloutir dans la terre. Elle la reconnut tout de suite.

L'ancienne propriété des Sloane.

À la suite du procès, les enfants biologiques de Jack Sloane avaient déménagé, déterminés à livrer la maison au temps et à la laisser décrépir. Ils avaient refusé toutes les offres des promoteurs et du conseil municipal pour racheter le terrain ou transformer l'ancienne propriété. Ils tenaient à ce qu'elle reste en l'état.

Leur vœu avait été exaucé.

Love Will Tear Us Apart.

Marina décrocha le téléphone, répondant par l'affirmative à la voix qui lui demandait si elle avait lu l'e-mail.

— Tu étais la seule à le croire. La seule à croire en son innocence. On a vérifié dans les dossiers. Tu savais ce qui se passait. C'est pour ça qu'on t'a choisie.

Elle demeura silencieuse.

— Tu comprends maintenant pourquoi on t'a fait venir ici ? Ce qu'on attend de toi ?

Les yeux toujours rivés sur la maison, Marina se remémora la dernière partie de l'e-mail.

Stuart Sloane n'était pas fou. Stuart Sloane ne souffrait pas de troubles de personnalité multiple. Stuart Sloane est aussi sain d'esprit que toi et moi.
Marina en doutait, mais elle avait poursuivi sa lecture.
Stuart Sloane n'est que le bouc émissaire des enfants

Sloane, qui lui ont escroqué plusieurs millions qui lui revenaient de plein droit. Justice doit être faite.

Et, pour cela, Stuart Sloane a besoin de toi.

— Oui, soupira Marina dans le combiné. Je crois que oui.

— Félicitations, docteur Esposito ! Vous avez un nouveau patient.

36

Une colère immédiate s'empara de Tyrell lorsqu'il aperçut la femme de la cuisine traverser la pelouse en direction de la caravane. Il ne voulait pas qu'elle l'approche. Mais on ne lui demandait pas son avis.

La clé tourna dans la serrure, puis la porte s'ouvrit et elle entra. Il ne l'avait jamais qu'entrevue par la fenêtre de la cuisine, furieuse et cramoisie de rage. De près, ce n'était pas tout à fait la même. Le sang avait quitté sa figure, révélant une peau pâle et marbrée. Elle s'était maquillée, mais d'une main irrégulière, sans soin. Tyrell avait lu quelque part que l'on disait parfois des visages qu'ils étaient « sculptés », mais celui de cette femme était taillé au burin. Ses cheveux semblaient pousser de biais sur sa tête en un tas de nœuds hirsutes. Elle portait une polaire, un caleçon long et des baskets. Tous miteux et ternes, comme s'ils avaient été lavés et relavés.

— Allez ! lança-t-elle. C'est l'heure.

Il se leva et la dévisagea sans bouger. Elle semblait fuir son regard.

— Toi, dit-il, je t'aime pas.

Elle soupira, jeta un regard à sa montre.

— Voilà qui me fend le cœur.

— T'as été méchante avec la petite fille. Vraiment très méchante.

Elle se dispensa de répondre.

— T'aurais pas dû lui parler comme ça.

— Ça ne te regarde pas.

Une drôle d'émotion l'envahissait, sans qu'il parvienne vraiment à la définir.

— Tu lui as fichu la frousse. T'aurais pas dû.

De la colère ? De la tristesse ?

— Faut pas fiche la frousse aux enfants. Jamais…

Il sentit la piqûre brûlante des larmes au coin de ses yeux, mais il ne les détacha pas de la femme. Elle détourna le regard, comme embarrassée.

Tyrell avança vers elle. Elle recula d'un pas avec un tressaillement.

— Tu l'as menacée, reprit-il en l'étudiant de plus près. Il faut être vraiment méchant pour menacer une petite fille.

— Écoute, je te demande juste de te préparer. Allez !

— Me préparer pour quoi ?

Elle soupira.

— Pour en finir une bonne fois pour toutes, marmotta-t-elle, comme si elle se parlait à elle-même.

— Aujourd'hui ?

— Oui, aujourd'hui.

Il y avait de l'agacement dans sa voix. Comme si elle s'efforçait d'expliquer quelque chose à un enfant particulièrement lent à la comprenette.

— Il te l'a déjà dit, non ? reprit-elle. Alors arrête de faire le débile et prépare-toi.

— C'est pas gentil ce que tu racontes. C'est très blessant, ça. Très blessant.

Il se rassit sur le lit, vexé. Il se mit alors à réfléchir, se creusa les méninges. Et arriva à une conclusion.

— Je t'aime pas, alors je ferai pas ce que tu dis, déclara-t-il, se confortant d'un dodelinement de tête. Non, je le ferai pas.

Posant les mains sur l'évier, elle secoua la tête.

— Dites-moi que ce n'est pas vrai…

Puis elle la releva vers lui.

— Viens, un point c'est tout. Dépêche-toi, on doit y aller.

Il ne broncha pas, ne donna aucun signe qu'il l'avait entendue.

Elle lâcha un nouveau soupir.

— Viens si tu veux voir la femme qui va t'aider.

— M'aider à quoi ?

Il posa la question sans la regarder, les yeux cloués au mur.

— À… te sentir mieux. Te sentir bien.

— Je suis malade ? Non, je suis pas malade.

— Non, non, tu n'es pas malade. Mais elle va t'aider à te sentir… plus heureux. Et elle va te rendre riche.

— Riche ?

— Oui. Et… réparer les torts que tu as subis.

— Comment ?

— Tu verras bien. Mais pour qu'elle t'aide, tu dois la voir. Il faut partir maintenant.

Il réfléchit aux propos de la femme. Riche. Il n'avait pas la moindre idée de ce que cela faisait, d'être riche. Il se rappelait bien une époque où il était censé l'être, mais c'était loin, très loin. Avant la prison. Avant qu'il s'appelle Malcolm Tyrell. Il en gardait des souvenirs confus. La seule chose qu'il savait avec certitude, c'est qu'il était heureux à cette époque. Avant…

Avant que sa vie tourne au cauchemar.

Mais qui disait riche disait heureux. Cela, il le savait, parce qu'on le lui avait dit. Comme il savait que c'était bien d'être heureux.

Il se leva.

— D'accord.

— Merci, Seigneur !

— Mais à une condition.

Un autre soupir. Il voyait bien qu'elle déployait beaucoup d'efforts pour garder son calme, ne pas encore se fâcher tout rouge. Mais elle n'y arrivait pas vraiment.

— Quoi encore ? le questionna-t-elle avec un nouveau regard à sa montre. Dépêche-toi, on n'a pas de temps à perdre.

— Je veux voir la petite fille.

— Dites-moi que je rêve !

— Je veux être sûr qu'elle va bien.

— Elle va bien. Elle n'a rien. Viens maintenant.

Il se rassit sur le lit, immobile comme une statue.

Un autre soupir irrité franchit les lèvres de la femme. Il lui semblait qu'elle se retenait de lever la main sur lui. Il détourna le regard. Tous deux restèrent un moment sans bouger.

— D'accord, accepta-t-elle enfin. Tu as gagné. Je vais la chercher.

— Merci.

— Mais, après, on s'en va.

Elle sortit comme un ouragan de la caravane. Il

l'entendit s'éloigner d'un pas furieux en direction de la maison. Toujours assis sur le lit, il la regarda traverser le jardin en sens inverse.

Je vais m'assurer que la petite fille va bien, se dit-il, *puis je les suivrai*. Il s'absorba dans ses pensées. Où ? Et qui était cette dame qu'ils voulaient qu'il rencontre ?

Malgré la tiédeur de la caravane, il frissonna.

J'aimerais être encore en prison, songea-t-il.

J'aimerais que tout redevienne facile.

37

— Pas trop tôt !

Anni attendait devant le General Hospital d'Ipswich. Elle avait reçu un appel de l'inspecteur divisionnaire Franks, qui lui avait suggéré de se lancer sur les traces de Marina avec Mickey, puisque la police du Suffolk mettait tout en œuvre pour retrouver Josephina.

Elle grimpa sur le siège du passager, puis Mickey redémarra pour rejoindre l'A14 en direction de l'A12.

— Désolé, dit-il. Il y en a qui font du vrai travail de police. Comment va le boss ?

Anni songea à la forme humaine étendue sur le lit d'hôpital, couverte de pansements, parcourue de fils et de tubes. Ses paupières étaient scellées à l'aide de sparadrap, son corps amoché, difforme, meurtri. Des bandages dissimulaient les zones où la peau avait été rasée et suturée, entaillée et refermée, dessinant des contours grossiers.

— Aussi bien que possible étant donné les circonstances.

Elle expliqua à Mickey que Phil ne se trouvait pas à proximité du centre de l'explosion, mais qu'il avait été touché de plein fouet par son souffle. Les flammes lui avaient brûlé les bras et le torse et des débris projetés par la déflagration, sans doute un pan de mur, l'avaient heurté à la tête. C'était ce qui inquiétait le plus les médecins. Ils avaient opéré, soulagé la pression. Ils attendaient maintenant son réveil.

Mickey grimaça.

— Il ne nous reste plus qu'à croiser les doigts.

Il demeura silencieux un long moment, jusqu'à ce qu'Anni le surprenne en train de l'observer.

— Quoi ?

Il ramena ses yeux sur la route.

— Quoi quoi ?

— Tu me dévisageais.

Il se sentit rougir.

— Pardon. C'est juste que je… En fait, on ne dirait pas que tu as passé une nuit affreuse à l'hosto. Tu as l'air fraîche et dispose. Tu es… Tu as bonne mine.

Ses yeux ne s'étaient pas détachés une seule seconde de la route.

Un sourire chatouilla la commissure des lèvres d'Anni.

— Merci.

— De rien, marmotta-t-il avec un haussement d'épaules.

— L'anticerne, ça fait vraiment des miracles !

Sans un mot de plus, Mickey alluma la radio tandis qu'Anni s'enfonçait dans son siège en souriant intérieurement.

Il leur fallut près d'une heure pour rejoindre l'hôtel près de Braintree où Marina avait été aperçue pour la dernière fois. Deux policiers en uniforme les attendaient sur place. Ils se garèrent sur le parking, puis se présentèrent à la réception.

— Elle a pris la fuite, expliqua l'agent Alison Irwin. On a essayé de l'arrêter, de lui parler, mais…

Elle haussa les épaules, indiquant d'un geste son coéquipier.

— Tom a tenté de stopper la voiture.

Tom Crown confirma d'un mouvement de la tête.

— Elle m'a contourné.

Anni interrogea également la réceptionniste, mais celle-ci n'avait pas plus d'informations à leur fournir.

— Il semblerait qu'elle se soit réfugiée dans un placard de service, expliqua Tom Crown. Elle a dit à la femme de chambre qu'elle se cachait de son mari parce qu'il la maltraitait.

— Elle ne manque pas d'imagination, commenta Anni.

Ils sortirent sur le parking, retracèrent le parcours de Marina. Ils montèrent ensuite jusqu'à sa chambre pour vérifier qu'elle n'avait pas laissé d'indices derrière elle, le moindre petit détail susceptible de leur indiquer sa destination ou ses intentions. Mais ils redescendirent bredouilles.

— On a communiqué son numéro d'immatriculation à toutes les patrouilles, déclara Alison Irving. Personne ne l'a vue pour l'instant.

Après les avoir remerciés, Anni et Mickey prirent congé et regagnèrent la voiture.

— Où va-t-on maintenant ? demanda-t-elle.

— On devrait peut-être rentrer au QG. Vérifier si sa voiture a été signalée par d'autres patrouilles.

— Tu veux dire *ma* voiture.

— Pardon, *ta* voiture.

Tandis qu'ils s'éloignaient de l'hôtel, ce fut au tour d'Anni d'étudier Mickey.

— Alors comme ça j'ai toujours bonne mine ?

Mickey la lorgna avec un froncement de sourcils, avant de ramener son regard sur la route.

— Oui, répondit-il, suspicieux. Pourquoi ?

— Je demandais juste. J'ai cru comprendre qu'un inspecteur-chef du Suffolk te faisait les yeux doux.

— Qui ? Jessie ?

— Parce que c'est Jessie maintenant.

— Jessie James, sourit Mickey. Et elle a déjà entendu toutes les blagues possibles et imaginables sur son nom.

— Ah bon ? Même celle sur les cow-boys de la police du Suffolk ?

— Il paraîtrait. Mais je ne peux pas te dire si elle me fait de l'œil ou pas.

— D'accord. Je vérifiais juste.

— Pourquoi ? T'es jalouse ?

Elle haussa les épaules.

— Tu me connais, je ne suis pas du genre jaloux.

Depuis quelques mois, Mickey et Anni entretenaient des rapports timides et sporadiques qui dépassaient le cadre strictement professionnel. Ils s'étaient retrouvés à plusieurs reprises en dehors du boulot pour dîner, voir un film ou boire un verre, mais aucun d'eux n'avait voulu prendre l'initiative de pousser plus loin dans l'intimité. Bons amis et encore meilleurs coéquipiers, ils craignaient autant l'un que l'autre de lâcher la proie pour l'ombre.

Le silence fut interrompu par la sonnerie du téléphone d'Anni. Elle répondit, pas fâchée de l'interruption. C'était Milhouse, l'expert informatique de la brigade. Milhouse n'était pas son vrai nom, mais avec ses verres de lunettes en cul de bouteille et le sérieux qu'il mettait au travail, il ressemblait tellement au personnage des *Simpson* que tout le monde l'appelait ainsi. Même sa petite amie, sans doute. S'il en avait une… Ce dont Anni doutait fort.

— J'ai une piste pour vous, annonça-t-il.

Anni saisit son carnet.

— Quand et où ?

— Une station-service Shell à Marks Tey. La carte de crédit de Marina a été utilisée sur place.

— On est en route.

— Je vais leur téléphoner pour leur demander de préparer les vidéos de surveillance.

— Super ! Merci, Milhouse.

Elle raccrocha.

— Qu'y a-t-il ? l'interrogea Mickey.

Anni l'informa de la découverte de l'informaticien.

— On y va. Ce n'est pas très loin d'ici.

Ils poursuivirent la route, leur silence seulement meublé par la radio, qui déclamait des tubes du top cinquante entre deux banalités de DJ.

38

Le Golem aimait rouler en voiture. Portières verrouillées, séparé du reste du monde par une barrière de tôle et de verre. Cap droit devant. Vers un but.

Même si ce but supposait qu'une vie s'achève.

En voiture, il pouvait se débrancher de tout le reste. Se recentrer. Méditer en mouvement.

Il prenait un malin plaisir à tromper son monde au volant de sa Toyota. La Prius n'était pas une voiture de tueur à gages, et c'était justement ce qu'il appréciait chez elle. C'était un modèle à la fois anonyme et respectueux de l'environnement. Exactement ce qu'il lui fallait. Car il entendait laisser aussi peu que possible de traces de son passage sur terre au moment de partir. Comme une empreinte de pas dans le sable humide, effacée par la marée montante. C'était dans l'ordre des choses.

Et c'était ce qu'il essayait de reproduire avec ses victimes. En une infime seconde, les conduire de la vie à la mort. Une fin simple, propre. Comme une lumière qui s'éteint sous l'action de l'interrupteur.

Il savait que son tour viendrait. Il se tenait prêt. Chaque jour, il se préparait pour la mort. Pour la donner ou pour la recevoir. Et il accueillait avec gratitude chaque jour qu'il la donnait sans la recevoir.

Un jour, pourtant, son tour viendrait.

Un jour.

Il se réjouissait aussi d'avoir quitté les Sloane pour un moment. C'étaient des employeurs réguliers, qui payaient rubis sur l'ongle pour des missions jamais trop éprouvantes. De bons employeurs, dont il n'aurait pas trouvé à se plaindre sans la sœur. Celle-là, elle commençait à lui taper sur le système. Et il ne le supportait pas. Il devrait régler le problème. D'une façon ou d'une autre.

Il tourna sur la gauche pour suivre le panneau indiquant Jaywick.

Puis il continua sa route. Concentré, préparé.

Prêt à tuer.

39

Marina suivait les indications du GPS, presque pied au plancher, seulement freinée par sa peur de la police. Elle allait à Jaywick. Elle allait voir sa fille.

Elle avait insisté pour poser cette condition, au grand déplaisir des ravisseurs.

— Pas avant que tu aies vu… ton patient.

La voix avait failli laisser échapper un nom, avant de se reprendre.

— Écoutez, répondit Marina, d'un ton aussi calme et raisonnable que possible. Je vous ai dit que je rencontrerai *votre* patient. J'ai accepté de le voir. Maintenant, nous négocions. Je ne lui parlerai pas tant que je n'aurai pas vu ma fille et vérifié de mes propres yeux qu'elle va bien.

— Non, on ne négocie rien du tout. Tu vas faire ce que tu as dit et, après seulement, tu récupéreras ta fille.

Marina fut prise d'une furieuse envie de brailler, de ruer dans les brancards. Si elle s'était trouvée face aux ravisseurs, elle se serait jetée sur eux. Mais elle ravala sa rage et contrôla sa voix, consciente qu'elle ne parviendrait à ses fins qu'en se comportant en professionnelle.

— Non, répliqua-t-elle, d'un ton qu'elle espérait posé et lent. Nous négocions. Vous m'avez dit ce que vous attendiez de moi et j'ai accepté ma part du marché. Mais sous certaines conditions. Je veux voir ma fille. Si vous refusez de me laisser la voir, j'irai vous dénoncer à la police.

— Et ta fille ? Qu'est-ce que tu en fais dans tout ça ?

Marina dut se maîtriser une fois de plus, le temps de s'assurer de pouvoir parler sans hurler.

— Vous la relâcherez, parce que vous n'aurez aucune raison de la retenir. Vous m'avez expliqué votre plan. Sans mon aide, il ne vaut plus rien.

Un long silence s'installa sur la ligne. Soudain, Marina prit conscience qu'elle tremblait de tous ses membres. Si seulement elle s'était sentie aussi forte qu'elle le laissait entendre. Peut-être était-elle allée trop loin. Si son offre ne trouvait pas preneur, elle risquait de ne plus jamais revoir Josephina. Elle savait de quoi il retournait, à présent. Des gens capables de kidnapper un enfant pour obtenir gain de cause n'éprouveraient aucun scrupule à renchérir dans la violence.

Enfin, la voix retentit dans l'appareil, vibrante de colère et de résignation.

— D'accord, tu vas la voir. Mais après tu feras ce qu'on te dit. Et tu ne la récupéreras qu'à la fin. Compris ?

Une vague de soulagement submergea Marina.

— Merci. Et vous avez intérêt à ce qu'il ne lui arrive rien.

— Il ne lui arrivera rien. Maintenant, mets-toi en route !

Peu après, elle reçut par SMS le code postal de sa destination et l'entra dans le GPS.

Tout en roulant, elle pensa à la voix. Depuis leur premier contact, elle avait noté chez elle une évolution. D'abord intransigeante et intraitable, elle semblait à présent plus disposée à entendre raison. C'était un phénomène que l'on observait parfois lors de tractations. Il arrivait que de véritables relations se développent. Au langage de son interlocuteur, Marina croyait deviner qu'il s'agissait d'un amateur. Un professionnel n'aurait accepté aucune discussion de sa part. Si elle avait posé des conditions, fait preuve d'obstination ou refusé de jouer le jeu, il n'aurait pas hésité à s'en prendre à sa fille, voire à l'exécuter.

Les ravisseurs de Josephina étaient accessibles. À cette pensée, Marina sentit s'allumer en elle une lueur d'espoir. Peut-être la peur entamait-elle leur inflexibilité initiale. Peut-être ne savaient-ils pas ce qu'ils faisaient, se cachaient-ils derrière un personnage.

Elle se félicitait maintenant d'avoir laissé un indice en chemin. Rien qu'un petit, à la station-service. Elle espérait juste que quelqu'un l'avait vu et serait assez malin pour le décrypter et se lancer sur ses traces.

Elle continua sa route. Avec l'espoir de retrouver sa fille saine et sauve. Le regret de ne pas avoir son mari auprès d'elle.

Et des efforts désespérés pour trouver en elle le courage d'agir pour leur bien.

40

Le GPS du Golem l'informa qu'il était arrivé à destination. Il coupa le moteur, puis explora du regard les environs. Définit la logistique, élabora un plan. Étudia les angles d'approche et les obstacles potentiels. Une vieille baraque délabrée se dressait au milieu d'un jardin. Pas de voisins pour fourrer leur nez dans son travail. Sur le côté, une caravane aussi vétuste que la maison. Et deux voitures garées devant l'entrée.

Il fouilla les lieux pour y déceler des issues potentielles. Des champs à perte de vue derrière la bâtisse. Pareil sur les côtés. Devant, le chemin isolé où il stationnait. Si ses cibles voulaient fuir, elles devraient lui passer sur le corps.

Parfait.

Il sortit de la boîte à gants un petit téléobjectif dont il se servit pour examiner la façade de la maison. Il cherchait des alarmes, des fils ou tout dispositif de sécurité susceptible de le trahir. Il savait quelles précautions certains prenaient pour dissimuler ces appareils, ce qui devait retenir son attention et les signes qui ne trompaient pas. Un fil électrique neuf sur un vieux bâtiment, parfois camouflé par de la peinture à la teinte toujours légèrement différente du reste. Le profil saillant de capteurs sur les encadrements de fenêtre ou les loquets de porte. Un vieux boîtier d'alarme rouillé fixé au mur, manifestement hors service, cachant un système de sécurité de pointe. Il avait tout vu au cours de sa carrière.

Mais cette maison paraissait fidèle à l'image qu'elle renvoyait. Il ne détectait rien qui n'aurait pas dû s'y trouver.

C'était bon signe. Cette mission s'inscrivait sous les meilleurs présages.

Il braqua l'objectif sur la caravane juste à temps pour voir une femme quitter la maison et s'y rendre, flanquée d'une fillette. Elle la tenait par le poignet, la traînant à moitié derrière elle. Le Golem étudia leur langage corporel. La petite fille, qui paraissait retenue contre son gré, avait pleuré. La femme, elle, semblait à bout de nerfs, comme si elle désirait juste en terminer au plus vite.

Dans une autre vie, le Golem aurait éprouvé de la peine pour la petite fille et compati à son malheur. Mais plus maintenant. Maintenant, ce n'était qu'un travail. Il avait reçu des instructions précises : éliminer comme il lui plairait l'homme et la femme, ramener le deuxième homme aux Sloane et disposer à sa guise de la fillette.

Il s'intéressa de nouveau aux abords de la propriété. Si jamais ils le surprenaient pendant son approche, ils pourraient seulement s'enfuir en courant. Cela lui rendrait la tâche plus difficile, certes, mais pas impossible. Ils n'iraient pas bien loin. Pas quand il leur bloquait l'accès à la route.

La rangée d'arbres qui bordait le chemin fournissait un couvert idéal pour rejoindre la maison sans être vu. Parfait. Il descendit de voiture, la verrouilla. Puis il avança vers la maison à l'abri de la végétation, en prenant bien soin de ne pas laisser dépasser son ombre sur le chemin.

Malgré le soleil qui brillait dans le ciel, il se dégageait de cette baraque une atmosphère mélancolique. Comme si une fin proche guettait tous ses habitants.

Pas faux du tout, pensa-t-il.

Tandis qu'il progressait, un mouvement attira son attention, derrière une fenêtre du rez-de-chaussée. S'immobilisant, il dégaina son téléobjectif. À l'intérieur de la maison, un homme était assis devant un ordinateur.

Ce serait sa première cible.

Il rangea son appareil et reprit sa marche.

Il avait presque atteint la maison lorsque des aboiements retentirent.

41

— Voici Josephina. Josephina, je te présente…

La femme réfléchit plusieurs secondes, comme si elle avait oublié son nom.

— Malcolm, compléta Tyrell.

Cela lui faisait tout drôle de prononcer son prénom à voix haute. Comme si les mots entérinaient sa nouvelle identité.

La petite fille le scruta en silence. Ses yeux étaient rougis par les larmes et ses narines encroûtées de morve. Elle paraissait fatiguée et terrifiée. Comme si elle s'était réveillée au beau milieu d'un cauchemar pour découvrir qu'il était devenu réalité. La femme ne lui lâchait pas le poignet, mais son autre main pendait mollement, comme s'il y manquait une peluche.

Soucieux de ne pas l'affoler, Tyrell s'assit afin de se mettre à sa hauteur.

Il tenta d'esquisser un sourire. Sans grand succès, à en croire l'expression de la fillette.

— Bonjour, Josephina. Comment ça va ?

Elle le fixa en silence.

— Ils t'ont fait mal ?

— Oh, c'est pas vrai !

La femme tordit la main de Josephina pour la traîner vers la maison.

— Toi, tu bouges pas !

Elle dévisagea Tyrell, surprise par la puissance de sa voix. Mais les mots durs produisirent aussi leur effet sur Josephina, qui parut soudain sur le point d'éclater en sanglots. Se radoucissant, il se tourna vers elle en prenant soin de ne pas la toucher. Il ne tenait surtout pas à lui faire mauvaise impression. C'était important pour lui.

— Pardon d'avoir crié, dit-il d'une voix caressante. Dis-moi, est-ce qu'ils t'ont fait mal ?

La fillette risqua un coup d'œil à la femme, qui regardait par la fenêtre. Reportant ensuite son attention sur Tyrell, elle lui adressa une légère secousse de la tête.

Elle répond non, pensa-t-il, *mais ça ne veut pas dire que c'est vrai. Elle sait que c'est la réponse à donner.*

— D'accord. Moi non plus, tu sais, je vais pas te faire mal. Tant que t'es avec moi, que je suis là, tu crains rien.

Josephina ne le croyait pas, il le voyait bien à son expression. Il n'était pas sûr d'être convaincu lui-même.

— Je les laisserai pas te faire du mal.

La femme soupira.

— C'est fini, oui ? Content ? Bon, maintenant il est temps de partir.

Elle tira sur le poignet de Josephina pour la traîner jusqu'à la porte.

Mais Tyrell n'était pas disposé à la laisser s'en aller aussi vite.

— Ce sera pas long. Ils veulent juste que je voie ta maman. Ils veulent lui demander quelque chose. Après tu pourras rentrer à la maison avec elle. Toi et ta maman.

La femme poussa un autre soupir.

— Maman ? répéta Josephina en jetant des regards autour d'elle. Maman ?

— On va la voir, la rassura Tyrell.

— Arrête de lui raconter ça, tête de nœud ! Je ne vais pas pouvoir la tenir après.

Tyrell braqua ses yeux sur la femme. Il tremblait de rage.

— Si tu fais pas attention à elle, je ferai pas ce que tu veux.

La femme le dévisagea en silence.

— Et dis pas de gros mots devant elle, ajouta-t-il. C'est moche.

Elle lâcha un nouveau soupir. Excédé, cette fois.

— Bon sang !

Soudain, des aboiements retentirent à l'extérieur.

Lâchant le poignet de Josephina, la femme se précipita vers la fenêtre.

— Oh, putain !

— Qu'est-ce que je viens de dire ? Pas de gros mots de…

Elle se retourna vers lui.

— On est dans la merde jusqu'au cou.

42

L'inspecteur-chef Jessie James prenait sur elle pour ne pas laisser transparaître son irritation.

L'inspecteur Deepak Shah avait reçu un appel sur son téléphone portable. Jusque-là, rien d'anormal. Mais au lieu d'y répondre ou de mettre l'appareil sur haut-parleur, en mode mains libres, monsieur s'était obstiné à arrêter la voiture sur le bas-côté.

— Décrochez, lui avait-elle commandé une énième fois, à bout de nerfs. Ce n'est quand même pas compliqué !

Mais il l'avait ignorée pour n'en faire qu'à sa guise.

— Non, avait-il fini par répliquer. C'est l'autre.

Il avait alors plongé la main dans sa poche de pantalon pour en sortir un second téléphone, un vieux portable noir à clapet.

Jessie ne put réprimer une nouvelle secousse de la tête. *Deux téléphones !*

Deepak écouta son interlocuteur, posa deux ou trois questions. Malgré elle, Jessie sentit sa curiosité s'éveiller. Elle tenta de lorgner sur le carnet qu'il avait sorti pour prendre des notes, mais il le tenait incliné vers lui.

Elle l'aurait bien étranglé, parfois.

Il raccrocha lentement, presque comme s'il suivait un rituel, puis rempocha l'appareil.

— Deux téléphones ?

Il acquiesça de la tête.

— Pourquoi ?

— Parce qu'on n'est jamais trop prudent.

Il tapota sa poche, puis consulta son calepin et, après avoir entré des données dans le GPS, redémarra la voiture. Il attendit ensuite que la circulation s'espace pour s'y insérer.

— On n'est jamais trop prudent ? rit Jessie.

Deepak demeura silencieux.

— Ah, j'ai compris ! Vous comptez dézinguer un mec avec votre téléphone ?

— C'était le commissariat, dit-il sans prêter attention à ses sarcasmes. On a retrouvé le propriétaire de la voiture.

Jessie oublia soudain tout ce qui ne se rapportait pas au travail.

— Celle qui était garée devant le cottage au moment de l'explosion ?

Il confirma de la tête.

— Et ?

— Elle est enregistrée au nom de…

Il vérifia ses notes.

— Michael Sloane.

— OK. Parfait. Une adresse ?

— Dans mon carnet. J'ai pris la liberté de l'entrer dans le GPS. J'ai supposé que vous voudriez aller l'interroger tout de suite.

— Vous avez bien supposé. Pourquoi reporter au lendemain ce qu'on peut faire le jour même ?

Ils roulèrent un instant en silence.

— Sloane… dit Jessie avec un froncement de sourcils. Michael Sloane… Ce nom me dit quelque chose. Je crois l'avoir déjà entendu quelque part.

— Moi aussi, répondit Deepak. Mais impossible de me rappeler où. Voulez-vous que je m'arrête, madame ? Histoire de passer quelques coups de fil ?

— Non, continuez. On s'en occupera plus tard.

— C'est vous le patron, répondit-il en poursuivant sa route.

Deepak avait le chic pour la mettre en rogne, mais elle devait reconnaître qu'il faisait un sacré bon flic. Pour être tout à fait franche, elle n'aurait voulu personne d'autre pour coéquipier.

Elle sourit intérieurement.

Sauf, peut-être, Mickey Philips…

43

Le Golem s'immobilisa avec un juron. Une erreur si bête. Digne d'un débutant. Pourquoi installer un système de sécurité compliqué quand on pouvait s'offrir des chiens de garde ?

D'un regard circulaire, il vit un rideau se refermer dans la caravane. Il se retourna vers la maison. L'homme jeta un coup d'œil par la fenêtre du rez-de-chaussée, puis s'éloigna à la hâte. Il y eut de l'activité à l'intérieur. L'écran de l'ordinateur portable fut rabattu. Ça sentait le départ précipité.

Pas de quoi modifier son plan. Le Golem continua sa progression au pas de course.

Alors qu'il arrivait au coin de la maison, les aboiements faiblirent pour se changer en grognements. Il entendit alors une grille s'ouvrir. Le temps qu'il comprenne, il était déjà trop tard. Les chiens s'élançaient dans sa direction.

Il regarda autour de lui. Jamais il n'atteindrait sa voiture à temps. Il n'y avait aucun autre abri dans les environs, aucune cachette. Il ne pourrait pas leur échapper. Il chercha des yeux une arme, de quoi se défendre, les tenir en respect. Sans rien trouver.

Bien planté sur ses pieds, il mobilisa toutes ses forces tandis que les deux bêtes fonçaient sur lui, leur gueule béante et dégoulinante de bave, prêtes à bondir pour le déchiqueter.

Il ferma les yeux, se recentra. Il n'y avait rien qu'il puisse faire pour prévenir le contact physique. La douleur était inéluctable. Plus vite il l'accepterait, l'embrasserait, plus vite ce serait terminé.

Mais le bruit, lui, il pouvait l'éviter. La plupart des gens se retrouvaient terrorisés face à une attaque de chien, il le savait. Comme il savait que leur réaction ne s'expliquait pas uniquement par les mâchoires ouvertes et la perspective de la souffrance. Les aboiements, les grognements, les hurlements : voilà ce qui paniquait tout le monde. Mais le Golem n'était pas tout le monde. Les paupières toujours closes, il se concentra. Canalisa son énergie. Et bloqua le son.

Lorsqu'il rouvrit les yeux, les chiens poursuivaient leur course vers lui, mais il ne les entendait plus. Et ce silence lui offrait tout le loisir de réfléchir. Et donc de concevoir une tactique.

Le premier chien, un énorme rottweiler noir et fauve, bondit sur lui. Dressé de tout son long, il mesurait presque sa taille. Mais le Golem n'entendait pas se laisser épouvanter ou intimider.

Armant son poing, il le projeta avec force pour l'écraser sur le cou du chien en plein saut. Les jambes de l'animal mollirent sur-le-champ et il s'écrasa par terre, sonné. De toutes ses forces, le Golem abattit son pied sur sa tête. Sa lourde chaussure renforcée de métal entra en contact avec le crâne, qui se brisa dans un craquement sonore.

L'animal convulsa dans de violents spasmes.

En voilà un qui ne lui poserait plus de problèmes.

Il se retourna vers le second. Cette fois, pas le temps de se défendre. Il devrait supporter la douleur.

Le molosse l'attaquait déjà. Ses mâchoires s'ouvrirent, puis s'étirèrent pour se refermer sur son avant-bras gauche. Un élancement atroce traversa le Golem, comme s'il avait empoigné à pleines mains une ligne à haute tension.

Il tenta de l'ignorer. Échoua. Lâcha un hurlement.

À son cri, le chien resserra l'étau de ses mâchoires et redoubla d'efforts pour le terrasser, déterminé à lui sectionner le bras au passage.

Le Golem résistait, tirait dans la direction opposée. Il sentit la chair, le muscle, la peau et les tendons se détacher de l'os. Du sang jaillit de son bras, imbibant sa chemise et giclant sur la tête du chien et dans ses yeux. Enivré par son goût, le molosse ficha ses crocs plus profondément dans la chair, exerçant une violente traction.

D'un coup d'œil, le Golem vit la silhouette derrière la fenêtre s'éloigner. Sa cible prenait la fuite.

Ramenant son bras droit, il recroquevilla ses doigts en un poing puissant qu'il écrasa sur le museau de l'animal. Ce dernier émit un grondement. De douleur ou de colère, le Golem n'aurait pas su le dire, mais la bestiole ne lâcha pas prise. Il frappa encore. Les mâchoires se relâchèrent imperceptiblement. Profitant de son maigre avantage, il aplatit le chien au sol. La bête se débattit, tenta de lui échapper, mais il l'immobilisa de ses jambes.

Il introduisit ensuite ses doigts dans sa gueule et poussa sur les crocs. L'animal se tortilla, mais le

Golem ne comptait pas le laisser filer. Malgré les étourdissements de douleur, il tint bon.

Tandis que ses doigts faisaient levier sur la mâchoire supérieure du chien, il se servit de son bras gauche pour abaisser sa mâchoire inférieure. Les crocs s'enfonçaient dans sa chair à mesure qu'il augmentait la pression. Il se concentra, tâcha d'ignorer la douleur.

Tout son esprit était tendu vers son objectif. Vers sa cible.

Cette cible qui ne devait pas lui échapper.

Il redoubla d'efforts. Entendit autant qu'il sentit un déchirement dans le crâne du chien. Insista encore. Davantage de sang s'écoula. Mais, cette fois, c'était celui du chien dont il forçait les mâchoires.

L'étau se relâcha sur son bras tandis qu'un geignement s'échappait de la gorge de l'animal. Il persévéra.

Vaincu, le chien abandonna la lutte.

Le Golem extirpa son bras de sa gueule, laissant la bête s'affaisser sur le sol avec des gémissements.

Il jeta un regard à la maison. Sa cible devait déjà être en fuite. Il ramena son attention sur les chiens à l'agonie. Il ne pouvait pas abandonner des animaux dans cet état. S'agenouillant près du premier, il le regarda dans les yeux, puis lui brisa le cou. Il renouvela ensuite l'opération avec le second.

Enfin, il se leva.

Sa cible dans sa ligne de mire.

44

Là, dit Mickey en pointant son doigt sur l'écran. C'est elle.

Marina apparaissait sur les images pleines de grain de la caméra de surveillance. Devant le comptoir de la station-service, elle jetait des regards inquiets autour d'elle, puis tendait sa carte pour payer et partait avec précipitation, sans même prendre le temps de récupérer son reçu.

— Je me souviens qu'elle avait l'air pressée, observa la femme qui l'avait servie.

Grande et costaude, elle correspondait à l'image qu'Anni se faisait d'une femme d'agriculteur. Sans doute l'était-elle, d'ailleurs.

— Vous êtes sûre que c'est tout ? l'interrogea-t-elle. Vous ne pouvez rien nous dire de plus à son sujet ?

La femme fixa l'écran avec des efforts évidents pour extirper des recoins les plus reculés de sa mémoire un détail susceptible de les aider. C'était un comportement qu'Anni retrouvait souvent chez les témoins. Ce désir de se sentir partie prenante de l'enquête, d'apporter leur contribution. De communiquer une information cruciale qui permettrait de résoudre l'affaire. Un indice unique, que personne d'autre n'aurait décelé. Mais cette satisfaction se refusait à la femme d'agriculteur.

Sans doute parce qu'il n'y avait pas d'indice.

— Quelle impression vous a-t-elle donnée ? l'interrogea Mickey.

— Exactement l'impression qu'elle donne là-dessus. Elle voulait payer et partir au plus vite.

— Dans quelle direction est-elle allée ? s'enquit Anni. Colchester ou Braintree ?

La femme réfléchit. Elle faisait tout ce qui était en son pouvoir pour leur prêter main-forte. Mais elle finit par secouer la tête.

— Colchester. Je crois…

— Pouvez-vous nous repasser la bande, s'il vous plaît ? demanda Anni.

La femme rembobina la cassette. De nouveau, ils observèrent Marina tandis qu'elle attendait avec impatience dans la queue, frappant le sol du pied, puis promenait ses yeux sur la boutique d'un air inquiet avant de les fixer sur la caméra de sécurité.

— Mettez sur pause, intervint Mickey.

La femme s'exécuta, laissant les deux inspecteurs étudier l'image floue.

— Qu'est-ce qu'elle fabrique ? demanda Anni. Est-ce qu'elle… Tu crois qu'elle sait qu'elle est filmée ?

— Je crois, oui, répondit Mickey. Elle sait que la boutique est sous vidéosurveillance.

Il se tourna vers la femme.

— Remettez lecture.

La femme s'exécuta et le film reprit. Marina offrait

à la caméra un visage contrit et éreinté. Puis elle passait à la caisse.

— C'est tout ce qu'on a, dit Mickey en s'enfonçant dans son siège.

— Regarde, lui dit Anni. Il se passe quelque chose…

Marina achetait un paquet de bonbons à la menthe. Elle en déposait un dans sa bouche et, profitant que la caissière avait le dos tourné, froissait l'emballage pour le jeter par terre.

— Sympa ! commenta-t-elle.

Elle sortait ensuite de la boutique et disparaissait.

Anni et Mickey s'appuyèrent à leur dossier, échangeant un regard.

En désespoir de cause, ils posèrent quelques questions supplémentaires à leur témoin, mais tous les deux voyaient bien que la femme leur avait déjà révélé tout ce qu'elle savait. Mickey lui laissa sa carte, au cas où un détail lui reviendrait, puis ils la remercièrent et quittèrent la station-service.

— Nous voilà bien avancés, observa Mickey.

— Tu espérais quoi ? Il est évident qu'elle ne veut pas qu'on la retrouve, quelle qu'en soit la raison.

Ils prirent la direction de Colchester.

— Bientôt l'heure de débaucher, observa Mickey en jetant un regard à sa montre. Plus de piste à suivre. Aucune autre affaire sur le feu. J'imagine qu'on ferait aussi bien de rentrer.

— J'imagine, oui. On frôle les heures sup', Franks ne serait pas content.

Ils roulèrent sans un mot. Ce fut Anni qui brisa le silence.

— Tu as quelque chose de prévu ce soir ?

— Moi ? Non, rien de spécial.

— Ah bon ? s'étonna-t-elle, une pointe de malice dans la voix. Tu ne fonces pas à Ipswich retrouver ta cow-girl ?

— Ne raconte pas n'importe quoi.

Mickey ne lui présentait que son profil, mais Anni remarqua qu'il rougissait. Et que son pied se faisait plus lourd sur le champignon.

— Je te l'ai dit, reprit-il, comme s'il ressentait le besoin de se justifier. Il n'y a rien. En tout cas de mon côté.

— Contente de l'apprendre.

— Ah oui ?

— Oui.

Elle sourit, puis se rapprocha de lui.

— Dis, puisque tu n'as rien de prévu ce soir et que tu ne lui cours pas après, pourquoi tu ne viendrais pas chez moi ?

L'expression qu'Anni vit alors se peindre sur les traits de Mickey valait tout l'or du monde.

45

C'était une véritable torture. Le Golem tomba à genoux, le poing serré autour de son bras déchiré. Il aurait voulu s'évanouir. Que le mal cesse.

Mais il ne pouvait espérer ni l'un ni l'autre.

Impossible de clore les paupières, de se concentrer sur un point fixe, de chasser la douleur de son esprit. Une seule seconde les yeux fermés et sa proie en profiterait pour lui échapper. Il ne pouvait pas prendre ce risque. Il se borna donc à s'administrer l'équivalent mental et émotionnel d'un pansement de combat. De quoi enrayer au mieux la souffrance et terminer ce qu'il avait entamé.

Après s'être remis debout tant bien que mal, il prit deux ou trois inspirations profondes. Tâcha de mettre fin au tourbillonnement dans sa tête, de se concentrer sur sa mission. C'était un soldat. On le payait pour fournir un service.

Alors exécution ! s'ordonna-t-il.

Il reprit sa marche en direction de la maison. Derrière la fenêtre, la silhouette paniquait, débranchait avec empressement l'ordinateur et d'autres appareils. Finalement, l'homme abandonna les fils pour tout rassembler en vrac et s'élancer vers la porte, l'ordinateur portable sous le bras.

Parfait. Il se tiendrait prêt à le cueillir.

Il accéléra, libérant une expiration bruyante chaque fois que ses lourds godillots frappaient le sol. Il tenta d'ouvrir la porte de la maison. La trouva fermée à clé.

Il aurait dû s'en douter.

Son poing toujours serré autour de son bras, il contourna au pas de course le bâtiment pour empêcher sa cible de fuir par-derrière. Il la trouva près du chenil. L'homme s'arrêta pour le considérer, le visage presque illuminé par la peur.

— Écoute, dit-il. Tu n'es pas obligé.

Le Golem ne répondit pas. Il restait immobile, à l'affût du moindre mouvement de sa proie.

L'homme tenait l'ordinateur portable serré sous son bras, collé contre lui. Son autre main échappait à la vue du Golem. Il semblait hésiter entre la fuite et l'attaque.

La fuite ou l'attaque. Un dilemme que le Golem connaissait bien. Il ne comptait plus les occasions où, confronté à une proie, il avait dû anticiper son choix entre ces deux options, paré pour l'une ou l'autre.

Il demeura muet. D'habitude, le silence lui permettait de perturber ses futures victimes. Cette fois, cependant, il se taisait par nécessité plus que par stratégie. Il n'avait la force ni de parler ni de se mouvoir. S'il ouvrait la bouche, il risquait de hurler.

— Je vais bientôt avoir de l'argent. Des tas d'argent. Je peux t'en donner… euh… la moitié. Tu veux la moitié ?

Pas de réponse.

— Ce que tu veux, alors. Tout ce que tu voudras. Mais pitié… Pitié…

L'homme avança de quelques pas, les yeux suppliants.

— Ne me tue pas.

Le Golem ne bougea pas tandis que l'homme se rapprochait, les épaules voûtées, l'implorant de tout son corps.

— Pitié…

Le Golem le laissa venir. Cela lui facilitait la tâche.

L'homme continua d'avancer. Lorsqu'il se trouva à portée du Golem, il brandit sa main gauche, qu'il tenait cachée derrière son dos, révélant un long couteau de cuisine. Les yeux scintillants, il visa la poitrine du Golem en criant, avec un brusque mouvement en avant.

Aussitôt, les dernières réserves d'adrénaline du Golem agirent. Il pivota pour éviter la lame, qui le toucha au bras droit et lui trancha le biceps, se fichant dans le muscle. Sa douleur décupla.

Son assaillant s'empressa de ressortir le couteau de la plaie pour le planter de nouveau dans son bras, entaillant la chair. La souffrance du Golem s'amplifia, étourdissante. Il tituba, tout près de s'évanouir.

Son adversaire sentait la victoire, il le lisait dans ses yeux. Il ne pouvait pas laisser faire. Hors de question.

L'homme frappa encore. Comme la lame trouvait le flanc droit du Golem, il l'y plongea de toutes ses forces. Ses yeux jetèrent des étincelles. Lui-même n'arrivait pas à croire à sa supériorité.

Le Golem devait agir vite, profiter de cette seconde de griserie pour inverser la tendance. Il se rapprocha de son adversaire, s'efforçant d'ignorer le métal tranchant comme le rasoir qui s'enfonçait en lui.

Puis il leva la main droite et saisit l'homme par la gorge.

L'autre comprit sur-le-champ ce qui se passait. Il se débattit pour se défaire de l'étreinte du Golem, lui échapper. En vain. Bien qu'affaiblie, cette poigne restait plus puissante que celle de n'importe qui.

Trop puissante pour son assaillant.

Le couteau glissa des doigts de l'homme, suivi de l'ordinateur. Il porta ses deux mains à sa gorge, agrippant les doigts du Golem avec des efforts désespérés pour les détacher de son cou.

Des élancements de douleur parcouraient tout le corps du Golem, comme si on l'avait ligoté avec du fil barbelé électrifié. Il s'efforça d'ignorer la souffrance et de se concentrer sur sa tâche, la mission pour laquelle on l'avait embauché.

Son adversaire frétillait dans sa main. Crispant les doigts, il serra plus fort.

L'assaillant se changea en victime. Son visage empourpré vira au violet. Ses yeux sortirent de leur orbite, menaçant d'éclater. Des râles et des gargouillis s'échappèrent de sa gorge comprimée. Enfin, il cessa de lutter.

Le Golem sentit la masse entre ses doigts faiblir, puis flancher. Mobilisant ses dernières forces, il contracta davantage son poing.

Enfin, l'instinct de survie quitta le corps de sa victime. La volonté du Golem l'avait emporté.

Relâchant l'étau de sa main, il regarda le cadavre s'affaisser sur le sol.

— C'est l'heure de mourir.

La douleur lui donnait des vertiges. Il tremblait de tous ses membres. Son corps à lui aussi n'allait pas tarder à l'abandonner.

Alerté par un bruit, il se retourna.

Il vit sa Prius bringuebaler au milieu du chemin, puis s'immobiliser, l'avant de l'aile gauche froissé, son phare pendu à un fil comme un œil distendu au milieu du verre cassé.

La voiture qui l'avait percutée pour passer creusait déjà la distance. Sans doute avec, à son bord, les occupants de la caravane.

Manquant de tourner de l'œil, le Golem se baissa pour ramasser l'ordinateur, puis tourna les talons.

Lentement, il remonta le chemin, laissant derrière lui les cadavres de l'homme et des chiens. Son instinct de survie l'emportait sur toute autre considération.

Après s'être assis au volant de sa voiture, il la mit en prise et démarra.

Il réussit à parcourir presque un kilomètre avant de se ranger à l'entrée d'une forêt et de perdre connaissance.

46

Le jour baissait. Le soleil déclinait, déclarait forfait. À l'instar de Marina. Épuisée, affamée, elle sentait que seuls l'adrénaline et l'espoir lui permettaient encore de tenir.

Le GPS lui annonça bientôt qu'elle était arrivée à destination. Une maison se dressait devant elle. Une vieille baraque délabrée, flanquée d'une caravane en aussi triste état. Une voiture était garée à l'entrée.

Mais il n'y avait personne à l'horizon.

Marina descendit de voiture et, après l'avoir verrouillée, emprunta à pas lents le chemin qui menait jusqu'à la maison.

Les deux masses noire et brune qui gisaient par terre à sa droite, au milieu d'une tache sombre et luisante, ne manquèrent pas d'attirer son attention. Le cœur lourd d'appréhension, elle traversa le chemin pour les examiner de plus près. Son cœur se retourna dans sa poitrine.

— Oh, mon Dieu ! Mon Dieu !

Les deux rottweilers étaient morts. L'un couvert de sang et lacéré, l'autre comme brisé.

Marina reprit la direction de la maison avec une hâte teintée d'appréhension.

Et découvrit le cadavre près de la porte de derrière.

Elle eut juste le temps de se retourner et de se plier en deux pour vomir.

Lorsqu'elle se redressa, la tête lui tournait. Elle jeta des regards affolés autour d'elle, avec le sentiment de perdre le peu de contrôle qu'elle avait réussi à gagner sur la situation. Puis elle courut jusqu'à la caravane, ouvrit la porte. Personne. Elle étudia l'intérieur. Quelqu'un avait logé là récemment.

Laissant la porte béante derrière elle, elle s'élança vers la maison. Paupières closes, elle enjamba le cadavre devant l'entrée, puis pénétra à l'intérieur.

Malgré la clarté extérieure, les pièces étaient plongées dans la pénombre. Des gens avaient vécu sous ce toit. Et l'avaient manifestement quitté dans la précipitation. Des restes de nourriture et des appareils électroniques encombraient la table de la cuisine. Comme si quelqu'un s'était mis à tout ranger avant de partir sur un coup de tête, quittant la table au beau milieu du repas.

Marina compta trois assiettes : deux grandes et une petite.

Son cœur se serra.

— Seigneur, Josephina !

Elle se mit à parcourir les pièces en criant à pleins poumons.

— Josephina ! Josie !

Seul l'écho de sa voix lui répondait dans le silence.

La maison ressemblait à un repaire de squatteurs. Des vêtements et des affaires étaient éparpillés un peu partout, des sacs de couchage gisaient sur des matelas. Elle remarqua qu'une pièce avait abrité deux personnes.

Mais une autre découverte l'attendait dans le salon. Une cordelette nouée à la poignée de la porte se déroulait jusqu'à un troisième matelas, installé à même le sol et couvert d'un drap fin. Un petit animal en peluche traînait par terre près du couchage rudimentaire.

Marina sentit ses jambes céder sous son poids et son cœur se déchirer. Elle s'effondra à genoux, ramassant la peluche.

— Lady…

C'était le doudou de Josephina, la peluche qu'elle prenait pour le chien du film de Disney *La Belle et le Clochard*. Jamais elle ne la quittait. Elle dormait en l'écrasant contre son cœur, la trimbalait partout dans la maison, lui parlait pendant ses repas.

Des larmes roulèrent sur ses joues. De tristesse, d'impuissance ou de rage, elle ne le savait pas. Des trois, peut-être.

Elle se leva, prise de vertiges, le poing serré autour de la peluche.

Elle sortit de la maison et regagna sa voiture. S'installa au volant. Démarra.

Sans la moindre idée d'où elle allait.

Juste aussi vite et aussi loin que possible.

Accablée de détresse.

DIMANCHE

Crucifixion

47

Minuit. Et Alessandro n'arrivait pas à pioncer.

Ça lui prenait souvent avant un combat. Il était tendu. Agité. Crispé. Son corps réduit à une machine de tendons et de muscles. Affûté, remonté, prêt à l'usage. Noué et pas foutu de se détendre. Focalisé sur l'épreuve, son esprit anticipait, se préparait. Il lançait et parait les attaques dans sa tête, essayait de deviner les tactiques de son adversaire avant même le premier coup de poing, de se montrer plus rapide que lui. Il planifiait, calculait. S'efforçait de définir une stratégie offensive qui lui permettrait de sortir vainqueur sans trop en baver. Il avait passé la soirée à zigzaguer dans la pièce en envoyant des directs. À présent, allongé sur son lit, il fixait le plafond et les murs, infoutu de penser à autre chose.

Sauf à Katrina. Sa nana encore deux nuits plus tôt, avant que sa colère, sa jalousie et ses poings triomphent. Il n'était pas fier de son comportement, mais ça ne l'avait pas arrêté pour autant. Toutes les autres étaient interchangeables, faciles à oublier. Mais pas Katrina. Katrina, il l'avait dans la peau. Et dans le crâne. Mais voilà, elle n'avait toujours pas appelé. Pas un mot, pas un message. Rien.

Il lui avait écrit. Plusieurs textos même, dans lesquels il s'excusait, reconnaissait ses torts et sa culpabilité. Lui demandait pardon. Puis, en l'absence de réponse, implorait son pardon. Il consultait son téléphone régulièrement depuis. Trop régulièrement.

Et il n'arrivait pas à dormir maintenant. Alors à quoi bon se mentir ?

Il se redressa et, rejetant ses couvertures, s'assit sur le bord de son lit, la tête entre les mains. La tension parcourait tout son corps, ses doigts se crispaient, ses muscles vibraient comme des câbles électriques. Il se leva. Arpenta la pièce comme un fou, se cognant aux murs. L'espace lui semblait plus réduit que d'habitude. Un enclos de zoo pour un animal pris au piège. Il se rassit. Rien à faire, il ne trouvait pas d'exutoire à sa rage, sa frustration. Il ne lui restait plus qu'à attendre le combat. Alors il lâcherait tout. Pour changer la donne.

Il promena ses yeux sur la pièce. Un taudis garni de meubles miteux. Tout y était loué, récupéré ou volé. Le regard n'y trouvait rien de soigné, bichonné. Rien de précieux. Un vrai bordel. Une pièce à l'image de sa vie.

Il serra et desserra les poings. Tenta de décrisper sa mâchoire. Il grinçait des dents sans s'en rendre compte. *Canaliser la rage*, se dit-il. *Se focaliser. Changer la donne*.

Il devait gagner ce combat. À tout prix. Il ne pouvait pas continuer à mener cette vie, il fallait qu'il passe à autre chose. C'était pour ça qu'il avait accepté de participer. Pour se faire du blé, s'installer ailleurs avec Katrina, dans un endroit correct, s'offrir une belle vie à deux. Une vie heureuse.

Et rembourser ses dettes de jeu. C'était comme ça qu'il était tombé dedans. La boisson, le jeu, la baston : la sainte Trinité, comme disaient les bonnes sœurs au bahut. Exactement ce qui l'attendait chez lui quand il rentrait des cours. Et ce qu'il avait reproduit. Le père et le fils. Le père dans le fils. Tous deux hantés par le même fantôme infernal. Lorsqu'il s'était endetté auprès d'un type à qui n'importe quel mec doué d'un peu de jugeote éviterait d'emprunter un bifton, on lui avait proposé de mettre ses poings à profit. Histoire de commencer à rembourser ses intérêts, avait remarqué M. Picking avec un sourire qui revêtait un sens différent pour chacun d'eux. Conscient qu'un refus lui attirerait de gros ennuis, Sandro avait compris qu'il n'avait pas le choix.

Avant le premier combat, il balisait à fond. Il avait déjà joué des poings avant, avec pas mal de succès même, mais c'étaient des bagarres, des échauffourées, des règlements de comptes. Cette fois, c'était différent. Debout au fond de la grange, il avait observé la foule qui donnait de la voix, lançait des acclamations à la vue du sang. S'échauffait devant deux types qui se mettaient sur la gueule jusqu'à ne plus ressembler à rien. Ce n'était pas la castagne à laquelle il était habitué, mais un vrai combat de gladiateurs.

Et puis son tour était venu. Il avait une de ces trouilles au moment de découvrir son adversaire. Un grand gaillard à l'air dur, un bourlingueur qui portait sur sa peau les traces des épreuves qu'il avait traversées. Et teigneux, avec ça. Un parfait inconnu qui lui en voulait sans raison, déterminé à le broyer.

Si Sandro ne le broyait pas avant.

Il s'était donc lancé à l'attaque. Fouettant l'air de ses bras, décochant des coups de poing, envoyant des directs. Avec sauvagerie et désespoir. Sans tactique ni technique.

Le combat n'avait pas duré longtemps. Dès le premier round, Sandro s'était écroulé sous une puissante claque sur l'oreille et ne s'était pas relevé. Il avait fallu le traîner hors du ring, le visage et le corps couverts de bleus et de sang. Son bienfaiteur et créancier l'attendait au premier rang.

— Tu t'es battu comme une merde, avait déclaré M. Picking en se tournant vers ses larbins. Retapez-le et renvoyez-le chez lui. Il va progresser.

Et Sandro avait progressé. Une fois remis sur pied, il s'était retrouvé inscrit dans un autre combat. Puis un autre. Il s'était amélioré, au point de devenir le portrait de son premier adversaire : un grand costaud plein de rage qui portait sur son corps les cicatrices de la vie.

Il devait pourtant encore trop de blé à M. Picking pour pouvoir s'affranchir. Mais Sandro avait pris de la bouteille, il comprenait maintenant comment fonctionnait la petite entreprise de son créancier. Il connaissait M. Picking, sa façon d'opérer. Et savait qu'il ne retrouverait sûrement jamais sa liberté.

Pour se tirer de ce mauvais pas, il devait agir. Et parier sur lui-même. Il attendrait d'être sur place, mesurerait ses chances et miserait un tas de pognon sur sa victoire. C'était risqué, les gens pourraient croire le combat truqué. Non. Il suffisait qu'il ne dise rien à personne. Puis qu'il monte sur le ring. Et gagne.

À l'aise, Blaise !

Il se releva, fit les cent pas. Peut-être qu'il devrait se recoucher, essayer de dormir. Mais il n'était pas foutu de fermer l'œil. À cause du combat. De Katrina, aussi. Il se demanda où elle était. Ce qu'elle faisait.

Avec qui.

À cette pensée, ses entrailles se remplirent d'acide.

L'instant d'après, un coup retentit à sa porte.

Il s'immobilisa, surpris. Scruta le battant comme s'il pouvait voir son visiteur au travers. Puis il jeta un coup d'œil à sa montre. Presque minuit et demi.

Un autre coup.

Son cœur bondit.

Katrina.

Ses entrailles se vidèrent de l'acide qui les rongeait. Il s'élança vers la porte. Prêt à l'ouvrir. Prêt à ouvrir grand les bras à sa nana. Prêt à tout, tout pour une nouvelle chance.

La main sur le verrou, il se figea. Et si ce n'était pas Katrina ? Si c'était M. Picking ou l'un de ses associés ? S'ils lui ordonnaient de perdre, lui disaient qu'il devait se laisser transformer en chair à pâté ? Ce ne serait pas la première fois. Et alors tous ses plans tomberaient à l'eau.

On frappa encore.

Le cœur battant, il se résigna à ouvrir. Il n'avait pas vraiment le choix.

Tirant la porte d'un large geste, il dévisagea son visiteur, abasourdi.

Sa sœur, Marina, se tenait devant lui.

Elle lui retourna son regard.

— Sandro…

Puis s'effondra sur le seuil.

48

L'aiguille s'enfonça dans la chair abîmée du Golem. Elle la transperça, puis ressortit, laissant une traînée rouge viscérale. Il observait l'opération d'un regard impassible, l'air détaché, l'esprit ailleurs.

Lorsqu'il avait repris connaissance, l'habitacle de la Prius ressemblait à un abattoir. Une pensée presque drôle sachant que c'était lui, le tas de barbaque livré à la boucherie.

Avant de s'évanouir, il avait téléphoné à Michael Sloane pour lui expliquer que la mission ne s'était pas déroulée comme prévu et qu'il avait besoin de secours. Puis il avait laissé son téléphone allumé pour lui permettre de le localiser.

Sloane n'avait pas l'intention de se compromettre, il lui avait donc envoyé deux de ses lieutenants. Les hommes l'avaient extirpé de la voiture et étendu à l'arrière d'un Ford Transit avant d'incendier la Prius. Le Golem ne s'en était pas ému outre mesure. Il ne se formalisait jamais de la perte d'un bien matériel. Et puis, son coût viendrait s'ajouter à la facture qu'il présenterait à son client.

Dans l'utilitaire, il avait de nouveau perdu connaissance, mais il savait où on le conduisait. Chez le Dr Bracken. Le Golem ignorait si le titre de docteur était honorifique ou réel, ni si Bracken était habilité à pratiquer la médecine, mais il s'en fichait. Il était déjà passé sur sa table et il y repasserait. Et c'était le cas de beaucoup d'autres.

Bracken s'était fait une réputation dans le milieu. Il rafistolait tous ceux qui ne voulaient pas laisser de trace écrite ni passer par le système. Il ne posait jamais de questions.

À cet instant, le Golem se trouvait certainement au bout d'un sentier isolé non loin du rond-point entre Romford et Ongar, dans les bad-lands de l'Essex. Une route très pittoresque au premier abord, avec des arbres qui l'ombrageaient et des muntjacs qui bondissaient ici et là. Un grand manoir se dressait à l'endroit où elle semblait s'arrêter, niché dans la verdure. Mais sur le flanc de l'ancienne demeure, un chemin non goudronné s'enfonçait dans la nature, jusqu'à ce que les branches se referment de manière oppressante et que les cervidés ne s'y risquent plus, de peur de ne pas en ressortir vivants. C'était là que se trouvait le repaire du Dr Bracken. Tout au bout du chemin apparaissait un gigantesque portail de métal lourd, de ceux derrière lesquels se terrent les survivalistes ou les groupuscules d'extrême droite. Un haut grillage électrifié surmonté de barbelé acéré entourait la propriété. Plusieurs écriteaux peints à la main et orthographiés au petit bonheur la chance étaient hérissés pour décourager tous ceux que le portail n'aurait pas suffi à dissuader: «Interdit», «Propriétée privée», «Intrus indésirrables».

C'était là que le Golem se faisait rafistoler.

Bracken s'affairait sur son bras. C'était un petit homme frêle, mais dont les yeux brûlaient d'une intensité qui semblait souvent le seul principe vital à l'œuvre dans sa maigre carcasse. On aurait dit qu'il était éclairé et mû par un feu qui flambait à l'intérieur de lui, jetant tout autour une lueur répugnante et sinistre.

Sûrement la même lueur qui animait les soldats qui ont assassiné ma mère, violé les femmes de ma famille et détruit mon village, songea le Golem. Mais pour le moment, ça n'avait pas d'importance. Le docteur l'aidait, le recousait. Disons qu'il décrétait une trêve.

Le jour venu, il saurait où le trouver.

Bracken piqua de nouveau l'aiguille dans sa chair. L'homme dégageait toujours la même odeur. D'alcool et de transpiration, avec une pointe d'autre chose. De la peur, du désespoir. Bracken ne se livrait pas à cette activité par choix. Cette maison ne lui appartenait peut-être même pas, il n'était peut-être qu'un prisonnier entre ses murs. Pour le Golem, ça n'avait aucune espèce d'importance. L'essentiel, c'était que le docteur le rafistole et le remette sur pied afin qu'il puisse reprendre le travail.

— Je vous ai déjà vu, observa Bracken d'une voix inarticulée. D'habitude, je ne me souviens pas des gens qui passent par ici, mais vous, vous sortez du lot. C'est votre peau.

— Je tue les assassins de ma famille, je meurs à l'intérieur. Ma peau devient grise, je meurs à l'extérieur.

— Vous n'auriez pas pris de l'argent colloïdal, par hasard ?

— Bien sûr. Je prends plein de choses pour rester

fort et en bonne santé. C'est bien. Ça guérit. Ça maintient en forme. Ça bloque le sida.

— Ça donne surtout la peau grise.

Le Golem réfléchit.

— Non. Je meurs à l'intérieur.

— Comme vous voudrez, mon grand.

Bracken poursuivit ses points. Il suturait avec du gros fil noir et de grands gestes circulaires, comme s'il cousait du cuir. L'anesthésie locale n'avait pas tout à fait insensibilisé le Golem, il devait donc puiser dans ses propres ressources pour faire taire la douleur.

Le docteur s'était d'abord occupé de son flanc. C'était la plaie la plus facile à nettoyer, traiter, suturer et panser. Il s'était ensuite penché sur les entailles de couteau sur son bras. Du travail relativement simple, là encore. Le bras gauche, en revanche, lui donnait du fil à retordre. Le chien l'avait complètement déchiqueté.

— Vous devriez envisager une greffe, remarqua Bracken. De la chirurgie reconstructive. Il n'y a que ça qui sauvera votre bras et garantira la guérison.

— Pas le temps, répliqua le Golem. Je travaille. Recousez et je retourne.

— Dans votre état, vous ne retournerez nulle part pendant quelques jours.

— Si.

Ce n'était pas une objection. Juste une affirmation. Catégorique.

— Je travaille, reprit le Golem. Je termine ma mission.

Bracken haussa les épaules avec un geste indifférent de la main. Ce n'était pas son problème.

— C'est vous qui voyez.

Il tira le fil à travers la chair du Golem, fit un nœud, coupa la longueur restante. Recula d'un pas.

— Voilà, je ne peux rien de plus pour vous.

Le Golem se leva pour s'observer dans le miroir.

— Je vous le déconseille, vous n'êtes pas encore bien solide sur vos jambes.

Le Golem demeura campé sur ses pieds face à son reflet.

Encore des blessures. Des empreintes de la vie sur son corps. Des cicatrices indélébiles. Il pouvait vivre avec. Mais Bracken n'avait pas tort. Son bras gauche ne ressemblait plus à grand-chose.

— Mettez un bandage, ordonna-t-il.

— Ce bras a besoin de plus qu'un bandage.

— Après. Je termine ma mission.

Bracken s'exécuta avec un nouveau haussement d'épaules. Le Golem ne quittait pas des yeux son reflet.

— Maintenant, les cachets ?

— Quoi ?

— Les cachets. Vous me donnez des cachets. Vous savez. Vous m'en donnez déjà.

— Écoutez, je ne… Ce n'est pas une bonne idée…

— Des cachets, vite ! Ceux qui donnent des forces, qui aident à tenir. À ne pas sentir la douleur.

— Je ne crois vraiment pas que ce soit raisonnable. Vous ne… C'est dangereux. Ils peuvent vous nuire, vous faire du mal.

— Pas grave, je ne sens pas si ça fait mal, répondit le Golem, ses yeux durs et inexpressifs. Les cachets. Vite.

49

Mickey Philips avait été prévenu environ une heure auparavant par téléphone. « Homicide à Jaywick. Rappliquez au plus vite. »

Il se gara au plus près du ruban qui sécurisait la zone, fit taire les Fleet Foxes, puis se dirigea vers la scène de crime, sa carte de police à la main.

Les Fleet Foxes, bon sang ! C'était un CD que Phil avait gravé pour lui et laissé dans sa voiture en insistant pour qu'il l'écoute. Mickey l'avait passé une fois, à son corps défendant, puis relégué au fond de la boîte à gants avec le mépris qu'il réservait à la plupart des goûts musicaux de son chef. Et encore, il ne l'avait pas balancé par la fenêtre sur le bas-côté de l'A12, celui-là. L'album « Sleeps With Angels » de Neil Young s'en était tiré à moins bon compte.

Aujourd'hui, pourtant, il avait pris plaisir à l'écouter. Surtout le titre « Your Protector », qui avait touché une corde sensible. Il se l'était repassé trois fois, poussant le vice jusqu'à chanter en chœur. Une drôle de transformation, qu'il s'expliquait en un mot.

Anni. Anni et la nuit qu'ils avaient passée ensemble.

Arrivés chez elle, ils s'étaient installés sur le

canapé du salon. Elle avec un ballon de vin, lui avec une canette de mousse. De la Budvar, parce qu'elle savait qu'il aimait cette bière. Sur le moment, il n'avait pas relevé, mais, après coup, il s'était aperçu qu'elle l'avait sans doute achetée spécialement pour lui, en prévision d'une visite. Cette attention l'avait fait sourire.

Tandis qu'Anni se blottissait dans un coin du canapé, les jambes repliées sous elle, Mickey restait le dos droit, penché en avant à l'autre bout de la banquette. Incapable de se détendre. Elle avait mis de la musique. Les Fleet Foxes.

— En général, ce n'est pas trop mon truc, remarqua-t-elle. C'est Phil qui me l'a donné. Mais plus je l'écoute, plus ça me plaît.

Mickey lui répondit d'un signe de tête, puis sirota sa bière en prêtant l'oreille aux accords, aux paroles. Ce n'était pas si mal.

— Je crois qu'il m'en a fait une copie, je ne l'ai jamais écoutée.

— Tu devrais. Si ça se trouve, ça te plaira.

— Possible.

— Après une dure journée de travail. Un verre de vin, les Fleet Foxes : rien de tel pour se relaxer.

— Oui.

Posant son verre sur la desserte, elle inspira une grande bouffée d'air, puis expira. Le regard de Mickey s'attarda malgré lui sur le mouvement de sa poitrine. Lorsqu'il porta sa bière à ses lèvres, il remarqua que sa main tremblait. Il but une lampée, gorge serrée, puis reposa sa canette. Le désir le consumait de la tête aux pieds, mêlé de la peur du rejet. Ses yeux cherchèrent Anni à l'autre bout du canapé.

Elle lui sourit.

— Remarque, je connais une autre façon de se relaxer…

Lentement, elle se rapprocha. Mickey aurait voulu attraper sa canette et la siffler cul sec, histoire de se donner du courage, mais il laissa sa bière où elle se trouvait. Anni avait progressé sur toute la longueur du canapé pour se placer tout près de lui. Elle posa la main sur son buste. Laissa glisser ses doigts sur sa chemise dans un délicieux contact.

Elle le regarda, les yeux dans les yeux, puis sourit. Se pencha vers lui.

Le premier baiser. Leur premier vrai baiser. Sa bouche sur la sienne, puis leurs deux langues qui se trouvaient, se caressaient, exploraient. Ses lèvres étaient si chaudes, si douces. C'était exactement comme il l'avait imaginé. Et il l'avait imaginé souvent.

Il s'écarta pour scruter son visage. Elle lui sourit, les yeux éclairés par un feu intérieur.

— Tu crois… ?

— Oui, répondit-elle d'une voix voilée.

— Tu crois qu'on doit ? Avec… tu sais… tout ce qui se passe ?

Elle se détacha de lui.

— Tu n'en as pas envie ?

Il soupira.

— Si, mais… le patron… tout ça…

— Si tu n'en as pas envie…

— Si.

Elle se repencha vers lui.

— Alors, après cette journée, je crois que c'est exactement ce qu'il nous faut.

Elle se colla de nouveau contre lui et, bouche

contre bouche, promena ses mains sur ses vêtements à la recherche des boutons et des fermetures Éclair. Ses doigts s'affairèrent dessus, puis elle lui enleva sa chemise, rompant leur étreinte pour glisser ses mains sur son torse, souriante.

Les lèvres de Mickey progressèrent vers son cou. Ses mains l'effleuraient, se faufilant peu à peu sous son tee-shirt.

Tandis qu'il poursuivait ses caresses, elle se serra contre lui. Ses doigts trouvèrent les boutons de son jean, les défirent. Les mains de Mickey, elles, s'attardaient sur son décolleté.

Elle s'interrompit.

— Ça va ? lui demanda-t-elle, presque dans un murmure.

— Oui.

— Tu es sûr que tu en as envie ?

— Oui, répondit-il avec un froncement de sourcils. Pourquoi ?

— C'est juste que… Je ne sais pas, on dirait que tu te retiens.

— Que je me retiens ? Non, je… Pas du tout.

— D'accord.

Alors elle lui mordit le cou, pour son plus grand plaisir. Une décharge électrique le parcourut de part en part. Ses mains glissèrent sur ses seins. Avec un gémissement, Anni se colla contre lui. Les caresses de Mickey se faisaient plus pressantes lorsqu'elle se figea de nouveau.

— Je ne te plais pas ?

— Quoi ? Si, bien sûr que si.

— Alors montre-le-moi. Je ne suis pas en verre, tu sais.

Il soupira.

— Je sais, mais…

— Quoi ?

— C'est juste que… Excuse-moi, mais tu n'es pas n'importe qui. Tu comptes pour moi. Beaucoup. Et… Tu sais, j'ai énormément de respect pour toi.

— Encore heureux ! Et tu pourras toujours en avoir.

Elle sourit, avant d'ajouter :

— Mais demain matin. Ce soir, je veux m'amuser.

Il sourit.

— Tu as ma permission.

Et, à compter de cet instant, il ne se le fit plus répéter.

50

Anni n'arrivait pas à se rendormir.

Étendue dans son lit, elle n'arrêtait pas de se rejouer les événements de la nuit. Et elle se régalait. Avec Mickey, ça avait simplement… collé. Pas au début, cependant. Il lui avait paru hésitant. Elle avait d'abord trouvé ça mignon, mais étant donné que ce n'était pas la vertu qu'elle recherchait en priorité chez un homme, ni même l'une des dix premières, elle lui avait gentiment fait comprendre qu'elle attendait autre chose de lui. Et il avait répondu présent.

Oh que oui !

À partir de cet instant, la nuit s'était révélée enchanteresse. Tour à tour obscène et tendre, parfois d'un rythme électrisant, parfois d'une lenteur douloureuse, le plaisir de l'attente n'ayant rien à envier à celui de l'assouvissement.

Mais Mickey parti, une préoccupation tout autre s'empara de son esprit. Elle se repassait en boucle dans sa tête le film de vidéosurveillance de la station-service. Quelque chose leur avait échappé la veille, elle en aurait mis sa main à couper.

Elle se remémora une fois de plus les images qui défilaient sur l'écran. Et trouva.

En un temps record, elle fut levée, douchée et sur son palier, au téléphone avec la femme d'agriculteur pour l'informer de sa nouvelle visite et lui demander de lui garder la vidéo de côté et de ne surtout pas vider les poubelles.

Moins d'une demi-heure plus tard, elle disséquait de nouveau le film, debout dans l'arrière-boutique de la station-service. Sur l'écran de télévision, Marina faisait la queue avec impatience. Puis elle levait les yeux vers la caméra de sécurité, s'avançait jusqu'au comptoir, achetait des bonbons à la menthe, en prenait un et jetait l'emballage par terre.

— Là ! lâcha Anni. Arrêtez là !

Elle pointa son doigt sur l'écran.

— Vous voyez ?

La femme d'agriculteur appuya sur le bouton pause, perplexe.

— Elle… jette un papier par terre.

— Exactement. Vous avez balayé depuis hier ?

— Oui, mais…

Anni sortit une paire de gants en latex de sa poche.

— Vous pouvez me montrer où se trouvent les poubelles, s'il vous plaît ?

La femme l'accompagna jusqu'à l'arrière du bâtiment, où s'empilaient des cartons écrasés et des sacs noirs, puis lui indiqua celui où elle avait le plus de chances de retrouver l'emballage. Anni étala des pages de journal sur le sol, puis fendit la poubelle et déversa son contenu sur ce tapis improvisé.

— J'ai cru que ce n'était qu'un papier de bonbon,

observa-t-elle en examinant les rebuts sous ses yeux. Qu'elle manquait juste de civisme.

Ses mains s'activaient sur les ordures, dépliant tous les bouts de papier qu'elle y trouvait.

— Mais, après, j'ai repensé à sa façon de chercher la caméra du regard et à l'insistance avec laquelle elle la fixait. Ça me titillait. Et en regardant de nouveau le film aujourd'hui…

Elle s'interrompit pour soulever devant ses yeux un morceau de papier, qu'elle écarta aussitôt.

— J'ai compris que je ne m'étais pas trompée.

La femme d'agriculteur l'observait, debout à côté d'elle.

— Comment ça ?

— C'est son regard. Au début, j'ai cru qu'elle vérifiait juste l'emplacement de la caméra, pour essayer de l'éviter. Mais non. Elle regarde la caméra et ensuite elle regarde par terre.

— Et ?

— Pas n'importe où par terre. Elle regarde l'endroit précis où elle jette ensuite le papier.

Son interlocutrice s'enthousiasma.

— Oh, vous croyez qu'elle vous a laissé un message ? L'emballage du bonbon à la menthe ?

— Pas l'emballage. Elle a juste voulu faire croire que c'était ça. Elle l'a joué fine, au cas où… je ne sais pas… quelqu'un l'espionnait, peut-être. Mais elle espérait que l'un de nous comprendrait ce qu'elle faisait.

Elle brandit un bout de papier. Sourit.

— Le voilà !

Comme elle le dépliait, la femme se pencha au-dessus d'elle pour mieux voir.

— C'est un code postal, constata-t-elle. Elle vous a laissé un indice.

— Exact.

Anni remercia la femme, qui se proposait pour nettoyer derrière elle, trop heureuse de pouvoir se rendre utile. Puis elle rejoignit la Fiesta qu'elle avait empruntée au commissariat, aussi excitée que si elle avait bu trente expressos d'affilée.

Par chance, j'ai un GPS, songea-t-elle en entrant les coordonnées dans l'appareil. Elle était prête à partir.

Dès qu'elle aurait passé un petit coup de fil.

51

— Qui a signalé le meurtre ? demanda Mickey Philips à l'agent en uniforme qui l'escortait jusqu'à la scène de crime.

Ils progressaient dans un matin blanc étranglé par le brouillard. La brume s'enroulait autour de lui comme le personnage d'une bande dessinée de Steve Dikto.

Sur place, le cirque avait déjà commencé. Un ruban noir et jaune sécurisait la maison et le terrain, voletant dans le vent comme un front de guêpes furieuses. Dans la purée de pois, les techniciens de scène de crime redoublaient de vigilance et de précaution, attentifs à ne pas s'aventurer en dehors des dalles de métal posées à l'intérieur du cordon afin d'éviter de polluer la scène, voire de déclencher, d'un pas inconsidéré, une bombe à retardement. Lorsqu'il les voyait à l'œuvre, Mickey ne pouvait s'empêcher d'imaginer les scientifiques d'une superproduction hollywoodienne tentant d'endiguer la propagation d'un virus mortel ou d'une menace chimique. Pour les observateurs, ces gens en combinaison constituaient le signe le plus manifeste d'un grave dysfonctionnement dans leur monde bien ordonné.

Un peu plus loin, deux tentes de plastique blanches avaient été érigées, autant pour protéger la scène de crime que pour la dissimuler aux équipes de télévision. À son arrivée, Mickey en avait déjà vu deux ou trois prendre leurs marques, chercher le meilleur emplacement pour leurs caméras et leurs journalistes. Brume blanche, tentes blanches, combinaisons blanches. On aurait pu rêver plus dynamiques comme images.

Depuis qu'il avait intégré la brigade d'intervention criminelle, Mickey s'arrangeait toujours pour éviter les journalistes. S'ils le reconnaissaient sur les lieux d'un crime, ils risquaient d'espérer le scoop, une attention indésirable qui ne lui faciliterait pas un travail déjà assez compliqué ainsi.

Le policier en uniforme consulta ses notes, accélérant la cadence pour ne pas se laisser distancer.

— Un homme qui promenait son chien. Un vieillard acariâtre. Il a aperçu une masse sur la pelouse.

Il tendit le doigt vers la première tente blanche.

— Il a cru que c'était un homme qui dormait, un clochard. Il s'est approché pour…

L'agent jeta un nouveau regard à son carnet.

— Admonester l'importun. C'est ce qu'il a dit.

— Admonester ? C'est le terme qu'il a employé ?

— Le terme exact, oui.

— Continuez.

L'agent se référa de nouveau à ses notes.

— Et puis il s'est rendu compte qu'il s'agissait de chiens morts. Il a remonté le chemin jusqu'à la maison pour dire deux mots au propriétaire et c'est là qu'il a découvert le cadavre. Voilà.

— Il a fait une déposition ?

— Oui, c'est moi qui l'ai prise. Un vieux grincheux. D'après lui, il devrait exister une loi interdisant de tuer les chiens.

— Les humains, en revanche, ce n'est pas grave.

Mickey remercia l'agent, qui retourna à ses fonctions.

Devant la première tente blanche, il enfila la combinaison de papier, les surchaussures et les gants blancs qu'on lui tendait. Puis, avec l'autorisation de la police scientifique, il pénétra à l'intérieur. Les cadavres des deux chiens occupaient le centre. Sur le côté, les techniciens avaient installé une table de laboratoire. Les bêtes avaient été marquées, fichées, examinées. La zone alentour, sécurisée par un ruban, était passée au peigne fin. Mickey abordait toujours une scène de crime en spirale, partant de la périphérie pour s'approcher progressivement du centre : la victime. Lorsque la scène avait livré son histoire, il pouvait alors tenter de parvenir à une conclusion.

— Qu'est-ce qu'on a ?

Jane Gosling, comme lui inspecteur-chef au MIS, se tourna vers lui. Mickey connaissait bien Jane. Un tempérament agréable, doublé d'une passion pour le théâtre amateur. Il nota dans un coin de son esprit d'assister à l'une de ses représentations. Question de politesse.

— Deux chiens morts, répondit-elle avec une dérision certaine.

Jane était un sacré morceau de femme, mais si elle remplissait sa combinaison blanche, son port gracieux démentait son embonpoint.

— Quel sens de l'observation ! dit Mickey en se penchant sur les cadavres. Vous irez loin comme ça.

Elle le rejoignit, lui indiquant le chien de droite.

— Celui-ci a apparemment reçu un coup de poing dans le cou, puis on lui a broyé la tête avec une grosse chaussure ou un objet lourd.

— C'est ce qui l'a tué ?

— Pas forcément. La tête forme un drôle d'angle avec le corps, on dirait qu'on lui a brisé les cervicales.

— Bon sang ! lâcha Mickey, avant de se tourner vers le second chien. Et celui-ci ? On ne l'a pas loupé non plus.

— Ce n'est rien de le dire. Sa tête est couverte de sang. On pense qu'il a attaqué quelqu'un… et que ce quelqu'un s'est défendu.

— Un sacré balèze ! Ils auraient pu être plusieurs ?

— On n'en sait trop rien pour l'instant. On étudie encore les empreintes de pas autour de la scène. Pour l'instant, on n'en a trouvé qu'un jeu.

— Ce serait donc l'œuvre d'une seule personne ? Bon Dieu !

— Regardez un peu ce chien, ce qu'il a subi. Mais on dirait qu'il a quand même eu le temps d'attaquer.

Elle pointa le bout de son stylo en direction de sa gueule.

— Vous voyez, là ? Sur ses crocs ? Ce sont des morceaux de chair.

— On devrait pouvoir obtenir un ADN avec ça.

— Avec un peu de chance. Cette mare de sang ne peut pas provenir que de l'animal.

Mickey n'arrivait pas à détacher les yeux de la bête, partagé entre l'horreur et la fascination.

— Qu'est-ce qu'on lui a fait, au juste ? On dirait qu'on lui a arraché la tête.

— Tout juste. On a introduit quelque chose de très puissant entre ses mâchoires, puis on les a écartelées.

— C'est ce qui a provoqué sa mort ?

— Il a le cou brisé, lui aussi. C'est la cause la plus probable de sa mort. À ce stade, du moins. De toute façon, il n'aurait pas survécu à ses blessures.

Mickey secoua la tête.

— Je ne comprends pas. Pourquoi arracher la tête d'un chien, le laisser pour mort puis mettre fin à ses souffrances ?

Jane se releva.

— Ça me dépasse, moi aussi. Mais si c'est l'œuvre d'une seule personne, alors un psychopathe court dans la nature.

— Un psychopathe du genre herculéen.

— Tout à fait.

Mickey se redressa.

— Merci, Jane. Je vous laisse continuer ici.

Comme Mickey s'apprêtait à quitter la tente, sa coéquipière posa sa main sur son bras pour l'arrêter.

— Des nouvelles ?

Il comprit tout de suite le sens de la question.

— J'ai téléphoné à l'hôpital avant de venir. La nuit a été bonne. Il est stable. C'est tout ce qu'on a bien voulu me dire.

Jane soupira.

— C'est ce qu'on m'a dit aussi. Ce petit jeu dure un peu trop longtemps à mon goût. Je ne sais pas si c'est bon ou mauvais signe.

— Moi non plus. Pas facile de se retrouver de l'autre côté, pour une fois.

— Non. Le cadavre est sous l'autre tente. Bonne chance.

Mickey s'enfonça de nouveau dans le brouillard. Il ne pensait plus ni à Phil ni à Anni. Concentré sur son travail.

Et sur la victime qui l'attendait.

52

Les deux ordinateurs portables étaient posés côte à côte dans un alignement parfait. Différents par leur marque et leur modèle, mais tous deux détenteurs de secrets qui ne demandaient qu'à être percés à jour.

Michael Sloane les considéra en souriant. Il aimait la précision de leur disposition, la symétrie ainsi créée. Deux pièces de puzzle prêtes à se livrer. À l'intérieur se trouvait le détail des opérations montées contre lui : les conversations interceptées, les transactions qu'il ne voulait pas ébruiter, les méthodes qu'il employait pour régler de manière définitive ses différends avec ses opposants. Sans oublier leurs plans de vengeance, exposés par le menu.

— Magnifique ! se félicita-t-il. Tout ça vaut bien le sacrifice d'une vie. Il faut le croire, du moins.

Il se retourna vers le Golem. Il se tenait au garde-à-vous derrière lui, le visage toujours impassible, tel un automate dans l'attente d'un ordre. Mais Sloane percevait un changement chez lui. Son esprit semblait ailleurs.

Il s'approcha.

— Pourquoi restez-vous planté là ?

Le regard du Golem paraissait perdu dans le lointain. Au son de sa voix, ses yeux retrouvèrent toutefois la réalité. Comme un vaisseau de reconnaissance qui revient d'une expédition aux confins de l'espace.

— Vous êtes de retour parmi nous. Bien.

— Pardon ?

Une voix posée, interrogatrice. Très différente d'une voix de tueur telle qu'on l'imagine, Sloane s'en était déjà fait la remarque.

— Pourquoi restez-vous planté là ? Ici, dans cette pièce ? Vous devriez être au lit. À l'hôpital.

— Je…

Les yeux du Golem semblèrent de nouveau partir à la dérive.

— Je suis fort. L'esprit est plus fort que la matière. On ne ressent la douleur… que si on s'autorise à la sentir.

— Je vois.

Il est drogué, pensa Sloane. *Ça ne peut être que ça.*

— Vous avez récupéré l'ordinateur, c'est bien. Et Watts est maintenant hors d'état de nuire. Mais vous avez laissé filer les autres.

— Je… Oui, c'est ennuyeux pour moi.

— C'est surtout dangereux. Et pas seulement pour vous. Pour moi aussi. Vous avez laissé trop de témoins.

— Je m'excuse.

— J'attends mieux que des excuses. Vous devez remédier à cette situation.

Il mesura le Golem du regard. Sa chemise lâche dissimulait les bandages sur son flanc et ses bras. L'homme était blanc comme un linge. Ou plutôt gris clair.

— Vous sentez-vous en mesure de le faire ?

— Oui.

— Bien. Mais votre échec d'hier pourrait me porter de graves préjudices. Des préjudices irréparables. Il est hors de question que cela se reproduise. Pas après tout ce que j'ai fait. Je dois m'assurer de limiter les dégâts, de régler cette histoire une bonne fois pour toutes. Et pour ça, je dois savoir si vous en êtes capable ? Aujourd'hui même ? Dans votre état ?

Le Golem croisa le regard de Sloane. Il était de retour, concentré. Aucun doute. Regarder le Golem dans les yeux, c'était comme regarder la mort en face. Sloane déglutit avec un clignement de paupières, la gorge serrée.

— J'en suis capable. Aujourd'hui. Je suis en parfait état.

Comme il s'avançait, Sloane recula d'un pas.

— Je ne sens pas la douleur. Je suis... un surhomme.

— Bon, alors au travail !

— Autre chose...

Le Golem se rapprocha sans le lâcher du regard. Sloane attendit.

— Je dois me racheter.

— Vous racheter ?

— Je suis un professionnel. Je commets... une erreur de jugement. Je vérifie tous les systèmes d'alarme, sauf un. Je ne vérifie pas les chiens. Je manque de rigueur. Je dois me racheter.

— D'accord.

— Je vais me racheter.

— Content de vous l'entendre dire.

— Je dois faire quoi ?

Sloane reporta son attention sur les deux ordinateurs portables.

— Nous devons absolument les retrouver. Elle, lui, et la gamine aussi. Je ne crois pas qu'elle se débarrassera d'eux, ils lui servent de garantie. Elle s'imagine qu'elle a encore une chance de réussir grâce à eux. Elle se fourre le doigt dans l'œil.

Il s'assit à son bureau.

— Oui, il faut à tout prix mettre la main sur elle. Avec un peu de chance, nous trouverons dans l'une de ces machines des indications sur l'endroit où ils se sont réfugiés. Nous devons aussi savoir si elle est toujours en contact avec la psychologue et trouver une solution à ce problème.

Il soupira.

— J'aurais dû me débarrasser d'elle quand j'en avais l'occasion, déplora-t-il, plus pour lui-même qu'à l'intention du Golem. Je suis trop tendre, c'est mon problème.

À cet instant, Dee entra dans la pièce. Sloane se tourna vers elle. Elle portait un survêtement de velours noir moulant et des baskets. Les cheveux attachés, le visage sans maquillage. Il ne restait chez elle plus aucune trace de la provocante séductrice de la veille. Elle s'était remise en mode travail.

— C'est gentil de passer nous voir.

— Je faisais un peu d'exercice.

Elle traversa la pièce pour le rejoindre, sans un regard de plus pour le Golem.

Sloane sourit intérieurement. Il ne savait jamais à quoi s'attendre avec elle. Il aurait été bien incapable de prédire son comportement d'une seconde à l'autre, l'état d'esprit dans lequel il la trouverait, les paroles qui sortiraient de sa bouche ou même la tenue qu'elle porterait. Ses sautes d'humeur s'étaient révélées fort divertissantes par le passé. Excitantes, même. Dangereuses, aussi. Mais c'était ce qui lui plaisait chez elle. Non, plutôt ce qui l'emballait chez elle. Sa petite garce aux mille facettes.

— Mon amour, je donnais juste les instructions à notre ami.

Elle le considéra sans un mot.

— Afin de limiter la casse avant qu'il soit trop tard.

Elle se disposait à répondre quand la sonnerie du téléphone retentit. Aucun d'eux ne bougea.

— C'est sûrement la police, observa Sloane. Des inspecteurs sont passés hier soir. Nous n'avons qu'à continuer à faire comme si nous n'étions pas là.

Dee demeura silencieuse.

— J'ai donné des ordres précis à l'esclave, ajouta-t-il. Elle fera barrage.

Pas de réponse.

Sloane scruta tour à tour le Golem et Dee. Difficile de dire lequel des deux était le plus apathique.

L'instant d'après, l'esclave entra dans la pièce, le téléphone serré dans une main, son autre paume plaquée sur le micro.

— J'ai dit que je ne voulais pas être dérangé, la rabroua Sloane à voix basse. Les instructions étaient pourtant claires. Je vais finir par croire que tu aimes les punitions.

Elle lui tendit le combiné avec des tremblements.

— Je crois que vous devriez prendre cet appel, monsieur.

Elle baissa la tête et resta immobile devant lui, comme si elle attendait la correction promise.

Il s'empara du téléphone, réprimant sa colère.

— Sloane.

— Bonjour, Michael.

Il lui fallut quelques secondes pour reconnaître la voix. Il comprit alors l'insistance de l'esclave. Elle avait de la chance, elle échapperait à la punition. Sauf si elle tenait vraiment à la recevoir, évidemment.

— Bonjour, Helen. Quelle heureuse surprise !

En entendant ce nom, Dee dévissa la tête pour fixer sur lui des yeux brûlants, comme si elle pouvait voir la femme à l'autre bout du fil. Elle avait compris de qui il s'agissait.

— Jeff est mort, annonça Helen Hibbert.

— Il paraît. Toutes mes condoléances.

— Tu sais pourquoi je t'appelle. Il faut que je te voie. J'arrive.

Sloane réussit à sourire.

— Bien sûr, Helen. C'est toujours un plaisir de recevoir ta visite.

Elle raccrocha sans un mot de plus. Il rendit le téléphone à l'esclave, qui s'éclipsa. Toujours sous le regard appuyé de Dee, il remarqua :

— Espérons qu'il n'est pas trop tard pour limiter la casse.

Seul le silence lui répondit.

53

Le brouillard se levait. Pas assez pour laisser percer le soleil, mais suffisamment pour permettre à Mickey de distinguer la grande silhouette cadavérique de Nick Lines aux abords de la seconde tente. Tel un fantôme, ou la Faucheuse sur le point d'emporter les âmes défuntes dans l'au-delà. Le médecin légiste lui adressa un signe juste avant de disparaître dans la tente. Et Mickey ne put s'empêcher de penser qu'en le suivant, il pénétrerait dans un autre monde.

C'était le cas, d'une certaine façon. Phil Brennan le lui avait expliqué un jour qu'il avait un peu trop bu.

— Le monde ordinaire, lui avait-il dit, le monde normal, celui de tous les jours, des horaires de bureau, des réveils, des feuilletons du soir et des restos du samedi, c'est le monde où vivent la plupart des gens. Mais pas nous, Mickey. Pas nous.

Mickey l'avait laissé poursuivre en se disant que cela lui ferait toujours une sacrée bonne anecdote à raconter au reste de l'équipe. Les grandes réflexions philosophiques du chef quand il avait un coup dans le nez.

— Nous, on est sur le seuil, avait continué Phil.

On est les gardiens de l'autre monde. Le monde où vivent les défunts, les victimes de viol, de mutilations, d'abandon. Les aveugles, les sans voix. Le monde réel ne veut pas savoir, Mickey. Ses habitants ne veulent pas qu'on leur rappelle l'existence de l'autre monde. Parce que s'ils savaient, s'ils savaient vraiment à quoi ça ressemble, ils n'arriveraient plus à se lever le matin.

Mickey avait continué de l'écouter avec un signe de tête.

— Et c'est notre boulot, à toi, à moi, à Anni et à tout le reste de l'équipe, c'est notre boulot de veiller à ce que les deux mondes n'entrent jamais en collision. Ou presque jamais. Et on l'accomplit, le boulot. Tu sais comment ?

Mickey avait répondu par la négative.

— En donnant une voix à ceux qui n'en ont pas, en prenant leur défense. Tous ces gens assassinés, violés, mutilés, toutes ces victimes. On coince ceux qui les ont conduits là.

Phil avait porté son verre à ses lèvres, s'était rendu compte qu'il était vide.

— La brigade d'intervention criminelle, ça ne dit pas grand-chose de notre rôle, Mickey. On est les gardiens, la seule séparation entre les deux mondes. Ne l'oublie jamais, Mickey. Jamais.

Et Mickey ne l'avait jamais oublié. Le lendemain matin, il ne s'était pas pointé au boulot pour se bidonner avec les collègues sur les délires du boss quand il tenait une cuite. Au lieu de cela, il avait ouvert une nouvelle enquête – le meurtre de deux adolescentes jumelles –, les paroles de Phil encore fraîches dans son esprit. Et il avait fait ce qu'il fallait. Il avait rassemblé suffisamment de preuves contre leur assassin

— leur père — et procédé à son inculpation. Lorsque la condamnation avait été prononcée, les mots de son chef lui étaient revenus en mémoire. Il n'y voyait alors plus rien de drôle ni de ridicule. Juste une description fidèle du métier de flic.

Mickey était donc paré pour ce qui l'attendait sous la tente blanche lorsqu'il en franchit le seuil. À l'intérieur, Nick Lines contemplait le spectacle devant lui.

— Ici, lui indiqua le légiste avec un petit mouvement rapide du poignet. Par terre.

La victime était un homme, ou ce qu'il en restait. Mort dans d'atroces souffrances. Son visage était boursouflé et noirci. Ses yeux fixes, écarquillés, tachetés et striés du sang qui s'était écoulé de ses capillaires éclatés.

— Hypoxie cérébrale, diagnostiqua Nick Lines.

— Vous voulez dire qu'il a été asphyxié ? Étranglé ?

Lines ne répondit pas. Il n'était pas du genre à perdre son temps en paroles inutiles. Son dédain affiché et ses airs hautains donnaient toujours des complexes d'infériorité à Mickey. Ce dernier aurait parié que c'était une façade, un masque que le médecin légiste s'était composé pour dissimuler ses réactions trop humaines face à son travail. Mais comme souvent dans ce cas, l'homme avait fini par s'ajuster au masque plutôt que l'inverse.

Nick Lines s'agenouilla pour examiner le cadavre.

— Contusions au cou… Hématome sévère de chaque côté de la trachée… Écorchures… Égratignures d'ongles…

Il leva les yeux vers Mickey.

— Si vous voulez mon avis, vous recherchez un homme doté d'une très grande force physique et de très grandes mains.

— Des grandes mains ?

— Notre ami ici présent a été étranglé d'une seule main. Plutôt de grande envergure, étant donné que les deux carotides ont été comprimées. Si le manque d'oxygène n'avait pas provoqué la mort, l'arrêt cardiaque aurait de toute façon fait le boulot.

Le légiste se releva.

— Donc votre suspect a une grande main. Mais, d'après mon expérience, ce genre d'attribut se présente souvent par paire.

— Pas toujours.

Lorsque ce n'était pas l'érudition de Nick Lines qui intimidait Mickey, ses tentatives d'humour ne manquaient jamais de le mettre sur la défensive.

— Je vous l'accorde. Mais il me semble que, dans le cas qui nous intéresse, nous pouvons partir de ce principe.

Le légiste observa le bout de terrain couvert par la tente, que les techniciens de scène de crime avaient déjà passé au peigne fin.

— Il y a eu lutte. Entre deux personnes. Et à la façon dont les coups ont été échangés, il ne fait aucun doute que les deux participants possédaient leurs deux bras. Même si…

S'agenouillant de nouveau, il pointa son doigt sur une petite parcelle de terre qui avait fait l'objet de nombreux prélèvements.

— On a retrouvé du sang par terre. On l'a recueilli pour l'analyser. Un vrai gâchis ! Nitrogène, calcium, phosphore. De l'excellent engrais. Si on n'y avait pas touché, on aurait bientôt pu récolter de superbes choux-fleurs.

Mickey ne releva pas. Que pouvait-il répondre à cela ? Il se contenta donc de demander :

— Heure du décès ?

— Difficile à dire avant l'autopsie. Mais étant donné sa lividité et les conditions météorologiques, je suppose qu'il est mort depuis vingt-quatre heures maximum. Sans doute moins.

— Merci. Une idée de son identité ? De ce qu'il faisait ici ?

Lines ne se donna même pas la peine de regarder Mickey.

— Je m'occupe de biologie. La métaphysique, c'est votre truc.

— Merci, Nick.

— À votre service.

Le médecin légiste se redressa, l'ombre d'un sourire espiègle sur les lèvres.

— Je peux quand même vous dire une chose : c'est le même type qui a réglé leur compte aux deux chiens là-bas, aucun doute là-dessus. Même puissance, même partie du corps ciblée. Le cou. Un endroit tellement fin, tellement délicat, pour des fonctions tellement importantes.

— Que peut-on en déduire sur le suspect ?

Nick Lines haussa les épaules.

— Eh bien, si je faisais le boulot à votre place, je dirais que ce n'est pas la première fois qu'il sévit. Ou qu'il s'agit sans doute d'un professionnel, puisqu'il savait exactement quel endroit viser.

— Un tueur à gages ?

Lines secoua la tête.

— Navré, vous avez épuisé votre quota de questions. Il va falloir trouver des réponses ailleurs.

Mickey se prépara à prendre congé, conforté dans son opinion sur le légiste et pas fâché d'en avoir terminé avec lui.

Mais avant qu'il puisse s'éloigner, Nick Lines l'arrêta. Il le regarda droit dans les yeux, s'adressant à lui directement.

— Comment va-t-il ?

Mickey comprit tout de suite de qui le légiste parlait.

— Aucune évolution aux dernières nouvelles. Je suis sûr qu'on nous tiendra au courant s'il y a du changement.

Nick Lines hocha la tête avec un soupir.

— C'est toujours dur quand c'est l'un des nôtres, n'est-ce pas ?

— Oui, c'est vrai.

C'était la première fois que Mickey avait le sentiment d'appartenir au même camp que Nick Lines.

54

Tyrell ouvrit les yeux. Et découvrit qu'il ne se trouvait pas là où il croyait.

Ni murs gris ni barreaux aux fenêtres. Ni drap léger par-dessus lui. Rien de familier, rien de sûr. Juste de la lumière partout. Et des crampes qui rampaient dans tout son corps comme des racines dans la terre.

Il essaya de s'étirer. De se redresser, s'asseoir. Son dos hurla, se rebiffa. Se laissant retomber, il regarda autour de lui. Tenta de se repérer, le cou endolori. Des fenêtres à travers lesquelles perçait le jour. Des arbres. De la brume. Il sentit le brouillard dans ses os. Le froid qui lui engourdissait et lui grippait les muscles. Et la mémoire lui revint.

La voiture. Ils avaient dormi dans la voiture.

Dormir, c'était beaucoup dire. L'épuisement se mêlant à l'angoisse, il était tombé dans un sommeil plus éreintant que reposant. Bribe par bribe, il se rappela les événements qui les avaient conduits là.

Ils avaient fui la caravane. La femme au volant, lui sur le siège du passager et la petite fille sur la banquette arrière. Elle pleurait et hurlait, mais il ne pouvait pas le lui reprocher. Un géant gris avait débarqué et, sous leurs yeux, tué dans un bain de sang les chiens qui l'attaquaient avant de poursuivre jusqu'à la maison pour étrangler Jiminy Cricket.

Ils n'avaient pas attendu qu'il s'intéresse à eux.

Ils avaient bondi dans la vieille voiture grise et roulé aussi vite et loin que possible. Jusqu'à ce que, leurs réserves d'adrénaline épuisées, ils ne sachent plus où aller. Tyrell avait essayé de calmer Josephina, de la rassurer, mais la femme lui avait crié d'arrêter de jouer les ramollos et de la fermer au lieu de raconter des bobards à la môme. Et lui aussi avait eu envie de pleurer et de hurler.

Il tenta de nouveau de se redresser. Lentement, cette fois, sans forcer sur son dos. Et réussit à s'asseoir. Il jeta un regard à l'arrière. Josephina le fixait avec des yeux écarquillés de terreur, trop effrayée pour bouger, les mains serrées entre ses jambes.

— Ça va ?

— Pipi… Pipi…

Il fouilla la voiture des yeux. La femme était assise au volant, la tête renversée en arrière, les paupières closes, la bouche ouverte. Profondément endormie.

— Viens.

Il ouvrit la portière et déplia son corps avec lenteur. L'imitant, Josephina descendit du véhicule et lui adressa un regard hésitant.

— Va faire pipi là-bas derrière les arbres. T'inquiète pas. Je t'attends.

La fillette s'éloigna à la hâte.

— Ohhh, si c'est pas mignon !

Se retournant, il découvrit la femme près de lui. Elle était dans un état lamentable. Sans son maquillage, qui n'avait pas survécu à la nuit, son visage ressemblait à un édredon en patchwork. Rouge, criblé de cratères à certains endroits, lisse à d'autres. Comme si sa peau n'était qu'un assemblage de divers morceaux dont aucun ne s'accordait vraiment avec l'autre. Les marques s'étendaient sur son cou et son corps, où elles disparaissaient sous ses vêtements. Elle leva la main pour ajuster ses cheveux. Ils étaient brillants, comme synthétiques. Soudain, Tyrell comprit. Elle portait une perruque.

— Elle est morte de peur, déclara-t-il. Elle a eu un méchant choc. Elle devrait pas être ici.

Avec un rire étranglé rempli de mépris, la femme parcourut les environs du regard.

— Aucun de nous ne devrait être ici.

Du coin de l'œil, Tyrell vit Josephina réapparaître. Quand elle aperçut la femme, la petite fille se figea, refusant de s'approcher davantage.

— Arrange-toi pour la faire revenir, lui ordonna la femme. Il n'est pas question qu'elle se fasse la malle. Il ne manquerait plus que ça !

Se tournant vers l'enfant, Tyrell grimaça un sourire et lui tendit la main.

— T'inquiète pas, Josephina. Je laisserai rien t'arriver. Tu risques rien tant que tu restes avec moi.

Josephina reprit son avancée, sur ses gardes. Arrivée près de Tyrell, elle lui donna la main. Il la garda bien au chaud dans sa paume.

— Lady… bafouilla-t-elle avec un regard égaré autour d'elle.

Tyrell la regarda sans comprendre.

— T'en fais pas, tenta-t-il de la rassurer. Il t'arrivera rien tant que je serai là.

La femme secoua la tête.

— Arrête de lui raconter ces conneries.

Une fois de plus, Tyrell sentit la moutarde lui monter au nez. Cette femme semblait avoir le pouvoir de le hérisser.

— Je lui mens pas, je suis sérieux, dit-il tandis que son poing se resserrait autour de la main de la fillette. C'est la vérité. Je laisserai personne lui faire du mal.

La femme partit d'un nouveau ricanement moqueur.

— Bien sûr, oui. Cause toujours ! Tu as vu comme moi ce qui s'est passé à la maison, ce que le Golem a fait à Graham.

Elle parut soudain se perdre dans ses pensées.

— Graham… répéta-t-elle. Oh, mon Dieu, Graham…

Mais c'était autre chose qui avait retenu l'attention de Tyrell.

— Le Golem ?

Elle le fixa avec des yeux hagards et cerclés de rouge. Puis, reprenant ses esprits, se borna à une explication sommaire.

— Oui. Le Golem, c'est son nom.

— Mais pourquoi… Pourquoi il a fait ça ? Pourquoi il nous veut du mal ? C'est qui ?

Elle secoua la tête.

— Des questions, toujours des questions ! Il veut m'empêcher d'aller jusqu'au bout. Et toi aussi, par la même occasion. C'est un tueur, point-barre. Tu n'as pas besoin d'en savoir plus.

Tyrell n'en croyait pas ses oreilles.

— Et… ?

D'un geste, il indiqua Josephina.

— Elle aussi. Tous ceux qui se mettront en travers de sa route.

Tyrell sentit sa tête tourbillonner, saisi par une migraine qu'il ne devait pas seulement aux crampes de la nuit ni à la luminosité du soleil.

— Mais pourquoi ? Qui l'envoie ?

La femme le regarda. Droit dans les yeux. Il y avait de la pitié dans son regard, mais Tyrell ne savait pas si elle était destinée à lui ou à elle.

— Des fantômes. Des fantômes du passé. Qui nous poursuivent. Sans répit.

— Dans ce cas... On a qu'à aller tout raconter à la police.

Les yeux de la femme s'étrécirent en deux fentes, sa bouche se pinça.

— Ne sois pas ridicule ! On ne peut pas aller voir la police, redescends sur terre ! Si on y va, tout est foutu. Pas d'argent, pas d'avenir.

Tyrell ne répondit rien.

— Tu veux retourner en prison ? C'est ce que tu veux ? Parce que c'est ce qui te pend au nez. Et encore, dans le meilleur des cas.

Elle lança un coup d'œil à Josephina, qui tressaillit sous son regard.

— Et qui sait ce qui lui arrivera, à elle, si tu n'es pas là pour la protéger ?

Tyrell avait envie de pleurer. À cet instant précis, il n'aurait pas été mécontent de retrouver sa cellule de prison. Mais il ne pouvait pas laisser Josephina entre les mains de cette femme, ça non.

— C'est pour ça que tu fais tout ça ? Tu veux de l'argent pour toi et un avenir pour moi ?

— Tu as tout pigé.

Soudain frappé par un éclair de lucidité, Tyrell ne put s'empêcher d'exprimer sa pensée.

— Non, tu te fiches complètement de moi et de mon avenir. Tout ce qui t'intéresse, c'est l'argent. Avoue !

Les yeux de la femme lancèrent des éclairs. C'était comme entrevoir un monstre derrière un masque.

— Oui, tu as raison. Parce que j'y ai droit à cet argent, nom d'un chien !

Elle s'approcha de Tyrell, qui recula avec un tressaillement, emmenant Josephina avec lui.

— Tu ne te souviens pas ? l'interrogea-t-elle, ses lèvres tordues en un affreux rictus. Pourquoi tu étais en prison ? Pourquoi tu as été condamné ?

— Non, répondit Tyrell en serrant fort les paupières. Non, je m'en souviens pas. Je veux pas. Jamais.

— Tu ne te souviens pas de ce qui s'est passé ? De rien ?

— Je…

Son esprit l'entraîna dans une fuite vers le passé. Il vit les cadavres devant lui. Sentit le fusil entre ses mains.

— Non…

Il secoua la tête. S'efforça d'évacuer ce souvenir, de penser à autre chose.

— Et moi ? demanda la femme sans cesser de l'observer. Tu ne te souviens pas de moi ?

— Non, répondit Tyrell, qui agitait toujours la tête, sans même lui adresser un regard. Je t'ai jamais vue de ma vie. Jamais avant maintenant, en tout cas.

Elle sourit et, retrouvant son sang-froid, se détourna.

— D'accord. C'est très bien comme ça. Pour l'instant.

Le rythme cardiaque de Tyrell ralentit, mais son

cerveau, lui, tournait à plein régime. Il se serait forcément souvenu de cette femme s'il la connaissait. Tout ce qu'il savait d'elle, c'était qu'il ne l'aimait pas, qu'il se méfiait d'elle comme de la peste et qu'il ne voulait pas rester à ses côtés. Il ne lui en fallut pas plus pour prendre sa décision.

— Je m'en vais, décréta-t-il.

Elle se retourna.

— Quoi ?

— Je m'en vais. Et j'emmène Josephina avec moi. Toi… t'as qu'à faire ce que tu veux.

— Ah oui ?

— Oui.

— Non, je ne crois pas, tu vois.

À ces mots, Tyrell se retourna. La femme braquait un pistolet sur lui.

— Je ne crois vraiment pas.

55

— Je pensais bien vous trouver ici.

— Moi et les gadgets, une grande histoire d'amour. Mais je ne vous apprends rien.

Après avoir quitté Nick Lines, Mickey s'était dirigé vers la cuisine. Il y avait trouvé un tas d'appareils électroniques, un fouillis de câbles et l'inspecteur-chef Adrian Wren.

Souvent associés en tandem, Jane Gosling et Adrian Wren étaient plus connus sous leur affectueux surnom commun, les Oiseaux. Il n'y avait pourtant rien de commun, à première vue, entre Jane, toute en rondeur et sociabilité, et Adrian. Son corps, ses cheveux, ses traits : tout était fin chez cet homme. Coureur de fond à ses heures, il se montrait parfois intarissable sur le sujet, au point que c'en devenait épuisant. Après une conversation avec Adrian, Mickey avait systématiquement l'impression d'avoir couru un marathon. Cependant, son collègue nourrissait aussi une autre passion : l'électronique. Qu'ils retrouvent sur une scène de crime le moindre appareil réclamant une prise électrique et un mode d'emploi, Adrian s'attelait aussitôt à la tâche.

— Qu'est-ce qu'on a là ? l'interrogea Mickey. Une idée ?

Adrian considéra le bazar devant lui en se frottant le menton.

— Eh bien, ce que vous voyez là…

Il pointa le doigt sur un petit boîtier noir doté d'un écran lumineux, ainsi que de plusieurs boutons, voyants et fiches de connectique.

— Il me semble que c'est un système de tracking GPS.

— Je vois.

— Et il devait être branché… à quelque chose par ici, poursuivit-il en montrant le centre de la table. Probablement un ordinateur portable, étant donné l'espace ménagé. Et vu le méli-mélo de fils et la façon dont tout a été laissé en plan, je dirais que son utilisateur est parti dans la précipitation.

— Sans doute quand le tueur de chiens a débarqué.

— Le tueur de chiens ? C'est ainsi que vous l'avez baptisé ?

Mickey s'autorisa un sourire sans joie.

— Vous savez que la presse adore les surnoms.

— Il a aussi assassiné un homme.

— C'est vrai, mais vous connaissez les médias. Si vous leur donnez le choix entre un reportage sur un homicide ou un canicide, vous pouvez deviner sur quoi se portera leur préférence.

— Pas faux. Alors adjugé pour le tueur de chiens.

Se redressant, Mickey promena son regard sur la cuisine. Le matériel, argenté et noir, ne cadrait pas avec le décor. L'évier et les placards dataient de plus de quarante ans et les occupants semblaient avoir abandonné depuis longtemps toute velléité d'entretien, ou même de ménage. Le lino taché qui couvrait le sol était si râpé qu'il révélait de larges pans de plancher de bois sale et décoloré. Les meubles, disparates, fatiguaient, les carreaux des fenêtres disparaissaient sous la crasse et une couche orangée de nicotine graissait les murs. La vaisselle qui traînait près de l'évier, deux grandes assiettes et une petite, semblait indiquer la présence de trois personnes.

Charmant, se dit Mickey, avant de reporter son attention sur le matériel abandonné sur la table.

— Et à quoi servait tout ça ?

— Eh bien, si c'est un système de tracking, ce que je soupçonne fort, à suivre la piste de quelqu'un. Ou à contrôler que personne ne vous piste. Au choix.

Mickey fronça les sourcils.

— Il n'y a aucun moyen de savoir qui ? Ou pourquoi ?

— Pas sans l'ordinateur. Cependant, si on trouve qui, ce ne devrait pas être trop difficile de comprendre pourquoi. J'imagine que ce n'est qu'une question de temps.

— Laissez faire la police !

— Exactement, répondit Adrian avec un sourire morose. Trouvez-moi cet ordinateur, Philips.

— C'est comme si c'était fait.

Adrian semblait sur le point d'ajouter quelque chose. Devinant ce qu'il désirait lui demander, Mickey, qui ne se sentait pas le courage de reparler de Phil, s'empressa de le remercier et de prendre la direction des autres pièces.

— Les techniciens ont terminé à l'intérieur ?

— Aucune idée, répondit avec un haussement d'épaules Adrian, qui s'était déjà replongé dans l'étude des appareils. Je suppose que oui s'ils m'ont laissé entrer.

Mickey se lança donc dans l'exploration du reste de la maison. La cuisine n'avait rien à envier aux autres pièces. L'endroit était totalement laissé à l'abandon. Ils devaient à tout prix découvrir l'identité de ses occupants et ce qui leur était arrivé.

Le couloir disparaissait sous plusieurs couches de graisse et de crasse, son papier peint à fleurs décoloré se décollait, des triangles de moisissure se propageaient dans les angles. Il emprunta l'escalier pour jeter un coup d'œil à l'étage. Des sacs de couchage et des matelas à même le sol. Des vêtements et des effets personnels, de vieux papiers et des détritus laissés là par les deux personnes qui semblaient avoir partagé la chambre. La salle de bains offrait plus ou moins le même spectacle. Quelques produits de beauté, un savon presque neuf dont la marque n'avait pas encore été effacée par les lavages, son emballage froissé sur le sol, une bouteille de shampoing à moitié vide. On aurait dit que quelqu'un avait campé sous ce toit. Ou squatté. Les techniciens de scène de crime ne s'ennuieraient pas.

Redescendant au rez-de-chaussée, Mickey pénétra dans le salon. Derrière les carreaux couverts de traces, ses collègues évoluaient tels des fantômes dans la brume. Il jeta un regard circulaire sur la pièce. Une télévision portative accrochée dans un coin, surmontée d'une antenne de fortune. En face, un énorme canapé qui se vidait de son rembourrage de crins. Une vieille couverture utilisée comme plaid. Et, à la poignée de la porte, une cordelette.

Il traversa la pièce pour l'examiner. Elle courait

jusqu'à un matelas couvert d'un drap et flanqué d'une petite cuvette. Sans doute le couchage du troisième occupant. Il étudia de nouveau la corde. Un lien ? Quelqu'un aurait été retenu prisonnier dans cette pièce ?

Bon Dieu !

Il s'élança vers la cuisine, où Adrian était toujours absorbé dans l'étude du GPS.

— Adrian, peux-tu réunir tout le monde ? Je dois vous parler.

Il fallut quelques minutes pour transmettre le message, mais tous les membres de l'équipe furent bientôt rassemblés devant la maison, à l'abri des caméras de télévision. Tous tournés vers Mickey, dans l'expectative.

Je dois les motiver, pensa Mickey. *Leur parler avec les mots que Phil aurait employés s'il était là. Les mettre au boulot et les encourager à se donner à fond.* Retrouver la piste de Marina devrait attendre. À compter de maintenant, cette affaire avait la priorité. C'était la règle.

— Bien, écoutez, dit-il, répétant inconsciemment les paroles avec lesquelles Phil ouvrait toujours leurs briefings. Comme vous le savez tous, le boss n'est pas là. Et, en son absence, c'est à moi que revient la direction des opérations. Alors voici comment nous allons procéder. Premièrement, identification de la victime. Jane, coordonnez les recherches avec les agents en uniforme, qu'ils quadrillent le secteur, fassent du porte-à-porte. Je sais qu'il n'y a pas beaucoup de voisins dans le coin, mais quelqu'un a bien trouvé les chiens, il se peut donc que d'autres personnes aient vu quelque chose. De suspect, avec un peu de chance.

— Un tueur qui remonte le chemin, par exemple ? demanda Jane.

— Exactement. Adrian, cette maison était apparemment louée ou squattée. Évidemment, la première hypothèse nous faciliterait grandement la tâche. Penchez-vous sur la question. Vérifiez auprès des agences de location et retrouvez-nous le propriétaire de la maison et de la caravane dans le jardin.

Adrian acquiesça de la tête en prenant des notes dans son agenda électronique.

— Ce n'est pas tout.

Le téléphone de Mickey retentit. Il l'ignora pour reprendre le fil de son exposé, mais la sonnerie se faisait insistante.

— Excusez-moi, je ferais mieux de prendre.

Sortant l'appareil de sa poche, il jeta un coup d'œil à l'écran. Anni. *Pas maintenant*, se dit-il. *Je bosse. Elle aussi, remarque.*

Il leva les yeux, conscient des regards braqués sur lui. Plus le choix. D'une pression du pouce, il décrocha, tournant le dos à l'assistance.

— Salut ! Écoute, je suis au milieu de…

— Oui, je sais, l'interrompit-elle. Je n'appellerais pas si ce n'était pas important.

— Bien sûr.

Ils n'étaient plus que coéquipiers. La nuit semblait oubliée.

— Je suis retournée à la station-service pour revoir la vidéo de surveillance. Un truc auquel j'ai pensé.

Mickey attendit la suite en silence.

— Marina nous a bien envoyé un message. Le papier qu'elle a jeté par terre, il y avait un code postal inscrit dessus.

— Génial ! Si tu peux…

— Attends, je n'ai pas terminé. Je viens de le rentrer dans mon GPS et devine ce qu'il m'indique.

— Aucune idée.

— L'endroit où tu es en ce moment même. C'est là que Marina s'est rendue quand elle a quitté la station-service.

Mickey laissa son téléphone glisser le long de sa mâchoire. Son cœur battait à tout rompre. Abasourdi, il se tourna vers ses collègues, qui le dévisageaient tous. Il songea alors au matelas dans le salon. À la cordelette attachée à la poignée de la porte.

— Et merde ! Écoute, quelqu'un a été retenu prisonnier dans cette baraque. Et je crois avoir compris qui. Josephina. La fille de Phil et de Marina.

56

L'inspecteur-chef Jessie James rejeta la tête en arrière pour gober à sec deux comprimés de paracétamol. Ça devenait une véritable habitude.

Juste un petit verre, c'était le plan. Juste un avant de rentrer pour son traditionnel samedi soir cocooning avec Terry. Des plats à emporter. Un DVD, peut-être. Ils avaient prévu de partir en promenade le dimanche. Peut-être une visite au château d'Audley End, histoire de rentabiliser la carte National Trust de Terry, qui lui ouvrait les portes des sites du patrimoine. Puis un dîner dans un pub gastronomique pittoresque. Elle l'avait prévenu qu'elle était d'astreinte, mais aucun d'eux ne s'imaginait qu'elle serait réquisitionnée. Jusqu'à ce qu'elle se voie confier cette enquête.

Et c'est ainsi que, la veille au soir, elle s'était retrouvée à faire escale dans le pub de son quartier sur le chemin du retour. *Un verre*, s'était-elle dit. *Juste un*. Un petit gin tonic pour soutenir l'économie locale et tout le bazar. Terry se joindrait peut-être à elle. Ils pourraient prolonger la soirée.

Mais, évidemment, Terry l'attendait chez elle, un

DVD sur le meuble de télévision, le menu du livreur à la main. Elle avait donc décidé de s'en tenir à un verre. Qui était descendu si vite qu'elle l'avait à peine senti passer. Elle en avait donc commandé un autre. Puis un autre. Lorsqu'elle était enfin rentrée, elle avait trouvé sa maison noire, froide et vide.

Alors elle s'était servi un autre verre.

Elle avait déjà remarqué ce comportement chez elle quand elle enquêtait sur une affaire de cette importance. Elle s'éloignait de ses proches, trouvait des excuses pour ne pas leur consacrer de temps. Il n'y avait que de cette façon qu'elle parvenait à accomplir le boulot. Et l'alcool entrait toujours dans l'équation. Elle s'étonnait que Terry le supporte. Sans doute plus pour longtemps, cependant.

L'inspecteur Deepak Shah observait le paysage par sa vitre, détourné du portail, et d'elle par la même occasion. Il s'était débrouillé pour ne pas lui adresser un seul regard pendant qu'elle avalait ses cachets. Il n'avait émis aucun commentaire ni jugement, mais son silence en disait plus long que n'importe quelle parole.

Jessie le regarda. Il fixait toujours sa fenêtre.

— Quoi ?

— Je n'ai rien dit, madame, répondit-il sans broncher.

— Pas la peine, répliqua-t-elle en se passant la langue sur les dents pour en chasser les particules amères laissées par le médicament. Je crois qu'on bosse ensemble depuis assez longtemps pour que je sache quand vous désapprouvez ce que je fais.

Il se retourna lentement vers elle.

— La façon dont vous occupez votre temps libre

ne me regarde pas. Tant que vous êtes encore à même de fonctionner pendant les heures de service, je ne vois pas où est le problème… Madame.

Il reprit sa position initiale.

Jessie, elle, garda les yeux rivés droit devant, sur l'imposant portail de la résidence des Sloane. L'adjurant intérieurement de s'ouvrir.

La veille au soir, ils avaient terminé la journée par une petite visite à Michael Sloane. Dès l'instant où Deepak avait reçu les renseignements concernant la voiture garée devant le cottage calciné à Aldeburgh, Michael Sloane s'était placé en tête de leurs priorités. Ils s'étaient donc présentés à son adresse en début de soirée, non sans quelques murmures admiratifs. Leur témoin potentiel habitait à Playford, entre Ipswich et Woodbridge, dans un majestueux manoir du seizième siècle.

Jessie avait sonné à l'interphone devant le portail pour s'annoncer. La personne qui lui avait répondu avait bien tenté de se débarrasser d'elle, mais elle avait insisté. Lorsque les battants s'étaient enfin ouverts, ils avaient remonté l'allée jusqu'à la porte du bâtiment principal, longeant le corps de garde et la passerelle en faisant mine de ne pas être le moins du monde impressionnés par ce qu'ils découvraient. Leur carte de police à la main, ils avaient demandé à s'entretenir avec Michael Sloane. La gouvernante les avait alors informés que le maître des lieux s'était absenté et ne rentrerait pas pour la nuit. Lorsqu'ils l'avaient interrogée sur sa date de retour, elle s'était contentée d'un haussement d'épaules. Ils avaient donc laissé un message invitant Sloane à les contacter, puis avaient rebroussé chemin. Et le portail s'était refermé derrière eux.

C'était tout.

Jessie avait passé le reste de la soirée à chercher refuge dans l'alcool.

Mais Deepak, lui, n'avait pas chômé.

De retour au commissariat, il s'était lancé dans des recherches au sujet de Michael Sloane et avait découvert que l'homme dirigeait l'une des plus grosses affaires d'agriculture industrielle de l'est du pays, forte de liaisons commerciales et maritimes avec le continent européen. Une grande fortune. Un homme d'affaires très influent, aussi. Ils devraient marcher sur des œufs au moment de l'interroger.

— Bon sang, il ne manquait plus que ça ! avait râlé Jessie. Impliquer l'un des partenaires de golf du directeur des services ! Il va falloir procéder avec beaucoup de tact, mon vieux Deepak, ou on sera bons pour retourner faire la circulation.

— Rien ne nous dit qu'il fréquente le directeur.

— Non, en effet. Mais tant que le contraire n'est pas prouvé, mieux vaut faire comme si.

— J'ai trouvé une autre information intéressante. Même plus d'une. Je ne sais pas si vous vous rappelez, mais les Sloane se sont retrouvés au centre d'une affaire qui a fait couler beaucoup d'encre il y a déjà quelques années. Leur père s'était remarié et leur frère adoptif avait tiré sur toute la famille avec un fusil de chasse.

— Oh ! Ce sont ces Sloane-là.

— En personne. Michael et sa sœur ont survécu, mais au prix de multiples opérations. Ils ont ensuite repris l'affaire familiale et l'ont étendue en Europe. C'est à cette période aussi qu'ils ont commencé à se couper du monde.

— Des frère et sœur ? Terrés ensemble dans ce manoir ? C'est louche.

— Et ce n'est pas tout. Jeff Hibbert, notre mort d'hier, était l'un des principaux chefs d'équipe de leur exploitation agricole, Sloane's Farms.

Malgré sa migraine, Jessie avait ressenti un picotement dans la nuque.

— Voilà qui devient intéressant. Un mystérieux inconnu donne l'adresse de Hibbert sur les lieux d'un incendie criminel puis disparaît. Hibbert meurt assassiné. Et on découvre ensuite que la voiture près de la maison incendiée appartient à Michael Sloane. Curieuses coïncidences…

Ils avaient donc annulé leurs projets du dimanche pour payer une nouvelle visite à Michael Sloane.

— J'étais en train de me dire… reprit Jessie. Vous savez ce qui était bizarre hier ?

Deepak répondit par la négative.

— La gouvernante. Elle ne nous a même pas demandé la raison de notre visite. Deux inspecteurs débarquent et demandent à s'entretenir avec votre patron et vous ne leur demandez même pas ce qui se passe. Vous ne trouvez pas ça louche, vous ?

— Peut-être qu'elle a jugé que c'était outrepasser son rôle.

— Ou peut-être qu'elle attendait notre venue.

Ils reprirent leur surveillance le temps d'élaborer une stratégie.

Mais, bientôt, un événement les dispensa de réfléchir plus longtemps. Un taxi s'arrêta devant le manoir. Son passager descendit, régla le chauffeur, puis regarda le véhicule s'éloigner avant de pivoter vers le portail.

— Tiens donc ! lança Jessie. Vous voyez qui je vois ?

Deepak confirma de la tête. Il ne s'intéressait plus à ce qui se passait de l'autre côté, à présent.

— Helen Hibbert. Je me demande ce que vient faire ici notre veuve éplorée.

Helen Hibbert s'avança vers le portail, appuya sur l'interphone et parla. Puis elle attendit.

— Pas de bol ! commenta Jessie.

— Elle aurait dû y réfléchir à deux fois avant de renvoyer son taxi.

Soudain, le portail s'ébranla, dégageant la voie.

Jessie et Deepak échangèrent un regard.

— On dirait que le propriétaire des lieux est de retour, remarqua Deepak. On la suit ?

Jessie réfléchit quelques secondes.

— Non, attendons de voir ce qui se passe. Il n'y a pas le feu au lac.

Elle sourit, avant d'ajouter :

— Et puis, on ne voudrait surtout pas gâcher la fête.

57

Se présenter au portail, s'annoncer, entrer. Même si Michael Sloane avait consenti à la recevoir, Helen Hibbert ne se doutait pas un instant que ce serait aussi simple. Mais alors que les graviers de l'allée crissaient sous ses talons, elle se rappela que rien n'était jamais simple avec les Sloane. Elle ressortait toujours épuisée de ses tractations avec eux. Pour contrecarrer leurs mensonges et éluder leurs fourberies, elle devait mobiliser tout ce qu'elle avait de talent et de motivation. C'était toujours un cauchemar de tenter de leur soutirer quelque chose.

Toujours est-il qu'elle avait réussi à pénétrer dans leur propriété et obtenir une entrevue avec eux. C'était un bon début. Il ne lui restait plus qu'à garder son sang-froid. Et s'arranger pour ne pas repartir les mains vides.

Pas de quoi se mettre dans tous ses états.

Sur le perron, elle s'apprêtait à appuyer sur la sonnette quand la porte s'ouvrit. La gouvernante demeura immobile devant elle dans une attente silencieuse.

Helen s'éclaircit la gorge.

— Je viens voir Michael Sloane. J'ai rendez-vous.

— M. Sloane n'est pas disponible pour le moment.

— Il est sorti ?

— Il n'est pas disponible.

Helen sentit la contrariété grandir en elle. Les Sloane et leurs vieilles combines ! Encore une fois, ils la snobaient.

— Non, répliqua-t-elle, articulant lentement pour s'assurer d'être bien comprise par l'étrangère face à elle. Je lui ai téléphoné. Il a dit qu'il serait là. Il m'attend.

— Il n'est pas disponible, répéta la gouvernante, sa voix aussi morne et indéchiffrable que son visage. Mlle Dee va vous recevoir.

Formidable ! songea Helen. *La sœur bizarroïde. Il ne manquait plus que ça !*

— D'accord, soupira-t-elle. Je suppose que je n'ai pas le choix.

La gouvernante l'invita à entrer, puis referma la porte derrière elle. Helen étudia l'intérieur du manoir. Elle était déjà venue à deux ou trois reprises, lors des rares occasions où Jeff était convié aux soirées qui s'y tenaient parfois. Les Sloane et les Hibbert partageaient le goût de certaines choses. Helen avait toujours trouvé cet endroit froid et vide. Même lorsqu'un grand nombre d'invités s'y mêlaient et faisaient très intimement connaissance entre deux verres, cette demeure ne respirait pas la chaleur. À présent, avec ses seuls murs blancs, ses hauts plafonds et ses quelques meubles discrets et anguleux ici et là, elle lui semblait encore plus austère. Un intérieur de boutique-hôtel, destiné à être admiré plutôt qu'habité.

La gouvernante la conduisit dans une pièce meublée de deux canapés, tout de cuir noir et de chrome, de part et d'autre d'une table basse en métal et en verre au plateau astiqué avec soin et parfaitement vide. C'était à peu près tout. On aurait dit la salle d'attente d'un cabinet médical privé ou d'un psy hors de prix.

Helen avait déjà fréquenté des endroits classieux. Assez souvent même, lorsque Jeff et elle mettaient un point d'honneur à se vautrer dans un luxe tapageur. Mais ce manoir, à l'instar de cette pièce, dégageait autre chose. Ni tape-à-l'œil ni chic. Une demeure conçue pour intimider. Qui criait haut et fort: *Oui, nous sommes riches. Plus riches que vous. Mais nous sommes plus durs que vous. Plus froids que vous. Et, par conséquent, nous pouvons vous broyer. Ne l'oubliez pas.* C'était, du moins, le ressenti d'Helen. Et, elle en était persuadée, de beaucoup d'autres.

La gouvernante quitta la pièce sans tarder, comme si elle ne supportait pas non plus d'y rester. Mais Helen ne demeura pas longtemps seule. Alors qu'elle levait les yeux, elle aperçut Dee Sloane dans l'encadrement de la porte. Elle sursauta.

— Je ne t'ai pas entendue arriver.

— J'ai le pas léger.

Comme Dee rejoignait le centre de la pièce, Helen put constater qu'elle disait vrai. C'est à peine si elle perçut un son. Elle regarda son hôtesse s'asseoir sur le canapé en face d'elle. Les cheveux tirés en une queue-de-cheval sévère, le visage au naturel, le corps menu et souple sous un survêtement de velours rose. Elle replia ses jambes sous elle et considéra Helen.

— Tu voulais nous voir.

— Je voulais voir ton frère.

— Il n'est pas disponible, répliqua Dee, ses yeux sombres impénétrables.

Un silence plana sur la pièce.

L'inconfort d'Helen grandissait. Dee, elle, paraissait parfaitement posée. Helen se remit à enrager. Sa respiration s'accéléra et tout son être frémit.

— Tu voulais nous voir, répéta Dee.

— Oui, admit Helen, maîtrisant la colère qui bouillait en elle. En effet. Et je suis sûre que tu sais pourquoi.

Comme Dee se dispensait de répondre, Helen reprit :

— Jeff est mort.

— Tu m'en vois navrée.

— Il a été assassiné. Et tu le sais très bien.

Dee fronça les sourcils.

— Comment le saurais-je ?

— Parce que c'est vous qui l'avez tué.

Les sourcils de Dee bondirent de surprise.

— Nous ?

C'était l'innocence incarnée.

— Pas vous, personnellement. Vous ne vous mouillez pas, vous ne vous salissez jamais les mains. Non, vous êtes plutôt du genre à sous-traiter le sale boulot.

Les sourcils toujours froncés, Dee se pencha légèrement en avant, comme mue par un intérêt sincère.

— Et pourquoi aurions-nous fait ça ?

S'inclinant à son tour, Helen ouvrit la bouche. Mais aucun son n'en sortit. Elle se ravisa et, se renfonçant dans le canapé, parcourut la pièce du regard.

— Je ne te le dirai pas.

— Pourquoi ?

— Parce que cette pièce est sûrement truffée de micros. Vous n'hésiterez pas à utiliser mes paroles contre moi si je vous en donne l'occasion.

Elle se pencha de nouveau vers Dee.

— Mais je ne t'apprends rien, alors épargne-moi tes airs de sainte-nitouche. Il est temps de s'asseoir à la table des négociations.

Plusieurs émotions se succédèrent sur le visage de Dee. Brèves, fugaces, indéchiffrables. Tels des corbeaux noirs qui battaient des ailes dans ses yeux. Pour finir, un sourire se dessina sur ses lèvres. On aurait dit qu'un être humain prenait soudain possession de son corps.

— On peut parler dans cette pièce, déclara-t-elle tandis que sa tête et ses épaules s'affaissaient. Il n'y a aucun risque.

Elle exhala alors un soupir de mourant.

— C'est… C'est Michael.

Relevant la tête, elle regarda Helen droit dans les yeux.

— C'est lui. C'est lui qui a tué Jeff.

C'était l'aveu qu'Helen était venue entendre. Mais, ce dernier prononcé, elle se trouva à court de mots.

Et plus encore lorsqu'elle vit une larme rouler sur la joue de Dee Sloane.

58

Jessie jeta un regard à sa montre. À côté d'elle, Deepak fixait la fenêtre d'un œil vide. La tension était redescendue dans la voiture, laissant place à un profond ennui. Et Helen Hibbert n'était toujours pas ressortie de chez les Sloane.

— Vous pouvez mettre la radio si vous voulez, proposa Jessie.

— Je croyais que vous aviez la migraine, répliqua Deepak sans se retourner.

Elle répondit d'un haussement d'épaules.

— Ça va, reprit-il. Je peux m'en passer.

L'instant d'après, le téléphone de Jessie sonna. Elle accueillit la distraction avec joie. À l'autre bout du fil, Mickey Philips parlait d'une voix essoufflée et pressante, comme s'il avait couru plusieurs kilomètres pour lui transmettre un message important.

— On sait où Josephina Brennan était retenue prisonnière, annonça-t-il, omettant les mondanités d'usage.

La lassitude de Jessie s'évanouit à mesure qu'il lui relatait les découvertes de son équipe dans la maison de Jaywick : le cadavre, les chiens morts. Sans oublier le message que Marina avait laissé à la station-service.

— J'ai cru bon de vous tenir au courant puisque c'est votre équipe qui travaille sur la disparition.

— Merci. Vous avez pu identifier la victime ?

— Il y a une voiture immatriculée au nom de Graham Watts sur les lieux. La photo du permis de conduire correspond. C'est sûrement lui. Ça vous dit quelque chose ?

— Graham Watts ? Non, mais je vais voir ce que je trouve sur lui.

À côté d'elle, Deepak prit mentalement note du nom, puis sortit son téléphone pour se connecter à Internet.

— Merci, répondit Mickey. Vous pensez vous pencher dessus tout de suite ?

— Je vais transmettre l'information. On est en surveillance. Quelqu'un qui pourrait nous mener à l'assassin de Jeff Hibbert, on ne peut pas lever le camp pour l'instant. Je vais dire à l'inspecteur-chef chargé de la disparition de la petite de prendre contact avec vous, histoire que vous puissiez travailler en étroite collaboration et débrouiller qui fait quoi.

— Merci.

Il y eut une pause, puis :

— Bon, à plus tard alors.

Et Mickey raccrocha.

Jessie se tourna vers Deepak.

— Vous avez quelque chose ?

Deepak détacha les yeux de son iPhone.

— Pas encore, je continue de chercher.

L'appel avait donné un véritable coup de fouet à Jessie. Elle ne tenait plus en place sur son siège. Elle téléphona au commissariat pour transmettre à son équipe les informations de Mickey. Puis elle reporta son attention sur le portail.

— Ils ont l'air de bien s'entendre là-dedans, observa Deepak en relevant la tête. Je me demande de quoi ils parlent.

— On le découvrira bien assez tôt.

59

Helen était désemparée. Elle s'attendait à toutes sortes de réactions de la part de Dee, mais pas celle-ci.

— Oui, je sais tout, admit Dee en partant d'un rire amer. Évidemment que je sais tout !

D'un rapide regard circulaire, Helen contrôla les portes de la pièce.

— Où est Michael ? Il est ici ? Est-ce qu'il…

— Ne t'inquiète pas.

Dee se pencha sur le plateau de verre de la table pour poser sa main sur la sienne, la pressant avec énergie. La chaleur réconfortante de sa paume étonna Helen, qui s'attendait à un contact glacial. Cette visite lui réservait décidément des surprises.

Avec des lèvres tremblotantes, Dee esquissa un sourire rassurant, puis se renfonça dans le canapé en se tamponnant le coin des yeux avec un mouchoir en papier sorti de sa manche.

Tandis qu'Helen l'observait en silence, son menton tomba sur sa poitrine. Puis des soubresauts s'emparèrent de ses épaules. Helen devina qu'elle pleurait avant même d'entendre ses sanglots.

— Je… Oh, ce n'est pas bien. Écoute, je ne peux pas… C'est Michael. Il…

Dee se leva.

— Regarde.

Elle ouvrit la fermeture Éclair de sa veste de survêtement, puis retroussa son tee-shirt.

— Regarde un peu.

Sur son ventre s'étiraient de longues zébrures d'ecchymoses jaunies, qui s'égrenaient sur sa peau comme une cuisante couronne de pâquerettes. Elle remonta davantage son vêtement pour révéler d'autres marques.

— C'est lui qui me fait ça, dit-elle, les lèvres tremblantes et les joues humides de larmes. Sans arrêt.

Se rasseyant, elle enfouit sa tête dans ses mains, les épaules secouées de spasmes incontrôlables.

— J'en ai partout, partout. Sur tout mon… mon corps.

— Mais je croyais que tu aimais…

— Jouer est une chose, répliqua Dee à travers ses larmes. C'est drôle, tout le monde est d'accord. Mais ça…

Helen fouilla son visage. Elle n'avait jamais aimé Dee. Elle la trouvait inquiétante et bizarre, dépourvue d'humanité et de tout sens relationnel. Lorsqu'elle l'avait vue débarquer dans le salon, elle s'attendait à ce qu'elle essaie de la rouler dans la farine. Jamais elle n'aurait soupçonné cela. Mais tout se clarifiait. À présent, elle comprenait mieux sa façon d'être, son caractère, son comportement. Tout s'expliquait.

— Je… Je suis désolée, Dee. Ce doit être… horrible.

Dee posa sur elle des yeux rougis.

— Oh, tu n'imagines même pas.

— Ton propre frère…

Dee hocha la tête en silence. Elle demeura muette un moment, avant de demander :

— Pourquoi… Pourquoi es-tu venue, Helen ? Qu'est-ce que tu voulais ?

La question déconcerta Helen. Elle avait presque oublié la raison de sa venue.

— Je… C'est à propos de Jeff. Je voulais simplement que vous sachiez que… Écoute, je ne sais pas ce qu'il manigançait, mais je n'ai rien à voir là-dedans.

Dee lui adressa un regard perçant.

— Tu sais où ils sont maintenant ? Ce qu'ils préparent ?

— Non.

— Oh.

Elle baissa la tête, prise de nouveaux sanglots, si bien qu'Helen peinait à distinguer clairement ses mots.

— Est-ce que… Est-ce que tu voulais de l'argent ? C'est ça ? De l'argent pour garder le silence sur… ce que tu sais.

— Eh bien, oui. Je suppose que oui.

Dee branla de la tête entre deux hoquets.

— Tu débarques, tu prends l'argent, et puis tu repars et tu tiens ta langue, résuma-t-elle avec un soupir. C'est si facile. Si facile…

Elle soupira encore.

— Comment ça ?

— D'accord. Prends ton argent et pars, ça m'est complètement égal. Tu ne diras rien, je le sais. Tu as vu ce qu'il a fait à Jeff, tu ne veux pas qu'il t'arrive la même chose.

— Certainement pas. Je serai muette comme une carpe. Tu me connais.

Helen n'en croyait pas ses oreilles. Un jeu d'enfant.

— Oui, Helen. Je sais qu'on peut acheter ta loyauté avec de l'argent.

Dee promena son regard sur la pièce, comme si elle la découvrait pour la première fois. Puis elle ajouta :

— On peut acheter la loyauté de n'importe qui avec de l'argent.

— Qu'est-ce que tu veux dire ?

Dee releva la tête pour ancrer ses yeux dans ceux d'Helen.

— Je peux te parler, à toi. On était proches, autrefois…

Helen ne se rappelait pas avoir été proche de cette femme, mais elle ne pipa mot.

— C'est à cause de Michael. Je veux… partir d'ici.

— Eh bien, pars, répondit Helen avec un haussement d'épaules. Rien ne t'en empêche.

— Oh que si, Helen. Oh que si. C'est lui qui a tout l'argent. Moi, je n'ai rien. Je dois le supplier chaque fois que je veux la moindre petite chose.

— C'est ton frère, pas ton mari. Jamais je ne resterais avec un homme qui me traite de la sorte.

— Frère ou mari, ça change quoi ? Je ne peux pas le quitter, un point c'est tout.

Helen se cala contre le dossier du canapé d'un air pensif. Un plan commençait à germer dans son esprit. Elle se pencha en avant.

— Dee, l'argent dont tu m'as parlé, celui que tu comptais me donner en échange de mon silence, où pensais-tu le trouver ?

— Sur le compte de Michael ou celui de la société, répondit-elle en fronçant les sourcils, comme si c'était une évidence. Pourquoi ?

— Et comment te débrouilles-tu pour l'obtenir ?

— Par Internet. Je le transfère sur mon compte.

Un sourire se dessina sur les lèvres d'Helen.

— Et pourquoi ne te transférerais-tu pas une grosse somme d'argent avant de boucler ta valise ?

À en croire l'expression de Dee, l'idée ne lui avait jamais effleuré l'esprit.

— Mais… je ne peux pas…

— Pourquoi ?

— Parce qu'il le découvrirait. Il me retrouverait et… comme Jeff…

Helen se creusa les méninges à la recherche d'une solution. Extorquer de l'argent aux hommes, c'était son domaine d'expertise.

— Et pourquoi tu n'ouvrirais pas un compte pour siphonner l'argent ? Tu crées un faux compte de société-écran ou de filiale et, petit à petit, tu soutires des fonds à ton frère pour l'alimenter, jusqu'à ce que tu aies assez pour t'enfuir.

Dee étudia cette possibilité, puis secoua la tête.

— Ce n'est pas une mauvaise idée, mais…

— Mais quoi ?

— C'est tout de suite que je veux partir.

— Quoi ? Tout de suite ? Tu veux dire… aujourd'hui ?

Dee confirma de la tête.

— Ce qui est arrivé à Jeff, c'est… c'est la goutte d'eau qui fait déborder le vase. Il est allé trop loin. Je ne peux pas rester un jour de plus ici.

Elle se pencha par-dessus la table pour saisir les mains d'Helen.

— S'il te plaît, aide-moi.

— D'accord, répondit Helen, son sens des affaires plus affûté que jamais. Combien penses-tu pouvoir sortir de ce compte en liquide aujourd'hui ?

— En liquide ? Je ne sais pas. Pas grand-chose. Mais il y a un coffre dans la maison.

Un frisson de jubilation traversa Helen.

— Combien y a-t-il dedans ?

— En général, dans les… soixante-dix, cent mille livres en liquide.

Helen eut toutes les peines du monde à contenir son excitation.

— Tu n'as qu'à prendre cet argent.

Un nuage passa sur le visage de Dee.

— Je ne peux pas.

— Pourquoi ?

— Il me surveille tout le temps, il ne me quitte pas des yeux.

Elle retomba un instant dans le silence, avant d'ajouter :

— Mais il doit s'absenter aujourd'hui.

— À quelle heure ?

Dee se mâchouilla la lèvre d'un air pensif.

— Vers 19 heures.

— C'est le moment ou jamais, observa Helen en lui serrant la main. Je vais t'expliquer ce que tu vas faire. Cet après-midi, tu ouvres un compte fictif. Choisis une banque qui a pignon sur rue, avec des agences un peu partout. À 19 heures, ce soir, tu vides le coffre, puis tu prends les affaires que tu auras déjà préparées et tu me rejoins quelque part. On va partir toutes les deux, disparaître quelque temps dans la nature. Dans quelques jours, quand les transferts auront été enregistrés sur le compte, on ira dans une agence pour sortir l'argent et le clôturer. Qu'est-ce que tu dis de ça ?

Dee la considérait avec des yeux écarquillés.

— C'est possible ?

— Bien sûr que c'est possible. Mets-moi dans le coup et je m'arrangerai pour que tout se passe comme prévu.

— Nous deux ? rit Dee.

— Nous deux.

— Et tu… partirais avec moi ?

— Et comment ! On va prendre un nouveau départ ensemble. Rien que toutes les deux.

Et le magot, compléta Helen pour elle-même.

Dee souriait. Elle n'avait jamais paru aussi humaine. Helen s'était vraiment trompée sur son compte.

Après qu'elles se furent accordées sur l'heure et le lieu de leur rendez-vous du soir, Helen quitta le manoir, exultant. L'issue de sa petite visite aux Sloane dépassait toutes ses espérances.

60

— Dites donc, commenta Deepak quand Helen Hibbert franchit le portail des Sloane. Elle a l'air très contente d'elle.

Helen Hibbert s'engouffra dans un taxi. C'est à peine si elle n'avait pas gambadé jusqu'au véhicule, le sourire jusqu'aux oreilles.

— Vous trouvez aussi, répondit Jessie. Je me demande ce que ça cache.

Deepak avait déjà la main sur la poignée de la portière.

— Et si on allait le découvrir ?

— Oui, dit Jessie en l'imitant. Allons-y.

Et ils se dirigèrent ensemble vers le manoir.

La migraine de Jessie, comme le brouillard, s'était totalement dissipée.

61

Ouvrant les yeux, Marina découvrit qu'elle se trouvait dans un lit inconnu, dans une pièce inconnue. Elle repoussa les couvertures, prise de panique. Puis la mémoire lui revint.

Son frère, Alessandro. Jaywick.

Elle se laissa retomber en arrière. Referma les paupières.

Jaywick. Elle avait roulé jusque-là la veille au soir, juste après avoir quitté la maison abandonnée. Elle tressaillit. La maison. Ce souvenir lui retournait l'estomac. Soudain consciente de la présence d'un objet dans sa main, elle rouvrit les yeux. Lady, le chien en peluche de Josephina. Elle le serrait de toutes ses forces dans son poing, les articulations blanchies, les doigts engourdis. Elle referma les paupières pour bloquer la lumière. Elle avait frappé à la porte d'Alessandro, puis s'était écroulée de fatigue.

Jaywick, juste au sud de Clacton. Une ville vouée à la décadence. Conçue dans les années 1930, cette bourgade de bungalows en préfabriqué était destinée à accueillir les Londoniens en vacances. Au final, nombre d'entre eux s'y étaient installés définitivement. Et depuis, les années ne l'avaient pas épargnée. Telle une jeune starlette foudroyée sur le chemin de la gloire par les excès des feux de la rampe, la ville avait gardé ses dimensions d'origine mais s'était décrépite. Pour devenir un bidonville très british, une Cité de dieu de l'Essex. Des bungalows tout délabrés, dont certains n'étaient plus que des ruines aux fenêtres et aux portes fracassées, livrées aux clochards et aux squatteurs. Des crack-houses à foison. Quelques tentatives d'aménagement par des propriétaires bourrés d'inventivité : une caravane collée au flanc d'une maison pour l'agrandir, une lucarne trop lourde qui faisait crouler tout un étage. Des rues étroites au goudron et au béton fissurés, tapissées de nids-de-poule gorgés d'eau et asphyxiées par les mauvaises herbes et les arbustes. Des maisons entassées. Et, ici et là, quelques habitations convenables entretenues avec soin pour tenter de freiner le déclin, comme autant de baigneurs nageant à contre-courant.

Marina s'était rendue pour la dernière fois à Jaywick quelques années plus tôt, à l'occasion de l'inauguration du musée de la tour Martello. À en juger par leurs vêtements et leur langage, aucun des convives qu'elle y avait rencontrés n'était du coin. Alors qu'elle traversait ses rues bordées de boutiques, de cafés et de pubs condamnés par des planches clouées, elle s'était d'ailleurs demandé qui pouvait bien vivre ici.

Elle le savait à présent. Son frère.

— T'es réveillée.

Elle rouvrit les yeux. Alessandro se tenait au pied du lit, un mug chaud dans la main. Il s'assit près d'elle sur le matelas, qui manqua céder sous son poids.

— Bois ça, dit-il en lui tendant la tasse.

Elle posa les lèvres sur le bord du récipient et but une petite gorgée. C'était infect.

— C'est quoi ?

Il haussa les épaules.

— C'est censé être du thé. J'ai jamais été très doué pour les trucs ménagers.

Il riva ses yeux sur la moquette.

— Te force pas si t'en veux pas.

Elle posa la tasse et se redressa, promenant son regard autour d'elle. Elle se trouvait dans la pièce principale d'un bungalow, étendue dans un canapé-lit aux draps et à la couette passés, éculés, plus sales que propres. Le reste du mobilier formait un bric-à-brac d'articles de récupération. Plus loin sur la droite, ce qui ressemblait à première vue à un laboratoire d'essais d'armes biologiques d'Al-Qaïda abritait la cuisine. Il régnait dans cet intérieur une odeur d'humidité, de crasse, de mâle solitaire et désespéré.

Surprenant Alessandro en train de l'observer, Marina devina qu'il découvrait la pièce à travers ses yeux. À en juger par son air abattu, le spectacle lui inspirait plus ou moins les mêmes pensées qu'à elle.

Il releva la tête, le regard perçant.

— Alors, qu'est-ce qui t'amène ? demanda-t-il d'une voix qui formait une carapace dure et cassante autour de ses mots. Ça doit être grave. Je croyais que t'avais paumé mon numéro.

Marina ne releva pas, même si elle se hérissait déjà, prête à l'altercation. C'était son frère, il savait comment la provoquer. Et inversement. Elle se borna donc à goûter une autre gorgée de thé, qu'elle réussit à avaler. *Question d'habitude*, songea-t-elle, en espérant n'avoir jamais à s'accoutumer à ce breuvage.

Elle reposa le mug par terre sans prêter attention à la blonde de bande dessinée à la poitrine extravagante qui ornait son flanc. L'intérieur était cerclé d'anneaux marron, tel un arbre séculaire. Elle considéra son frère avec un soupir. Alerte, mais épuisée.

— Par où je commence ?

— Le début.

Il jeta un regard à sa montre.

— Tu as peut-être des choses à faire.

— Je dois aller quelque part un peu plus tard, mais raconte. C'est pas tous les jours que ma sœur s'écroule sur le pas de ma porte.

Marina lui relata donc les événements des derniers jours. D'une voix d'abord hésitante, puis plus assurée à mesure qu'elle se plongeait dans son récit. Le cottage, le week-end de Pâques. L'incendie, puis… plus rien. L'hôpital. Le téléphone. *Love Will Tear Us Apart*. Les appels.

— J'ai essayé de les raisonner, de comprendre ce qu'ils attendaient de moi, de leur parler, de leur montrer ma part d'humanité, expliqua-t-elle en poussant un soupir. J'ai tout essayé.

Elle lui raconta ensuite la course-poursuite dans l'hôtel avec les policiers. *Je parie que Sandro aime ce passage*, se dit-elle.

— Après ça, je me suis arrêtée à une station-service. Quand j'ai su où je devais aller, j'ai essayé de laisser un message à… à la police.

— Pourquoi ? grogna-t-il.

— Pour qu'elle m'aide.

— Je croyais qu'on t'avait dit de ne pas prévenir les flics.

— Oui, mais je pensais me rendre où Josephina

était retenue. Tu comprends, s'ils avaient eu mon message et débarqué pendant que j'étais sur place, ils auraient pu la récupérer.

Elle soupira.

— Je croyais vraiment qu'ils pourraient m'aider.

— Mais tu te gourais.

Elle hocha la tête.

— Personne ne pouvait m'aider.

Elle poursuivit son récit. La maison sur la route de Clacton, son arrivée, la découverte du doudou de Josephina. Et le cadavre.

— Ensuite, je suis venue ici. Je ne voulais pas traîner là-bas, je ne pouvais pas.

Alessandro fronça les sourcils.

— Et pourquoi t'es pas allée voir les poulets à ce moment-là ? C'est pas que je les porte dans mon cœur, mais j'ai comme l'impression que c'était plutôt chez eux que tu aurais dû te pointer.

Marina soupira.

— Parce que… je ne pouvais pas. Et Josie ? Elle est toujours entre les mains de quelqu'un. Enfin, je l'espère, parce que sinon…

Sa voix faiblit. Elle sentit des larmes se former au bord de ses yeux, les refoula de toutes ses forces. Pas question de pleurer devant Sandro. Il attendit en silence qu'elle se ressaisisse et reprenne son récit.

Elle s'essuya les yeux et le nez du bout de sa manche.

— Bref, je ne pouvais pas prévenir la police. Il n'y avait personne là-bas quand je suis arrivée, j'imagine donc que personne n'a trouvé mon message. Ce n'est peut-être pas plus mal, au final. Parce que si la personne qui retient Josie apprend que j'ai contacté la police, elle risque de s'en prendre à elle.

— T'as reçu d'autres appels depuis ?

Marina secoua la tête avec un soupir.

— Peut-être que c'est le cadavre que t'as retrouvé. Peut-être que c'est lui le kidnappeur.

— Peut-être, soupira-t-elle. Je ne sais pas… Je ne sais pas…

De nouveau sur le point de s'effondrer, Marina parvint à se contenir.

Le silence s'installa dans la pièce.

— Alors t'es venue ici, observa Sandro au bout d'un moment.

Elle confirma de la tête.

— Pourquoi ? T'as nulle part d'autre où aller ?

Elle laissa échapper un petit rire triste.

— On peut dire ça comme ça.

— Et t'attends quoi de moi au juste ?

Elle croisa son regard, une lueur de fol espoir dans les yeux.

— Que tu m'aides.

Il parut surpris.

— Comment je pourrais t'aider ?

Elle se pencha vers lui, implorante.

— Tu connais des gens, des gens que je ne connais pas. Tu as des relations que je n'ai pas, des moyens de contacter certaines personnes.

— Et qu'est-ce qui te fait croire ça ? l'interrogea-t-il, la voix soudain glaciale.

— C'est que… c'est le genre de milieu dans lequel tu évolues.

— En gros, tu es en train de me dire que je suis un truand.

— Ce n'est pas ce que j'ai dit. Je…

— Mais c'est ce que tu sous-entends.

Elle soupira.

— S'il te plaît, Sandro. Il faut que tu m'aides à retrouver ma fille. S'il te plaît !

Il la considéra d'un air songeur, puis détourna les yeux, les laissant vagabonder sur les murs et les meubles avant de les ramener vers elle.

— Non.

62

Jessie lissa ses cheveux, arrangea sa veste. S'éclaircit la gorge. Puis appuya sur le bouton de l'interphone. Elle se trouvait devant le portail des Sloane en compagnie de Deepak, prête à se soumettre au rituel de la veille au soir.

La même voix à l'intonation étrangère les informa que personne ne pouvait les recevoir et les pria de repasser une autre fois.

Il était temps de faire preuve d'initiative.

— Nous enquêtons sur la mort de Jeffrey Hibbert, dit Jessie. Un ancien employé des Sloane. Nous venons de voir sa veuve sortir d'ici. Nous pensons qu'elle leur a rendu visite pour les mêmes raisons que nous, alors nous aimerions nous entretenir avec la personne qui l'a reçue, s'il vous plaît.

Le temps que les inspecteurs échangent un regard, le portail s'ouvrait devant eux. Jessie brandit son pouce en direction de Deepak.

— Avouez que vous êtes impressionné par ma tchatche.

Deepak secoua la tête, puis esquissa un sourire pincé.

— Vous avez au moins su garder votre sang-froid.

— Je me réserve pour quand on sera à l'intérieur.

Ils remontèrent l'allée de gravier jusqu'au manoir.

Ils furent escortés jusqu'au salon, puis invités à prendre place sur un canapé avant d'être laissés seuls, porte close. Ils échangèrent un nouveau regard.

— L'agriculture industrielle se porte bien, observa Deepak avec un regard circulaire.

Jessie étudia la table basse en verre et en métal devant elle.

— Je vous parie que cette table coûte plus que nos deux salaires réunis.

Deepak considéra le meuble avec une grimace.

— L'argent n'achète pas le bon goût.

L'instant d'après, la porte s'ouvrit sur une femme. Petite et menue, vêtue d'un survêtement de velours rose et de baskets qui n'avaient jamais vu le plein air, ni même l'intérieur d'une salle de sport. Les cheveux tirés en une queue-de-cheval sévère, le visage sans maquillage. Elle rejoignit d'un pas décidé le canapé en face d'eux pour s'y asseoir, le dos raide, puis posa sur eux un regard de femme d'affaires.

— Je suis Dee Sloane. Vous avez demandé à voir mon frère, Michael, mais je crains qu'il ne soit souffrant. À qui ai-je l'honneur?

Jessie et Deepak lui présentèrent leur carte de police et déclinèrent leur identité.

— Cette visite est donc liée à la mort de l'un de nos anciens employés ?

— Tout à fait, répondit Jessie, prenant la direction de l'interrogatoire. Nous aimerions vous parler de certaines choses.

Dee Sloane fronça les sourcils.

— Dois-je m'inquiéter ? Appeler un avocat ?

— Vous êtes la seule à pouvoir en décider, répondit Deepak, du ton le plus léger possible.

— Voyons d'abord ce que donne cet entretien, observa Jessie avec un sourire forcé.

Dee attendit la suite sur le canapé, les traits impassibles, le corps droit et alerte, mais détendue, à l'écoute. Son apparente décontraction ne dupait toutefois pas Jessie, qui avait appris, au fil des années, à interpréter le langage corporel. Elle voyait bien que leur présence mettait Dee Sloane mal à l'aise. À cran, même.

Et puis, quelque chose d'autre la turlupinait chez cette femme. Le court laps de temps qui s'était écoulé depuis son entrée lui avait suffi à la prendre en grippe. Jessie s'interdisait pourtant de tomber dans le piège des jugements expéditifs, surtout dans le cadre de son travail. Cependant il lui arrivait parfois, face à un pédophile, un violeur ou un mari violent, d'éprouver une intuition sinistre, en particulier si son interlocuteur se montrait un peu trop aimable et obséquieux avec elle. Si elle voulait accomplir son boulot correctement, elle devait alors prendre la pleine mesure de ce pressentiment. Dee Sloane provoquait cet effet sur elle. C'était peut-être chimique ou psychologique, mais elle sentait que quelque chose clochait chez cette femme. Jessie coula une œillade à Deepak pour voir s'il partageait son impression. Mais le regard de son coéquipier ne trahissait rien.

Bon, se dit-elle. Elle s'était débarrassée de sa gueule de bois, avait refoulé toute pensée de la veille au soir. Elle était en pleine forme, d'attaque pour le boulot.

63

Marina n'arrivait pas à croire ce qu'elle venait d'entendre. Pas de Sandro. Pas de son propre frère. Elle aurait peut-être pu s'y attendre de la part de son autre frère, mais pas de Sandro. Des deux, il avait toujours été le plus humain, le plus sensible. Il fallait croire qu'il avait changé.

— Quoi ? Quoi… ?

— J'ai dit non.

— Mais, Sandro… Je viens de t'expliquer ce qui m'arrive. Ma fille, ma fille a été kidnappée.

— Et si tu rends un rapport sur un barjot, on te la rendra. C'est bien ça ?

Elle confirma de la tête.

— Alors fais-le, déclara-t-il avec un haussement d'épaules. Où est le problème ?

— Je viens de te le dire, le problème. Il y a déjà eu un mort et je ne sais pas où est passée Josephina…

— Pourquoi toi, d'abord ? Et pourquoi se donner tout ce mal, kidnapper ta môme ? Pourquoi ne pas simplement te téléphoner et prendre rendez-vous, comme tout le monde ?

— Je ne sais pas. Ça cache sûrement quelque chose d'autre.

— Et tu crois que je peux t'aider ?

— Bien sûr que oui ! Tu connais des gens. Peut-être pas ceux qui ont fait ça, d'accord, mais... Leurs plans se sont sûrement ébruités. Il y a forcément quelqu'un d'autre qui sait.

Se penchant en avant, elle agrippa sa manche.

— S'il te plaît... S'il te plaît, aide-moi. Ma fille a disparu, mon mari...

Elle secoua la tête. Elle ne voulait pas y penser.

— Sandro, s'il te plaît. Je n'ai personne d'autre que toi.

Ses yeux croisèrent ceux de Marina. L'ombre d'une seconde, il parut fléchir. Mais il s'écarta brusquement et, se levant, se mit à arpenter la pièce en lui tournant le dos.

— Ça, c'est la meilleure ! lâcha-t-il avec un rire grinçant. T'as personne d'autre que moi !

Il continua de marcher avec des hochements de tête, comme si deux conversations distinctes se déroulaient dans son esprit.

— Personne d'autre...

Il se retourna, le doigt pointé sur elle.

— Et toi, t'étais où pendant toutes ces années ? Hein ? T'étais où quand j'étais tout seul, quand je...

Il secoua furieusement la tête, comme s'il cherchait à se sortir quelque chose du crâne.

— Tu veux que je te le dise ? cracha-t-il. Avec ton mec de la flicaille. Avec tes potes d'université. Ouais, exactement ! À cette époque, tu préférais pas me connaître, hein ? Tu préférais connaître aucun de nous.

D'une volte-face, il reprit ses allées et venues.

— C'est valable dans les deux sens, Sandro, observa-t-elle en sortant du lit. Rappelle-moi la place que tu as occupée dans ma vie pendant tout ce temps.

Il pivota sur lui-même pour coller son visage rouge de fureur devant le sien.

— Tu voulais pas de moi dans ta vie ! Tu voulais d'aucun d'entre nous ! Tu nous l'as très bien fait comprendre. On était pas assez bien pour toi, c'est tout.

— C'est… C'est faux.

— Non, c'est la putain de vérité ! T'avais honte de nous. Tu l'as dit toi-même.

Marina ne répondit pas. Sandro la dévisagea, interprétant son silence comme un aveu.

— C'est bien ce que je pensais, conclut-il, s'autorisant un nouvel éclat de rire sans joie. Ouais, exactement.

Elle le contourna pour se planter devant lui, s'assurant qu'il la voyait bien. Le chagrin cédait lentement le pas à la colère. Elle n'allait pas se laisser marcher sur les pieds.

— Ah oui ? Eh bien, tu as raison. Peut-être que je pensais que je valais mieux que vous tous. Et tu sais quoi ? Peut-être que je n'avais pas tort. Parce que je voulais faire quelque chose de ma vie, moi. Vraiment quelque chose. Que je ne voulais pas moisir dans cette baraque avec ce vieux salaud qui nous filait des dérouillées à tour de bras !

Sandro lui tourna le dos. Elle le suivit, bien décidée à ne pas le laisser en paix. Puis elle baissa d'un ton, dans une tentative pour paraître raisonnable.

— Mais maintenant je suis là. Et je te demande de m'aider. S'il te plaît.

Il laissa échapper un rire étranglé.

— S'il te plaît ! S'il te plaît ! Tu me supplies maintenant ? Et moi je devrais sauter au plafond parce que t'as besoin de moi ? C'est ça ? Tu claques des doigts et je rapplique comme un foutu clébard ? Tu sais quoi ? Va te faire foutre, Marina !

Elle le toisa, soutint son regard.

— On croirait entendre papa.

Il brandit la main.

— Je devrais t'en coller une…

— Et on croirait voir papa, maintenant. Tu es exactement comme lui.

Tandis qu'elle le fixait avec un mépris non déguisé, quelque chose se brisa dans les yeux de Sandro.

— Non, non, j'suis pas comme lui, rétorqua-t-il d'une voix chevrotante, comme s'il cherchait à se convaincre lui-même. J'suis pas du tout comme lui.

Elle se rapprocha de lui, chuchotant presque :

— Alors prouve-le. Prouve que tu n'es pas comme lui.

— La ferme !

Il la regarda avec des yeux tendres et humides, comme deux œufs cassés.

— Prouve que tu n'es pas comme lui en m'aidant à retrouver ma fille.

Il voulut soutenir son regard, mais il n'en trouva pas la force. Il tourna les talons.

— Fous le camp. Tire-toi d'ici.

Marina ne bougea pas.

— Je t'ai dit de foutre le camp ! gronda-t-il d'une voix rageuse.

— D'accord, répondit-elle en se dirigeant vers la porte. Je m'en vais. Tu n'as qu'à rester là, à essayer de te regarder dans une glace. Tu es le portrait craché de papa. Et fier de l'être, en plus.

— La ferme !

Elle se retourna une dernière fois devant la porte.

— Je suis contente que maman ne soit plus là pour voir ça.

Sandro recula brusquement, comme si elle venait de lui assener une gifle.

— Quoi ?

— Tu m'as très bien entendue.

Elle tourna la poignée.

Un soupir s'éleva dans son dos. Le dernier souffle d'un mourant. Ou le premier d'un nouveau-né.

— D'accord.

Elle se retourna.

— Tu vas m'aider ?

Il plaqua ses mains devant ses yeux, incapable de la regarder en face.

— Dis-moi ce que tu veux que je fasse.

64

Jessie commençait l'interrogatoire de Dee Sloane, Deepak assis à côté d'elle sur le canapé.

— Vous conduisez une Fiat Punto ?

Les yeux de la maîtresse des lieux s'écarquillèrent.

— Non, répondit-elle après une courte hésitation. Mais quel est le rapport avec le décès d'un ancien employé ?

Jessie ignora sa question.

— Et votre frère, Michael ?

— Non plus.

Cette fois, Dee Sloane s'en tint là, attendant la suite.

— Bien.

Jessie inclina la tête et, sans ajouter un mot, fit mine de s'absorber dans ses réflexions. En réalité, elle temporisait.

— Puis-je vous demander de quoi il s'agit ? s'enquit Dee Sloane, qui commençait à se crisper en face d'elle.

Jessie travailla avec soin la nonchalance de sa voix et de ses gestes.

— Une Fiat Punto a été retrouvée carbonisée sur

les lieux d'un incendie criminel à Aldeburgh il y a deux jours.

— Et vous pensez... Que pensez-vous, d'ailleurs ? Que Michael ou moi sommes impliqués là-dedans ? Enfin, c'est ridicule !

— Vous l'êtes ?

Jessie s'efforça de formuler la question avec légèreté, autorisant même un sourire à jouer au coin de ses lèvres.

Dee Sloane la toisa avec un mépris hautain, comme si elle jugeait la question indigne de son attention.

— On a vérifié, reprit Jessie, abandonnant son sourire. La voiture est immatriculée au nom de votre frère. Se trouvait-il à Aldeburgh il y a deux jours ?

— Non.

— Et vous ?

— Non plus.

— Pourtant quelqu'un s'y trouvait, intervint Deepak. Avec la voiture de votre frère.

Pas de réponse.

— Vous l'a-t-on volée ? s'enquit Jessie.

— Non. Nous mettons une voiture à la disposition du personnel. C'est peut-être celle-ci.

— Une voiture immatriculée au nom de votre frère ?

— Oui.

— Pas au nom de l'entreprise ?

Dee Sloane hésita.

— Non.

— Pourquoi ?

Dee Sloane gigota sur le canapé, comme si elle n'arrivait pas à trouver de position confortable.

— C'est... une histoire d'impôts... je crois. C'est notre comptable qui l'a suggéré.

— Je vois.

Jessie hocha la tête, comme si cette explication réglait l'affaire. Dee Sloane se décontracta. *Continue comme ça*, se dit Jessie.

— Vous avez beaucoup de personnel ? demanda-t-elle, presque sur le ton de la conversation.

— Deux gouvernantes et deux cuisiniers.

Jessie s'enfonça dans le canapé, les yeux écarquillés.

— Comme dans *Downton Abbey* ! Vous regardez ? J'adore !

Si Dee Sloane s'abstint de répondre à la remarque, elle semblait boire du petit-lait.

— Alors lequel d'entre eux a emprunté la voiture ce jour-là ?

Dee Sloane parut désarçonnée.

— Comment ?

— Lequel de vos domestiques s'est servi de la voiture ? J'imagine qu'elle n'est pas arrivée à Aldeburgh toute seule le jour de l'incendie.

— Je... Je ne sais pas. Il faudra que je vérifie.

Dee Sloane ne savait de nouveau plus comment s'installer sur le canapé.

— Personne ne vous a rien dit ? l'interrogea Deepak.

— Ce n'est tout de même pas rien, observa Jessie. Perdre une voiture... Surtout quand elle est au nom du patron. Je parie qu'il n'a pas été ravi de l'apprendre.

Dee Sloane semblait prise au piège. Jessie s'autorisa un sourire intérieur, avant de s'autocensurer. Son antipathie spontanée pour cette femme n'en faisait pas un être foncièrement mauvais. Elle repensa cependant à tous ceux pour qui elle avait ressenti la même aversion et aux actes dont ils s'étaient rendus coupables. Elle se ravisa. *Toujours se fier à son instinct.*

— Donc vous ne savez pas qui a emprunté la voiture ?

— Non.

— Et vous ne savez pas ce que cette personne faisait à Aldeburgh ?

— Non, répondit Dee Sloane, manifestement ébranlée. Je ne sais pas à quoi les domestiques occupent leurs jours de congé.

— Donc vous ne savez pas qui c'était, ni ce que cette personne faisait, mais vous savez que c'était son jour de congé. Vous pourriez vérifier pour nous de qui il s'agit, s'il vous plaît ?

— Pourquoi ?

— Nous voudrions lui parler.

— Le conducteur était présent sur les lieux d'un crime, précisa Deepak. C'est un témoin potentiel.

Dee Sloane se pencha en avant, les yeux enflammés.

— Je me vois dans l'obligation de vous demander de partir. Vous avez dit vouloir me parler de la mort d'un ancien employé, or vous me parlez de tout sauf de cela. Je vous prierais donc de quitter cette maison.

Jessie se contenta d'un signe de tête, ignorant la requête.

— Au fait, lâcha-t-elle avec désinvolture. Que voulait Helen Hibbert ?

Elle n'avait pas la moindre intention de quitter les lieux. Pas avant d'avoir posé toutes ses questions. Et elle n'hésiterait pas à user et abuser de tous ses stratagèmes personnels pour y parvenir.

— Pardon ? lâcha Dee Sloane, de nouveau prise de court.

— Elle sortait d'ici quand nous sommes arrivés. Que voulait-elle ?

Le regard de la maîtresse de maison passa de l'un à l'autre. *On dirait un animal pris au piège*, nota Jessie.

— Elle est venue… au sujet de son mari.

— Un de vos anciens employés.

— Oui.

Dee Sloane ne paraissait pas vouloir en dire davantage, mais Jessie demeura muette, l'incitant à meubler le silence. La ruse fonctionna.

— Il était très malade, expliqua Dee Sloane, d'un ton soudain grave et solennel. Le cancer. Elle voulait nous informer de son décès.

— Elle n'a pas le téléphone ? remarqua Deepak.

Un éclair de rage aussitôt refoulée traversa les yeux de Dee Sloane. *Démasquée !* pensa Jessie.

— Elle… Elle tenait à nous l'annoncer en personne.

— Il devait beaucoup compter pour vous, observa Jessie. Pour un ancien employé, c'est étonnant.

— Nous avions beaucoup d'estime pour Jeff. C'était un… employé loyal.

Ses mots sonnaient si creux que Jessie doutait qu'ils soient convaincants à ses propres oreilles.

— C'est curieux, observa-t-elle d'un ton aussi détaché que si elle commentait un article de magazine *people*. On lui a justement parlé il y a deux jours.

Dee Sloane ne répondit rien.

— Un homme se trouvait près du cottage au

moment de l'explosion. Il a sauvé la vie d'une femme en l'empêchant de retourner à l'intérieur. Un acte très courageux. Quand on lui a demandé son adresse, il a donné celle de Jeffrey Hibbert. Savez-vous pourquoi ?

— Comment voudriez-vous que je le sache ?

— Pourtant, il ne nous a pas donné le nom de Hibbert. Non, il a prétendu s'appeler Stuart Milton.

Se penchant en avant, Jessie demanda :

— Ce nom vous dit quelque chose ?

— Non.

Sa voix était aussi impénétrable et morte que ses yeux auraient voulu l'être.

— Curieusement, Jeffrey Hibbert s'est fait assassiner juste après notre visite.

— Car il n'est pas décédé du cancer, précisa Deepak. C'est un homicide.

Les lèvres de Dee Sloane remuèrent sans qu'aucun son en sorte. Enfin, elle réussit à articuler :

— Il… Sa femme a dit…

— Et impossible de mettre la main sur ce Stuart Milton, poursuivit Jessie. Auriez-vous une photo de votre frère à nous montrer, par hasard ?

Dee Sloane tarda à répondre, de nouveau prise au dépourvu, décontenancée par le changement brutal que Jessie avait imprimé au cours de la conversation.

— Je… Pas sous la main, non.

— Ni dans la maison ? insista Jessie, incrédule.

— Ce n'est pas le genre de la famille.

À présent, Dee Sloane luttait pour retrouver son sang-froid.

— Nous en trouverons bien une quelque part, sourit Jessie. Ne vous en faites pas.

— Pourquoi voulez-vous une photo ? s'enquit

Dee Sloane d'une voix qui grimpait dans les aigus, presque stridente.

Jessie haussa les épaules, sans se départir de son sourire.

— Dans une enquête comme celle-ci, vous comprenez que nous ne pouvons écarter aucune piste.

Dee Sloane ne répondit pas, mais ses yeux dardèrent des regards nerveux d'un inspecteur à l'autre, puis dans toute la pièce. *Elle ne sait plus sur quel pied danser*, constata Jessie. *Parfait. C'est exactement ce que je veux.*

— Savez-vous que Stuart Sloane est sorti de prison hier ?

Les pupilles de Dee Sloane demeurèrent rivées droit devant elle. Jessie étudia son expression, son regard. Elle paraissait passer en revue les différentes réponses possibles afin de choisir celle qui conviendrait le mieux.

— Je… Nous… Nous l'avons entendu dire. Mais personne ne nous en a informés officiellement.

Elle se pencha en avant, passant soudain à l'offensive.

— On aurait pu nous prévenir. C'est tout de même la moindre des politesses.

Jessie haussa les épaules.

— Je suis navrée, mademoiselle Sloane. Mais si nous faisions le tour de la région pour informer chaque victime de la libération de son agresseur, il ne nous resterait pas beaucoup de temps pour faire autre chose.

— Il n'empêche, nous aurions dû être informés. Étant donné la gravité des faits.

— Vous avez sans doute raison.

Jessie fronça les sourcils, s'inclinant en avant.

— Comment le prenez-vous ? demanda-t-elle d'une voix légère, teintée d'une curiosité sincère.

— Comment je prends quoi ?

— La libération de Stuart Sloane. Vous n'avez pas peur qu'il s'attaque encore à vous ? Qu'il essaie de terminer ce qu'il n'a pas pu achever ?

Dee Sloane sembla sur le point de laisser échapper quelque chose, mais, se ravisant, elle s'accorda quelques secondes de réflexion.

— Non. Nous ne savons même pas où il se trouve à l'heure qu'il est.

— Oh, je suis sûre que vous pourriez le découvrir si vous le vouliez.

— Qu'entendez-vous par là ?

— Simplement qu'une famille aussi fortunée et influente que la vôtre pourrait facilement le retrouver. Si elle le voulait, bien sûr.

— Je pense qu'il est temps que vous partiez.

Jessie ne prêta pas plus attention à sa requête que quelques minutes auparavant.

— Pensez-vous que Stuart Sloane aurait pu connaître Jeff Hibbert ?

— Je… ne sais pas. Probablement pas.

— Pensez-vous que Stuart Sloane aurait pu tuer Jeff Hibbert ?

— Je ne crois pas, non. Je ne sais pas.

Elle se leva.

— Maintenant, je vous demande de partir. Si vous avez d'autres questions à poser ou d'autres accusations à porter, je vous conseille de vous adresser directement à mon avocat.

Jessie fronça les sourcils, adoptant son ton le plus empreint de sagesse.

— Des accusations, mademoiselle Sloane ? Vous avons-nous accusée de quoi que ce soit ?

Dee Sloane pointa son doigt sur la porte.

— Je… Je… Veuillez partir, s'il vous plaît. Maintenant.

Jessie et Deepak se levèrent et se dirigèrent vers la porte. Sur le seuil, Jessie se retourna.

— Oh, juste une dernière chose. Connaissez-vous une femme du nom de Marina Esposito, vous ou votre frère ?

Dee Sloane parut interloquée.

— Non, je n'ai jamais entendu ce nom.

Jessie et Deepak furent reconduits jusqu'à la porte d'entrée. Ils attendirent d'avoir franchi le portail pour parler.

— Un interrogatoire mené avec brio, madame.

— Merci, Deepak. Quand je vous dis d'observer et d'en prendre de la graine.

— Quel mordant ! Vous allez finir par le décrocher, votre job de chroniqueuse d'émission-vérité !

— Merci, espèce de bêcheur !

Mais Deepak n'en avait pas terminé avec elle.

— « Juste une dernière chose » ? Columbo, sors de ce corps !

Elle sourit.

— Ça fonctionne à tous les coups pour lui.

Ils continuèrent leur marche jusqu'à leur véhicule.

— Alors, vous en pensez quoi ? l'interrogea Jessie. Vos impressions ?

Deepak fronça les sourcils.

— Cette femme ne m'inspire rien qui vaille, mais je serais incapable de vous dire pourquoi. Il y a… un je-ne-sais-quoi qui ne me plaît pas chez elle.

— C'est bizarre, j'ai ressenti la même chose. Un truc chimique, sans doute.

— À moins qu'elle n'ait quelque chose à se reprocher.

— Possible.

Juste avant de monter en voiture, Deepak s'adressa à Jessie par-dessus le toit.

— La dernière question, celle au sujet de Marina Esposito…

— Oui ?

— C'est la seule à laquelle elle n'a pas répondu par un mensonge.

Jessie sourit.

— Exactement ce que je pensais.

65

Eileen Brennan contemplait le visage de son fils. On lui avait ôté le sparadrap des paupières. C'était déjà quelque chose. Un geste porteur d'espoir.

Elle serrait de nouveau sa main entre les siennes, effrayée de se la voir enlever. Et elle parlait, parlait sans interruption. Elle lui confiait tout ce qu'elle n'avait pu lui dire auparavant, tout ce qu'elle avait gardé pour elle, décidé de ne pas partager parce qu'elle pensait avoir le temps plus tard, à un meilleur moment. Mais les événements des derniers jours avaient changé sa vision des choses.

— Et… Et si je te raconte tout cela, c'est parce que…

Un soupir.

— Parce que je dois le faire, avant qu'il soit trop tard. Il y a certaines choses que je voulais dire à Don, que j'aurais dû lui dire…

Elle partit à la dérive, les yeux embués de larmes.

— Et maintenant… Maintenant, il est trop tard…

Un autre soupir.

— Alors il n'y a pas de meilleur moment. Il n'y a pas le temps. Il y a seulement l'instant.

Elle poursuivit, ses mains toujours agrippées à celle de Phil. Elle lui parla de son mari. Son père. Don.

— Je l'ai rencontré par hasard, tu sais. Et il ne m'a pas plu. Pas au début. Je n'aimais pas beaucoup les policiers, tu comprends. J'étais assistante sociale à l'époque, et très engagée dans la politique. Militante, comme on dirait sûrement de nos jours. Pour nous, les policiers étaient l'ennemi. C'était le cas, parfois, mais pas toujours. Et pas pour tous. Je l'ai cru de Don au début. Il fallait le voir ! Fier comme un coq, un peu cow-boy sur les bords, toujours à faire son important.

Elle rit, le regard perdu.

— C'était juste pour m'impressionner, il me l'a avoué des années plus tard. Il croyait que c'était le genre d'attitude qui me ferait craquer. Comme il me connaissait mal !

Elle se laissa entraîner vers le passé, s'égarant dans ses souvenirs avant de revenir au présent.

— Il s'obstinait à vouloir m'inviter à dîner. J'ai fini par accepter, juste pour avoir la paix. Et j'ai découvert un homme différent. De celui que je connaissais, de celui qu'il montrait aux autres, aussi. Plus tendre, plus doux. Il m'a parlé de son travail, de ce qu'il avait vu, des familles à problèmes auxquelles il avait eu affaire, des choses qu'il aurait voulu changer, pour construire un monde meilleur. Et cet homme-là m'a plu…

Elle sourit à ce souvenir. S'y accrocha pour fuir le présent.

— Et puis nous…

Les paupières de Phil palpitèrent, mais Eileen ne s'aperçut de rien.

— Nous avons commencé à nous fréquenter. Et alors j'ai su. J'ai su que c'était lui. Que c'était le bon.

Les yeux de Phil remuèrent encore. Oscillèrent sous ses paupières.

Cette fois, Eileen le vit.

— Non ! Non !

Elle chercha une infirmière du regard. Non, pas une crise. Pas une attaque. Elle ne le supporterait pas.

Le mouvement se propagea au reste du corps de Phil. Ses épaules se soulevèrent, puis s'affaissèrent aussitôt, comme s'il n'avait pas la force de se mouvoir tout à fait.

— Phil...

Eileen s'agrippa à sa main, désemparée.

— Non, ne pars pas ! Ne pars pas, j'ai encore tant de choses à te dire.

Les yeux de Phil s'ouvrirent.

Eileen le dévisagea.

— Phil ?

Elle vit sa pupille s'ajuster, puis ses paupières cligner dans la lumière de la pièce, avant de se refermer.

— Phil ?

Il rouvrit les yeux. Lentement, cette fois. Prudemment.

— Phil ?

Il l'aperçut. Sourit.

— Phil !

Des larmes inondèrent les yeux d'Eileen, roulant sur ses joues. Une infirmière qui se trouvait à proximité accourut dans la pièce.

Mais Eileen ne la remarqua même pas.

Elle avait retrouvé son fils.

66

— Je croyais que tu pouvais t'en charger. C'est bien ce que tu m'as dit, non ?

Assise sur le canapé dans la plus grande immobilité, Dee regardait Michael arpenter la pièce devant elle. Et ne le quittait pas des yeux.

— « Ce ne sont que des flics », tu disais. « Pas de quoi s'inquiéter, je vais les mener par le bout du nez. »

Il marqua une pause avant de conclure avec emphase :

— Rien du tout, oui ! Ils se sont montrés plus habiles que toi. Je t'avais prévenue de ne rien dire, de laisser Nickoll s'en occuper, régler l'affaire à notre place. Mais non ! Tu sais toujours tout mieux que tout le monde. Voilà où ça nous mène maintenant !

Elle le regarda s'éloigner, ses prunelles pareilles à des rayons laser qui le traversaient, le retenaient.

— J'essayais juste d'arranger ton merdier, Michael. *Ton* merdier. Celui dans lequel tu nous as *délibérément* mis.

Il fit volte-face pour la considérer, se dressant de toute sa hauteur devant elle. N'importe qui se serait senti intimidé et aurait retiré ses accusations. Mais

Dee n'était pas n'importe qui. Elle soutint son regard sans ciller.

— C'est ton merdier ! C'est toi qui as abandonné la voiture devant le cottage ! Toi qui as laissé les flammes la détruire !

— Justement, oui. Je n'avais pas le temps de la bouger, c'était la meilleure solution. Alors oui, je l'ai laissée brûler.

— Pas assez ! Ils ont réussi à remonter notre piste. Si ça se trouve, ils vont même retrouver ton ADN à l'intérieur.

Michael haussa les épaules, s'essayant sans grand succès à la nonchalance.

— La belle affaire ! Évidemment qu'il y a mon ADN à l'intérieur, c'est ma voiture. Il y a sûrement le tien, aussi.

Il se tut un instant, avant de reprendre d'une voix plus légère :

— Nickoll va les neutraliser. Avec tout ce qu'on paie ce gros lard, il peut bien bosser un peu, pour une fois. Il va s'arranger pour qu'ils nous foutent la paix.

Braquant les yeux sur elle, il ajouta :

— C'est ce qu'on aurait dû faire depuis le début.

Dee ignora sa remarque, mais elle ne le lâcha pas du regard.

— Et ton faux nom ? Ta fausse adresse ? Stuart Milton ? Chez Hibbert ? Tu n'avais qu'à leur dessiner un plan pour arriver jusqu'ici tant que tu y étais !

Ses yeux froids le fixaient sans cligner.

— Ils vont remonter jusqu'à toi, Michael. Ils vont débarquer ici pour te passer les menottes. Dis-moi ce que tu feras alors ?

Il ouvrit la bouche, prêt à riposter. Mais il la referma

aussitôt, ravalant sa réplique. Il s'assit sur le canapé face à elle et se pencha en avant, les mains jointes.

— Tu sais ce que tu es, Michael ?

— Je t'en prie, dis-le-moi, Dee.

— Un homme pourri-gâté. Tu es comme ces stars qui ont tout ce qu'on peut désirer au monde mais qui ne sont jamais satisfaites. Tu as tout, mais tu trouves ça trop facile. Tu t'ennuies dans ta belle vie. Alors il a fallu que tu sabotes tout.

Il se passa la main dans les cheveux avec un soupir.

— Mais ne compte pas sur moi pour t'accompagner dans ta déchéance de star, Michael. Coule si tu veux, tu ne m'emporteras pas dans ton naufrage. Je reviens de trop loin, j'ai consenti trop de sacrifices pour ça.

Il poussa un autre soupir, laissant retomber ses mains.

— Écoute, dit-il d'une voix qui vibrait d'un désir de réconciliation. Nous devrions nous serrer les coudes, pas nous battre. Il existe une solution, j'en suis certain.

Comme Dee ne répondait rien, il ajouta :

— J'ai parlé à certains de nos contacts au sein de la police. Je les ai cuisinés sur cet inspecteur-chef James. Ils m'ont tous assuré que nous pouvions dormir sur nos deux oreilles.

— Vraiment ?

— Vraiment. C'est une alcoolo. Elle ne sait pas ce qu'elle fait, elle est incompétente.

— Elle ne m'a pas paru si incompétente que ça il y a quelques heures.

— C'est de son acolyte qu'il faut se méfier. C'est lui, le cerveau.

Michael appuya sa tête contre le canapé, plongé dans ses réflexions.

— Et lui ne m'a pas vu.

— Et alors ?

— Alors c'est la seule à pouvoir donner une description physique de moi, ou plutôt du témoin qu'elle a interrogé. Cette histoire peut s'arranger. Ce n'est pas un obstacle insurmontable.

Les pupilles rivées droit devant elle, Dee était présente dans la pièce sans y être. Elle cogitait, complotait, combinait. Cela faisait des années qu'elle fonctionnait ainsi et elle finissait toujours par trouver une échappatoire ou une solution. Toujours. Depuis que…

Ses yeux se focalisèrent de nouveau. Elle porta sur Michael un regard calme et posé.

— Elle doit disparaître.

Michael sourcilla.

— Quoi ?

— Elle doit disparaître.

— J'ai compris, mais… C'est un membre des forces de police, on ne peut pas se débarrasser d'elle comme ça.

— Et pourquoi pas ? s'enquit Dee d'une voix légère et désinvolte, comme si la conversation tournait autour de l'acquisition d'un objet décoratif ou du projet de repeindre la pièce. On l'a bien fait avec Hibbert. Avec beaucoup d'intelligence et de prudence, même. Personne ne pourra remonter jusqu'à nous.

— D'accord, mais… Elle fait partie de la police, elle est intouchable.

— Pas du tout, il suffit de s'y prendre autrement. Il nous faut simplement une méthode plus élaborée et discrète que pour Hibbert. Nous serons obligés de nous passer du Golem, cette fois. La subtilité sera de mise.

— Mais…

— Il n'y a pas le choix.

Michael ne répondit rien, se contentant de glisser sa main dans ses cheveux.

Dee se leva et traversa la pièce pour se poster devant lui. Il leva les yeux vers elle.

— Il faut limiter la casse, dit-elle. Nous n'avons pas le choix.

— Mais…

— Si tu ne veux pas t'en occuper, je le ferai, moi.

Il la dévisagea en silence.

— Je pencherais plutôt pour un accident. Mieux, une disparition. On pourrait s'en occuper ensemble, cette fois.

Elle grimpa à califourchon sur lui.

— Ça te plairait ? Nous salir les mains ensemble. Toi et moi.

Il sentit son érection se déclencher à l'instant où le corps de Dee se posa sur le sien. Elle lui faisait toujours cet effet. Toujours.

Et il adorait.

— Tout est déjà en place pour Helen Hibbert, alors une de plus ou de moins ! Faisons d'une pierre deux coups.

Elle ouvrit la fermeture Éclair de son haut de velours, qu'elle retira sous le regard brûlant de Michael. Puis elle souleva son tee-shirt et le passa par-dessus sa tête. Sans le quitter des yeux, elle glissa ensuite les mains derrière son dos pour dégrafer son soutien-gorge. Le laissa tomber sur le sol.

— Je le ferai sans toi.

Il déglutit, la gorge serrée.

— Non, je… Je le ferai… avec toi.

Elle sourit.

— D'accord.

Elle brandit la main vers l'arrière, puis la relâcha, le giflant avec force.

Il la contemplait, des explosions de douleur dans tout le corps, le sexe tendu, comprimé dans son pantalon.

— Tu es avec moi ? lui demanda-t-elle, le souffle lourd.

— Oui. Oui.

— Bien.

Elle le frappa de nouveau. Plus fort, cette fois.

Et il ne l'en aima que davantage.

67

Tyrell ne quittait pas des yeux le pistolet. Du métal mat, massif. Il savait reconnaître un automatique quand il en voyait un. Il scrutait le canon, ce petit trou rond et noir qui pouvait lui ôter la vie à tout moment. À la fois captivé et révulsé.

Tyrell avait horreur des armes à feu. Depuis toujours. Mais il connaissait aussi leur pouvoir de fascination.

Il serrait Josephina contre lui, collée contre sa jambe. Alors qu'il considérait la femme face à lui, une pensée le traversa.

— Je connais pas ton nom.

Elle fronça les sourcils, décontenancée. Tyrell se tut, attendant un mot ou un geste de sa part.

— Amy.

— C'est ton vrai nom ?

— Quelle importance ?

— T'as dit que je te connaissais, mais je connais pas d'Amy.

— Non, en effet.

Elle regarda Tyrell droit dans les yeux, ignorant Josephina.

— Bon, on est dans le pétrin. Un sérieux pétrin. Et le seul moyen de s'en sortir, le seul moyen d'obtenir ce qu'on veut, c'est de rester calme. Compris ?

Tyrell écouta en silence.

— Ce n'est pas d'aller voir la police, ni de faire quoi que ce soit qui y ressemble. Compris, Tyrell ?

Comme Tyrell ne répondait pas, Amy braqua le pistolet sur Josephina, flanquant le canon sur son visage. La fillette se tapit contre la jambe de Tyrell avec un cri. Il resserra son étreinte.

— Je t'ai posé une question.

— Oui.

Il n'était pas certain d'avoir compris ce que la femme racontait, mais il s'imaginait que c'était la réponse qu'elle souhaitait entendre.

— Bon, je préfère. Obéis-moi et tout ira bien pour toi. Et pour la petite aussi.

Josephina s'agrippait plus fort. De nouveau, il contempla le canon de l'arme. Et sut ce qui s'imposait. Il ne pourrait plus se regarder en face s'il ne faisait pas ce qu'il fallait.

— Non.

Amy le dévisagea. Ses yeux se plissèrent. Son regard s'assombrit.

— Quoi ?

— J'ai dit non. Je vais pas t'obéir.

Il baissa les yeux sur Josephina.

— On va pas t'obéir.

Elle s'avança, l'arme braquée sur lui. Ses doigts se recroquevillèrent sur la détente.

Tyrell recula, emmenant Josephina. Si seulement il avait éprouvé l'assurance qu'il tentait d'afficher.

— Laisse partir Josephina. Laisse-la rentrer chez elle.

— On a encore besoin de sa mère.

— Non. J'ai réfléchi. Relâche-la.

— Pas encore. On a besoin d'elle.

La respiration d'Amy devenait rauque. Sa voix s'éraillait, vibrante de fureur.

— Laisse tomber, insista Tyrell. Laisse tomber tout ça. Laisse partir Josephina. Je dirai que t'as rien fait de mal, que c'était pas exprès, que c'était un accident. Un… Un… malentendu.

— Et toi ? s'enquit-elle d'une voix grave, d'un calme inquiétant. Que feras-tu ?

— Moi, je retournerai en prison. Je le sais. Je suis prêt. Ça m'est égal. En fait, je préfère.

Amy s'approcha brusquement. Elle était si vive que Tyrell ne la voyait jamais venir. Josephina lâcha sa jambe avec un cri et s'enfuit. Amy lui planta le pistolet en plein visage. Le métal froid lui mordit la peau, cognant douloureusement contre ses dents lorsqu'elle l'enfonça dans sa joue.

Il croisa son regard. Y vit de la folie.

De la folie, et autre chose…

Ces yeux, il les avait déjà vus.

Malgré le canon fiché dans sa joue, il articula :

— Il n'est pas toujours aisé de reconnaître ses amis, docteur.

Amy s'écarta de lui pour le fixer avec des yeux écarquillés, comme si elle avait vu un fantôme.

— Quoi ? Qu'est-ce que tu as dit ?

— Il n'est pas toujours aisé de reconnaître ses amis, docteur.

— Pourquoi tu dis ça ? Pourquoi ?

Elle agita le pistolet sous son nez. Il crut d'abord qu'elle essayait de le viser, mais sa main tremblait trop. Le coup risquait de partir à tout moment, de blesser Josephina. Inquiet pour la fillette, il la chercha du regard. Mais ne la trouva pas.

— Pourquoi ?

Amy hurlait presque à présent.

— C'est… C'est le monsieur qui est mort, Jiminy Cricket. C'est ce qu'il m'a dit quand il est venu me chercher en voiture. Je crois que ça voulait dire quelque chose dans sa tête. Il a dit d'autres choses qui y ressemblaient.

Ces mots semblèrent apaiser Amy. Elle abaissa légèrement la main qui tenait l'arme, comme soudain prise de fatigue.

— D'accord, je vois.

— Ça veut dire quoi ? C'est important ?

— C'est quelque chose… quelque chose qu'il disait toujours. Graham adorait les répliques de films.

— C'est qui Graham ?

— Jiminy Cricket. Qui veux-tu que ce soit ?

— Oh !

Tyrell médita sur ce nom. Il préférait Jiminy Cricket.

— Il citait toujours des répliques de vieux films ou de séries télé. Celle-ci, c'est une réplique du *Dr Who*. Le docteur rencontre un personnage qu'il a connu dans une autre dimension temporelle, quelqu'un avec qui il a grandi, et il ne le reconnaît pas.

Elle lui jeta un bref regard, puis détourna les yeux.

— Voilà, il n'y a rien à ajouter.

Tyrell la dévisagea en silence. Il réfléchissait à ses paroles. À ses yeux.

Des yeux qu'il avait déjà vus.

Dans une autre dimension temporelle.

Repensant à Josephina, il parcourut du regard les environs. Elle s'était tapie derrière un arbre. Il grimaça un sourire qu'elle ne lui retourna pas. Il ne pouvait pas lui en vouloir.

Lorsqu'il se retourna vers Amy, elle tenait un objet dans son autre main.

— Qu… Qu'est-ce que tu fabriques ?

Elle porta le téléphone à son oreille, son visage abîmé et rapiécé pétri de résignation. Elle paraissait au bout du rouleau.

— J'appelle la mère de la môme, soupira-t-elle. Qu'on en finisse une bonne fois pour toutes.

68

— Je ne sais pas, dit Marina. Je ne sais plus rien.

Le canapé-lit était replié et Sandro assis face à elle dans sa tenue de sport. Il lui avait préparé un mug de café instantané. Marina avait horreur de l'instantané, elle n'en buvait jamais, mais elle avait remercié son frère et accepté la tasse de bon gré. Celle-ci reposait à présent sur le sol, à moitié bue et délaissée.

— Tu sais pas quoi ?

Sandro, lui, avait troqué le café pour une boisson énergisante. Après avoir vidé les dernières gouttes de sa canette, il la broya et l'envoya dans la poubelle déjà pleine à craquer de la kitchenette. La canette tomba par terre dans un fracas métallique, ce qui ne sembla pas le déranger outre mesure.

— Y a de quoi mettre la tête de n'importe qui en vrac.

— Peut-être, mais je suis… plus forte que ça, d'habitude. Je suis bien obligée.

Elle releva la tête pour le regarder droit dans les yeux.

— Tu sais, j'ai fait des choses, vécu des choses… Tu ne le croirais pas.

— Quoi par exemple ?

Elle sourit presque.

— Je te raconterai un jour.

Sandro haussa les épaules.

— Raconte-moi maintenant.

Marina assortit son semblant de sourire d'un semblant de rire.

— Je croyais que le pire qui puisse m'arriver, c'était qu'un patient soit pris de l'envie de me tuer. Mais c'était avant qu'un psychopathe m'enlève pendant ma grossesse et m'enferme dans un souterrain dans l'idée de fonder une famille avec moi.

— Merde alors !

— Tu l'as dit. Avant de s'en prendre à moi, il a plongé mon ancien compagnon dans le coma en lui éclatant le crâne à coups de marteau.

Sandro buvait ses paroles en silence.

— Et puis, plus tard, j'ai voulu sauver un enfant enchaîné de la folie d'un homme qui voulait le sacrifier. Avec des outils de jardinage spécialement aiguisés.

Sandro la considéra bouche bée.

— Et j'ai failli finir tuée par un ripou.

— Ah ! Ça, je veux bien le croire !

Elle soupira.

— Mais, maintenant, je me sens juste… Je ne sais pas… Faible ? Impuissante ? Je ne sais pas…

Elle soupira encore. Du coin de l'œil, elle s'aperçut que Sandro l'observait. Elle releva la tête.

— Quoi ?

— Je savais pas tout ça.

Il secoua la tête, s'efforçant de digérer ses révélations.

— Je savais pas que tu faisais… que t'avais fait… des trucs comme ça.

Elle le regarda droit dans les yeux.

— Comment aurais-tu voulu le savoir ? Tu ne sais rien de ma vie.

— Je croyais juste que… Enfin, tu sais… Je croyais que tu faisais tes heures, que tu mettais un peu d'ordre dans les idées des gens, encaissais des gros chèques et…

— Passais mes soirées dans des bars à champagne l'esprit léger ?

— J'aurais plutôt dit au théâtre ou dans des restos chics. Mais, grosso modo, ouais.

Elle s'autorisa un nouveau sourire en demi-teinte. Nostalgique, celui-ci. De ceux avec lesquels on caresse un précieux souvenir ou un joli rêve.

— Si seulement c'était ça ! Mais quand on me demande d'intervenir dans une enquête, en particulier celles sur lesquelles travaille Phil, les crimes graves, c'est toujours difficile.

— Et après tout ce que tu as vécu, tu te sens faible ? Pourquoi ?

Elle se tourna vers lui. Toute velléité de sourire avait quitté son visage.

— Parce qu'on s'en est pris à mon mari. À ma fille. Que je ne les reverrai peut-être jamais. Que j'ai tout perdu…

Elle se leva.

— Non, ça ne me ressemble pas ! Pas du tout !

La colère enflait en elle. Elle se sentait envahie par une rage impuissante, qu'elle échouait à canaliser.

— T'es comme papa, observa Sandro.

Marina tourbillonna sur elle-même avec hargne.

— Non, je ne suis pas comme papa ! Ne dis jamais ça !

Sa véhémence dérouta Sandro.

— Calmos ! Je disais juste que t'avais hérité de sa combativité, c'est tout.

Elle se planta devant lui.

— Tu peux garder tes calmos ! Je ne suis pas comme papa ! La plus forte à la maison, c'était maman.

Sandro fronça les sourcils.

— M'man ? Elle faisait rien, m'man, à part se laisser cogner dessus. J'appelle pas ça être forte, moi. M'man était faible.

— Elle n'était pas faible, Sandro. Elle faisait son devoir de mère. Elle protégeait ses enfants.

Il ne parut pas convaincu.

— En se faisant tabasser ?

— En encaissant les coups qui nous étaient destinés. De son mieux. Elle préférait qu'il la tabasse elle plutôt que nous. Je ne prétends pas que c'est la meilleure façon d'agir, mais c'était sa manière à elle de lui tenir tête. Elle subissait tout ça, elle endurait les horreurs qu'il lui infligeait. C'était ça, sa force.

Sandro médita sur ses paroles en silence.

— Ouais, déclara-t-il au bout d'un moment. Je comprends ce que tu veux dire.

— Tu comprendrais si tu avais des enfants. Tu as des enfants, Sandro ?

Il parut troublé par la question.

— Euh… Pas que je sache.

— Eh bien, si tu en avais, tu comprendrais. Crois-moi.

Il ne répondit rien. Au lieu de cela, il se leva pour

aller chercher une autre canette de boisson énergisante à la cuisine et la décapsula.

— Tu bois beaucoup de ces machins, remarqua Marina.

— J'ai besoin d'énergie, j'ai un combat ce soir.

Ce fut au tour de Marina de froncer les sourcils.

— Un combat ?

— Ouais. C'est comme ça que je gagne ma croûte, entre autres trucs.

— Quel genre de combat ?

Il fuit son regard.

— À mains nues.

— Quoi ?

— Oh, commence pas, tu veux ! J'ai fait connaissance avec des Travellers. Tu sais, les nomades irlandais. C'est un truc qu'ils font. Ça fait partie de leur culture, tu sais.

— Ça fait partie de leur culture ? Dis plutôt que c'est toute leur culture. Sandro, ils sont conditionnés pour se battre. Ils font ça depuis qu'ils sont nés.

Il ancra ses prunelles dans les siennes.

— Et pas moi, peut-être ?

Marina ne trouva rien à répliquer. Elle détourna les yeux.

— Je me suis toujours bien débrouillé avec mes poings. J'ai trouvé un moyen de me faire un peu de blé comme ça, c'est tout.

— Et d'écoper de graves blessures au passage.

— Je n'ai jamais rien eu de grave.

— Pas encore.

Il ne répondit pas.

— Qu'est-ce que… Comment tu es tombé là-dedans ?

Il haussa les épaules, s'efforçant de lui fournir une explication aussi superficielle et sommaire que possible.

— J'ai échangé quelques coups pour rigoler avec eux. Deux, trois matchs.

Il esquissa un autre haussement d'épaules, comme s'il portait un objet lourd et gênant sur le dos.

— C'est des potes. Des bons potes. C'est comme ça qu'ils règlent leurs différends.

— Mais tu fais ça… je ne sais pas… en tant que professionnel ?

— Tu sais comment c'est. Quand des balèzes se foutent sur la gueule et qu'il y a un gagnant et un perdant, y a du pognon à se faire. Sans même m'en apercevoir, je me suis retrouvé sur le ring.

Elle promena son regard sur la pièce.

— J'imagine que tu n'en as pas beaucoup vu la couleur, de cet argent.

Les yeux de Sandro se firent de nouveau fuyants. Il se frotta le visage d'une main.

— Ouais, bon, c'est la vie. Tout le monde peut pas aller à l'université.

— Qu'est-ce que tu sous-entends ?

— Que les autres s'en sortent comme ils peuvent, c'est tout.

Marina fouilla son visage.

— Sandro, tu as des ennuis ?

Il lâcha un rire amer.

— J'ai toujours des ennuis… à t'écouter.

— Tu as des dettes, c'est ça ?

Il ne semblait pas disposé à répondre à cette question, mais les mots franchirent ses lèvres malgré lui.

— Un peu. Mais y a un combat ce soir.

Il but une gorgée de boisson énergisante, avant d'expliquer :

— C'est pour ça que je bois ces machins. Si je gagne, ce sera toujours ça de moins sur mon ardoise.

— Oh, Sandro…

Ses traits se durcirent.

— J'veux pas de ta pitié, Marina ! Je te l'ai dit, on a pas tous eu ta chance.

— Pardon, je ne voulais pas…

— Je t'ai dit que j'allais t'aider, alors je vais t'aider. Mais je dois combattre avant.

Marina n'eut pas l'occasion de lui répondre.

Love Will Tear Us Apart.

Elle s'empara de son sac et, d'un geste brusque, en extirpa l'appareil pour le plaquer contre son oreille.

Une voix de femme se fit entendre.

— Écoutez-moi…

69

Mickey et Anni avaient débouché sur une impasse.

— Et personne ne l'a plus aperçue depuis ? s'enquit Anni.

Mickey se tourna vers elle.

— Non. Après ça, elle a… disparu dans la nature.

Sur instruction de l'inspecteur divisionnaire Franks, ils s'étaient de nouveau lancés sur les traces de Marina. Au vu de leurs découvertes dans la maison de Jaywick, Mickey pensait qu'il conserverait la direction de l'enquête sur le meurtre de Graham Watts. Mais Franks ne voyait pas les choses du même œil.

— Je veux que vous continuiez à chercher Marina, tous les deux, avait-il déclaré au téléphone après qu'ils avaient déduit, de l'appel d'Anni, que Josephina avait été retenue prisonnière à Jaywick. Les Oiseaux peuvent gérer cette enquête. Pour ce qui est de la petite, ils travailleront en étroite collaboration avec la police du Suffolk. Ce sera une opération conjointe. Mais vous, je veux que vous tentiez de retrouver Marina. Avec un peu de chance, en retrouvant l'une, nous retrouverons l'autre, et les responsables avec.

Mickey avait bien tenté de discuter, argumentant qu'il était peu indiqué d'enquêter sur un membre du même service, et même interdit par le règlement interne.

— Mais vous n'enquêtez pas, avait rétorqué Franks. Vous la recherchez. Retrouvez-la et vous résoudrez peut-être toute l'enquête, je vous l'accorde, mais pour l'instant vous n'êtes que deux agents à la recherche d'une personne disparue. Et, par le plus grand des hasards, il se trouve que c'est aussi l'une de vos connaissances. Ce qui devrait justement vous faciliter la tâche.

Mickey devait admettre que, vu sous cet angle, le raisonnement présentait une certaine logique.

Anni l'avait donc rejoint à Jaywick et tous deux avaient pris le véhicule de Mickey pour suivre la piste de Marina. Aux dernières nouvelles, une petite voiture jaune avait été aperçue sur la route de Clacton, au niveau d'un ensemble immobilier privé qui, selon toute vraisemblance, donnait sur une impasse au sommet d'une falaise surplombant la mer du Nord.

Debout face à l'horizon, dans le ronflement des vagues qui déferlaient sous ses pieds, Mickey sentait l'air froid l'envelopper.

Et autre chose, aussi. Le bras d'Anni qui se glissait autour de sa taille. Sa main qui lui caressait les côtes.

Elle se tenait juste à côté de lui.

— Ça va ?

Il fixa la mer entre les habitations.

— Oui. J'essaie juste… d'imaginer où elle aurait pu aller.

Anni resserra son étreinte.

— Je ne parlais pas de ça.

Il la contempla, les yeux dans les yeux. Elle était belle à tomber. Il se détourna en se demandant à quoi elle pensait. Elle ne bougea pas.

— J'ai beaucoup aimé cette nuit.

Sa voix paraissait si faible, si chaude dans le vent froid. Il pivota de nouveau vers elle, un sourire sur les lèvres.

— Moi aussi.

Il éclata de rire.

— Qu'y a-t-il ? lui demanda-t-elle, inquiète.

— C'est juste que… Non, rien.

— Non, ce n'est pas rien. Qu'y a-t-il ?

— Oh, c'est n'importe quoi. J'avais juste peur d'avoir tout gâché. C'est tout.

— Et pourquoi tu aurais tout gâché ?

— Parce que j'ai cette tendance, de tout foutre en l'air. Chaque fois que je veux que les choses se passent bien, que je rencontre quelqu'un de spécial… Bref, tu vois ce que je veux dire…

— Tu n'as pas tout foutu en l'air, tu peux me croire, le rassura-t-elle en se serrant contre lui.

— Tant mieux.

Elle lui adressa un sourire, qui ouvrit la voie à un rire.

— Alors je suis spéciale ?

Il rougit.

— Ce n'est pas ce que je voulais dire.

— Pas spéciale dans le sens de zarbi, j'espère !

— Non, pas du tout !

Le téléphone de Mickey sonna. Milhouse.

— Alors comme ça vous travaillez aujourd'hui ? observa Mickey.

— On fait tous des heures sup' sur cette enquête.

— La justice ne dort jamais. Qu'est-ce que je peux faire ?

— J'ai du nouveau, je vous envoie tout ça par e-mail. On a identifié la victime. Un certain Graham Watts.

— C'est le propriétaire de la voiture qui se trouvait sur les lieux. On en sait plus sur lui ?

— Il travaillait pour la famille Sloane.

— Ce nom me dit quelque chose.

— Et pour cause. Stuart Sloane, condamné pour avoir abattu sa famille au fusil sur un coup de folie. Il est sorti de prison hier et on ne l'a plus revu depuis. Graham Watts travaillait pour les Sloane. Apparemment, ses employeurs et lui ne se sont pas quittés en très bons termes.

— Vous croyez qu'il y a un lien ?

— L'univers ne croit pas aux coïncidences, répondit l'expert informatique. Et moi non plus. Mais je ne fais que transmettre l'information. À vous de voir ce que vous en faites.

— Je ferai de mon mieux.

— Vous devriez avoir reçu l'e-mail maintenant. Bonne chasse à l'homme !

Mickey raccrocha.

— Milhouse ? demanda Anni.

— Je t'expliquerai en chemin.

Ils tournèrent les talons pour rejoindre la voiture de Mickey. Le bras d'Anni toujours autour de sa taille.

Et son bras toujours autour de la sienne.

70

— Vous n'avez plus la même voix, observa Marina. Je ne parle plus à un robot.

Un silence s'installa à l'autre bout de la ligne.

— Et vous êtes une femme.

— Bravo !

La voix échoua à refléter la désinvolture que sa propriétaire voulait lui donner. Seule la lassitude y perçait.

Là où Marina se serait attendue à percevoir du sang-froid chez son interlocutrice, elle décela un vide. Qu'elle s'empressa de combler.

— Écoutez, les choses ont mal tourné pour vous.

— Ah oui ?

— Je me suis rendue à l'adresse que vous m'avez indiquée. J'ai vu l'homme mort.

Comme aucune réponse ne se faisait entendre, elle poursuivit :

— Pourquoi ne laissez-vous pas tomber ? Rendez-moi ma fille, qu'on en finisse. Les choses ont dégénéré, arrêtons tout tant qu'il est encore temps. Rendez-moi ma fille et on en reste là. D'accord ?

— Le hasard fait bien les choses. C'est justement ce que j'allais proposer.

Marina sentit son cœur se gonfler d'espérance à l'idée de voir son supplice s'achever. Elle s'interdit toutefois de céder à un enthousiasme démesuré.

— À une condition, ajouta la voix.

Le cœur de Marina se ratatina. Elle aurait dû s'en douter.

— Très bien, accepta-t-elle, le plus calmement possible. Je vous écoute.

Le silence se prolongea à l'autre bout de la ligne. Un instant, Marina crut que la femme avait raccroché. Qu'elle s'était envolée, emportant avec elle son dernier espoir de retrouver Josephina vivante. Mais elle reprit la parole. *Elle réfléchit*, songea-t-elle. *Elle élabore sa réponse.*

— Tu as encore quelque chose à faire. Tu dois faire le boulot quand même pour moi… pour nous.

Le cerveau de Marina se mit à tourner à plein régime. Elle tâcha de raisonner vite, de compartimenter ses instincts maternels afin de réagir en psychologue chevronnée plutôt qu'en mère désespérée. Les derniers mots de la femme recelaient une mine de non-dits. Marina devait les examiner, les disséquer afin de s'en servir contre son interlocutrice, d'en faire la clé qui lui permettrait d'accéder à son caractère, à ses motivations. Et de forcer cette femme à se révéler.

« Tu as encore quelque chose à faire. » *Elle attend encore de moi un bilan psychologique de Stuart Sloane*, pensa Marina. Elle se refusait à renoncer. Cependant le manque de conviction de ses propos trahissait la conscience d'une fin proche et une volonté de sauver sa mise. Elle cédait à la résignation, mais tentait encore d'éviter la déroute.

Cela ne signifie pas pour autant qu'elle se croit

vaincue, continua de raisonner Marina. *Juste qu'elle refuse l'échec. À n'importe quel prix ? Tout dépend de son état mental, je ne peux pas prédire ce dont elle est capable.*

« Pour moi… pour nous. » Elle s'était reprise, le premier pronom en révélait trop sur elle. *Elle est seule*, conclut Marina. *Son compagnon, qu'il soit seulement un complice ou davantage, n'est plus là.* Marina avait vu son cadavre. Pourtant, son interlocutrice voulait donner l'impression qu'elle n'agissait pas seule. Pour paraître plus forte ? Par nostalgie ?

« Tu dois faire le boulot quand même. » Marina se repassa ces mots dans son esprit. Une phrase a priori toute bête, mais qui, encore une fois, en disait long sur celle qui l'avait prononcée. Une formulation désordonnée, une structure grammaticale pauvre : autant d'éléments qui pointaient dans la direction d'un esprit déséquilibré.

Marina assembla ses diverses conclusions. Elle avait affaire à une femme dont la motivation s'érodait, mais qui désirait néanmoins voir ses plans aboutir. Une femme qui regrettait la présence de son complice. Une femme déjà instable, qui dérapait lentement, s'aventurait en terrain dangereux. Il y avait là de quoi apporter de l'eau à son moulin.

Elle prit sa voix compatissante de professionnelle.

— Écoutez, nous pouvons mettre fin à tout ça maintenant. Vous pouvez tout arrêter. Rendez-moi ma fille et nous serons quittes.

Un soupir. Puis seulement le silence.

— Je sais que c'est difficile pour vous. Très difficile. Surtout maintenant que vous êtes seule, après ce qui est arrivé à votre… compagnon. Ça a dû être terrible pour vous.

Pas de réponse. Hésitant sur la direction à donner à la conversation, elle se décida à poursuivre.

— Je sais ce que c'est que de perdre son compagnon. Vous avez l'impression qu'on vous a arraché un bout de votre cœur, un bout de vous. Et que… que vous avez été amputée d'une part de vous.

Elle s'efforça de parler d'une voix neutre, de ne pas penser à Phil.

Soudain, elle prit conscience de la présence de Sandro, qui, à côté d'elle, écoutait ses mots avec beaucoup d'attention.

— Mais vous avez aussi l'impression que vous devez continuer, parce que sinon… tout ça n'aura servi à rien.

Elle marqua une pause pour laisser ses paroles produire leur effet.

— C'est un moment difficile, reprit-elle. Atrocement difficile. Mais je peux vous aider. Si vous le souhaitez.

— Comment ?

Une voix morte, monocorde.

— C'est mon métier.

Dans le silence qui s'emparait de nouveau de la ligne, Marina distingua des babillages d'enfant.

— C'est Josephina ? Elle est là ?

— Oui, répondit la femme sur un ton que Marina ne parvint pas à décrypter.

— Passez-la-moi. Laissez-moi lui parler.

Le silence, encore.

— S'il vous plaît. Je suis sa mère. Si vous voulez que cette affaire se termine bien, que je vous aide, passez-la-moi.

Des bruits confus s'élevèrent à l'autre bout de la ligne. Des grattements, des mouvements. Puis une petite voix.

— Allô ?

Marina sentit ses dernières défenses se fissurer. Elle dut rassembler toutes ses forces pour ne pas s'effondrer.

— Allô, ma puce. C'est maman. Est-ce que ça va ?

— Maison… Maison…

— Oui, je vais venir te chercher bientôt, ma puce.

Elle refoula les larmes qui se formaient dans ses yeux.

— Très bientôt. Il n'y en a plus pour longtemps.

— Veux maman. Papa. Maison.

— Je sais, mon cœur. Est-ce que ça va ? Personne ne… ne t'a fait du mal ?

— Veux Lady.

Le cœur de Marina se brisa.

— Tu vas revoir Lady. Ne t'inquiète pas, elle est avec moi.

— Quand…

La petite voix se voila.

— Josie ? Josie ?

— Assez discuté !

La femme avait repris le combiné. Sa voix paraissait plus posée. Moins pénétrable.

— Tu sais qu'elle est toujours avec moi. Et tu sais ce qu'il te reste à faire pour la récupérer.

— Et je le ferai. Ensuite je repartirai avec ma fille et tout sera terminé. C'est entendu ?

— Oui.

Marina s'apprêtait à reprendre la parole quand Sandro tira sur sa manche. Son premier réflexe fut de l'ignorer, mais il persévéra. Elle se retourna. Il brandissait un papier sous son nez. Elle le saisit, observa son contenu.

— C'est là qu'a lieu le combat, lui chuchota-t-il. Ce soir. Donne-lui rendez-vous là.

Marina s'apprêtait à rejeter cette suggestion sans autre forme de procès quand elle se ravisa. Ce n'était pas une si mauvaise idée. Il y aurait beaucoup de monde. Au milieu d'une telle foule, la ravisseuse ne serait pas tentée de commettre une imprudence. Et Marina pourrait compter sur Sandro en renfort. Ce n'était pas ce qu'elle aurait rêvé de mieux, mais c'était tout ce qu'elle pouvait espérer.

— Donnons-nous rendez-vous ce soir, suggéra-t-elle de sa voix la plus ferme. Je connais un endroit.

— C'est moi qui choisis l'endroit.

— Vous êtes sûre ? Ça ne vous a pas vraiment réussi jusque-là. Non, c'est moi qui choisis. Il n'y aura pas la police, je vous le promets.

— Qu'est-ce qui me le garantit ?

— Attendez que je vous explique, vous comprendrez. Il y a un combat de boxe à mains nues ce soir.

Elle lut le papier que Sandro lui avait remis.

— C'est à Leeson's Farm, près de Manningtree, sur la route romaine. Je peux vous indiquer le chemin si vous voulez.

— Je trouverai.

— D'accord.

— C'est ta dernière chance, compris ? Essaie de me rouler, de t'écarter un tant soit peu du scénario et tu ne reverras plus jamais ta fille. Compris ?

— Compris. Une dernière chose…

De nouveau, une fureur folle s'emparait de Marina. Mais, cette fois, elle ne chercha pas à la maîtriser.

— Touchez un seul cheveu de ma fille, un seul, et je vous tue de mes propres mains. Et je ferai en sorte que votre agonie dure le plus longtemps possible.

Le téléphone se tut.

Marina se laissa retomber sur le canapé, vidée. Sandro vint s'asseoir à côté d'elle en souriant.

— Bien joué, frangine ! On va finir par faire de toi une vraie Esposito.

71

Tyrell observait Amy. Elle avait changé depuis qu'elle avait raccroché le téléphone. Et il ne savait pas si c'était pour le meilleur ou pour le pire.

À l'écart, elle fixait le sol, les bras ballants, le téléphone dans une main, le pistolet dans l'autre. Ses lèvres remuaient, formaient des mots pour quelqu'un qui n'était pas là. Sans cesser de parler, elle se mit à s'agiter, marchant çà et là à petits pas sans prêter la moindre attention à Tyrell et Josephina. Tyrell songea que c'était l'occasion ou jamais de se sauver. De s'enfuir avec Josephina. Laisser Amy aux pensées qui l'absorbaient. Serrant la fillette contre lui, il chercha un chemin du regard. La forêt s'étendait de toutes parts. Il lui suffisait de prendre Josephina dans ses bras et de foncer dans n'importe quelle direction. Amy était sans doute trop égarée dans sa tête pour le remarquer.

— Maman…

Josephina semblait de nouveau au bord des larmes. Il détestait la voir dans cet état.

— Oui, Josephina. Je vais t'emmener voir maman.

Il était prêt à fuir.

Mais quelque chose le retint. Il y avait un je-ne-sais-quoi qui le turlupinait chez Amy. Quand elle s'était approchée de lui, il lui avait semblé l'avoir déjà vue. Il ignorait dans quelles circonstances, mais il avait l'impression de l'avoir déjà croisée quelque part.

Ses yeux. C'étaient ses yeux.

Il les connaissait sans les reconnaître. Il n'aurait su expliquer pourquoi ni comment. C'étaient ses yeux, et autre chose aussi. Quand elle s'était énervée contre lui, quelques minutes plus tôt. Cela aussi, ça lui avait rappelé quelque chose.

Mais il n'arrivait pas à préciser ce souvenir. Il demeurait hors d'atteinte dans sa mémoire, lui glissant entre les doigts comme une volute de fumée chaque fois qu'il tentait de le saisir.

Il scruta longuement Amy. Essaya de croiser son regard. Mais elle baissait la tête.

C'était comme regarder un fantôme. Cela lui rappelait une bande dessinée qu'il lisait, enfant. Une B.D. américaine à laquelle il n'était pas supposé toucher parce qu'elle appartenait au garçon qu'il appelait son frère. Deadman, c'était le nom du personnage. Deadman avait le crâne chauve, le visage pâle, les yeux noirs, un costume d'acrobate rouge et un don que Tyrell trouvait fascinant : Deadman était mort, mais il possédait le pouvoir de faire vivre son esprit dans le corps d'autres gens. Et alors ses aventures commençaient. Quand Tyrell regardait Amy, c'était Deadman qu'il voyait. Un esprit vivant dans un corps qui n'était pas le sien.

Le problème, c'est qu'il ne savait pas à qui appartenait cet esprit. Il baissa les yeux sur Josephina, puis les ramena sur Amy. C'était le moment de se sauver.

Mais il ne le put pas.

Ses yeux ne quittaient pas Amy. C'était Deadman qu'il voyait, mais aussi un être tourmenté. Si elle se comportait ainsi, si elle agissait de la sorte, c'était parce qu'elle était malheureuse, qu'elle n'allait pas bien dans sa tête. Il ne pouvait pas l'abandonner. Pas sans essayer de l'aider.

Au lieu de s'enfuir, il s'avança donc vers elle.

— Amy ?

Si elle l'avait entendu, elle n'en montra rien. Elle continua d'aller et venir en parlant à son interlocuteur invisible.

Tyrell se rapprocha.

— Amy ?

Cette fois, ses yeux se levèrent vers lui. Hagards, tels deux soleils pyrotechniques, incapables de se fixer, de se repérer dans l'espace.

— Est-ce que… Est-ce que ça va ?

Elle se détourna. Mais pas avant qu'il entrevoie un éclair dans ses prunelles. De démence ou de tristesse, il l'ignorait.

— Fous-moi la paix !

Il ne bougea pas.

— C'est juste que je croyais…

Il se tut. Il ne savait pas ce qu'il croyait.

Elle virevolta pour lui faire face. Cette fois, il identifia sans mal ce qui animait son regard. De la haine. De la haine pure et dure.

— Je t'ai dit de me foutre la paix ! cracha-t-elle d'une voix sifflante. Si seulement… Si seulement je ne t'avais jamais connu. Si tu n'avais jamais débarqué dans ma vie. Espèce d'animal de foire, d'attardé mental, de… de… Tout ça, c'est ta faute ! Ta faute ! Depuis le début !

Il la dévisagea sans mot dire.

— Tu as tout foutu en l'air ! Tu as foutu ma vie en l'air !

Des émotions conflictuelles se bousculaient en lui. Il ne savait que dire ni que faire. Pas plus qu'il ne savait qui était cette femme, ni pourquoi elle racontait ces choses. En revanche, il savait qu'il la reconnaissait. Ou croyait la connaître.

— J'ai jamais…

— Quoi ?

— J'ai jamais foutu ta vie en l'air.

Elle laissa échapper un rire amer.

— Ah oui ?

— Oui, c'est vrai. Je m'en souviendrais.

Soudain, elle braqua de nouveau l'automatique sur lui.

Tyrell se retrouva à fixer le trou du canon, sans savoir s'il allait vivre ou mourir. Mais, cette fois, c'était différent. Comme si un autre que lui se trouvait dans la ligne de mire. Comme si aucune des deux issues n'importait vraiment. Comme si tout lui était égal. Amy lui tourna le dos avec un beuglement, rabaissant son bras tremblant.

— Non ! Tu dois vivre. Ça me tue, mais tu dois vivre.

Il la scruta. Il la savait déjà loin, inaccessible.

Près de lui, Josephina ne semblait pas comprendre pourquoi il ne l'avait pas ramenée à sa mère.

Il poussa un soupir. Il regrettait de ne pas s'être enfui avec la fillette quand il le pouvait encore.

72

— Comment vous sentez-vous ? Pardon, j'imagine que vous en avez assez qu'on vous pose la même question.

Phil Brennan sourit à l'infirmière.

— Pas encore.

Elle lui rendit son sourire.

— Tant mieux.

Les infirmières s'étaient réunies avec le médecin à son chevet. Les perfusions avaient été vérifiées, les moniteurs contrôlés, les examens réalisés. Tout y était passé, de l'étude presque médicolégale de ses feuilles de suivi à la vérification de sa mobilité oculaire, sans oublier l'évaluation scrupuleuse de ses réactions. Le médecin s'était finalement félicité de son état avant de l'abandonner à sa solitude. Phil avait bien tenté de poser des questions, mais il n'avait reçu comme réponse que l'ordre de se reposer.

Phil n'avait jamais été très doué pour se reposer. Ni pour obéir aux ordres.

— Il faut que… je me lève.

Prenant appui sur ses bras, il tenta de s'asseoir. Mais chaque mouvement réveillait en lui une nouvelle douleur. Il se laissa lentement retomber sur le matelas.

— Je ne me risquerais pas à bouger si j'étais vous, observa l'infirmière en consultant son dossier. Pas encore.

— Je ne peux pas… rester couché là.

Alors qu'il renouvelait sa tentative, l'infirmière porta son attention sur lui.

— Non. Vous avez besoin de repos.

Il secoua la tête. C'était comme si son cerveau flottait dans une cuvette remplie d'eau.

— Je ne… peux pas. Je… Qu'est-ce qui… s'est passé ? Quelqu'un va finir par m'expliquer ?

— Oui, moi.

L'inspecteur divisionnaire Gary Franks se tenait dans l'encadrement de la porte. L'infirmière se tourna vers lui.

— Je suis navrée, mais M. Brennan n'est pas autorisé à recevoir de visite jusqu'à…

Il lui présenta sa carte de police.

— Ne vous fatiguez pas, c'est pour le travail.

L'infirmière se plia à contrecœur à cet argument.

— Dans ce cas, dit-elle en quittant la pièce, je vous laisse.

Franks s'installa sur une chaise, qu'il tira vers le lit.

— Comment vous sentez-vous ?

Phil s'essaya à un haussement d'épaules.

— Disons que… j'ai connu mieux. J'ai juste… mal partout.

— On vous donne ce qu'il faut en médicaments ?

Phil parvint à lui adresser un pâle sourire.

— Pour ça … je ne peux pas me plaindre.

— Bien.

Franks jeta un regard circulaire sur la pièce, comme pour vérifier qu'ils étaient bien seuls. Puis il baissa d'un ton.

— Que vous a-t-on dit, au juste ? Sur ce qui s'est produit ?

— Rien, justement. Personne... ne me dit rien. Où est... Marina ?

— Nous allons y venir. Mais avant, il faut que je vous parle.

Phil fronça les sourcils. Son cerveau embrumé par les médicaments et la douleur s'employait à traiter les paroles de Franks.

— Qu'est-ce que... ?

— Commençons par le début. D'après les médecins, vous allez vous en sortir. Vous n'avez pas de lésion cérébrale. Enfin... pas plus que vous n'aviez déjà.

— Ha ha ! lâcha Phil, comme Franks riait à sa propre plaisanterie.

Alors qu'il portait la paume à sa tempe, il sentit des pansements. Ses mains étaient bandées, elles aussi. Il se tâta le visage, découvrant des reliefs boursouflés et douloureux au toucher.

— J'ai l'air de quoi ?

— D'une peinture à l'huile. Un Picasso.

— Vous avez de l'humour aujourd'hui.

— Ou de Frankenstein.

— Combien... de temps j'ai dormi ?

— Un jour environ. Pas si longtemps que ça.

— Un jour... Ça va. J'ai cru que vous alliez me dire... des années. Qu'est-ce qui s'est passé ?

— De quoi vous souvenez-vous ?

— De rien.

— Le cottage ? Aldeburgh ?

Phil fronça les sourcils. Aux mots de Franks, une partie de sa mémoire se détacha de l'immense étendue noire de son subconscient pour lentement affleurer à sa conscience.

— Oui, le cottage. On est allés à Aldeburgh pour le… le week-end.

— En effet.

Toute trace d'humour avait déserté le visage de Franks.

Phil l'observa. Il connaissait cet air de compassion professionnelle. C'était le même que revêtaient les policiers au moment de transformer une famille inquiète en famille en deuil.

— Qu'est-ce… Que s'est-il passé ?

— Le cottage… Il y a eu une explosion.

Phil attendit la suite en silence.

— Don a été…

Avec un soupir, Franks se lança :

— Don n'a pas survécu.

Phil rejeta ses draps et voulut pivoter pour poser ses jambes au sol. L'effort du mouvement lui coupa le souffle.

— Que faites-vous ?

— Je… me… lève…

— Non.

— Je… ne peux pas… rester là… comme ça…

Il plaqua une main sur la table de chevet pour se hisser debout.

— Je… dois…

Franks l'arrêta d'une paume sur son torse. Légère, mais ferme.

— Vous devez rester ici. Vous rétablir.

Phil secoua la tête, ignorant la sensation de flottement dans son crâne.

— Non. Don est mort. Je dois…

— Non, Phil, l'interrompit Franks de sa voix la plus autoritaire. Vous devez rester ici.

Épuisé, perclus de douleurs, Phil s'affala sur son lit. Il posa les yeux sur Franks.

— Où est… Marina ? Je veux la voir.

Franks marqua un temps d'arrêt. C'était le moment qu'il redoutait le plus.

73

Sandro scrutait sa sœur. À la fin de l'appel téléphonique, elle s'était senti pousser des ailes. Survoltée, furieuse, elle était prête à aller chercher sa fille dans la seconde. Mais face à l'impossibilité d'une action immédiate, ses émotions étaient retombées. Et lorsque l'adrénaline s'était dissipée dans son organisme, elle avait touché le fond.

— Est-ce que… je… Ça va ?

Il avait l'impression de ne plus connaître sa propre langue. Il jeta un regard à sa montre. Plus longtemps à attendre. Il reposa les yeux sur Marina. Il ne pouvait pas la laisser dans cet état.

— Écoute, je… Est-ce qu'il y a… ?

Elle poussa un soupir.

— Je veux retrouver ma famille.

Sandro comprit tout de suite de quelle famille elle parlait. Elle n'avait sans doute pas prononcé ces mots dans l'intention de le blesser ; d'ailleurs, il n'était pas sûr qu'ils produisent encore un effet sur lui après toutes ces années. Mais Marina restait sa sœur.

— Pourquoi tu… appelles pas l'hôpital ? Pour voir comment va Phil ?

Elle releva la tête.

— Tu crois que je n'en ai pas envie ? Tu crois que je n'y pense pas chaque seconde ? J'ai déjà essayé, regarde ce qui s'est passé.

— Réessaye. Sers-toi du téléphone qu'ils t'ont filé. Qu'est-ce qui pourrait arriver de pire maintenant ?

— Tu le sais bien. Je pourrais ne plus jamais revoir Josie.

— Tu as bien vu l'état de la bonne femme au téléphone. Aucun risque. Elle veut en finir autant que toi. Tu n'as qu'à appeler d'ici, sinon.

— C'est encore plus risqué. On pourrait tracer l'appel.

Elle réfléchit un instant.

— Je vais trouver une cabine téléphonique.

— Une cabine en service ? Dans le coin ? Eh ben, je te souhaite bonne chance !

— Il doit bien y en avoir une quelque part.

— Je vois pas où.

Elle se leva.

— Je vais voir si j'en trouve une.

D'abord tenté de protester, Sandro ne trouva aucun argument à avancer.

— C'est toi qui vois. Tu veux que je vienne avec toi ?

— Non, ça va. Marcher un peu me changera peut-être les idées.

Elle sortit sans laisser à son frère le temps d'ajouter un mot. Un soleil lointain éclairait une froide journée. Marina longea les routes crevassées et criblées de nids-de-poule à la recherche d'une cabine ou d'un endroit susceptible d'abriter un téléphone public. Elle déboucha sur la principale artère commerçante de

Jaywick, Broadway. La rue semblait avoir renoncé à la vie pour se résigner à une lente ruine. Des magasins, des cafés, un pub.

Soudain, elle aperçut une cabine téléphonique.

Elle s'élança au pas de course, priant pour la trouver intacte et en service. Contre toute attente, l'appareil fonctionnait. Le local empestait les fluides corporels croupis et le combiné graisseux lui collait à la paume, mais la tonalité résonnait dans son oreille. Même les vandales avaient renoncé dans cette ville.

Elle sortit de sa poche le bout de papier sur lequel elle avait griffonné le numéro de l'hôpital et le composa. En entendant une voix à l'autre bout du fil, elle prit son souffle et, après s'être présentée, indiqua la raison de son appel. Puis elle attendit. Enfin, une infirmière prit la communication. Mais pas avant qu'elle perçoive un déclic dans l'appareil. Quelqu'un écoutait la conversation.

— Votre mari s'est réveillé, annonça l'infirmière. Il est stable.

Une vague de soulagement déferla dans tout son être, menaçant de lui couper les jambes.

— Oh… Est-ce que je… je peux lui parler ?

— Il dort.

— Il va bien ? Il n'est pas…

— Il est encore flageolant, mais il est hors de danger.

L'infirmière marqua une pause, durant laquelle Marina entendit une voix près d'elle. Puis elle reprit :

— Si vous pouviez me laisser un numéro…

— Dites-lui… Dites-lui juste…

Elle soupira.

— Pas la peine, il le sait déjà.

Elle raccrocha, s'appuyant contre la paroi dégoûtante de la cabine. Pendant plusieurs minutes, elle demeura immobile, incapable du moindre mouvement.

Il est vivant, se répétait-elle. *Phil est vivant. Il ne me reste plus qu'à récupérer Josie et notre famille sera de nouveau réunie.* À la pensée de sa fille, son euphorie retomba.

Elle posa les yeux sur le téléphone. Savoir Phil en vie et hors de danger lui insufflait de la force. Puisant dans ce regain d'énergie, elle parvint à une décision. Elle décrocha le combiné, ignorant l'odeur nauséabonde qui s'en dégageait, et le colla contre son oreille.

Sur le trajet, elle avait mis au point un plan. Elle allait téléphoner à Anni pour lui donner l'adresse du combat à mains nues. Elle lui demanderait de s'y rendre avec Mickey et le reste de l'équipe, de faire profil bas en attendant son signal, puis de coincer la ravisseuse de Josephina. Sandro ne le prendrait pas mal, elle en était certaine. Du moins, elle l'espérait.

Parfait, se dit-elle. Son plan semblait tenir la route. Mais alors que son doigt s'apprêtait à composer le numéro d'Anni sur le clavier, elle s'aperçut qu'elle ne le connaissait pas. Elle l'avait programmé dans son téléphone portable, si bien qu'elle ne l'appelait généralement qu'à partir de son répertoire. Elle n'avait jamais pris la peine de le mémoriser.

Elle reposa le combiné sur son socle d'un geste plus brutal que voulu, contrariée de ne pas pouvoir mettre son plan à exécution. Ses yeux ne quittaient pas l'appareil, comme si elle pouvait, rien que par le regard, établir la communication avec Anni. Au bout d'un moment, elle fit volte-face et, le cœur serré, se plongea dans la contemplation du bord de mer désolé.

Soudain, une idée surgit dans son esprit. Tourbillonnant sur elle-même, elle s'empara du combiné avec un sourire intérieur. L'inspecteur divisionnaire Franks. Elle connaissait son numéro.

— Rien de plus facile à retenir, avait-il observé lorsqu'elle l'avait enregistré dans son répertoire, le jour des présentations. Six cent soixante-six, trois cent trente-trois. Un Satan et un demi-Satan.

Et il avait ri.

La plaisanterie fleurait le numéro soigneusement répété, mais Franks avait raison. Elle avait retenu son numéro.

Elle ferma les paupières pour se remémorer les cinq premiers chiffres, puis le composa. Son cœur martelait sa poitrine lorsque la sonnerie retentit.

— Inspecteur divisionnaire Franks.

Elle prit de nouveau une profonde inspiration.

— C'est Marina.

Ne sachant quelle réaction attendre de la part de son supérieur, elle s'empressa de poursuivre.

— Écoutez, je n'ai pas beaucoup de temps…

74

Anni avait toujours eu horreur de pointer le dimanche. Et, a fortiori, le dimanche de Pâques. Le commissariat de Southway, à Colchester, était presque désert. Seul un minimum d'agents et de membres du personnel administratif en travail posté assurait son fonctionnement en ce week-end de fête. Les excès du samedi soir avaient été balayés et, en l'absence de match de foot, les policiers d'astreinte tiraient le meilleur profit de leur journée tant que leur présence ne se révélait pas indispensable. S'ils n'enquêtaient pas déjà sur l'homicide de Jaywick ou la disparition de Josephina.

Anni s'assit à son bureau et alluma son ordinateur. Après l'appel de Milhouse, Mickey et elle avaient décidé de rentrer au commissariat pour fouiller dans les vieux dossiers.

Lorsqu'elle avait pénétré dans le bâtiment en compagnie de Mickey, elle avait eu l'impression de devenir le point de mire des quelques travailleurs du dimanche. *Ils sont tous au courant*, s'était-elle dit. *Ils savent qu'on l'a fait, qu'on est ensemble. Ils nous jugent*. Elle avait franchi la porte, emprunté le couloir et rejoint la salle de la brigade d'intervention criminelle en sentant peser sur elle des regards visibles et invisibles. À plusieurs reprises, elle s'était tournée vers Mickey pour voir s'il partageait son sentiment. Il gardait les yeux rivés droit devant, sans lui accorder un regard.

Lui aussi, avait-elle conclu.

Une fois à son bureau, elle était cependant repassée en mode travail. Et elle était à présent totalement absorbée par ce qu'affichait l'écran devant ses yeux.

— Graham Watts, lut-elle à voix haute.

Mickey tira sa chaise pour s'asseoir près d'elle. Elle sentit son bras contre le sien, sa cuisse contre la sienne. Et la chaleur de son corps, plus grisante qu'une drogue douce.

Il évitait son regard, les yeux sur son écran.

— Tout est là, reprit-elle. Il a bossé pour les Sloane.

Elle se pencha pour détailler les résultats de sa recherche.

— Une bonne place. Très bonne, même. Fidèle lieutenant et tout le tremblement. Des débuts en tant que chef d'équipe dans l'exploitation, puis une progression dans les échelons. Une promotion quand les Sloane sont passés à l'agriculture industrielle. Et puis… Oh, la porte ! Écarté sans raison apparente. C'est à ce moment qu'il a attiré l'attention de nos services.

Mickey détacha les yeux de son écran pour se tourner vers elle.

— Pour quelle raison ?

— Comportement menaçant. D'après ce qui est indiqué là, les Sloane lui devaient de l'argent. Un paquet, même. Ils l'auraient licencié sans indemnités.

Il a d'abord essayé de leur parler, puis a menacé de les dénoncer. « Dénoncer », c'est le mot qu'il a utilisé. Les Sloane ont déclaré qu'il n'avait rien contre eux, qu'il les menaçait, inventait des histoires. Qu'il avait tenté de les agresser, aussi. Il en serait venu aux mains.

Mickey lut la suite sur l'écran d'Anni.

— Ils n'ont pas porté plainte et ont enterré l'affaire. Et lui n'a plus jamais fait parler de lui.

Il lui adressa un regard de biais.

— Tu sais ce que ça signifie.

Anni répondit d'un signe affirmatif de la tête.

— Il n'a peut-être pas reçu d'indemnités, mais il a obtenu assez d'argent pour tenir sa langue.

— Absolument. Mais peut-être pas assez pour la tenir longtemps.

Elle se tourna vers lui.

— Tu crois que c'est le mobile ? Une histoire d'extorsion ? Un chantage qui tourne mal ?

— Possible. Il était peut-être à sec, il aura tenté de leur soutirer davantage.

— Et tu penses… quoi ? Que les Sloane l'auraient fait assassiner ?

— C'est une hypothèse à garder à l'esprit.

Leurs regards ne se quittaient plus. Anni entrevit une lueur dans l'œil de Mickey, un léger tiraillement à la commissure de ses lèvres. Il s'approcha d'elle.

— Arrête !

— Je n'ai encore rien fait.

— Et tu ne vas rien faire. On a du pain sur la planche.

Ils reportèrent leur attention sur l'écran.

— Les Sloane, reprit Mickey. Frère et sœur. La maison de la mort, le bain de sang…

— Ce sont eux, oui.

D'un pianotage sur son clavier, il fit apparaître une nouvelle fenêtre.

— C'est bien ce que je pensais. Laissés pour morts par leur frère adoptif, qui a pété un plomb avec un fusil de chasse. Le reste de la famille n'a pas survécu, y compris sa propre mère. Stuart Sloane, c'était son nom.

Anni fronça les sourcils.

— Stuart Sloane…

Mickey se pencha vers son écran.

— Attends un peu. Devine qui l'a retrouvé avec l'arme du crime dans les mains ?

— Aucune idée.

— Graham Watts.

Anni se tourna vers lui.

— Intéressant… Ça date de quand ?

— Seize, dix-sept ans.

Elle retourna à son écran.

— Stuart Sloane a été libéré vendredi. Il n'est jamais arrivé au foyer qui devait l'accueillir. Disparu dans la nature.

— Et Graham Watts est mort.

Anni haussa les épaules.

— Coïncidence ?

— Va savoir…

Mickey se cala contre le dossier de sa chaise, plongé dans ses réflexions.

— Attends, il y a autre chose. Il me semble que…

Il grimaça, tout à son effort de concentration.

— Il n'y a pas un lien entre les Sloane et l'homicide sur lequel enquête Jessie James ?

— Décidément, sourit Anni, je n'arriverai jamais à la prendre au sérieux avec un nom pareil.

— Le type qu'elle est allée interroger et qu'elle a retrouvé mort. Je crois qu'il était lié d'une façon ou d'une autre aux Sloane.

Le téléphone de Mickey sonna. Il jeta un coup d'œil à l'écran.

— Franks, annonça-t-il à Anni en portant l'appareil à son oreille.

Ses yeux s'écarquillèrent.

— Elle va bien ?

Comprenant tout de suite de qui il parlait, Anni lui fit signe d'activer son haut-parleur, mais c'est à peine s'il la vit tant il était captivé par les propos de leur supérieur. Elle se rapprocha pour tenter de suivre la conversation, mais Mickey écoutait plus qu'il ne parlait, elle dut donc se résoudre à attendre la fin de la communication.

Lorsque Mickey raccrocha enfin, elle lui adressa un regard interrogateur.

— Alors ?

— Marina l'a appelé. Elle est en vie, elle va bien. Il a rendez-vous avec elle ce soir.

Les questions se bousculaient déjà dans la tête d'Anni.

— C'est tout ce que je sais, ajouta-t-il, coupant court à l'interrogatoire qui le guettait. Il n'a rien voulu me dire de plus.

— Il nous met dans le coup pour ce mystérieux rendez-vous ?

— Non, pas nous, répondit Mickey, d'une voix qui trahissait sa déception. Je lui ai dit qu'on creusait une corrélation entre l'homicide de Jaywick et celui du Suffolk. Il veut qu'on continue à travailler là-dessus. Selon lui, notre présence risquerait d'être source de distraction.

Son intonation en disait long sur ce qu'il pensait de cette remarque.

— Vraiment ?

— On est trop proches de Marina.

— Si j'ai bien compris, ça ne pose pas de problème quand il s'agit de la rechercher, mais pour la ramener au bercail, si.

— Il faut croire.

— Donc on reste ici, plantés devant nos ordinateurs.

— Oui.

Mickey se tut quelques secondes, avant de remarquer :

— Je suis quand même content qu'elle aille bien.

— J'espère qu'elle a pris soin de ma voiture.

Anni reporta son attention sur son écran.

— Remarque, on a de quoi s'occuper. Si tu veux mon avis, on est coincés ici pour un bon bout de temps.

— À qui le dis-tu !

Elle parcourut la pièce du regard. Personne. Rien qu'eux deux. Elle se tourna vers Mickey, une étincelle dans l'œil.

— T'as déjà pensé à me faire l'amour ici, sur mon bureau ?

La mâchoire de Mickey se décrocha. Des mots semblaient se former dans sa bouche sans pouvoir s'en échapper.

Avec un gloussement, Anni rapprocha sa jambe de la sienne.

— Tu es choqué ?

Mickey déglutit, puis cligna des yeux. Et encore.

— Non, répondit-il enfin. Pas du tout.

— Qu'est-ce que tu as, alors?

L'éclat ressuscita dans les prunelles de Mickey.

— Je suis juste bluffé que tu puisses lire dans mes pensées.

75

Marina n'avait jamais rien vu de tel.

La grange était gigantesque, moderne et fonctionnelle. Un squelette de béton cuirassé de tôle. Un sol en béton, aussi. Les signes de son usage quotidien avaient été évacués, les bottes de foin et les machines agricoles reléguées sur le pourtour. Cependant elle gardait ses relents de ferme, de déchets d'animaux, de nitrates. Marina était persuadée que rien ne pourrait jamais chasser cette odeur, dont les fondations du bâtiment semblaient imprégnées. Mais d'autres, plus âcres, s'y mêleraient bientôt. La sueur. Le sang. L'argent.

De retour chez Sandro, elle lui avait communiqué les nouvelles de l'hôpital. Il l'avait serrée dans ses bras, non sans une certaine gêne. Devinant le malaise qu'il éprouvait à se prêter à de telles démonstrations, elle n'en avait que plus apprécié le geste. Face à cet élan d'affection, elle avait senti éclore en elle un amour inconditionnel et inédit pour son frère. Lui aussi l'avait senti, elle l'aurait juré.

Mais cette réaction avait éveillé chez elle une pointe de culpabilité à l'idée d'avoir prévenu Franks. Cependant, l'heure n'était pas à l'examen de conscience. Sandro devait se préparer pour son combat, et elle pour le sien. Elle allait récupérer sa fille. Coûte que coûte.

Il avait émergé de la salle de bains encapuchonné, en survêtement, son sac de sport sur l'épaule. Elle avait voulu lui adresser la parole, mais c'est à peine s'il avait réagi. Elle avait cherché son regard. Son frère avait disparu. À sa place se trouvait un inconnu. Plus dur, plus froid, plus hargneux. Un homme qui parle avec ses poings. Elle avait tressailli. Dans les yeux de son frère, c'était son père qu'elle voyait.

Marina craignant d'attirer l'attention dans la voiture d'Anni, ils avaient pris la Mondeo agonisante de Sandro. Le trajet s'était déroulé presque sans un mot. Ils étaient assis l'un à côté de l'autre, mais dans deux mondes à part. Chacun concentré sur ce qui les attendait.

Lorsqu'ils avaient quitté la route principale pour prendre le chemin de la ferme, Marina s'était étonnée de la longue file d'automobiles qui s'étirait devant l'entrée. Elle s'attendait à voir des clones de la voiture de Sandro, de vieilles guimbardes toutes cabossées qui tombaient en pièces. Mais elle était à mille lieues de la vérité. Il y avait bien quelques tacots, mais aussi plus qu'il n'en faut de modèles haut de gamme. Des BMW, des Mercedes, quelques Lexus, aussi, ici et là.

Le passage du portail donnait lieu à des contrôles de sécurité stricts et rigoureux. Des armoires à glace qui auraient pu servir de doublures pour le spectacle du soir encaissaient l'argent et donnaient des indications. Sandro ne paya pas. Avec un signe de reconnaissance de la tête, il fut dirigé vers un champ transformé en parking. Là, comme dans la file d'attente, les Land Rover et les 4 × 4 flambant neufs frayaient avec les Ford Transit et les tas de rouille. Marina n'en croyait pas ses yeux. C'était l'un des rassemblements les plus démocratiques auxquels elle avait jamais assisté. Tous unis par le désir de voir deux hommes se passer à tabac.

Marina suivit Sandro jusqu'à la grange. Avant de franchir la porte, il s'arrêta pour s'adresser à elle.

— C'est le moment où nos chemins se séparent, frangine.

Marina jeta un regard alentour. L'idée de rester seule au milieu de ces gens ne lui plaisait guère.

— Où vas-tu ?

Il brandit ses poings.

— Je dois me préparer. M'échauffer.

— Ah oui, bien sûr. Bonne chance !

Elle lui déposa un baiser sur la joue.

— Bon sang ! sourit-il. Tu vas me faire passer pour une chiffe molle, ma vieille !

Elle lui rendit son sourire, puis scruta la foule qui se pressait à l'entrée.

— Ils vont venir, t'inquiète, la rassura-t-il. Et tu sais où me trouver quand t'auras besoin de moi.

Il s'éloigna, avant de se retourner.

— Troisième sur la carte, oublie pas.

Marina le regarda rejoindre un groupe à l'entrée de la grange. Un homme plus âgé se tenait au milieu du petit attroupement, entouré d'acolytes, si ce n'étaient pas des gardes du corps. La quarantaine, bien habillé. Le visage rose et bien en chair, il évoquait un porc bouilli. Marina le reconnut tout de suite. C'était Milton Picking, l'un des plus gros malfrats de la région.

Était-ce à lui que Sandro devait de l'argent ? Était-ce pour lui qu'il combattait ? Seigneur, dans quel bourbier son petit frère s'était-il fourré ?

Picking salua Sandro, puis laissa ses disciples l'embarquer. Restée seule, Marina prit une profonde inspiration. Puis une autre. Et entra.

76

Dans la grange, un combat s'apprêtait à débuter. Le centre du bâtiment avait été dégagé, et de la paille éparpillée sur le béton. Ce détail interpella Marina, qui se fit la réflexion que cette litière n'était ni assez compacte ni assez épaisse pour absorber un impact ou constituer un tapis de sol souple. Ce n'est qu'ensuite, avec un haut-le-cœur, qu'elle comprit sa fonction. Le chaume n'était là que pour éponger le sang.

Une corde tendue délimitait le ring. Contre les murs du bâtiment, des bottes de foin empilées presque jusqu'au plafond tenaient lieu de gradins. Des bancs de bois constituaient le premier rang et des tables à tréteaux faisaient office de bar. L'endroit était noir de monde.

Elle fouilla la foule du regard. Comme les véhicules garés à l'extérieur, l'assistance composait un patchwork social. Elle repéra d'emblée les Travellers. En jean et polo, ils paraissaient capables de tenir tête à n'importe quel adversaire, et plus que disposés à entrer sur le ring. Une horde de femmes les accompagnaient, toutes jeunes, blondes ou rousses, accoutrées en poupée Barbie hypersexualisée. Sans oublier les enfants. Les garçons faisaient de parfaites versions miniatures des pères. Habillés comme eux, ils couraient dans tous les sens avec des cris stridents et jouaient à la bagarre comme les grands dans les coins de la grange.

Il y avait aussi un autre genre de spectateur. Des hommes trop bronzés, vêtus à grand coût mais sans goût, qui affichaient de lourds bijoux en or, des nez refaits et, à leur bras, des femmes ou maîtresses trophées aux formes généreuses tout droit sorties des banlieues bourgeoises de Londres.

Et puis tout ce que la société compte entre les deux. Les parieurs de profession nés avec la poisse, les employés de bureau en quête de frisson, les curieux, ceux qui invoquaient des prétextes intellectuels à leur présence. Tous réunis en ce lieu par un point commun : le plaisir qu'ils prenaient à voir d'autres en baver.

Marina jeta un coup d'œil à son téléphone. Rien. Un tel brouhaha emplissait la grange qu'elle le garda dans la main de peur de ne pas entendre sa sonnerie. Bientôt, une annonce retentit. Le premier combat allait commencer. Marina s'assit sur un banc sans cesser de jeter des regards autour d'elle, scrutant la foule à la recherche de Josephina. Mais elle ne la voyait nulle part.

Les deux premiers boxeurs furent introduits dans la salle. C'étaient des adolescents, presque des petits garçons, mais dotés du corps robuste et du regard hagard des Travellers. Lorsqu'ils furent conduits sur le ring, Marina comprit qu'ils ne se battaient pas pour l'argent, mais pour le plaisir.

Debout tout autour, les spectateurs donnaient de la voix, les interpellaient. L'excitation était palpable, l'air lourd de sueur et de soif de violence. Les cotes furent annoncées, les paris pris. Des billets changèrent de main. Puis les deux jeunes se mirent en garde, poings brandis devant eux, prêts.

L'arbitre ne semblait pas plus officiel que s'il avait été choisi parmi l'assistance. Avec un accent nasillard à mi-chemin entre l'Irlande et l'Essex, il conjura les deux garçons de combattre à la loyale. Les adversaires hochèrent la tête sans se quitter des yeux. L'arbitre poursuivit en rappelant qu'un coup réglo en valait dix tordus, mais il ne bénéficiait déjà plus de l'oreille des boxeurs. Ils étaient déterminés à causer des ravages.

Dès que la cloche carillonna, ils se mirent à danser l'un autour de l'autre sous les cris d'encouragement de la foule. Soudain, Marina se retrouva cernée par des visages empourprés et hurlants. De plus en plus hardis, les deux jeunes ne tardèrent pas à se lancer à l'attaque. Des frappes furent échangées, des coups placés. De son banc, Marina entendait le claquement net des articulations sur la peau, comme un quartier de porc attendri sous la main du boucher. Sentait les impacts.

Le plus costaud des deux possédait aussi le meilleur jeu de jambes. Il esquivait son adversaire d'un pas léger, parait les coups, les déviait pour réduire la douleur. À la fureur du plus menu. Qui se mit à frapper plus vite, plus fort. Plus violemment. Un de ses poings finit par s'écraser sur l'oreille de son adversaire. Ce dernier tomba au sol, s'ouvrant le crâne sur le béton.

Ça y est, se dit Marina. *C'est fini.*

Mais elle se trompait. Le boxeur à terre porta la main à son oreille avec un braillement de douleur et de colère. L'arbitre retenait son adversaire, qui sautillait çà et là pour poursuivre son assaut, une folle lueur de rage dans les yeux.

Lorsque l'autre reprit appui sur ses pieds, un filet de sang dégoulinait de son oreille. Marina n'était pas spécialiste, mais la blessure semblait grave. L'arbitre ne paraissait toutefois pas du même avis. Après s'être brièvement entretenu avec le blessé, il autorisa la reprise du combat.

Le plus menu profita de son avantage, encore plus assoiffé de sang. Il mit la pression sur son adversaire, qui campa sur ses positions, redoublant d'efforts pour esquiver les frappes. Marina, comme le reste des spectateurs, voyait bien que ce n'était plus qu'une question de temps. Le petit continuait de taper. Un coup trouva le nez de son adversaire dans un bruit d'os et de cartilages brisés. Marina ferma les yeux dans les acclamations de la foule. D'un bond, le petit boxeur évita une gerbe de sang. Puis, sautillant de côté, il écrasa son poing sur l'oreille blessée de son adversaire. Qui s'effondra. Cette fois, il ne se releva pas.

Le combat était terminé. Déclaré vainqueur, le plus petit boxeur sautilla et dansa au milieu des cordes, le visage couvert de son sang et de celui de son adversaire. Prêt à remettre le couvert face à n'importe qui, comme si ce n'était qu'une mise en jambes.

Il fut escorté hors du ring.

Sa soif d'hémoglobine assouvie, la cohue se calma. La grange bourdonna d'un tohu-bohu enfiévré. D'autres billets furent échangés au moment de prendre les paris pour le combat suivant. Seule sur son banc, Marina fut saisie d'une furieuse envie de vomir.

Elle jeta un regard au téléphone dans sa main. Aucun appel.

Ses yeux se reposèrent sur le ring, sur la paille imbibée de sang. Et dire que son frère serait bientôt entre ces cordes. Et qu'elle allait le regarder.

De la paille fraîche fut éparpillée sur la litière souillée. Marina parcourut la grange du regard. Toujours aucun signe de Josephina. Elle ne voyait même pas Sandro.

Peu après, le combat suivant fut annoncé et deux nouveaux adversaires entrèrent sur le ring. Le rituel recommença. Marina ne se sentait pas capable de suivre en entier un nouvel affrontement.

Elle en fut dispensée.

Love Will Tear Us Apart.

Elle décrocha son téléphone, le colla à son oreille. Se détourna du ring.

— Où est-elle ? cria-t-elle. Où est ma fille ?

Une inspiration brusque s'éleva au bout de la ligne.

— Bien joué !

— Quoi ?

— Tu te crois maligne de m'avoir donné rendez-vous ici. Tu pensais que tu ne risquerais rien au milieu de tout ce monde, que tu pourrais récupérer ta fille et te faire la malle sans remplir ta part du contrat. J'ai raison, non ?

— Où elle est ? Où est ma fille ?

Marina criait à présent, sa voix couverte par les hurlements de la foule.

La femme ne répondit pas.

— Où est-elle ?

— Regarde autour de toi.

— Où ?

— Au fond. Tout au fond. Derrière toi.

Marina se retourna. La masse humaine était debout,

comme un seul corps, à crier, beugler, frapper l'air du poing. Marina s'efforça de voir au travers, derrière cette barrière humaine. Un interstice s'ouvrait entre les bottes de foin, formant un étroit couloir. Il disparaissait dans une quasi-obscurité, mais, à force de concentration, elle parvint à distinguer des ombres. Une silhouette. Petite. Son cœur cogna si fort contre sa poitrine qu'il faillit la transpercer.

— Josephina…

Elle s'élança vers sa fille, poussant les spectateurs, jouant des coudes pour se frayer un chemin.

— Stop ! l'arrêta la voix au téléphone. Ne bouge pas !

Dans la confusion et l'appréhension, Marina obéit.

— Regarde. Regarde encore ta petite fille chérie. Qu'est-ce que tu vois d'autre ?

Marina regarda. Et aperçut un éclair dans l'obscurité. Un éclat métallique.

Un pistolet.

Braqué sur la tête de la petite.

77

Helen Hibbert resserra son col autour de son cou. Elle n'espérait pas de ce geste une grande différence, mais il lui donnait au moins l'impression de se protéger un peu contre le froid, l'humidité et le brouillard.

Elle était arrivée à Harwich très en avance, après avoir jeté d'incessants regards à son rétroviseur pour s'assurer que les deux inspecteurs ne la suivaient pas. Elle ne les avait pas vus, pas plus qu'elle n'avait remarqué de voiture suspecte derrière elle. Mais étant donné qu'elle ne connaissait des filatures que ce que les films américains lui en avaient appris, elle n'en aurait pas donné sa main à couper.

À présent, elle marchait. Seule dans la nuit, avec pour unique compagnon l'écho de ses talons qui claquaient et crissaient sur le sol. Derrière elle, des maisons et des immeubles dont l'apparence reflétait le grand âge, en harmonie avec le style local. Devant, le bout de la terre. Malgré le brouillard, elle distinguait des formes, des lumières du port sur l'eau. On aurait dit une invention tout droit sortie d'un film de science-fiction, un lourd vaisseau mère écrasé sur la planète dressant sa masse inquiétante et floue dans la brume.

Elle suivit le sentier en direction du point de rendez-vous. À droite, un poste de secours déroulait sa rampe de mise à l'eau à travers la plage de galets. À gauche, des embarcations de bois s'empilaient sur la terre ferme. L'obscurité dissimulait le fait que la plupart d'entre elles, percées et pourries, ne prendraient plus jamais le large. C'était leur destination finale. Leur cimetière.

Elle continua sa marche, creusant la distance avec les habitations pour se retrouver seule au monde. Des bateaux s'entassaient de chaque côté du chemin à présent. Son souffle se coinça dans sa gorge, mais ce n'était pas à cause du froid. Les lampadaires au-dessus d'elle jetaient des ombres noires et profondes, ménageant des cachettes idéales pour des agresseurs ou des violeurs. Plus loin, le sentier se dégageait et s'ouvrait pour rejoindre la ville. C'était là qu'elle avait rendez-vous. Mais pour y accéder, elle devait traverser cet endroit.

Elle progressait lentement, avec des regards de tous les côtés, à l'affût du moindre mouvement brusque, de la moindre attaque, l'oreille tendue aux sons inhabituels. Mais elle n'entendait que les vagues qui se brisaient sur la plage de galets dans une rumeur monotone. Les vagues et les battements de son cœur.

Elle tâcha de rire de la situation, de n'y voir qu'une dernière épreuve à surmonter avant d'embrasser sa nouvelle vie. S'enfoncer dans les ténèbres pour émerger dans la lumière. Elle et la sœur bizarroïde. Quel drôle de ménage ! S'entendraient-elles ? Se trouveraient-elles des points communs ? Si on lui avait posé la question quelques heures plus tôt, Helen aurait répondu par un non. Clair et net. Mais elle ne se montrait plus si catégorique à présent. Au cours de leur discussion, elle avait senti un lien se tisser entre elles. Un peu comme entre des âmes sœurs. Et puis, il y avait l'argent. Ce lien-là, rien ne pouvait le détruire.

Elle serra son manteau plus fort contre elle, la poignée de sa valise bien serrée dans sa paume. Malgré l'ardeur qu'elle mettait à se rassurer, elle aurait préféré avoir autre chose dans la main. Un objet qu'elle puisse utiliser pour se défendre en cas de besoin.

Soudain, elle entendit quelque chose. Ou quelqu'un.

Elle pivota sur sa gauche. Décela du mouvement. Une silhouette approchait. Elle se pétrifia.

— Bonsoir, Helen.

Elle se retourna. Dee se coulait hors des ombres. Souriante.

78

— Je dis juste qu'on aurait dû s'arrêter, c'est tout.

Jessie lança un regard boudeur par la vitre de la voiture.

Deepak secoua la tête avec un soupir. À quoi bon relever ? Elle connaissait déjà le fond de sa pensée, tout comme la réponse qu'il lui donnerait : ils étaient en service et risquaient de perdre la piste d'Helen Hibbert s'ils faisaient une escale, tandis que le vendeur de *fish and chips*, lui, n'aurait pas bougé à leur retour. Elle avait déjà entendu ce refrain. Plus d'une fois, même.

— Regardez, dit-il, les yeux rivés sur le pare-brise. Si elle continue plus loin, on va la perdre.

— On n'a qu'à la suivre à pied.

Deepak ne parut pas enthousiasmé par cette idée.

— Ben quoi ? Vous ne voulez plus la filer maintenant ?

— Il fait froid, remarqua-t-il avec un haussement d'épaules. Je ne me suis pas assez couvert.

Jessie se détourna avec un sourire.

Après avoir quitté le manoir des Sloane, ils étaient retournés au domicile d'Helen Hibbert afin de l'interroger. La trouvant sur le départ, en train de tirer une valise à roulettes jusqu'à sa voiture, ils l'avaient pistée ni vu ni connu. Deepak était un as de la filature, il fallait bien le reconnaître. Il s'était engagé dans son sillage sur l'A14 jusqu'à Harwich. Parfois une voiture derrière elle, parfois deux ou trois. À un moment, il l'avait même doublée. Mais jamais il ne l'avait perdue de vue. Et pas un seul instant il n'avait éveillé ses soupçons.

Ils avaient ralenti lorsqu'elle avait négocié les vieilles ruelles étroites de Harwich, puis attendu qu'elle se gare et descende pour rejoindre sa voiture. Ils l'avaient ensuite regardée s'éloigner en tirant sa valise.

— On dirait qu'elle a un rendez-vous glaçant, remarqua Jessie en se tournant vers son coéquipier. Pardon, galant.

Deepak ne se dérida pas.

— Très drôle.

Ils regardèrent Helen Hibbert se diriger vers les coques de navire abandonnées.

— Elle ne manque pas de cran, commenta Deepak.

— Ou de bêtise.

— Elle va peut-être voir quelqu'un.

— Espérons pour elle que ce sera bien la personne qu'elle attend.

Deepak se pencha vers la boîte à gants pour en sortir une paire de mini-jumelles.

— Vous pensez vraiment à tout, vous ? ironisa Jessie. À part aux vêtements chauds.

Deepak l'ignora pour se concentrer sur Helen Hibbert.

— Elle s'est arrêtée.

— Faites voir.

Jessie voulut lui prendre les jumelles, mais Deepak l'en empêcha.

— Une minute, dit-il, sans quitter des yeux Helen Hibbert. Il y a quelqu'un d'autre.

— Faites voir.

Il l'arrêta encore. Sourit.

— Tiens, tiens…

— Quoi ? se renfrogna Jessie. Quoi ? Je déteste quand vous faites ça !

Baissant ses jumelles, il se tourna vers sa supérieure.

— Voilà qui devient intéressant.

79

Tyrell se détestait comme jamais. Il se haïssait.

Ils étaient arrivés au rendez-vous sans encombre. Mais quand Amy avait découvert les lieux, elle s'était mise dans une rage folle. Elle avait arpenté le parking de long en large en jurant, pestant contre elle-même pour s'être laissé duper, rouler. Josephina et Tyrell étaient restés plantés sur place, sans un mot, jusqu'à ce qu'elle les presse à l'intérieur de la grange et les entraîne jusqu'au fond, derrière des bottes de foin qui les soustrayaient au regard des spectateurs. Là, elle lui avait tendu le pistolet et ordonné de le braquer sur Josephina. La fillette s'était contentée de le dévisager, les yeux noyés de larmes.

— Dis-lui que si elle ne se tient pas tranquille et n'obéit pas, elle ne reverra pas sa mère. Jamais.

Tyrell avait considéré l'arme dans sa main, soupesé sa masse froide. Regardé la petite fille, puis Amy. Et secoué la tête.

— Non.

— Tu en es sûr ? lui avait demandé Amy, avec un sourire qui faisait froid dans le dos. Parce qu'il faut bien qu'un de nous deux s'en charge. Tu préfères que ce soit moi ? C'est ce que tu veux ? Tu me fais confiance pour le faire ?

Il n'avait pas eu à prononcer un mot, elle connaissait déjà la réponse. Son sourire s'était élargi. Elle savait qu'elle ne lui laissait pas le choix.

— Je me disais aussi.

Tyrell s'était donc tourné vers Josephina et, à son corps défendant, avait pointé le canon sur sa tête.

— Je déteste les armes à feu, dit-il à Amy. Et je te déteste. Je te hais !

Amy haussa les épaules.

— Ce n'est pas nouveau. Contente-toi de faire ce que je te dis et arrange-toi pour que ta petite copine obéisse, elle aussi. Et n'essaie pas de faire le malin. Ne pense même pas à retourner ce flingue contre moi.

Tyrell n'y avait pas pensé. Pas avant qu'elle le lui souffle. Et, alors, il était déjà trop tard.

— Allez ! On fait ce pour quoi on est venus et on rentre. Qu'on en finisse une bonne fois pour toutes avec cette affaire !

La main de Tyrell tremblait. Quand il disait détester les armes à feu, il ne mentait pas. Leur son, leur aspect, leur masse. Il les trouvait froides, dures. Insensibles.

Et voilà qu'il se retrouvait à braquer un automatique sur la tête d'un enfant. Un enfant à qui il avait fait des promesses. Un enfant qui avait placé sa confiance en lui. Josephina n'osait même plus le regarder. Elle tremblait, elle aussi. Seule sa terreur empêchait les larmes qu'il redoutait tant d'inonder ses joues.

— Tout va bien, dit-il. Je vais pas… pas te faire de mal. Tu le sais bien.

Il ne savait même plus s'il cherchait à rassurer la fillette ou à se rassurer lui-même.

— Je sais que… tu vas pas me croire. Mais, s'il te plaît, il faut me faire confiance. Je veux que tu retrouves ta maman. Je veux que tu rentres chez toi.

Il soupira.

— Moi aussi, je veux rentrer chez moi.

Il y avait trop de gens, trop de bruit. Trop de cris, de braillements. C'était pire encore que les pires nuits en prison. Là-bas, au moins, il était tout seul, à écouter de loin. Ici, il était plongé dedans, en plein cœur du vacarme. Ses idées s'embrouillaient, il n'arrivait plus à penser.

Alors il restait planté là, le pistolet à la main. Et il se haïssait. Josephina ne se risquait même plus à lui jeter un regard. Et ça lui fendait le cœur. Savoir qu'il l'avait déçue, qu'il avait trahi sa confiance. Tout ça par faiblesse. Parce qu'il avait pris les mauvaises décisions. Fait les mauvais choix.

Il s'en voulait à mort.

Il considéra l'arme. L'enfant. Amy, qui parlait au téléphone près de lui.

Et, de nouveau, l'arme.

Oui, il souffrait. Oui, il bouillait de colère.

Il était temps d'agir.

80

— Enfoirée !

Marina tenta de se frayer un chemin à travers la foule.

— Je t'ai dit de ne pas bouger.

Consciente que le moment était mal choisi pour contrarier son interlocutrice, Marina s'immobilisa, son téléphone toujours greffé à l'oreille.

— Je préfère, déclara la femme. Je tenais juste à ce que tu voies qu'elle est encore en vie. Et indemne. Que je ne t'ai pas menti.

— Je veux la voir.

— Tu la vois d'où tu es. Tu vois qu'elle va bien.

Marina aurait dû réagir en psychologue, mais elle ne réussit pas à se contrôler.

— Sale enfoirée !

— Tu peux me traiter de tous les noms, tu ne la récupéreras pas avant d'avoir rempli ta part du contrat. Compris ? Obéis et tout se passera bien.

Marina pensa à chercher Franks du regard, mais elle n'osa pas s'y risquer. Était-il dans les parages ? Voyait-il Josephina ? Et l'arme ? Probablement que non, comme la majorité des spectateurs. Mais elle espérait qu'il l'observait et interprétait ses réactions. Elle devait gagner du temps. Elle dompta donc ses émotions, s'efforçant de garder son sang-froid et sa concentration.

— D'accord. Je suis ici, alors si vous souhaitez que je rende un rapport sur votre patient, allons-y. Réglons ça tout de suite.

— C'est ce que j'espérais, mais ce n'est pas un endroit très propice aux conversations.

— Dans ce cas, nous pouvons…

Un brouhaha emplit la grange. Le combat s'achevait. Parmi les acclamations bruyantes des spectateurs s'élevèrent quelques huées et cris de menace. Dos au ring, Marina ne prêta pas attention au vacarme. Pas plus qu'elle ne vit Sandro faire son entrée et patienter derrière les cordes. Lui non plus ne la vit pas. Concentré, il était déjà sur le ring.

Marina coula un regard furtif autour d'elle. Aucun signe de Franks.

— Nous pouvons toujours aller ailleurs, proposa-t-elle.

— Nous n'avons pas vraiment le choix, puisque c'est impossible de faire quoi que ce soit ici.

— Où est-il ? demanda Marina. Stuart Sloane, où le gardez-vous ?

— Juste ici.

Marina se retourna.

— Où ici ?

— Juste devant tes yeux.

Le cœur de Marina cessa de battre.

— C'est lui ? C'est lui qui menace ma fille ?

— Je te présente ton nouveau patient. Tu as l'air

surprise. Désolée, je lui ai dit de te faire coucou, mais il a les mains encombrées.

Un tremblement s'empara des jambes de Marina.

— Et vous voudriez que je déclare cet homme sain d'esprit ?

— Tout à fait. Il est parfaitement sain d'esprit.

Marina dut se retenir de hurler.

— Alors pourquoi braque-t-il un flingue sur ma fille ?

— Parce que je lui en ai donné l'ordre. Il protège mon investissement, docteur Esposito. Alors ne fais rien que tu puisses regretter si tu ne veux pas que ça dégénère.

Les spasmes dans les jambes de Marina se propagèrent au reste de son corps. Elle aurait voulu s'élancer entre les bottes de foin et empoigner sa fille. Mettre cette femme au pied du mur, affronter ce que le sort lui réservait, puis s'enfuir avec Josephina. Elle parcourut la grange d'un regard désespéré. Que fichait Franks ?

— Tu cherches qui ?

— Comment ?

Elle s'était trahie.

— Non... Personne...

— Tu as regardé autour de toi.

— Je ne... Non...

Enfin, elle l'aperçut. Sur sa gauche, il essayait de se frayer un chemin à travers la foule dans la plus grande discrétion. Il l'avait repérée, lui aussi, et se rapprochait.

Marina devait lui adresser un signe, lui indiquer de rester en retrait. Elle réussit à croiser son regard. Secoua la tête.

— Qu'est-ce que tu fais ? À qui tu fais signe ?

— Rien. À personne.

Franks s'immobilisa. Il avait reçu le message.

— Tu mens. Tu étais en train de…

Il y eut une pause sur la ligne, suivie d'une brusque inspiration.

— Espèce de salope !

— Pardon ?

— Tu m'as piégée.

Marina sentit son estomac se retourner.

— Non, je ne…

— Ne mens pas, salope ! Tu m'as tendu un piège. C'est pour ça que tu m'as fait venir ici. Qui c'est ? À qui tu faisais signe ?

Marina voulut protester, mais toutes les reparties qui lui passaient par la tête ne l'incriminaient que davantage. La ravisseuse devinerait qu'elle mentait.

La femme émit un soupir rauque, presque un grognement, et son débit s'accéléra.

— C'était trop te demander de t'en tenir au plan, hein ? Il a fallu que tu… Pourquoi ? Pourquoi ?

Un autre soupir. Un autre grognement.

— Tu ne pourras t'en prendre qu'à toi-même. Personne ne pourra me reprocher ce qui va se passer.

Et le téléphone se tut dans la main de Marina.

81

Mickey n'était pas fâché qu'Anni et lui n'aient pas fait l'amour au bureau.

Si la tentation s'était cruellement fait sentir, le bon sens avait fini par l'emporter. Ils avaient donc repris le travail, non sans s'autoriser quelques insinuations suggestives et caresses furtives sur les bras et les cuisses, avant-goût alléchant des plaisirs qu'ils se promettaient.

Ils s'étaient concentrés sur la tâche devant eux, rassemblant tout ce qu'ils avaient pu trouver sur Michael et Dee Sloane, leur activité et leur vie.

— Bon !

Mickey s'écarta de son écran d'ordinateur en se frottant les yeux, prêt à faire le point sur les divers éléments découverts.

— D'un côté, nous avons Graham Watts…

Assise sur le bord du bureau, Anni balançait ses jambes d'avant en arrière en grignotant un paquet de chips acheté au distributeur.

— Le cadavre de Jaywick. Et le premier arrivé sur la scène des crimes imputés à Stuart Sloane.

— Et de l'autre, nous avons Jeffrey Hibbert.

— La victime de l'homicide sur lequel enquête Calamity Jane.

— Très drôle ! Par une étrange coïncidence, Hibbert et Watts ont travaillé ensemble à une époque. Au service des Sloane.

Anni écoutait Mickey avec attention. Il jeta un coup d'œil à son écran, puis aux notes qu'il avait gribouillées sur son bureau.

— Ils occupaient tous les deux des postes haut placés. Ils ont commencé comme ouvriers, puis sont devenus chefs d'équipe au sein des exploitations. Ils recrutaient leurs hommes, géraient les embauches, les licenciements et le reste.

— Les exploitations ? répéta Anni, la bouche pleine.

— Pardon ?

— Tu as dit *les* exploitations. Au pluriel.

Mickey se pencha vers elle pour lui piquer une chips.

— Hé !

— Merci. Hum ! Sel et vinaigre. Pas mes préférées.

— Je tâcherai de m'en souvenir, histoire de toujours choisir celles-ci à l'avenir. Ça évitera que tu m'en chouraves.

— Bref ! Oui, exploitations au pluriel. Après la mort de leurs parents, les enfants Sloane ont diversifié leurs activités, si l'on peut dire. À croire qu'ils n'attendaient plus que le décès de leur père pour prendre les rênes de l'entreprise familiale. Ils se sont mis à spéculer. Ils ont racheté des parts d'exploitations industrielles en forte croissance en Europe et, petit à petit, ils les ont augmentées, jusqu'à prendre le contrôle de la plupart.

— Des exploitations industrielles. Charmant !

— J'ai vu un documentaire là-dessus un jour. Affreux ! Ça m'a presque dégoûté de la viande.

— Presque… Continue.

— Donc les Sloane ont développé leur business : import-export, contrôle de la chaîne logistique et tout le toutim. Et puis ils ont vendu l'exploitation et monté une entreprise de parapluies, Sloane Holdings.

— Et à quel moment Hibbert et Watts interviennent-ils dans cette histoire ?

— Très bonne question. Selon la version officielle fournie par les Sloane, Watts ne partageait pas leur vision d'avenir pour l'entreprise, ce qu'il leur a fait savoir. Résultat, il s'est fait virer. Et comme Hibbert était un bon ami à lui, il y est passé, lui aussi.

Mickey vola une autre chips à Anni.

— Arrête !

— Ce n'est pas si mauvais que ça, finalement. Je crois que je vais m'y habituer. Enfin bref, après avoir été lourdés, nos deux hommes se sont mis à faire du grabuge. Tout à coup, ils sont devenus très bavards. Ils racontaient à qui voulait l'entendre qu'ils savaient beaucoup de choses, qu'ils allaient ruiner les Sloane et j'en passe.

— Rien de bien original.

— Sauf que leur version des faits contredisait celle des Sloane. Selon Watts et Hibbert, leur licenciement n'avait rien à voir avec l'expansion de l'entreprise. Ils en étaient très contents, au contraire. C'était la garantie de plus gros revenus.

— Où était le problème alors ?

— Le problème, c'étaient les Sloane.

— Comment ça ?

Mickey jeta un autre regard à son écran.

— Michael Sloane s'est complètement remis de la fusillade, ses blessures n'étaient pas très graves. Mais sa sœur, Dee Sloane, n'a pas eu autant de chance. Elle a dû multiplier les voyages à l'étranger pour se faire soigner. Des traitements très coûteux. Le bruit courait que ça ne tournait pas rond dans sa tête. Que les dommages n'étaient pas seulement corporels, mais aussi mentaux.

— Pas étonnant après ce qu'elle a traversé.

— C'est sûr. Il semblerait que ça l'ait totalement transformée. Elle s'est mise à s'isoler du reste du monde. Et puis j'ai trouvé autre chose sur les Sloane. Des parties fines un peu louches.

— Louches dans quel genre ? sourit Anni.

— Toujours l'esprit aussi mal placé, Hepburn ! Je ne sais pas trop, mais Watts et Hibbert ont fait allusion à des soirées. Ils y auraient même participé. D'après la rumeur, il y avait anguille sous roche entre Watts et Dee Sloane, ce qui ne plaisait pas beaucoup au frangin. Mais ça ne s'arrête pas là. Tu te souviens de cette affaire, il y a quelques années ? Des ramasseurs de coques retrouvés morts à Wrabness ?

— Oui, des travailleurs immigrés surpris par la marée. Le procès a fait beaucoup de bruit.

— Beaucoup, oui. Eh bien, ces gens travaillaient pour les Sloane. Cette affaire aurait pu signer la ruine de l'entreprise familiale, mais ils s'en sont sortis sans être véritablement inquiétés.

— Comment ?

— Les témoins sont revenus sur leur déposition. Quelques-uns se sont même évanouis dans la nature. Absence de preuves de négligence de la part de l'employeur. Le tribunal a conclu à une mort accidentelle. Et les Sloane s'en sont tirés à bon compte. C'est peu après qu'ils ont commencé à se diversifier.

Anni froissa son paquet de chips et le balança dans la corbeille.

— Pour résumer, il vaut mieux bien s'entendre avec ces gens.

— Je ne te le fais pas dire. Certains de leurs concurrents auraient disparu de la circulation après avoir traité avec eux.

— Mis la clé sous la porte, tu veux dire ?

— Non, vraiment disparu, sans laisser de trace. Il y a bien eu des enquêtes, mais ça n'a rien donné.

Il haussa les épaules, avant d'ajouter :

— C'est comme s'ils avaient été rayés de la surface de la planète. Et les Sloane n'ont jamais été embêtés.

— Eh bien ! Et Stuart Sloane, où trouve-t-il sa place dans le puzzle ? Il chercherait à se venger, lui aussi ?

— Va savoir ! répondit Mickey en sortant son téléphone portable. Je vais appeler Jessie. Elle en sait peut-être davantage. Après tout, elle travaille aussi sur cette affaire.

— Tu ne crois pas qu'elle nous aurait contactés si elle avait du nouveau ?

— Pas obligatoirement, dit Mickey avec un sourire. Tu lui fiches peut-être la trouille. Elle n'ose peut-être pas téléphoner, de peur de tomber sur toi.

— Ou peut-être que je lui plais, renchérit Anni.

— Peut-être…

Elle s'esclaffa.

— Pas la peine de faire cette tête, Philips !

82

Amy raccrocha et rangea son téléphone portable dans sa poche de jean. Tyrell observa ses épaules voûtées, ses yeux rivés par terre. Son expression ne lui disait rien qui vaille.

Toute la situation ne lui disait rien qui vaille.

Il baissa les yeux sur Josephina, puis les ramena sur Amy.

— C'était un piège, déclara-t-elle avec une secousse de la tête.

— Quoi ?

— Il faut croire que la maman chérie de Josephina n'a pas tellement envie de la revoir, au final.

Tyrell ne comprenait plus rien.

— Mais…

Il fouilla le visage d'Amy à la recherche de réponses. Des émotions familières habitaient ses yeux. De la colère. De la folie. Quelque chose d'autre, aussi, qu'il n'y avait encore jamais vu. Du désespoir. Pour une raison qu'il ignorait, cette découverte accrut son angoisse.

Les spectateurs sur les bottes de foin lui tournaient toujours le dos, suivant le combat avec de grands cris.

Tyrell demeurait immobile entre deux gradins improvisés au fond de la grange. Le calme dans la tempête. L'œil du cyclone.

Sauf qu'il ne se sentait pas du tout calme. Son cœur battait la chamade, la panique menaçait de le submerger. Il apercevait la mère de Josephina près du ring, derrière une masse de gens. Affolée. Josephina se débattait en pleurant pour se dégager et la rejoindre. Ses sanglots se perdaient dans les beuglements de la foule. Il observa de nouveau Amy. Elle ne bougeait plus, claquemurée dans ses pensées.

— Elle… Elle a dit quoi ?

Amy ne répondit pas. Rien ne portait à croire qu'elle l'avait entendu. Mettant son absence de réaction sur le compte du bruit, Tyrell renouvela sa question. Plus fort, cette fois.

— Elle a dit quoi ? Qu'est-ce qui se passe ?

— Elle nous a trahis, répondit Amy, d'une voix d'outre-tombe.

Tyrell frissonna de tout son être.

— Quoi ? Comment ça ?

Amy se retourna pour poser sur lui des yeux éteints.

— Elle a prévenu quelqu'un. La police va débarquer. On va t'arrêter. Et moi avec.

À son ton, elle s'attendait sans doute à voir Tyrell choqué ou dépité par la nouvelle. Mais celle-ci ne provoqua chez lui qu'un immense soulagement. Qu'on l'arrête. Qu'on le jette de nouveau en prison. Enfin, il pourrait se reposer.

— Mais je ne vais pas la laisser avoir le dernier mot. Et lui non plus !

— Qu'est-ce que tu racontes ? De qui tu parles ?

— La gosse ne nous sert plus à rien.

— On peut la relâcher, alors ?

Un autre soupir franchit les lèvres d'Amy. Elle plongea ses yeux dans les siens. Et ce qu'il y vit le terrifia.

— Réfléchis deux secondes ! On ne la relâche pas. On la tue. Tout de suite.

83

— Dieu merci, c'est toi !

La main serrée sur sa poitrine, Helen sentit son rythme cardiaque ralentir.

Dee sourit.

— Tu t'attendais à voir quelqu'un d'autre ?

Helen réussit à expulser un petit rire pincé.

— Non.

Elle regarda autour d'elle, esquissant un geste en direction des coques de navire.

— Je ne sais pas. C'est juste… un peu angoissant, par ici. Qui sait qui rôde dans les parages ?

Le sourire de Dee ne vacilla pas.

— Tu as raison. Qui sait ?

Helen rit encore, reprenant lentement son souffle.

— Alors nous partons ? demanda-t-elle.

— Tu as tout ce dont tu as besoin ?

Helen pointa le doigt sur sa valise.

— Tout est là. Ça devrait me suffire pour l'instant.

— Tu n'as dit à personne que tu venais ici ? Que tu avais rendez-vous avec moi ?

— Non, comme convenu.

— Et personne ne t'a suivie ?

Le souvenir des deux inspecteurs de police lui traversa l'esprit, mais elle l'ignora. Personne ne l'avait suivie. Elle avait vérifié.

— Non, il n'y a que moi.

— Parfait.

— Tu as…

Helen hésita une demi-seconde. Elle ne voulait pas passer pour une femme vénale, mais elle devait s'en assurer.

— L'argent ?

— Tout est arrangé.

Dee hocha la tête, comme si elle s'absorbait dans ses pensées.

— Oui, tout est arrangé.

Helen sourit.

— Parfait. Alors allons-y.

Dee posa sa main sur le bras d'Helen. Sa poigne était puissante, accablante de contrainte.

— Aïe ! Tu me fais mal. Qu'est-ce que… ?

Helen ne termina pas sa phrase. Une ombre venait de surgir des carcasses de navire empilées derrière Dee. Gigantesque. Elle s'approcha lentement d'Helen, émergeant dans la clarté des lampadaires. C'était un homme, l'un des plus grands et forts qu'elle avait jamais vus. Un colosse à la peau grise, aux bras enveloppés de bandages crasseux et ensanglantés. Ses yeux étincelèrent dans la lumière, dansant au rythme d'une mélodie hystérique qu'Helen espérait ne jamais entendre.

Il continua sa progression à pas lents.

— Tu as raison, déclara Dee, ses paroles entrecoupées d'un éclat de rire cruel. Qui sait qui rôde dans les parages ?

84

Descendus de voiture, Jessie et Deepak se dirigeaient vers l'amoncellement de bateaux de pêche lorsqu'un cri retentit.

— Vite ! souffla Jessie.

Deepak s'élançait déjà sur l'herbe pour rejoindre le chemin, dissimulé de la promenade afin d'échapper aux regards. Quand il atteignit le cimetière de navires, il avança prudemment à l'abri des amas de coques, à pas rapides et silencieux, longeant le chemin éclairé par les lampadaires.

Jessie le rejoignit. Ensemble, ils progressèrent jusqu'à l'extrémité des bateaux.

Un autre cri se fit entendre. Assourdi, celui-ci. Étouffé par la force.

Ils échangèrent un regard. Puis il fit un signe de tête.

Ils étaient parés pour intervenir.

À son tour, Jessie hocha la tête.

Prête à bondir, à surprendre l'agresseur en flagrant délit.

Quand son téléphone sonna.

85

Tyrell baissa le regard. Josephina le dévisageait sans ciller de ses deux billes rondes remplies de larmes. Non, se dit-il. Je vaux mieux que ça.

— Je suis pas un meurtrier, déclara-t-il. Je me fiche de ce qu'on raconte. Je suis pas un meurtrier…

Tout à coup, son esprit dérapa sans qu'il puisse l'empêcher. La tension aidant, il se laissa surprendre par cette brusque fuite vers le passé. Et il se retrouva dans la maison, dans la pièce. Ce jour-là. Le fusil de chasse niché au creux de son bras.

La mémoire lui revenait. C'était le jour du mariage de sa mère. Il était si content pour elle. Il était sorti se promener dans le parc, loin de la maison, loin de la famille. Une belle promenade à songer à l'avenir. Et quand il était revenu, il avait trouvé…

Il se rappelait ce qu'il avait trouvé. Des cadavres partout. Du sang. Du désordre. Le monsieur qu'il s'efforçait d'appeler père, un spectacle digne d'un film d'horreur. Et sa mère, mon Dieu, sa mère, étendue près de lui. Dans ses bras, comme s'il avait essayé de la protéger. Tous les deux morts. Sans vie.

C'est à ce moment qu'il avait pris la fuite. Qu'il

avait cherché un endroit dans sa tête où se cacher, se réfugier. Et il ne l'avait plus jamais quitté.

Mais d'autres images affleuraient à sa conscience. Un autre souvenir.

Jiminy Cricket. Qui apparaissait devant lui, lui disait quoi faire. Et lui qui écoutait, s'exécutait. Si sonné, si anéanti par le spectacle devant ses yeux qu'il lui obéissait au doigt et à l'œil.

Un autre souvenir émergea.

Il ferma les paupières. Celui-là, il ne voulait pas le ramener. Pourtant il le fallait. Son esprit s'était transformé en manège de fête foraine. Qu'il le rende malade, le terrorise, lui fasse regretter d'être en vie, il devait continuer jusqu'au bout. Impossible de descendre tant que le tour n'était pas terminé.

Tant qu'il n'avait pas tout vu.

Dans l'autre pièce. Son frère. Sa sœur.

Ou plutôt le garçon et la fille que sa mère voulait qu'il appelle frère et sœur.

Tous les deux couchés par terre dans une flaque de sang. Mais en vie. Ils bougeaient, l'observaient en contre-plongée, jouaient la comédie. Comme si tout cela n'était qu'une vaste plaisanterie.

Il jeta un regard en biais à Amy. Et ce fut alors comme si la foudre lui tombait dessus. Il venait de comprendre.

— Je suis pas un meurtrier, répéta-t-il. Je l'ai jamais été…

Il fixa Amy.

— Je sais qui t'es.

Elle sourit.

— Bravo, Einstein ! Maintenant, tu fais ce que je t'ai dit.

— Je suis pas un meurtrier. Jamais je tuerai un enfant. Jamais !

Il agrippa Josephina et la serra fort contre lui.

— Et je te laisserai pas lui faire de mal non plus.

— Tue-la ! Et plus vite que ça ! Il faut qu'on se tire d'ici.

— Jamais je tuerai un enfant. Jamais.

Avec un grand geste, il braqua le pistolet sur Amy.

— Je sais qui t'es.

Les lèvres d'Amy s'ouvraient déjà sur une réplique caustique quand elle croisa son regard. Elle les referma sans un mot.

— Je sais qui t'es et ce que tu m'as fait. Ce que t'as fait de ma vie.

Elle demeura muette.

— Tu m'as volé ma vie…

Il pressa la détente.

86

Le Golem se figea, son bras enroulé autour du cou de la femme, prêt à le briser. La main de Dee Sloane venait de se poser sur ses bandages pour le retenir. Tous deux braquèrent les yeux vers la sonnerie qui retentissait dans l'obscurité.

Le Golem ne voulait pas s'arrêter. Qui que soit l'intrus, il pouvait lui régler son compte à lui aussi. Et au monde entier. Rien ne pouvait lui résister. Rien.

En silence, Dee Sloane lui adressa des signes. Inclina la tête, remua le bras. Derrière les bateaux. Elle voulait qu'il emmène la femme derrière les bateaux. Qu'il termine le travail là-bas.

Il acquiesça d'un mouvement du menton, prêt à s'exécuter.

Mais la femme poussa un nouveau hurlement.

— À l'aide ! Pitié ! À l'aide !

Le Golem l'entraîna avec lui, mais il était déjà trop tard. Son appel au secours avait alerté l'intrus au téléphone. Les intrus, plutôt. Deux. Qui chargeaient dans leur direction.

— Laisse-la ! lui cria Dee Sloane. Occupe-toi d'eux.

Relâchant sa victime, il se tourna vers les nouveaux venus. Un homme et une femme. Cette dernière criait, bouche grande ouverte. Elle aboya son identité, lui donna un ordre. Il crut vaguement entendre le mot police, mais il n'écoutait pas. Il obéissait aux commandes.

Il s'avança pour saisir la femme par le cou. Le téléphone tomba par terre, où il continua de sonner. Le Golem resserra son étreinte.

Et se figea. Quelque chose dans son dos avait attiré son attention. Il pivota. L'homme brandissait une rame qu'il avait ramassée par terre. Il l'abattit sur son dos. Recommença.

Le Golem n'éprouva qu'une infime irritation. Mais l'homme visait bien et fort, il commençait à perdre l'équilibre. Les coups faiblissaient, mais l'homme s'obstinait à le frapper. Le Golem libéra la femme pour affronter ce nouvel opposant. Projeta son poing en avant.

Et rata sa cible.

Son adversaire était petit, son corps maigre et nerveux, ses réflexes affûtés. Il esquiva le coup d'une torsion sur le côté.

Le Golem frappa encore, mais l'homme se baissa et son poing percuta la coque d'un bateau. La pile d'embarcations chancela, sans toutefois s'effondrer. Le Golem considéra sa main. Ses articulations étaient écorchées, sa chair à vif, hérissée d'éclats de bois. Mais il ne sentait rien. Les cachets du Dr Bracken opéraient des miracles.

Du coin de l'œil, il aperçut la femme s'agenouiller pour chercher son téléphone à tâtons. Il devait l'empêcher de mettre la main dessus. Alors que ses doigts allaient saisir l'appareil, il lui assena un coup de pied dans le bras. Un craquement retentit, puis elle s'écroula avec un cri.

— Ça traîne ! Termine-moi ça !

La voix de Dee Sloane.

D'une volte-face, le Golem lui indiqua qu'il avait entendu l'ordre. Puis il reporta son attention sur les deux importuns.

Elle avait raison. Il était temps d'en finir.

87

Marina avait l'impression d'être paralysée et contrainte de regarder son pire cauchemar se dérouler devant ses yeux. Elle ne pouvait pas bouger, de peur que Stuart Sloane n'abatte sa fille d'une balle dans le crâne, mais elle ne pouvait pas non plus demeurer immobile sans rien faire. Josephina la dévisageait avec des yeux brillants de larmes et remplis d'interrogations. *Pourquoi restes-tu là ? Pourquoi ne viens-tu pas à mon secours, maman ?* Des interrogations auxquelles Marina ne pouvait pas répondre.

L'homme au pistolet resserra son étreinte sur sa fille.

Soudain, le temps s'étira. Autour d'elle, les voix s'assourdirent et la foule se mit à se mouvoir au ralenti.

Marina vit alors Sandro crier, puis la dépasser en courant pour s'élancer vers l'homme au pistolet. Avec des mouvements lents dans son esprit, mais rapides en réalité.

Elle vit l'homme dévier brusquement le canon de l'arme, l'éloigner de Josephina. Et, malgré la distance, son doigt peser sur la détente, prêt à faire feu.

Elle vit sa propre bouche s'ouvrir sur un cri, ne libérant qu'un éclat de voix sourd.

Vit Sandro arriver à la hauteur de l'homme, bondir sur lui. Et l'homme lever la tête, les yeux écarquillés de surprise, les lèvres ouvertes sur des mots qui refusaient de sortir.

Puis la main de Sandro empoigner celle de l'homme, lui arracher le pistolet, le jeter derrière lui.

Et l'homme essayer de crier quelque chose sans réussir à se faire entendre.

Puis elle vit Sandro armer son bras, recroqueviller ses doigts et précipiter son poing sur le visage de l'homme.

De toutes ses forces.

Vit l'homme lâcher Josephina.

Sa fille libre.

Le temps reprit son cours. Marina retrouva le présent et, avec, sa capacité de mouvement.

— Josephina !

Ses jambes délivrées de leur ankylose, elle se fraya un chemin à travers la foule. La sortie très remarquée de Sandro avait attiré l'attention des spectateurs. Ils se tournaient vers le fond de la salle, cherchaient à distinguer ce qu'elle regardait, ce vers quoi elle courait.

Elle poussa, cria, bouscula pour passer, rejoindre sa fille. Tout autour, ce n'étaient que des cris et des corps pressés qui l'écrasaient, l'empêchaient d'avancer. Elle n'entrevoyait que des éclairs de son frère et de sa fille dans la cohue. Elle força, continua sa progression.

Puis s'arrêta brusquement. Deux poignes puissantes s'étaient refermées sur ses épaules.

Elle essaya de se dégager. En vain. Elle fit volte-face pour protester à grands cris.

— Ne vous en faites pas, déclara une voix familière à l'accent gallois. Je suis là, je vous tiens. Vous ne craignez plus rien maintenant.

L'inspecteur divisionnaire Gary Franks.

Marina se retourna vers le fond de la grange.

Son frère et sa fille avaient disparu, engloutis par la marée humaine.

88

— Elle en met du temps à répondre, remarqua Mickey lorsqu'il eut composé le numéro de Jessie James.

— Peut-être que tu la déranges au beau milieu d'un rancard d'enfer.

Anni balançait toujours ses jambes, assise sur le bureau.

Mickey patienta.

— Je ne suis pas non plus redirigé vers sa boîte vocale. Bizarre…

— Pas tant que ça. C'est dimanche soir. Et Pâques. Elle doit être rentrée chez elle. Tout le monde n'est pas comme nous, tu sais. Certaines personnes ont une vie.

Enfin, la tonalité s'interrompit. Mickey informa Anni d'un geste de la main.

— Allô, Jessie ?

— Ah, parce que c'est Jessie maintenant ? observa Anni, assez fort pour être entendue à l'autre bout de la ligne.

Mickey lui fit signe de se taire.

— Mickey Philips à l'appareil. Je voulais juste…

Il s'arrêta net, interrompu par une voix.

— Tu arrives trop tard, Mickey Philips. Beaucoup trop tard.

Puis la communication fut coupée.

Anni tenait déjà une vanne toute prête à envoyer à Mickey, mais l'expression qu'il afficha la bloqua dans sa gorge.

— Merde ! lâcha-t-il. Il y a un problème.

89

— Non ! tempêta Marina, repoussant brusquement les mains de Franks. Ma fille ! Ma fille est là-bas !

À force de contorsions, elle réussit à se libérer. Elle s'élança vers le fond de la salle, Franks sur ses talons. Un véritable chaos régnait dans la grange. Les hommes de Franks avaient révélé leur identité et les spectateurs, paniqués par la présence policière, se ruaient tant bien que mal vers les sorties. Si le combat de boxe était terminé, celui pour couper à une arrestation ne faisait que commencer.

Marina se fraya un chemin dans la cohue avec une force qu'elle ne se connaissait pas, mais qu'elle aurait aimé se découvrir quelques minutes plus tôt. À mesure que la grange se vidait, elle réussit à progresser dans la foule. Jusqu'à atteindre l'endroit où se trouvait Josephina. Des policiers embarquaient Sandro et Stuart Sloane, bras derrière le dos. Mais il n'y avait aucune trace de la femme au téléphone.

— C'est mon… mon frère, cria Marina, sans réussir à se faire entendre.

Elle explora la grange du regard, scruta les visages. Contrôla derrière les bottes de foin, sur les gradins.

Rien. Elle se retourna vers Franks, gagnée par la panique.

— Ma fille ? Où est ma fille ?

Franks lui répondit, mais elle ne l'entendit pas. Elle était trop occupée à fouiller le bâtiment avec frénésie, à mettre tout sens dessus dessous.

La femme avait disparu. Et Josephina aussi.

LUNDI

Résurrection

90

Minuit. Et le dimanche de Pâques se changea en lundi de Pâques.

Dans sa chambre d'hôtel, Michael Sloane faisait les cent pas. Ou autant qu'il pouvait en faire, étant donné l'exiguïté de la pièce. Ils n'avaient pas pour habitude de descendre au Holiday Inn de Colchester, mais c'était justement la raison pour laquelle ils avaient choisi cet établissement. Michael supposait que personne ne viendrait les y chercher. Arrivée depuis une demi-heure à peine, Dee ne pouvait que lui donner raison.

La pièce lui paraissait étroite, anonyme, morne. Sans doute à l'image des gens qu'elle accueillait, songea-t-elle, soudain traversée par un effroyable souvenir. À une époque, elle n'aurait même pas rêvé du Holiday Inn de Colchester. Mais elle n'était plus la même. Et elle ferait tout pour le rester.

Assise au bout du lit, les chevilles croisées, les bras appuyés derrière elle, elle regardait Michael arpenter la pièce sans piper mot. Lorsqu'il était de cette humeur, elle se gardait bien de l'approcher, ou même de lui parler. L'heure n'était plus à leurs petites épreuves de force intimes. Quand elle décelait ce regard dans ses yeux, cette raideur dans son dos, elle savait qu'elle paierait cher toute intervention ou toute tentative pour tourner la situation en un petit jeu de leur invention. En temps normal, elle se délectait de la douleur, la lui rendait même, si le cœur lui en disait. Mais pas quand il se mettait dans cet état. Quand la rage le prenait, il était capable de la massacrer. Elle et tous ceux qui se mettaient en travers de son chemin.

— Mais qu'est-ce qui lui a pris, bordel de merde ?

Dee ne répondit rien. Elle n'était pas invitée à se prononcer sur le sujet.

— Décrocher son téléphone ! Et parler ! Mais quel abruti !

Encore des allées et venues. Encore de l'attente pour Dee. Enfin, il s'immobilisa.

— Non mais tu l'as vu ? J'aimerais bien savoir ce qu'il gobe ! Qu'est-ce que Bracken lui a encore refilé pour le remettre sur pied ? Il... disjoncte complètement. Il va finir par nous mettre en danger.

Au regard qu'il lui adressa, Dee comprit qu'il l'autorisait à prendre la parole.

— Dans ce cas, débarrassons-nous de lui, dit-elle avec déférence, les yeux baissés.

— C'est bien ce que je compte faire. Dès qu'il aura terminé cette mission, c'est un homme mort.

Il se passa la main dans les cheveux, avant d'ajouter :

— S'il arrive à la terminer.

Il se remit à arpenter la pièce.

— On a laissé la situation dégénérer. Cette fois, on est allés trop loin. Beaucoup trop loin. Il va falloir prendre le large.

— Pour aller où ? À l'étranger ?

Il confirma d'un mouvement du menton, sans cesser de marcher.

— L'itinéraire est prêt depuis des années en cas de besoin. Nickoll pourra faire obstruction le temps qu'on quitte le pays.

Dee accueillit ses mots avec un petit hochement de tête. Cela devait bien finir par se produire. L'idée de partir, de tout abandonner, ne l'enchantait guère, mais elle savait que leur train de vie n'en pâtirait pas. Ils avaient suffisamment de côté pour continuer à le financer. Et cela lui convenait parfaitement. Car s'il y avait une chose dont elle ne pouvait se passer, c'était bien de son train de vie.

— Et les trois dans la voiture, on en fait quoi ?

Les deux inspecteurs de police et Helen Hibbert se trouvaient dans un 4 × 4 garé au fond du parking de l'hôtel. Dissimulés sous des couvertures, sous la surveillance du Golem.

— Hibbert, je m'en fous, mais on ne peut pas prendre le risque que quelqu'un retrouve les policiers. Ils doivent disparaître.

Dee inclina la tête. Elle s'attendait à cette réponse.

Michael cessa d'arpenter la pièce pour se poster devant elle. Lui saisissant le visage, il la contraignit à le lever vers lui et à le regarder.

— Dès que c'est réglé, on disparaît à notre tour.

Elle força un sourire, ses yeux dans les siens et l'échine parcourue d'un frisson de peur.

91

Tyrell fixait le mur devant lui. Non, pas un mur, un miroir. Qui lui renvoyait son reflet. Mais il n'y avait pas que lui, là-dedans. C'était un miroir sans tain. Il ne voyait pas au travers, mais il savait qu'on l'observait de l'autre côté. Toute sa vie, on l'avait observé. Alors il pouvait dire quand c'était le cas.

Ses mains reposaient sur ses genoux sous la table. Ses pieds étaient joints, son dos détendu. Il se sentait calme, serein. En paix avec lui-même. En fait, il ne s'était jamais mieux senti depuis sa sortie de prison.

La prison. À l'époque, il ne s'en rendait pas compte, mais, avec le recul, il s'apercevait qu'il y était en sécurité. Presque heureux, même. Mais surtout en sécurité. Comme jamais depuis son enfance. Sa vraie enfance, quand il n'y avait encore que sa mère et lui. Avant qu'ils déménagent dans la grande maison. Avec le vieux monsieur qui voulait être son père et essayait d'être gentil avec lui. Et le frère et la sœur qui faisaient juste semblant de l'être.

Il frissonna. C'était l'un des souvenirs qu'il avait cherché à ensevelir au plus profond de son être, parce que ça lui faisait mal d'y penser. Mais tous lui revenaient à présent. Les bons comme les mauvais. Il songea à son prétendu frère et à sa prétendue sœur. Aux sourires qu'ils lui adressaient en présence de leur père ou de sa mère. Et au mal qu'ils lui infligeaient quand ils se retrouvaient tous les trois.

Il ferma les yeux pour bloquer les visions de leurs persécutions. Trop tard. À peine évoquée, la pensée s'engouffra dans son esprit, s'imposant à son regard. Il n'avait d'autre choix que de tout revoir.

Ils s'acharnaient sur lui. Tiraient, tordaient. Frappaient. Lui criait, mais ils le forçaient à se taire. Menaçaient de le séparer de sa mère si quelqu'un l'entendait. Alors il cessait de pleurer, mais ses souffrances ne cessaient pas pour autant. Toujours plus cruelles. Bâtons, raquettes de tennis, battes de cricket… Tout devenait une arme entre leurs mains. Ils le brûlaient. Le ligotaient, le bâillonnaient et écrasaient des cigarettes allumées sur sa peau.

Il se tortilla sur sa chaise à ce souvenir.

Il sentait la corde contre sa peau, les nœuds qui se resserraient lorsqu'il tirait dessus pour essayer de se détacher. Percevait le grésillement de la peau calcinée sous la cendre. Flairait l'odeur de la nicotine, de la chair roussie. Sa chair. Entendait les cris et les sanglots dans sa tête, les pleurs qu'il ne pouvait évacuer, mourir contre le bandeau dans sa bouche.

Et de nouveau, il fut submergé de tristesse. Pour sa mère. Pour lui.

La honte de montrer les cicatrices à sa mère. Les années passées à les cacher.

À se cacher. À cache-cache, c'était toujours lui qui devait se carapater. Ils avaient instauré des règles à eux. S'ils le trouvaient, il recevait un gage. Or ils le trouvaient toujours. Et il recevait toujours le même gage : ils l'enfermaient dans la cave.

Il détestait la cave. Chaque fois qu'ils voulaient jouer à cache-cache, il savait qu'il finirait dans la cave. Mais il ne pouvait pas refuser. Il avait essayé plusieurs fois, il avait compris sa douleur.

La cave se trouvait au fond de la maison, juste à côté du fleuve qui courait derrière la bâtisse. Il y avait même un bateau amarré dans le jardin. Son prétendu frère et sa prétendue sœur soulevaient la trappe et le forçaient à descendre l'escalier de bois. Puis ils la rabattaient et partaient en courant, l'abandonnant là des heures durant. Deux ou trois fois, ils l'avaient même oublié. À l'intérieur, il faisait froid, sombre et humide. Il n'y avait ni lumière, ni électricité, ni bougie. Rien que lui et les rats. Et le lent, lent bruissement de l'eau.

Parfois, sa main était mouillée rien que de toucher les murs. Ses pieds aussi. Quand la marée montait, les parois de bois gémissaient sous la pression de l'eau, suintaient. Au début, il était terrifié, persuadé qu'elles finiraient par céder et que les flots s'engouffreraient dans la cave et le noieraient. Mais, peu à peu, il s'était accoutumé. Il arrivait même à calculer le temps qu'il restait enfermé avec les marées. Mais ça ne l'empêchait pas de détester. Et de pleurer.

Il secoua la tête, s'escrimant à chasser les autres souvenirs qui surgissaient de sa mémoire. Comme quand son prétendu frère et sa prétendue sœur le déshabillaient avant de l'attacher et de lui écarter les jambes. Il se débattait, se démenait, essayait de leur échapper. Mais c'était peine perdue. Ils étaient deux, et tous les deux plus forts que lui. Sa prétendue sœur, elle était plus robuste qu'elle ne le paraissait. Et parfois plus perverse que son frère.

Une fois qu'il était garrotté et nu, ils lui faisaient mal. C'était une douleur différente des brûlures de cigarette. Une douleur qui le terrorisait ensuite à l'idée de toucher son corps. Ils introduisaient des objets en lui. Et riaient quand il les suppliait ou essayait de crier. Enfonçaient plus fort.

Cela les excitait, de le maltraiter de la sorte. Ils se déshabillaient devant lui, se faisaient des choses. Et ils s'amusaient de sa souffrance. Fourraient des parties de leur corps sur sa figure, dans sa bouche. L'obligeaient à…

Il serra les paupières. Non ! Non !

La prison. Penser à la prison. À sa cellule. Seul. Dans sa tête. Sans personne d'autre. Son espace. Son temps.

Il rouvrit les yeux. Regarda autour de lui. Il avait oublié où il se trouvait. Il poussa un soupir de soulagement. Il préférait encore cette pièce à l'endroit d'où il revenait, dans ses souvenirs. Il préférait n'importe où à cet endroit.

Il considéra de nouveau le miroir. On le regardait, il le savait. Il se demanda ce qu'ils voyaient, de l'autre côté. Si seulement ils avaient pu voir ce qui se trouvait à l'intérieur de son crâne, tout ce qu'il venait de contempler. Alors ils auraient peut-être pu l'aider.

Il secoua la tête. C'était une idée ridicule. Si c'était possible, quelqu'un l'aurait déjà fait depuis longtemps. Non. Certaines choses arrivaient sans que personne y puisse rien. C'était la vie. Sa vie.

Il tenta de se persuader que cela n'avait pas d'importance. Malgré toutes ces choses dans sa tête, il savait à présent qui il était. Tout lui était revenu. Même cela.

Il avait retrouvé sa vie.

92

— Il s'agite. Non. Voilà, il s'apaise.

Debout derrière le miroir sans tain, Marina ne quittait pas des yeux Stuart Sloane.

— Il nous regarde encore. Droit dans les yeux. On dirait qu'il nous voit à travers le miroir.

— Braquer une arme de poing sur une gosse ! s'exclama Franks. Je vous l'agiterais, moi !

Les bras serrés autour de sa taille, Marina surveillait Tyrell depuis la salle d'observation, une pièce exiguë qui ne ménageait guère d'espace pour plus de deux personnes à la fois. C'était dans cette pièce meublée avec parcimonie qu'échouait le mobilier de bureau mis au rancart. La chaise qu'occupait Franks avait connu l'époque où John Major résidait à Downing Street. Et le bureau sur lequel il s'accoudait était balafré et scarifié par les frustrations d'un millier d'enquêtes. Le meuble-classeur derrière lui était une pièce d'époque des années soixante.

Franks détacha ses yeux de Stuart Sloane pour les poser sur Marina. Elle était dans un état épouvantable. Ses cheveux en bataille, ses vêtements réduits en loques. Ses yeux pochés de larges cercles noirs. Il ne pouvait même pas imaginer les épreuves qu'elle avait traversées au cours des derniers jours.

— Marina…

Elle lui indiqua qu'elle l'avait entendu d'une inclinaison de la tête, sans relâcher l'attention qu'elle portait à Stuart Sloane.

— Pourquoi ne rentrez-vous pas chez vous ? Rentrez vous reposer, je prends la suite.

— Non, refusa-t-elle, sans détacher ses yeux de la salle d'interrogatoire.

— Vous n'avez rien à faire ici, Marina. Vous n'auriez même pas dû venir. Et vous ne devriez pas travailler.

Marina l'ignora.

Un combat de boxe à mains nues. Franks et son équipe n'avaient pas résisté à la tentation. Pour ne rien gâcher, leur descente leur avait permis de cueillir une jolie récolte de petits malfrats locaux qui trempaient dans des activités illégales. À présent entassés dans des salles d'interrogatoire, ils attendaient l'arrivée de leurs avocats et autres porte-parole.

Dans l'opération, ils avaient toutefois perdu la trace de Josephina et de sa ravisseuse. Ils avaient malgré tout réussi à prendre Stuart Sloane au collet et l'avaient ramené *illico presto* au commissariat.

— Marina, insista Franks, sa voix de baryton gallois ferme et autoritaire.

Elle se retourna vers lui, réticente à lui accorder une attention qu'elle entendait consacrer tout entière à Stuart Sloane.

— Il est minuit passé. Vous n'avez pas dormi depuis Dieu sait quand et vous ne devriez pas être ici.

— Mais Gary, je…

Il leva la main.

— Laissez-moi terminer. Si vous êtes directement impliquée dans une enquête, personnellement concernée, vous devez vous en retirer. Je ne vais pas vous apprendre le règlement. Or il n'y a pas plus concernée que vous par cette affaire.

Marina l'écouta en silence.

— Pour obtenir une condamnation, nous devons respecter la procédure. Si je vous autorise à rester, votre rôle dans l'enquête pourrait être mis en cause. Vous le savez aussi bien que moi.

— Sauf votre respect, Gary, je m'en fiche pas mal. Je veux juste retrouver ma fille.

Il secoua la tête avec un soupir.

— Et c'est exactement la raison pour laquelle…

— Alors c'est que vous n'envisagez pas les choses sous le bon angle. Comme vous venez de le remarquer, il est minuit passé. Et cet homme est assis juste là.

Elle pointa son doigt sur Stuart Sloane.

— Il est sûrement en mesure de nous dire où est ma fille. Vous comptez l'interroger, parfait !

Elle se pencha sur le bureau pour regarder Franks droit dans les yeux.

— Mais vous voyez aussi bien que moi dans quel état il est. Mentalement. Psychologiquement. Vous ne pourrez rien tirer de lui. Vous allez avoir besoin de l'aide d'un professionnel expérimenté et opérationnel. Et j'aimerais bien savoir où vous comptez dénicher un psy à cette heure de la nuit.

Ce fut au tour de Franks de garder le silence.

— Exception faite de votre fidèle serviteur ici présent, ajouta Marina.

Franks croisa les bras et serra la mâchoire, une pose qui accentuait sa ressemblance avec un taureau.

— De toute façon, reprit-elle, je suis incapable de rentrer chez moi et de dormir. Vous le savez bien.

— Oui, je le sais, soupira-t-il. Bon, c'est d'accord. Mais vous ne pourrez vous en prendre qu'à vous-même.

Marina réussit à grimacer un petit sourire pincé.

— Merci.

— Et si ça nous retombe dessus, je dirai que c'est votre faute. Que vous m'avez embobiné avec vos… combines de psy.

En dépit de la situation, le sourire de Marina s'élargit.

— Mes combines de psy ?

Franks rougit.

— Oh, vous savez bien… Déformer les propos, tout ça…

— D'accord.

Elle se replongeait dans l'observation de Stuart Sloane lorsqu'une pensée traversa son esprit.

— Oh, autre chose…

— Pitié !

— Mon frère. Il est… je ne sais pas où. Quelque part dans ce bâtiment. Pourrions-nous le relâcher ?

Franks refusa d'une secousse de la tête.

— Il a été inculpé. Il prenait part à une activité illégale.

— Il m'aidait à arrêter la ravisseuse de ma fille. Et puis, je vous rappelle que ces arrestations n'étaient pas le but premier de l'opération.

Franks poussa un nouveau soupir.

— Bon, très bien, on va le relâcher. Ce serait dommage de priver la société d'un tel atout et la police de pareil cadeau. C'est d'accord.

— Merci.

Ils reportèrent tous deux leur attention sur Stuart Sloane. Marina prit une profonde inspiration. Puis une autre.

— Prêt ? demanda-t-elle à Franks.

Il se leva.

— Allons-y.

93

Un marteau-piqueur perforait le crâne d'Amy. La douleur était cuisante, intense, presque fulgurante. Mais elle n'allait rien lâcher. Elle ne le pouvait pas. Pas encore.

La môme hurlait. Hurlait… hurlait… hurlait…

— La ferme ! La ferme, sale petite morveuse !

Elle l'empoigna par les cheveux et la tira derrière elle. La gosse ruait, battait l'air de ses jambes pour essayer de la suivre, de marcher. Sans succès.

Amy explora les lieux du regard à la recherche d'un endroit où la caser. Lui clouer le bec, la réduire au silence. Rien qu'un moment. Il lui restait une petite chance d'obtenir gain de cause. Il suffisait juste qu'elle accouche d'un plan plus grand, plus audacieux. C'était tout.

La môme braillait toujours, réclamait sa mère, regimbait.

Amy tourbillonna sur elle-même, la faisant virevolter d'une traction sur ses cheveux. La gosse cria de plus belle.

— Bon sang, ce que j'en ai ma claque de toi !

Elle la gifla d'un revers de la main.

Les yeux de la fillette s'écarquillèrent de douleur et de surprise. Puis les vagissements reprirent, plus forts qu'avant.

Rien n'allait plus. Elle devait la faire taire. Elle avait besoin de paix, de calme. Jamais elle n'arriverait à aligner deux pensées dans ce boucan.

Elle jeta un nouveau regard autour d'elle. C'est à peine si la maison ne s'écroulait pas sous ses yeux. Exactement comme ils l'avaient voulu. Comme ils l'avaient laissée. Mais le processus avait pris plus de temps qu'ils ne le pensaient. Elle ne savait pas vraiment ce qu'elle ressentait. Elle s'était toujours imaginé que ce serait étrange de se retrouver là. Au milieu des fantômes qui hantaient chaque pièce, se dérobaient derrière chaque porte. Dans ces lieux où chaque pas ressuscitait un souvenir.

Mais elle n'éprouvait rien de tout cela. Sans doute parce que l'édifice se trouvait dans un tel état de délabrement et de ruine qu'elle peinait à l'associer à la maison qu'elle avait connue autrefois. Ce n'était qu'un vieux manoir abandonné comme un autre, une maison hantée décrépite.

Malgré tout, elle prit le temps de la visiter d'un bout à l'autre. Comme lors de son dernier passage, elle se familiarisa avec l'agencement des pièces, contrôla que rien n'avait changé.

Le plan général demeurait identique, mais l'intérieur commençait à se putréfier et à s'effondrer. Des tringles étaient tombées et, dessus, les rideaux se décomposaient, guère plus épais que des toiles d'araignée. Ici et là, le plancher avait cédé. L'humidité et la moisissure pénétraient les murs, mangés par leur empreinte verte et noire. Des objets se désintégraient dans sa main.

D'autres avaient occupé les lieux. Des clochards, à en juger par les bouteilles vides et les vieux journaux éparpillés. Par l'odeur, aussi. Ça sentait le mort, ou le mourant. Il y avait des rats, aussi. Elle les entendait se carapater dans les recoins, furieux de cette invasion de leur habitat.

La môme braillait toujours.

Une idée lui traversa l'esprit. Elle sourit. C'était parfait.

Traînant la chialeuse vers le fond de la maison, elle dénicha la pièce qu'elle cherchait. La trappe n'avait pas bougé. Sans lâcher les cheveux de la gosse, elle s'agenouilla et tira dessus. Le bois, gauchi par le temps, refusa de céder. Elle força. Avec un cri retentissant, elle parvint enfin à la soulever, le bras déchiré par une atroce douleur. Elle se pencha pour scruter le trou. L'escalier semblait pourri, sur le point de rompre. Elle s'inclina davantage pour voir si le fond était inondé. Le mur était toujours là, tenant tant bien que mal. L'eau n'arrivait qu'à hauteur de cheville. Parfait.

— Tu veux jouer à cache-cache ? proposa-t-elle, un sourire cruel sur les lèvres. Tu veux ?

La gosse demeura silencieuse. Amy doutait qu'elle sache quelle réponse lui donner.

— Pas grave.

Et elle la précipita dans la cave.

La môme continua de s'époumoner jusqu'à ce que la trappe se referme.

Amy se releva, puis tourna les talons pour s'éloigner.

Les beuglements de l'enfant s'étaient tus, se mêlant aux autres murmures de la maison. Des grincements, des gémissements, des couinements, des trottinements.

Les cris silencieux du passé.

Et du présent.

94

Jessie ouvrit les yeux, sans toutefois y voir plus clair. Elle était étendue dans le noir, un sol dur et froid sous son dos. Elle tenta de se rouler sur le flanc pour se lever, mais la douleur lui fusilla le bras, l'arrêtant dans son mouvement. Elle retomba, le souffle coupé.

Elle se rappelait s'être lancée au secours d'Helen Hibbert. Avoir été attaquée par… elle ne savait pas trop quoi. Une espèce de montagne grise. L'homme l'avait frappée au bras. Il le lui avait fracturé, elle en était certaine. Puis… plus rien. Le noir total. Jusqu'à maintenant.

Elle tâtonna autour d'elle de son bras valide. Devina une surface métallique et épaisse. Elle frissonna. Et sentit un mouvement. Quelqu'un ou quelque chose se trouvait juste à côté d'elle.

— Qui est-ce ?

— Moi, madame, répondit une voix faible.

Ses poumons libérèrent le souffle qu'elle retenait inconsciemment.

— Deepak. Ça va ?

— Je… Je crois, madame. Juste… mal au crâne. Rien de cassé.

— Vous avez du bol.

— Et vous ?

— Mon bras…

— Il y a quelqu'un ?

Une voix de femme. Apeurée.

— Helen Hibbert ? dit Deepak. C'est vous ? Vous êtes là ?

— Oui. Oui, c'est moi.

Le ton était fluet, hésitant. Terrorisé.

— Vous n'avez rien ? l'interrogea Jessie.

— Non, je ne crois pas.

— Bien.

Jessie renouvela sa tentative pour se relever. Sans succès. Elle s'affaissa de nouveau, suffoquée par la douleur. Ses yeux fouillèrent les ténèbres, s'efforçant de s'habituer à l'obscurité, de distinguer des nuances de gris. Mais il faisait aussi noir que dans un four.

— L'un d'entre vous a une idée de l'endroit où on est ? s'enquit-elle.

— Non, madame, répondit Deepak. On était là-bas, et maintenant… ici. Je me souviens de l'agression, puis… plus rien.

— Bon…

Elle se tut. Tendit l'oreille dans l'espoir de discerner des bruits susceptibles de les éclairer. Rien. Ils étaient enfermés dans un lieu parfaitement hermétique, c'était tout ce qu'elle savait. Un lieu froid et métallique.

— Helen. Pourquoi ont-ils fait ça ? Où sommes-nous ?

— Je ne… Je ne sais pas.

La voix d'Helen Hibbert frisait dangereusement l'hystérie. Jessie la sentait sur le point de paniquer, de hurler. Elle devait lui parler, la calmer.

— Pourquoi êtes-vous allée chez les Sloane ? Car je suppose que ce sont eux qui sont derrière tout ça.

— Je… Je savais qu'ils étaient responsables de la mort de Jeff. Je l'ai compris à la seconde où vous me l'avez annoncée.

— Pourquoi ?

— Parce que… soupira-t-elle. C'est ce qui arrive quand des escrocs se brouillent.

— Que s'est-il passé, Helen ?

— Ils… C'est Graham et Amy, comme elle se fait appeler maintenant. Ils attendaient que Stuart Sloane sorte de prison. Ils voulaient le faire examiner et déclarer sain d'esprit, pour contester le testament.

— Le testament ? intervint Deepak. Quel testament ?

— Le testament du père de Michael et Dee Sloane, Jack Sloane. Quand il s'est marié avec la mère de Stuart, il a rédigé un nouveau testament qui faisait de lui son héritier de plein droit. Ça n'a pas plu à Michael et Dee. Ils ne voulaient pas le voir s'emparer de leur argent.

Jessie tenta d'ignorer la douleur dans son bras.

— Donc, ça ne leur a pas plu. Et ensuite ?

— Oh, non, pas du tout !

— Seriez-vous en train d'insinuer qu'ils ont assassiné leur père ?

— Et leur belle-mère.

— Et obtenu la condamnation de Stuart Sloane ? Comment auraient-ils pu s'y prendre ?

Un rire retentit dans l'obscurité.

— Ils avaient de l'aide. Une aide qui s'est retournée contre eux.

— Comment ça ?

— C'est arrivé plus tard…

La voix d'Helen Hibbert s'égarait. Craignant de la voir céder à la panique, Jessie l'encouragea à parler, à rester concentrée.

— Qui les a aidés, Helen ?

— Graham.

— Graham Watts ?

— Et Jeff. Parce que Jeff obéissait à Graham au doigt et à l'œil. Mais c'était Graham, leur complice. Il a tout manigancé avec Michael. Il était sur place. Il devait donner le fusil à Stuart, pour que l'attardé porte le chapeau, comme disait Michael. Stuart avait une case en moins, il était très influençable. Graham a gagné sa confiance, il lui a dit qu'il allait tout arranger. Et puis il l'a laissé tomber.

Elle émit un son entre le rire et le sanglot.

— Graham devait juste s'arranger pour que Stuart ait le fusil dans les mains à l'arrivée de la police. Ça s'arrêtait là. Ça aurait dû, en tout cas.

— Que s'est-il passé ?

— Une fois Jack rayé de l'équation, on a tous gagné beaucoup d'argent. Les Sloane, les Graham, Jeff et moi. C'était le bon temps. Mais ça n'a pas duré.

— Pourquoi ?

— Michael avait d'autres projets. Des projets que Graham ne voyait pas d'un bon œil.

— C'est-à-dire ?

Helen Hibbert poussa un soupir.

— Je suis fatiguée…

Sa voix commençait à trembler.

Jessie continua à l'interroger sans réussir à en tirer plus d'informations. Elle chercha un moyen d'empêcher Helen Hibbert de piquer une crise de nerfs. Tâta sa veste à la recherche de son téléphone. Disparu. Évidemment.

— Ils ont pris mon portable, dit-elle. Quelqu'un en a un ?

Helen Hibbert se contenta d'un sanglot.

Soudain, une lueur perça l'obscurité. Le visage de Deepak s'illumina comme un spectre désincarné et flottant devant les yeux de Jessie. Il lui sourit.

— Vous trouvez toujours aussi débile d'avoir deux téléphones, madame ?

Jessie lui rendit son sourire.

— J'ai dit débile ? Vous avez dû mal comprendre. Génial. C'est ce que j'ai dit, Deepak. Génial.

95

Marina fouillait son visage, tentait de percer ses pensées. Sans succès. Et impossible de savoir si le blocage venait de lui ou d'elle.

Franks avait fait les présentations en prenant soin de ne pas mentionner le lien de parenté entre Marina et Josephina, puis lui avait lu ses droits. Il avait branlé de la tête tout du long, répondu quand on le lui demandait et refusé un avocat. Il n'avait tiqué qu'au moment de confirmer son identité.

— Stuart Sloane ?

Il avait secoué la tête.

— Non. Pas ça. Non.

Franks et Marina avaient échangé un regard.

— Quel nom souhaitez-vous qu'on vous donne, dans ce cas ?

Il avait incliné la tête en arrière d'un air pensif.

— Ils m'ont dit que je serais un autre homme. Que j'aurais une nouvelle vie avec un nouveau nom. Ils m'ont donné un nouveau nom.

— Lequel ?

Franks souriait presque, patient.

— Malcolm Tyrell.

— Bien, d'accord. Ce sera donc Malcolm.

— Mais je veux pas qu'on m'appelle comme ça.

Franks s'évertua à ne pas laisser percer son exaspération.

— Alors comment voulez-vous qu'on s'adresse à vous ?

Marina ne manqua pas de relever l'insinuation. Elle ne nourrissait aucun doute sur la façon dont Franks aurait voulu s'adresser à lui.

— Simplement par mon prénom. Stuart.

— Stuart.

— Oui, pour l'instant.

Franks ravala un commentaire.

— Bien, poursuivons.

Il lorgna Marina du coin de l'œil, un sourcil levé. Comprenant qu'il lui demandait si elle souhaitait débuter l'interrogatoire, elle refusa d'une légère secousse de la tête. Elle préférait lui laisser les commandes pour l'instant.

Elle aurait pu rester postée derrière le miroir sans tain. Suivre la scène depuis la salle d'observation, guider Franks au moyen d'une oreillette. D'ordinaire, c'était ainsi qu'elle procédait avec Phil. Mais, cette fois, c'était différent. Elle tenait à être présente au côté de Franks, à travailler avec lui au cœur de l'action. Ce qui ne lui semblait que légitime, étant donné les circonstances.

Elle scruta Stuart, tenta encore de lire en lui. Rien à faire. Il paraissait content. Inquiet, aussi. Deux sentiments manifestement liés. Incapable de comprendre ce que cela cachait, elle jugeait toutefois plus sage de laisser Franks commencer à poser les questions afin de se faire une idée plus précise au fil de l'interrogatoire.

— Bien, Stuart. Commençons par le plus important. Où est Josephina ?

Les yeux de Stuart se voilèrent, son front se plissa, le coin de ses lèvres s'affaissa. Il parut se replier sur lui-même.

Franks se pencha en avant avec une expression avenante, ses traits aussi neutres que possible.

— Stuart ? Où est Josephina ?

— Je... Je sais pas.

Marina s'appuya contre le dossier de sa chaise, s'appliquant à ne pas trahir son irritation. Une fois de plus, elle se demanda si son incapacité à cerner cet homme s'expliquait par le tourbillon qui faisait rage dans sa tête à elle plutôt qu'à lui. Malgré les efforts qu'elle déployait pour rester professionnelle et objective, la tâche se révélait moins facile qu'elle ne l'avait cru. Franks avait peut-être raison. Elle aurait peut-être dû rentrer chez elle.

— Allons, Stuart, vous pouvez faire mieux que ça, reprit Franks. Où est Josephina ?

— Je... Je sais pas. Pour de vrai.

Il semblait au bord des larmes. Il marqua une longue pause, avant d'ajouter :

— Je... J'ai essayé de la protéger.

— En pointant une arme sur elle ? l'interrompit Marina. On va vous croire !

Franks lui darda un regard. Mais le rappel à l'ordre était superflu. Elle savait qu'elle s'était laissé emporter, déborder par ses émotions. Elle retomba dans le silence.

Stuart ne semblait toutefois pas avoir remarqué sa réaction.

— Non, non. Je l'ai protégée. Tout le temps. Quand… quand…

Son visage se tordit.

— Quand Amy était méchante avec elle, et avec moi, je l'ai protégée, dit-il avant de baisser les yeux. Et puis quand on est arrivés à… à la grange…

Il secoua la tête en soupirant.

— Elle m'a tendu le pistolet. Elle a dit… Elle a dit qu'elle s'en prendrait à Josephina si je faisais pas ce qu'elle disait.

— Si vous ne braquiez pas l'arme sur la petite ? demanda Franks.

Stuart confirma d'un mouvement du menton.

— Oui. Alors, je l'ai fait. Mais c'était pour la protéger.

Franks s'apprêtait à poser une autre question, mais Stuart ne lui en laissa pas le temps.

— C'est Amy qui m'a obligé. Amy. Je la déteste. Elle est… horrible. L'autre, Jiminy Cricket…

Les yeux de Marina s'écarquillèrent à ces mots.

— Lui, il était gentil. Je l'aimais bien. Au début, en tout cas.

— Que s'est-il passé ? l'interrogea Franks.

— Il m'attendait quand je suis sorti de prison. Il m'a emmené à la caravane. Il a dit que j'allais avoir une nouvelle vie. Il avait l'air content.

Stuart sourit. Puis son visage s'assombrit.

— Et puis j'ai vu Josephina. Attachée. Et…

Il frissonna.

— Amy était pas très gentille avec elle.

Le sang de Marina ne fit qu'un tour.

— Expliquez-vous, Stuart, intervint-elle d'une voix calme et basse, comme un orage qui gronde.

— Elle… Elle l'avait attachée à la poignée de la porte. Et… Et elle a dit que si elle la fermait pas, elle…

Il secoua la tête.

— Continuez, l'encouragea Marina.

— Elle la jetterait aux chiens.

Marina repensa aux deux molosses qui gisaient morts devant la baraque délabrée, soudain remplie de reconnaissance pour celui qui les avait tués.

— Et moi j'ai pas aimé, continua Stuart en balançant sa tête de droite à gauche. Ça non ! Alors, quand on a dû partir de la maison, quand Jiminy s'est fait…

— Tuer, compléta Franks.

Stuart confirma d'un hochement de tête.

— On est allés… Je sais pas où on est allés. Mais Amy s'est mise dans une rage folle. Et j'ai dit… j'ai dit que je ferais rien sauf si elle était gentille avec Josephina. Je lui ai dit qu'elle devait pas lui faire du mal, que sinon je l'aiderais pas. Alors elle lui a rien fait. Et moi je l'ai aidée.

Il leur présenta un visage souriant.

— C'est bien, Stuart, dit Marina.

Elle s'interdisait de penser que le bien-être de sa fille, et même sa vie s'étaient trouvés entre les mains d'un tel homme. Plus tard, peut-être. Pour l'instant, elle avait plus urgent à régler.

— Merci, répondit Stuart, soudain rayonnant. Et j'ai dit à Amy : Ça suffit maintenant ! J'étais décidé à ce moment.

— À quel moment ? demanda Franks.

— Dans la grange. Quand elle m'a donné le pistolet. J'allais pas faire de mal à Josephina, même si Amy voulait me forcer.

L'estomac de Marina se noua.

— J'allais faire du mal à Amy, précisa Stuart en souriant. J'allais la tuer.

Ni Franks ni Marina ne prononcèrent un mot.

— Je sais que c'est pas bien, qu'il faut pas. Je sais. Mais elle était…

Il soupira.

— Je savais pas quoi faire d'autre.

Il hocha la tête, comme pour se confirmer que c'était la meilleure solution.

— Mais la police m'a arrêté et m'a emmené ici.

— Oui, dit Franks.

— Je sais qui c'est. Tout m'est revenu, là-bas. Tout le bien. Et tout le mal.

Franks appela Marina à la rescousse d'un regard.

— Qu'est-ce qui vous est revenu, Stuart ?

— Les souvenirs. C'est à cause d'Amy. C'est pour ça que j'allais lui tirer dessus.

— Pourquoi, Stuart ?

— Parce que je sais qui est Amy.

Marina voulut le questionner davantage, mais il ne lui en laissa pas le temps. Il sourit.

— Et je sais qui je suis maintenant.

96

Amy était assise par terre dans la pièce qui abritait autrefois le salon, la tête appuyée contre le mur humide en putréfaction. Elle s'était ravisée. La maison qu'elle connaissait était toujours là. Les couches du temps s'étaient détachées une par une, comme le papier peint noirci dans son dos, et la demeure s'était révélée à elle sous son ancien jour. Identique à ses souvenirs.

Elle balaya la pièce de sa torche qui n'éclairait que des pans d'obscurité. Aux aguets, elle essayait de saisir ce que cachaient les ombres. Elle avait l'impression de voir des choses remuer, esquiver d'un bond le faisceau lumineux. Elle ne les redoutait pas. Non, elle se réjouissait de leur présence. Car elle savait ce que c'était.

Des fantômes. Des souvenirs.

Les spectres la cernaient. Ils étaient partout. Dans le noir, dans les ténèbres qui se refermaient dès que le faisceau de la torche s'éloignait. Elle les entendait, les voyait courir de pièce en pièce. Sentait leur chaleur. Les touchait presque. Le bonheur. Le paradis avant la chute.

Avant le cauchemar. La mort d'une mère. Et l'arrivée d'un arriéré.

Et puis la fin.

C'était dans cette pièce que c'était survenu.

Elle dirigea son regard vers l'endroit où elle se tenait alors. Et vit les fantômes reprendre vie.

Michael lui faisait face, le fusil épaulé. Braqué sur elle. Il avait déjà réglé leur compte à leur père et à sa nouvelle épouse. Il ne lui restait plus qu'à s'occuper d'elle. Puis Graham se chargerait de lui et tout serait résolu.

— Ça risque d'être douloureux, l'avait-il prévenue.

— Vas-y ! Plus vite ce sera fait, mieux ce sera.

Elle avait fermé les paupières. Et rouvert les yeux juste à temps pour saisir le regard de Michael, son sourire. Juste à temps pour comprendre que ce serait vraiment douloureux. Qu'elle serait bientôt aussi morte que son père.

Elle s'était écartée d'un bond, mais pas assez vite. Michael avait raison. C'était douloureux. Et c'était le dernier souvenir qu'elle gardait de cette journée.

D'un clignement de paupières, elle retrouva le présent. Parcourut la pièce du regard. Et vit la maison dans son état actuel. Abandonnée à la pourriture. À la ruine. Au délabrement. À la mort. Mal aimée et seule.

Elle connaissait ce sentiment.

— Non !

Son cri se répercuta sur les murs avant de mourir.

— Non, répéta-t-elle, plus bas, pour elle seule.

Non, ce ne pouvait pas être la fin. Pas encore. Il y avait encore une chose qu'elle pouvait faire. Un dernier lancer de dés, comme disait son père.

Deux, même.

Elle sortit son téléphone. Composa un numéro qu'elle n'aurait pas dû connaître, mais qu'elle n'arrivait pas à oublier.

Et attendit. La fin.

Ou le début.

97

Michael Sloane jeta ses dernières affaires dans son sac de voyage en cuir sur le lit. *Il faudra s'en contenter*, se dit-il. Après tout, ce n'étaient que des choses dont il se séparait. Il pourrait toujours en racheter d'autres pour les remplacer. Tout se rachetait.

Dee se faisait une beauté dans la salle de bains. Il considéra son sac, posé près du sien sur le lit. Tous les deux assortis. Deux parties d'un même ensemble, qui se complétaient pour ne former qu'un. C'était ce qu'il avait toujours ressenti avec elle. Mais il avait déjà connu ce sentiment auparavant.

Ses pensées furent interrompues par la sonnerie de son téléphone.

Il sortit l'appareil, jeta un regard à l'écran. Reconnut le numéro. Il savait qu'il ferait mieux de ne pas répondre. Comme il savait qu'il n'avait pas vraiment le choix. Il porta le téléphone à son oreille.

— Oui.

— Bonjour, Michael.

Une voix éraillée, ravagée. Mais, malgré tout, reconnaissable.

Dee sortit de la salle de bains et lui adressa un

regard, levant un sourcil interrogateur. Elle comprit alors, à l'expression dans ses yeux, de qui il s'agissait.

— Qu'est-ce que tu veux ?

— Non mais, c'en est une façon de parler ! Surtout à moi.

— Je ne suis pas d'humeur à jouer à tes petits jeux.

Un rire. Rauque. Amer.

— Tu as beaucoup changé, Michael. Autrefois, tu avais toujours le temps de jouer. Je me trompe ?

— Qu'est-ce que tu veux.

Ce n'était plus une question, juste un énoncé monocorde. Notant le changement de ton, elle jugea plus prudent de ne pas l'asticoter davantage.

— Toi.

— Au revoir.

— Non, attends. Je veux te parler. Il faut… Il faut qu'on parle.

— Pourquoi maintenant ?

— Tu sais bien pourquoi.

Elle marqua une pause. Elle paraissait chercher à se ressaisir, s'empêcher de perdre pied.

— Il le faut. Avec tout ce qui est arrivé, on doit parler toi et moi.

Regardant Dee, Michael articula en silence : « Elle veut parler. » Un sourire étira les traits de Dee. Elle recroquevilla ses doigts, puis les détendit. Hocha la tête.

— D'accord, dit Michael. Nous allons parler.

Un soupir lui parvint de l'autre bout de la ligne.

— Parfait.

— Où es-tu ?

— Devine.

De l'irritation perça dans la voix de Michael.

— J'ai dit : Plus de jeux.

— Ce n'est pas un jeu, Michael. Devine.

Il comprit.

— À la maison.

— Oui. Je t'attends.

— À tout de suite.

Après avoir raccroché, il se tourna vers Dee.

— Tu le sais déjà, mais elle veut parler.

Dee sourit.

— C'est la dernière chose qu'elle voudra quand j'en aurai fini avec elle.

Michael sourit.

— Je savais que je pouvais compter sur toi.

— J'y vais de ce pas.

— Prends le Golem avec toi. Il doit avoir fait disparaître nos invités-surprises à l'heure qu'il est. Arrange-toi pour qu'elle ne nous pose plus jamais de soucis. Moi, je termine ici. Tu sais où me retrouver.

Elle traversa la pièce jusqu'à lui et l'embrassa sur la bouche, mordant ses lèvres au passage. Il s'écarta. Sourit.

— Plus tard, dit-il. Vas-y.

Elle s'exécuta.

Il la regarda partir, puis baissa les yeux sur les sacs sur le lit. Côte à côte. Identiques. Deux parties du même ensemble qui se complétaient. Mais il avait déjà connu ce sentiment auparavant. Songeant à l'endroit où il partait, il se dit : *Après tout, ce ne sont que des choses.*

Il pourrait toujours en racheter d'autres pour les remplacer.

98

Mickey s'allongea, le sourire aux lèvres. Il ne voyait pas Anni à côté de lui, mais il était certain qu'elle souriait, elle aussi. Ou quasi certain… Il vérifia. Oui, il ne se trompait pas.

— Quoi ? dit-elle.

— Rien. Juste… Rien.

Elle se retourna pour se blottir contre lui. Il adorait sentir la chaleur de son corps nu contre le sien. Il espérait qu'il ne s'en lasserait jamais.

— Rien ? Merci beaucoup !

Des mots prononcés avec le sourire.

Enfin… il l'espérait. Il vérifia encore. Oui.

Aussitôt après la brusque interruption de son appel à Jessie James, il avait contacté la police du Suffolk pour donner l'alerte. Il n'aimait pas beaucoup l'idée de s'en tenir à si peu, mais c'était la seule option. Il ne savait pas où Jessie se trouvait lorsqu'elle avait décroché – si c'était bien elle qui avait décroché –, ni s'il s'agissait d'un canular de petits rigolos qui s'amusaient avec un téléphone égaré ou d'un véritable avertissement. Cependant, son instinct lui soufflait qu'il fallait prendre ce message au sérieux. Un avis partagé par son collègue de la police du Suffolk, qui s'était saisi de l'affaire avec son équipe. Jessie et Deepak appartenaient à leurs effectifs, après tout.

Anni et lui terminaient d'éplucher les dossiers sur les Sloane au commissariat lorsque Franks avait téléphoné pour faire un point et s'informer de leurs avancées. Quand Mickey lui avait relaté l'étrange conclusion de son appel à Jessie James, Franks avait confirmé que, du point de vue de la procédure, il avait bien agi.

— Ce n'est pas pour autant plus facile de rester assis seul dans son coin, avait-il ajouté. N'est-ce pas, Philips ?

Mickey avait jeté un regard à Anni.

— En effet, monsieur.

À son tour, Franks lui avait raconté le coup de filet pendant le combat de boxe à mains nues.

— Dieu merci ! s'était exclamé Mickey quand il lui avait annoncé avoir retrouvé Marina. Elle va bien ?

— Elle est bouleversée. On n'a pas réussi à mettre la main sur la petite.

— C'est pas vrai !

— On y travaille. La nuit va être longue.

— Vous voulez qu'on reste, Anni et moi ? Pour vous donner un coup de main ?

— Soufflez un peu, Philips. Vous avez fait assez de bénévolat pour aujourd'hui. Enfin… je présume que vos heures supplémentaires étaient bénévoles…

Mickey l'avait rassuré sur ce point.

— Alors ça suffit pour l'instant ! Rentrez chez vous, allez au lit et prenez du repos.

De ses trois consignes, Mickey, aidé d'Anni, avait juste omis la dernière.

— Pourquoi tu me regardes ? l'interrogea Anni.

Mickey sourit.

— Pour rien. Juste…

Son téléphone retentit. Anni se tourna vers lui.

— On n'est plus en service, je te rappelle.

— Avec tout ce qui s'est passé ces derniers jours, tu crois ça, toi ?

Il décrocha.

— Inspecteur principal Adrian May, de la police du Suffolk. Vous nous avez contactés plus tôt au sujet de l'inspecteur-chef James.

— Oui, en effet. Un souci ?

— Nous voulions juste vous informer que nous avons reçu un appel de l'inspecteur Shah.

— C'est une bonne nouvelle. Ils vont bien ?

— Le signal était très faible. Nous avons cru comprendre que James était blessée et qu'ils étaient tous les deux séquestrés.

Mickey se redressa.

— Je vois.

— On a tenté de tracer l'appel.

— Où sont-ils ?

— À Harwich, semblerait-il.

— Harwich ? C'est dans notre juridiction.

— Exactement.

Mickey regarda Anni. Elle s'était assise, elle aussi. Le drap qui la couvrait était tombé dans le mouvement. Elle était superbe, mais il n'eut pas le temps de s'en apercevoir. Elle paraissait aussi inquiète que lui.

— Vous avez… besoin de notre aide ? Pour assurer la liaison, par exemple ?

— Si vous n'y voyez pas d'inconvénient.

Anni interrogea Mickey à la seconde où il raccrocha.

— Que se passe-t-il ?

Le temps de le lui expliquer, ils étaient tous les deux habillés, en train de franchir la porte de son appartement.

99

— Vous êtes Stuart, c'est bien ça ? observa Marina en se penchant en avant, s'efforçant d'étouffer l'urgence dans sa voix. Stuart. C'est vous.

Ce dernier confirma de la tête, comme soulagé d'être reconnu.

— Et qui est Amy, Stuart ?

Stuart se cala sur le dossier de sa chaise et se mit à étudier le plafond.

— Qui est-ce, Stuart ? Qui est Amy ? Dites-le-nous !

Franks posa une main légère sur le bras de Marina. Elle se radoucit, s'enfonça sur son siège. Stuart les dévisagea d'un air blessé.

— Pas la peine d'être désagréable, je vais vous le dire.

Marina tâcha de calmer les martèlements de son cœur.

— D'accord. C'est très bien, Stuart. Alors qui est-ce ?

— Eh bien, en fait, Amy voulait être ma sœur. Enfin, c'est ce qu'elle disait, mais elle faisait juste semblant, en réalité. Elle voulait pas vraiment. Elle m'aimait pas vraiment.

Sa voix débordait de tristesse.

— Elle faisait juste semblant devant les autres, pour pouvoir s'approcher de moi. Et après elle me faisait mal…

Il serra les bras contre son ventre et se mit à se balancer d'avant en arrière sur sa chaise.

Marina savait que le temps lui était compté. Si son humeur changeait, s'il glissait dans une amnésie d'identité ou se terrait dans le silence, c'en serait fini de cet interrogatoire. Et peut-être aussi de la vie de sa fille.

Cet homme était perturbé, cela ne faisait aucun doute. Elle devait progresser avec précaution. Elle adopta une autre approche, qui le bouleverserait peut-être moins.

— Elle voulait que vous me parliez, Stuart. C'est bien ça ?

Ses sourcils se nouèrent.

— C'est vous le docteur ?

— Je suis psychologue, oui.

— C'est vous la mère de Josephina ?

Marina interrogea du regard Franks, qui approuva d'un signe de tête.

— Oui, c'est moi.

— Je me suis occupé d'elle pour vous. .

Marina posa ses mains à plat sur la table pour calmer leur tremblement.

— Merci, Stuart. C'est très gentil de votre part.

Il accepta ses remerciements d'une inclinaison du menton, puis fronça les sourcils.

— Vous êtes ici pour me dire si je suis fou ou pas ?

— Eh bien, je… Oui. C'est… Oui.

Il cessa de se balancer.

— J'ai vu des tas de docteurs comme vous. Oh oui, des tas et des tas ! Ils me posaient plein de questions. Ils voulaient toujours savoir des choses, ce qu'il y a dans ma tête.

— Le leur disiez-vous ?

Il secoua la tête.

— Non. C'est privé ce qu'il y a dans ma tête.

— Vous avez tout à fait raison, Stuart.

Une lueur s'alluma dans ses yeux. *Pitié, faites que j'aie réussi à établir un contact*, se dit Marina. *Pour Josephina.*

— Je ne vous poserai pas de questions sur ce qu'il y a de privé dans votre tête.

— Tant mieux.

Il parut une fois de plus soulagé.

— En revanche, je voudrais savoir pourquoi Amy voulait que vous me parliez. Pouvez-vous me le dire, Stuart ?

Il dodelina de la tête.

— Pour que j'aie une nouvelle vie. Un avenir.

— D'accord. Et comment cet avenir devait-il se concrétiser ?

— Vous alliez me parler, et puis vous alliez dire que j'étais pas fou et on allait me donner plein d'argent.

Il haussa les épaules.

— Et on allait tous être heureux.

— D'accord. Donc… Stuart, Amy a-t-elle parlé d'un testament ? L'idée était-elle que je vous déclare sain d'esprit pour que vous puissiez hériter de Jack Sloane, au même titre que son fils et sa fille biologiques ?

Stuart frissonna à la mention des enfants Sloane, mais il répondit par l'affirmative.

— Et combien deviez-vous recevoir, Stuart ? intervint Franks de sa voix de baryton gallois.

Stuart sourit.

— Fais-moi confiance. Bientôt, on sera millionnaires. C'est ce que Jiminy Cricket m'a dit.

— D'accord, dit Franks. Il s'agissait donc de l'argent des Sloane ?

Stuart demeura muet.

— Ils auraient donc assassiné leur père ? insista Franks en s'inclinant vers lui. C'est ce que vous êtes en train de nous dire, Stuart ? Que ce n'est pas vous le coupable, mais eux ?

Stuart grimaça.

— Je déteste les armes à feu.

— D'accord, intervint Marina. C'est bien. Et jamais vous ne vous en serviriez d'une ?

Il répondit d'un mouvement négatif de la tête.

— D'accord. Mais que comptiez-vous faire après ? Intenter un procès pour erreur judiciaire ?

Stuart ramena ses yeux sur le plafond.

— Après, on allait tous être heureux.

Marina devinait que sa concentration se dérobait. Elle allait le perdre.

— Et Amy ? persista-t-elle. Que gagnait-elle dans cette histoire ?

— Elle serait devenue riche, elle aussi. Elle voulait dépenser l'argent avec Jiminy, mais il s'est fait tuer. Alors elle l'aurait dépensé toute seule.

Franks s'éclaircit la voix.

— Et voulait-elle toujours être votre sœur ?

— Juste faire semblant, corrigea Stuart.

— D'être votre sœur ?

— Je sais pas. Moi je voulais pas, en tout cas.

Il bâilla.

— Je suis Stuart, déclara-t-il avec un hochement de tête. Stuart Milton.

— Oui, dit Marina. Vous êtes Stuart Milton.

— Milton.

— Oui.

— Pas Sloane.

— Pas Sloane, répéta Marina en se penchant vers lui. Stuart, où est Amy maintenant ? Où est-elle ?

— Elle est rentrée chez elle.

— Où chez elle, Stuart ? Où est-ce ?

Il s'étira, les bras tendus vers le ciel, puis s'affala brusquement sur la table.

— Je suis fatigué. J'ai envie de dormir.

Il ferma les paupières.

Marina, elle, avait envie de hurler.

100

Amy reposa son téléphone, le contempla. Et d'un appel ! Plus qu'un.

La maison grinçait et gémissait. Les bruits se donnaient la réplique d'un bout à l'autre de la vieille bâtisse, tenant une conversation dont elle était exclue. Une conversation à laquelle elle voulait prendre part. Comme avant. Quand elle faisait partie intégrante de ces murs et qu'ils faisaient partie intégrante d'elle. Elle voulait retrouver son ancienne vie. Mais c'était impossible, elle le savait.

Rien ne l'empêchait d'essayer, toutefois.

Elle retira sa perruque et la jeta par terre. À quoi bon continuer à se cacher ? À quoi bon entre ces murs auxquels elle ne pouvait rien dissimuler ? C'était dans cette maison que sa véritable nature s'exprimait le mieux. Elle se frotta le visage pour effacer le peu de maquillage qui le couvrait encore. Elle voulait être de nouveau elle-même. Pour elle. Pour la maison.

Mais ces gestes ne suffirent pas.

Ignorant le froid et les frissons qui parcouraient sa peau, elle entreprit donc de se déshabiller. Elle ne se cacherait plus. Elle se regarderait en face. Sans artifices. Ni telle qu'elle était avant. Ni telle qu'elle voulait être. Telle qu'elle était maintenant. À l'instant.

Finis les mensonges, les dissimulations. Tout cela, c'était du passé. Une nouvelle ère débutait.

Elle envoya valser sa pile de vêtements d'un coup de pied et se tint nue dans la pièce qui abritait autrefois le salon. La pièce où les corps avaient été déchirés par les tirs de fusil. Où, en ce jour lointain, une famille s'était éteinte. Où une vie s'était éteinte. Et où elle s'apprêtait à se rallumer.

Elle ramassa le téléphone. Plus qu'un appel et tout serait prêt.

Une nouvelle vie naîtrait de l'ancienne.

101

— Stuart ? Stuart ?

Stuart Milton ouvrit les yeux, manifestement irrité d'être ainsi dérangé.

— Je suis fatigué, dit-il, ronchon. Je veux dormir.

— Stuart, dit Franks, nous savons que vous êtes fatigué. Et nous ne voulons pas vous obliger à rester debout après l'heure du lit.

Ce choix de vocabulaire provoqua chez Marina un haussement de sourcils. Franks l'ignora pour poursuivre :

— Nous allons vous laisser dormir. Mais avant, vous devez encore répondre à quelques questions pour nous. Vous voulez bien, s'il vous plaît ? Nous ne vous embêterions pas si ce n'était pas important.

— Et après je pourrai dormir ?

— Vous pourrez dormir.

— Et retourner en prison ?

Franks et Marina échangèrent un regard.

— Si... Si c'est ce que vous souhaitez, répondit Franks avec un haussement d'épaules, je suis sûr que nous pourrons arranger ça. Ou quelque chose qui y ressemble.

Stuart sourit, les paupières de nouveau closes. C'était ce qu'il voulait entendre.

— Mais avant, il faut nous répondre.

Stuart rouvrit les yeux à contrecœur, contrarié. Il perdait prise sur la réalité. Marina savait qu'il ne leur restait que peu de temps.

— Donc… Amy est rentrée chez elle, dit-elle.

Stuart confirma de la tête, les paupières papillonnantes.

— Où habite-t-elle, Stuart ? Où est-ce, chez elle ?

— À la maison, lâcha-t-il, agacé.

— À la maison ? Quelle maison ?

— Sa maison.

Il devenait plus irritable. Ils commençaient à le perdre.

Tendant les bras à travers la table, Marina saisit ses mains pour les serrer dans les siennes. Il rouvrit les yeux avec un sursaut, comme si elle lui avait envoyé une décharge électrique.

— Allez, Stuart. Juste un petit effort. Aidez-nous.

— D'accord…

— La maison d'Amy, Stuart. Où se trouve-t-elle ?

Il se mit à gigoter sur sa chaise, manifestement mal à l'aise.

— Où est-elle, Stuart ? Où peut-on la trouver ?

Il se trémoussa de plus belle.

— Pouvez-vous me dessiner un plan ?

Il secoua la tête.

— Non, je veux pas. Je veux pas y retourner.

— Y retourner ? Vous y êtes déjà allé ?

Il confirma de la tête. Tenta de dégager ses mains. Mais Marina ne relâcha pas son étreinte.

— Quand, Stuart ? Quand y êtes-vous allé ? Avec Amy ?

Nouveau signe affirmatif de la tête.

— Quand ?

— Quand…

Avec une secousse de la tête, il referma les paupières. Pas pour dormir, cette fois, mais pour chasser les souvenirs qui s'y bousculaient.

— Non…

Marina s'agrippa à ses mains.

— S'il vous plaît, Stuart, aidez-moi. Réfléchissez. Pour Josephina.

À ce nom, il releva la tête.

— Quand y êtes-vous allé, Stuart ? persévéra-t-elle. Quand Amy y est-elle allée ?

— Quand elle… ma mère…

Marina garda le silence, dans l'expectative.

— Quand… Amy faisait semblant d'être ma sœur.

— Quand était-ce ? Ces derniers jours ?

Il secoua la tête.

— Ça ne marche pas comme ça avec le temps. Le temps fait des détours, il ne progresse pas en ligne droite. Il tourne. Il fait des boucles.

— C'est vrai, convint Marina, sans renoncer. Mais quand êtes-vous allé dans cette maison avec Amy ?

— Quand elle… elle faisait semblant d'être ma… sœur.

Franks se pencha en avant pour lui demander, d'une voix basse et autoritaire :

— Et quand elle faisait semblant d'être votre sœur, s'appelait-elle Amy ?

Stuart secoua la tête.

Marina et Franks échangèrent un regard.

— Comment s'appelait-elle ? demanda Marina. Comment s'appelait-elle quand elle faisait semblant d'être votre sœur ?

Il les considéra tous les deux comme si la réponse coulait de source.

— Dee, évidemment.

102

Dee avait éteint ses feux à l'approche de la maison et suivi au pas l'étroit sentier isolé. Elle tenait à arriver dans la plus grande discrétion.

Précaution inutile. Son passager lui assurait un avantage si décisif qu'elle aurait aussi bien pu débarquer au volant d'un camion de marchand de glaces ambulant, toutes sirènes dehors. Elle se tourna vers le Golem.

— Tu sais quoi faire ?

Il confirma de la tête.

Ses lèvres avaient remué tout au long du trajet, comme s'il entretenait un dialogue silencieux avec lui-même. Et Dee reconnaissait un regard de drogué quand elle en croisait un.

— Tu t'en sens capable ?

Il branla de nouveau de la tête. Puis il sourit, comme si quelqu'un venait de raconter une blague que lui seul avait entendue.

— Alors vas-y. Tu sais où me retrouver et quoi faire.

— Je sais, oui.

— Alors exécution !

Il se glissa hors de la voiture. Bientôt, il ne fut qu'une ombre de plus dans la nuit.

Dee considéra la maison devant elle. Abandonnée, comme hantée. Elle n'arrivait pas à imaginer qu'on puisse vivre dans un endroit pareil, y avoir ses racines. Mais elle songea à la maison où elle avait grandi. Il n'y avait pas d'endroits plus propices que d'autres aux enfances malheureuses.

Elle descendit de voiture, s'abstenant de verrouiller les portières afin d'éviter que le bip de la fermeture centralisée n'alerte quelqu'un de sa présence. Quelqu'un... Elle savait parfaitement qui, en réalité. La femme dont elle avait volé la place. La véritable Dee Sloane.

Elle avait rencontré Michael Sloane dans un hôtel alors qu'elle travaillait comme escort-girl, à l'époque où elle portait encore un autre nom. Pas son nom de naissance, mais celui qu'elle s'était choisi au moment de se créer pour la première fois une nouvelle identité. Dès que l'occasion s'était présentée, elle avait fui la maison familiale d'Oldham, bien décidée à faire quelque chose de sa vie. Elle n'était pas allée plus loin que le centre-ville de Manchester et la porte d'une agence d'escorte.

De passage pour affaires, Sloane recherchait un peu de divertissement. D'un genre spécial. Il avait contacté l'agence, spécifié sa requête : le physique de la fille, les ravages qu'il comptait lui infliger, le supplément qu'il consentait à payer. D'abord éconduit, il avait proposé plus. Beaucoup plus. L'agence s'était alors mise en quête d'une fille susceptible d'accéder à sa demande.

Elle se porta volontaire. Il ne demandait rien

qu'elle n'ait déjà fait. Ou subi. Sauf que, cette fois, elle serait payée. Grassement, même. L'argent amortirait les coups.

Elle se présenta donc à la porte de sa chambre d'hôtel dans la tenue exigée, selon le scénario précisé. Et ce fut le déclic. Elle le sut dès le premier regard qu'il lui adressa à son entrée. Dès le premier contact de sa main sur sa peau. Un courant électrique la traversa de part en part. Et lui aussi. Elle le savait, le sentait.

Elle resta toute la nuit. Il s'en tint au cahier des charges, sans rien ajouter ni omettre. À son plus grand plaisir. Au point qu'elle se serait prêtée au jeu sans contrepartie financière. Elle le lui confia.

— Ne dis jamais ça, lui répondit-il. Ne te déprécie jamais.

Et c'est ainsi que tout avait commencé. Il la réclamait toujours quand il était en déplacement à Manchester. Et il était très souvent en déplacement. Parfois, il ne venait que pour la voir. Ils parlaient. Faisaient connaissance. Il était riche, mais malheureux et seul. Sa partenaire — c'était ainsi qu'il l'appelait, sa partenaire — était malade, mentalement et physiquement. Une situation qui lui pesait énormément. Il se sentait responsable de son sort, et il l'était, dans une certaine mesure. Il avait tout ce qu'il avait toujours désiré, mais cela ne lui suffisait manifestement pas.

Ce discours, elle l'avait déjà entendu à maintes reprises. La triste histoire d'hommes d'affaires fortunés, malheureux en couple et en famille, qui cherchaient le frisson auprès d'une personne comme elle. Michael Sloane n'était qu'un de plus sur la liste. C'était ce qu'elle croyait, du moins.

Elle se trompait.

Un jour, il lui avait fait une proposition.

— Tu es heureuse comme ça ?

— Ça va, avait-elle répondu.

Ce n'était pas la première fois qu'on lui posait la question et qu'elle bottait en touche. Elle avait déjà une réponse toute prête.

— Je gagne bien ma vie. J'ai ma liberté, mon indépendance.

— Non, tu ne m'as pas compris. Es-tu heureuse d'être toi ? Tu n'aimerais pas être… quelqu'un d'autre ?

Il lui avait alors révélé l'avenir qu'il envisageait pour elle. Vivre avec lui. Le laisser la modeler selon ses souhaits. Adopter un autre nom. Changer de visage, de corps. Devenir une autre.

— Pourquoi tu ne prends pas quelqu'un d'autre ? Quelqu'un qui lui ressemble déjà ?

— Parce que c'est toi que je veux. Tu es parfaite de l'intérieur. Je veux juste l'extérieur qui aille avec.

Elle avait trouvé une certaine logique au raisonnement.

— Et tu auras toujours ta liberté, avait-il ajouté. Mais ce sera la liberté de faire ce que je veux.

Elle avait souri. Accepté.

Et elle était devenue Dee Sloane.

Lentement, au début. Laborieusement, parfois. Mais le jeu en valait la chandelle. Naturellement, elle lui avait posé des questions. Qui était la vraie Dee ? Que lui était-il arrivé ? Et il le lui avait raconté.

— Elle… Elle a eu un accident. Une fusillade. J'ai fait tout ce que j'ai pu pour elle, j'ai essayé de la sauver, de la reconstruire… J'ai tout fait…

— Elle est morte ?

— Elle… a disparu.

Elle avait compris.

Plus elle devenait conforme à ses vœux, plus il se dévoilait. Dee était sa sœur. Y trouvait-elle quelque chose à redire ? Rien, cela lui donnait juste un peu plus le frisson. La fusillade n'était pas accidentelle, mais préméditée. Elle s'en doutait. Y voyait-elle un inconvénient ? Pourquoi ? Elle aurait dû ?

— Parfait, avait-il dit.

Et, en effet, c'était parfait.

Alors elle n'entendait pas laisser qui que ce soit s'immiscer entre eux. Quoi qu'il en coûte.

Elle pénétra dans la maison. L'intérieur sentait la pourriture, l'abandon. La putréfaction. L'air y était froid et humide. Du coin de l'œil, elle aperçut des ombres qui se carapataient. Elle progressa vers l'endroit indiqué par Michael. Le grand salon.

Il l'avait prévenue qu'elle la trouverait dans cette pièce. Après ce qui s'y était produit, elle ne se réfugierait nulle part ailleurs.

Elle entra dans le salon. Quelque chose bougea au fond de la pièce, près du mur. Quelque chose de plus gros qu'un rat. Résistant à une furieuse envie de tourner les talons et de décamper, Dee se figea sur place et ne bougea plus.

Une voix éraillée sortit des ténèbres.

— Alors, la deuxième femme rencontre la première. Pas trop tôt !

Une lumière s'alluma. Crue. Aveuglante après l'obscurité. Dee ferma les paupières de toutes ses forces, puis les rouvrit lentement. La silhouette devant ses yeux braquait un pistolet droit sur elle. Elle considéra l'arme, prise de peur. Puis considéra celle qui la tenait.

Saisie d'un haut-le-cœur.

103

— Inspecteur principal May.

Une poignée de main ferme, puissante. Dégarni, grisonnant et barbu, l'inspecteur principal May avait tout d'un flic de la vieille école. Il parlait avec l'accent rude de la classe ouvrière de la région, tempéré par le savoir et l'expérience.

Mickey se présenta, imité par Anni.

— Qu'est-ce qu'on a ? demanda-t-il.

— D'après nos informations, James et Shah travaillaient sur la même affaire que vous.

— En effet. Deux homicides, une disparition, un kidnapping d'enfant et la famille Sloane qui trempe d'une façon ou d'une autre dans tout ça.

May esquissa un sourire.

— Ah ! Les Howard Hughes du Suffolk. La famille royale du coin. Des intouchables.

— Il paraîtrait, dit Anni.

Ils s'étaient retrouvés devant les grilles du port de fret de Harwich. La brume était retombée, amenant le froid dans son sillage. Mickey et Anni frissonnaient. Le parking était presque désert, les camions et les poids lourds avaient pris la route avec leur chargement. Plus loin, des cargos et des pétroliers mouillaient. La lumière éblouissante des projecteurs qui cernaient les murs conférait au paysage un air encore plus morne et désolé.

Bien qu'emmitouflé dans une veste matelassée, May paraissait frigorifié.

— Et de votre côté ? demanda-t-il à Mickey. Que s'est-il passé au juste ?

Mickey lui relata l'appel téléphonique et le message.

— Nous avons pu localiser avec précision le signal GPS de Shah, expliqua May. Ça nous donne un avantage. Mais il est faible, alors nous ferions mieux de nous activer.

— Où l'avez-vous repéré ? l'interrogea Mickey.

May pointa l'index sur l'un des cargos.

— De ce côté.

— Sur un bateau ? demanda Anni. À bord ?

May confirma de la tête.

— C'est la localisation la plus précise que nous ayons. On a mis nos experts sur le coup, on voulait avoir le maximum d'informations avant que sa batterie ne s'épuise.

— À quel nom est enregistré le navire ? demanda Mickey.

— Bonne question, sourit May. *Sloane Holdings*.

— Je crois que ça confirme la localisation. Il nous faut un mandat ?

— Nous agissons sur la base de renseignements, Philips.

May adressa un regard aux trois agents qui l'accompagnaient, tous apparemment aussi ravis que Mickey et Anni d'avoir été tirés du lit au beau milieu de la nuit.

— Vous êtes prêts ?

Ils répondirent par l'affirmative.

— Alors allons-y.

104

— Où est-il ?

Dee n'entendit pas la question. Bouche bée, elle contemplait la femme devant elle. L'ancienne Dee Sloane. Nue comme un ver.

— Où est-il ? répéta cette dernière en hurlant.

Dee réussit à se remettre suffisamment de l'effroi que lui causait cette vision pour expulser quelques mots.

— Il est… occupé. Il m'a envoyée.

— Occupé ? cracha l'autre, tremblante de rage. Occupé ? Trop occupé pour me voir ? Le salaud !

Elle s'avança vers Dee. Sourit.

— Tu aimes ce que tu vois ? Dis-le que tu aimes !

Dee bataillait pour ne pas regarder. Elle voulait détourner le visage, fermer les yeux, n'importe quoi. Mais elle continuait d'absorber ce qu'elle voyait, ses pupilles aimantées par le spectacle devant elle comme par un accident de voiture. Mue par l'envie de voir la mutilation, la destruction. L'envie de se dire : « Dieu merci, ce n'est pas moi. »

— Voilà à quoi on ressemble quand on revient d'entre les morts.

Le corps devant ses yeux avait autrefois appartenu à une femme. Il ne lui restait plus qu'un sein, et encore, plus ou moins écharpé. Un agrégat de peau greffée et de tissu cicatriciel remplaçait l'autre, lisse par endroits, flétri ailleurs, dans divers tons rougeâtres. Les cicatrices s'étiraient le long des côtes pour former un tourbillon de chair sur le flanc.

Mais, le pire, c'était le visage. Le visage et la tête.

Une tête chauve en dehors de quelques touffes de cheveux éparses qui pointaient entre les cicatrices et les greffons. Le crâne était inégal, difforme, couvert de crêtes et de cratères, comme un œuf cassé réassemblé sans mode d'emploi. Sans maquillage, les coutures de sa peau rapiécée apparaissaient avec netteté, à vif. Elle avait retiré la prothèse partielle qui portait ses fausses dents, si bien que sa bouche s'affaissait d'un côté. L'une de ses oreilles se réduisait à un moignon rond. Et sa main, crochue et noueuse, tremblait sur le pistolet braqué sur Dee.

— Voilà ce qu'il m'a fait. Regarde bien. Vas-y, rince-toi l'œil. Regarde sa création. Regarde ce qu'il a fait de moi.

Les lèvres de Dee remuaient furieusement, mais aucun son n'en émergeait. Elle ne trouvait pas les mots.

— Et il ne vient pas ! Il ne vient pas !

Amy fléchit la tête, baissant la torche dans son mouvement.

Dee se serait crue soulagée de voir le faisceau de lumière s'éloigner du corps difforme, mais les ombres qu'il jetait rendaient la vision encore plus cauchemardesque.

Amy releva la tête.

— Pourquoi toi ? Ce n'est pas toi que je veux voir. Pourquoi toi et pas lui ?

Dee crut bon de répondre, cette fois.

— Parce que je… je voulais te voir.

— Tu voulais me voir ? répéta l'autre, d'une voix dont l'intensité ne cessait d'augmenter. Tu voulais me voir ?

Elle s'approcha.

— Eh bien, voilà, tu me vois. Regarde. Regarde bien !

D'un grand geste, elle orienta de nouveau la torche sur son corps.

— Regarde bien, reprit-elle d'une voix soudain sifflante. Parce que ce sera bientôt ton tour. Crois-moi, ce sera bientôt ton tour.

— Qu'est-ce que tu racontes ?

— Quand il en aura marre de toi. Quand il voudra se débarrasser de toi.

Amy s'avança encore. Tendit la main.

— Je veux te toucher.

Dee lutta pour ne pas hurler.

105

— Tenez.

Sloane tendit la main, ses doigts serrés autour d'une épaisse liasse de billets.

Il fut délesté de l'argent sans même un sourire.

— Le compte est bon ?

Sloane connaissait déjà la réponse, sinon il n'aurait pas posé la question.

Comme il s'y attendait, l'homme hocha la tête.

— Y a ce qu'il faut, merci.

— Bien.

Sloane regarda autour de lui. Écouta. Il ne percevait rien d'autre que le ronflement bas des moteurs du navire qui tournaient au ralenti et le claquement de l'eau contre la coque. Rien d'anormal. Rien qui sorte de l'ordinaire.

Parfait.

Le capitaine était habitué à ne pas poser de questions. Il avait autant d'yeux à fermer que Sloane avait de billets à lui glisser. Au service des Sloane, l'homme avait découvert l'utilité de cette denrée qu'était l'argent.

Sloane regarda les billets disparaître dans son manteau.

— Vous savez ce que vous avez à faire ?

Le capitaine confirma du menton.

— Comme d'habitude. Je sais.

— Oui, je sais que vous savez, répondit Sloane, un éclair de mécontentement dans les yeux. Faites-moi plaisir, vous voulez bien. Imaginez que je suis votre employeur et que je veux m'assurer que vous avez bien compris ce que j'attends de vous. Répétez-le-moi une dernière fois.

Si les propos de Sloane irritèrent le capitaine, il n'en montra rien. Le patron se révélait parfois difficile, mais ce travers se trouvait largement compensé.

— Une fois au large, je jette un des containers par-dessus bord.

— Celui qui n'apparaît pas dans le manifeste.

Le capitaine acquiesça de la tête.

— Parfait.

Sloane lança un nouveau regard alentour. Tendit l'oreille. Rien.

— Un dernier détail : vous avez un passager supplémentaire.

Le capitaine fronça les sourcils. Ce n'était pas ce qui était convenu.

— Qui ?

Sloane sourit.

— Moi.

Les yeux du capitaine s'écarquillèrent.

— Mais… je ne savais pas. Je dois…

— Vous ne devez rien du tout. Je ne suis pas ici à titre officiel. Je ne fais pas partie de l'équipage, je ne suis pas un passager. Je suis un clandestin qui paye sa traversée. Et il n'y a que vous et moi qui sommes au courant. Entendu ?

Le capitaine acquiesça, conscient du petit pactole que lui rapporterait sa complaisance.

— Bien. Dans combien de temps larguez-vous les amarres ?

Le capitaine consulta sa montre.

— Quelques heures. Aux premières lueurs de l'aube. Il faut attendre la marée.

Sloane sourit.

— Plus de temps qu'il ne vous en faut pour me trouver une cabine afin que je me mette à l'aise.

— Vous voyagerez seul, monsieur Sloane ? Ou nous attendons encore quelqu'un ?

Sloane réfléchit un instant.

— Non, juste moi.

106

— Dee Sloane ? demanda Franks, dérouté. Qui faisait semblant d'être votre sœur ?

Stuart se contenta d'un signe de tête affirmatif, comme si cela allait de soi.

— Mais oui ! dit Marina. Bien sûr !

Un éclair de compréhension la frappa, comme une subite décharge électrique parcourant ses synapses.

— La femme au téléphone. Celle qui m'a appelée. C'est d'elle que vous parlez ?

Stuart confirma d'un hochement de tête patient, comme s'il était le seul être doué d'intelligence dans la pièce et expliquait un fait d'une simplicité absolue à deux imbéciles profonds.

— C'est Dee Sloane.

Nouveau signe affirmatif de la tête.

— La véritable Dee Sloane. C'est ce que vous voulez dire ?

Le regard de Franks faisait la navette de l'un à l'autre. Il n'y comprenait plus rien.

— Comment l'avez-vous su, Stuart ? Comment l'avez-vous deviné ?

— Je l'ai vu dans ses yeux. Elle est différente.

Moins… bien qu'avant. Mais elle pouvait pas cacher ses yeux.

Franks se tourna vers Marina.

— De quoi parle-t-il ?

— La femme qui m'a téléphoné, la ravisseuse de ma fille, c'est Dee Sloane.

— Mais alors qui est la femme qui vit avec Michael Sloane ? Celle qui prétend être sa sœur ?

— Aucune idée, dit Marina, mais pas Dee Sloane.

— Comment pouvez-vous en être certaine ?

Marina se tourna vers Stuart.

— Comment pouvez-vous en être certain, Stuart ?

La question parut le laisser perplexe.

— Vous nous dites qu'elle est moins bien. Expliquez-nous un peu.

— Elle est moins bien. Moins… jolie. Pas comme avant. Avant elle était jolie. Mais plus maintenant.

Il frémit.

Marina s'adressa de nouveau à Franks.

— Dee Sloane a été grièvement blessée pendant la fusillade qui a coûté la vie à son père et à la mère de Stuart. Elle a frôlé la mort, mais son frère et elle ont survécu. Il lui a toutefois fallu subir de nombreuses interventions chirurgicales. Peut-être que… je ne sais pas… tout cela devenait trop contraignant.

— Son frère l'aurait échangée contre un autre modèle ? avança Franks.

— Stuart nie avoir assassiné sa mère et son beau-père et tenté de tuer ses frère et sœur adoptifs. Il accuse Michael Sloane. Si ce dernier est capable de concevoir une mise en scène pareille, il n'est pas impossible qu'il ait remplacé sa sœur.

— Il aurait tiré sur sa propre sœur ?

— Il a bien fusillé son père et sa belle-mère, si notre hypothèse se confirme.

— Tout de même…

Marina baissa d'un ton afin que leur conversation reste aussi privée que le leur permettait la présence de Stuart. Ce dernier ne montrait toutefois aucun intérêt pour ce qu'ils se disaient.

— Gary, il a bien fallu que quelqu'un extermine cette famille. J'ai travaillé sur l'affaire à l'époque et pas une seule minute je n'ai cru à la culpabilité de notre homme.

Franks ne répondit rien.

Marina se pencha sur la table afin de rétablir la communication avec Stuart avant qu'il ne s'assoupisse encore.

— Vous nous dites qu'elle est rentrée chez elle, Stuart.

— Quoi ? lâcha-t-il, déboussolé.

— Dee, précisa Marina, déployant des trésors de patience. La femme qui fait semblant d'être votre sœur. Vous nous dites qu'elle est rentrée chez elle.

Il réfléchit plusieurs secondes, les paupières lourdes.

— Stuart…

Il sursauta.

— Oui. Chez elle, oui.

— D'accord. Mais où, Stuart ?

Il parut de nouveau perplexe.

— Chez elle, insista Marina. Où est-ce ?

— Chez elle ? Eh ben c'est… à la maison.

Ses paupières se refermèrent.

Franks lâcha un soupir. Marina, elle, ne quittait pas Stuart des yeux.

— Nous pouvons chercher, proposa-t-il. Fouiller dans la base.

Marina se leva.

— Inutile. Je sais où c'est.

107

Dee recula d'un pas afin de rester hors de portée de la femme.

— Non, laissa-t-elle échapper d'une voix faible et chevrotante.

Amy s'immobilisa et inclina la tête sur le côté, comme un chien à l'écoute. La torche éclairait ses yeux, offrant une vision qui n'avait rien d'agréable.

— Pourquoi ? Tu as peur que je te contamine ? Tu as peur de terminer comme moi si je te touche ?

Elle s'écarta encore.

— Je veux juste te toucher. Quel mal y a-t-il à ça ? Je veux sentir mon corps d'avant…

Amy reprit sa progression. Cette fois, Dee ne bougea pas. D'un raisonnement hâtif, elle avait conclu, non sans une certaine répugnance, qu'il valait mieux laisser une cinglée armée d'un automatique la tripoter que de se faire trucider. Le Golem ne devait plus se trouver très loin, mais même lui ne pouvait pas empêcher un tir à bout portant.

Amy continua d'avancer. Son haleine dégageait la même odeur fétide que les murs en putréfaction autour d'elles. Elle tendit la main pour lui caresser la joue, ses doigts aussi rêches et calleux que de l'écorce d'arbre. Dee se força à rester immobile.

— C'est comme… regarder dans un miroir, dit l'autre d'une voix basse et calme, à peine plus audible qu'un murmure. Un miroir qui permet de remonter le temps. Combien ?

— Quoi ?

— Combien ça a coûté ? Pour faire de toi mon sosie ?

— Je… Je ne sais pas. Beaucoup d'argent.

— Beaucoup d'argent, répéta Amy avec un branlement de la tête, comme si c'était la réponse qu'elle attendait.

— C'était ce qu'il voulait, pour que je sois plus belle. Il m'a dit que je le serais, que je pouvais l'être, si je le laissais faire.

— Et tu l'as laissé faire.

Amy lui effleurait toujours la joue. Elle promenait les yeux sur son visage, la jaugeait avec une expression changeante.

— Tu l'as laissé…

Encouragée par son ton, Dee poursuivit :

— Ça m'était égal. C'était douloureux, mais…

— Oui, l'interrompit Amy du même ton tranquille, sans cesser de la caresser. Mes opérations aussi étaient douloureuses.

— Il m'avait promis que je serais plus belle. Et c'est vrai. Je suis belle.

Dee observa Amy, puisant de la force dans ses mots. Dans sa position. Elle avait gagné. Elle était jeune, belle. Et elle avait Michael. Cette vieille folle n'avait rien, elle. Elle sourit.

— Il a décelé quelque chose en moi. On a tout de

suite accroché, tous les deux. Ça ne m'était jamais arrivé avec personne d'autre. C'est mon âme sœur.

Amy s'écarta, laissant retomber sa main contre son flanc. Elle fixa Dee droit dans les yeux.

— Pathétique ! Ton âme sœur ! Tu ne sais rien !

— Si, je sais tout.

— Non ! répliqua Amy en haussant le ton, de nouveau saisie de tremblements. Tu ne sais rien sur lui. Rien sur moi. Rien !

Elle demeura immobile, à dévisager Dee.

— Des âmes sœurs, c'est ce qu'on était. Il avait envie de moi, j'avais envie de lui. On était ensemble, rien d'autre ne comptait. On vivait dans notre monde à nous.

Ses traits se tordirent.

— Et puis l'attardé a débarqué…

— Je sais tout ça, observa Dee. Il me l'a dit. Que vous détestiez Stuart, que votre père voulait l'intégrer à la famille, épouser sa mère. Qu'il a rédigé un nouveau testament pour l'y inclure et menacé de vous déshériter si vous n'étiez pas contents.

— C'est lui qui t'a raconté tout ça ?

— Oui. Il m'a dit qu'il a manigancé la fusillade, pour faire croire que Stuart était coupable. Et aussi qu'il a beaucoup souffert de ce qui t'est arrivé.

— Tu étais bien partie, l'interrompit Amy. Dommage que la fin ne soit qu'un tissu de mensonges.

— Il m'a dit qu'il a fait le tour des meilleurs spécialistes d'Europe pour te soigner.

Des spasmes de rage s'emparèrent d'Amy.

— C'est ce qu'il t'a dit ? Même lui ne supporte pas de passer pour un salaud aux yeux du monde ! Même lui !

— Qu'est-ce que tu racontes ?

— Tu crois que ce qui m'est arrivé est un accident ? Tu crois que ce n'est pas volontaire ? Il m'a tiré dessus !

— C'était pour faire plus vrai.

— C'est des conneries tout ça ! Je l'ai vu dans ses yeux. Les choses ont… dérapé, c'est tout.

Elle secoua la tête. Ses yeux roulaient dans leurs orbites. Elle était ailleurs.

— Tu imagines… Tu imagines ce que ça fait de voir l'homme que tu aimes, le seul et unique amour de ta vie, le seul être au monde pour qui tu éprouveras jamais ces sentiments, prendre un fusil, le braquer sur toi et…

Elle reposa sur Dee des yeux remplis de haine.

— Il est parti, tu sais. Il t'a quittée. Larguée.

— Non, non, il ne…

— Si, cracha Amy. Je le connais. Il ne t'aurait jamais envoyée ici autrement. Il est parti sans toi.

— Il ne ferait jamais ça.

Amy rit. C'était comme si quelque chose se décrochait à l'intérieur de sa cage thoracique.

— C'est ce que je disais, moi aussi. Il ne me ferait jamais rien, jamais de mal… Pourtant il l'a fait, non ? Il a essayé de me tuer. Il s'est dit que ce serait plus facile d'en trouver une nouvelle, de la modeler à sa guise, plutôt que de m'aider à me rétablir.

Elle braqua le pistolet sur Dee. Replia son doigt sur la détente.

Dee jeta un regard désespéré autour d'elle à la recherche du Golem. Mais il n'était nulle part.

108

— Où ? l'interrogea Franks, perplexe. Où est-ce ?

Marina le considéra sans un mot. Puis elle se pencha par-dessus la table pour coller son visage juste devant celui de Stuart.

— Chez elle, répéta-t-elle, assez fort pour l'obliger à ouvrir les yeux. Chez elle.

Il confirma de la tête, puis referma les paupières.

— C'est la maison, n'est-ce pas ? La maison de Wrabness ? Celle que les enfants Sloane voulaient laisser tomber en ruine.

Comme il ne répondait pas, elle le saisit par les épaules pour le secouer.

— Stuart, c'est ça ?

— Fichez-moi la paix.

Elle le tira violemment vers elle. Franks voulut intervenir, mais se laissa retomber sur sa chaise lorsqu'elle l'arrêta d'un geste. Stuart fixait Marina avec de grands yeux écarquillés, comme s'il sortait d'un profond sommeil.

— Non, Stuart, dit-elle. Je ne vous ficherai pas la paix. Amy a pris ma fille, Josephina, la fillette que vous dites vouloir protéger. Elles sont à Wrabness, c'est ça ?

Stuart hocha la tête.

Marina le relâcha, se tournant vers Franks.

— Wrabness, dit-elle, une lueur de triomphe dans les yeux. Allons-y.

109

Mickey n'avait jamais aimé les bateaux. Quant aux containers de Harwich, ils renfermaient pour lui des souvenirs tout aussi pénibles et violents. Mais il fit abstraction de tout cela. Le travail l'attendait.

Les effectifs de sécurité du port étaient réduits au minimum lorsque l'équipe de May s'était présentée devant l'entrée principale. Carte de police brandie, May avait expliqué que deux inspecteurs avaient disparu, probablement victimes d'un enlèvement et séquestrés à bord d'un cargo à quai. Les deux vigiles, qui n'avaient jamais vu autant d'action dans l'exercice de leurs fonctions, avaient bondi au garde-à-vous. Ils avaient autorisé l'accès du port aux véhicules sans faire d'histoire et accepté, à la demande de May, de ne pas prévenir le navire, trop heureux de collaborer avec de vrais flics, comme ils n'en voyaient qu'à la télévision.

L'équipe se tenait à présent sur l'embarcadère. La brume les enveloppait, pénétrant leurs vêtements et leurs cheveux, se fondant avec leur souffle. May se tourna vers son bras droit, l'inspecteur-chef Terry.

— Qu'est-ce que ça donne, Paul ?

Ce dernier étudia l'appareil portatif entre ses mains, puis promena les yeux sur les environs pour associer les données sur l'écran aux éléments du paysage qui s'offraient à son regard.

— C'est celui-ci, dit-il en pointant le doigt sur le navire en face d'eux. Quelque part vers l'arrière.

— On y va, lança May.

Ils empruntèrent une longue rampe abrupte pour monter à bord du cargo qui mouillait parmi d'autres. L'embarcation paraissait énorme au regard du quai, des voitures et des hommes. Une immense ville de métal. Mais Mickey ne doutait pas un seul instant qu'elle devenait minuscule en pleine mer, écrasée par la houle.

Les containers formaient une haute pile au centre du pont. De taille et de forme identiques, déclinés en plusieurs couleurs, ils évoquaient un gigantesque jeu de Lego sale aux briques cabossées et rouillées.

Les six policiers furent accueillis à bord par un membre de l'équipage. Les yeux troubles et le menton mal rasé, l'homme ne cessait de darder des regards méfiants et coupables de toutes parts. Mickey lui trouvait des airs de gérant de manège de fête foraine plutôt que de matelot. Or il ne s'était jamais senti dans son élément sur les montagnes russes.

May ressortit sa carte de police.

— Le capitaine est dans les parages ?

— Vous avez un mandat ?

— Pas besoin de mandat.

Forçant le passage, May se dirigea vers la passerelle de commandement.

Le capitaine les attendait. Le visage impassible, mais plus réchauffé que ne l'aurait laissé supposer la fraîcheur de la nuit.

Après s'être présenté, May exposa les raisons de leur visite.

— Nous avons des raisons de penser que deux de mes agents sont séquestrés à bord de ce navire. Nous souhaiterions votre autorisation afin de procéder à une fouille.

— Il vous faut un mandat pour ça.

— Ou votre coopération. C'est un cas de cause probable.

Le capitaine haussa les épaules.

— On prend la mer avec la marée du matin, dit-il avec une indifférence étudiée. Vous n'avez qu'à revenir avec un mandat.

May s'apprêtait à répliquer quand Mickey intervint :

— Écoutez, mon vieux. Nous sommes au beau milieu de la nuit, vous savez comme moi que nous ne pourrons pas obtenir de mandat avant demain matin. Et, d'ici là, vous aurez largué les amarres et vous serez déjà loin. Vous comprenez bien que nous ne pouvons pas vous laisser partir, nous veillerons donc à ce que vous soyez retenu à quai le temps qu'il faudra. Il nous faudra peut-être des jours pour nous procurer ce mandat, mais, en attendant, vous n'irez nulle part. Et vous perdrez de l'argent. C'est ce que vous voulez ?

Cela suffit à retenir l'attention du capitaine.

— Vous ne savez pas à qui appartient ce cargo.

— Je le sais parfaitement. Et nous ne bougerons pas d'ici tant que nous ne l'aurons pas fouillé.

Les policiers campèrent sur leur position. Contraint et forcé, le capitaine finit par autoriser la fouille d'un vague geste résigné de la main.

— OK, dit May. Montrez-moi le manifeste.

Le capitaine lui tendit le document de mauvais gré. May se tourna vers Mickey.

— Bien. Vous et Hepburn, vous prenez la poupe.

— L'arrière ? demanda Anni.

— Tout à fait.

May répartit ensuite le reste de l'équipe entre bâbord et tribord.

— Vous connaissez tous les termes, remarqua Anni, impressionnée.

— J'ai grandi sur une péniche à Harrow. Bon, je prends la proue. Au boulot !

Mickey et Anni se dirigèrent vers l'arrière du bateau. Malgré l'éclairage inespéré que leur fournissaient les lampadaires de l'embarcadère, Mickey balayait l'espace autour d'eux de sa torche. Ils levèrent les yeux sur la première pile de containers qu'ils rencontrèrent. Mickey braqua la lampe sur les caisses métalliques. Elles montaient si haut que son faisceau n'en atteignait pas le sommet.

— Super ! lâcha Anni en posant sa main sur le container devant eux. Je propose qu'on commence par celui-ci ?

Elle actionna la poignée et ouvrit la porte d'un grand geste, laissant Mickey diriger la torche vers l'intérieur. Le halo lumineux révéla des piles de cartons.

— De la marchandise en partance, constata Mickey. Hé, j'ai une idée !

— Quoi ?

— Ça vaut peut-être le coup de jeter un coup d'œil à cette liste.

— Au manifeste ?

— Oui. Je parie que la plupart de ces machins partent à vide.

— Pourquoi ?

— Parce qu'on ne fabrique plus grand-chose par ici. On importe. On devrait contrôler en priorité les containers vides.

— Bonne idée.

— OK, alors…

Un bruit leur parvint de l'autre côté des containers. Comme si un indiscret essayait de se carapater en douce.

Ils échangèrent un regard. Des yeux, Mickey indiqua une direction à Anni, qui hocha la tête. Ils se séparèrent, partant chacun d'un côté pour contourner la cargaison à pas de loup.

Ils n'avaient pas parcouru la moitié du chemin qu'ils entendirent autre chose. Un bruit de fuite précipitée.

Mickey piqua un sprint jusqu'au coin de la pile de containers. Une silhouette courait vers le centre du navire. Un homme. Grand et vêtu avec élégance. Une veste de daim sur le dos. Comme il se retournait vers eux, Mickey le reconnut. La dernière fois qu'il l'avait vu, il était assis à l'arrière d'une voiture de police à Aldeburgh.

Et il se faisait appeler Stuart Milton.

— Par ici ! cria-t-il à Anni.

Et il se lança à sa poursuite.

110

— Non. C'est hors de question.

Marina stoppa dans sa foulée. Elle n'en croyait pas ses oreilles.

— Non ? Comment ça non ?

Franks s'arrêta à son tour, revenant sur ses pas pour la rejoindre.

— Non.

Ils remontaient le couloir de la salle d'interrogatoire. Laissant Stuart Milton à son sommeil, ils avaient entrepris d'organiser une opération à la hâte afin de partir pour Wrabness. C'était, du moins, ce que croyait Marina.

— Ce n'est pas juste ! Après ce que j'ai fait. Gary, il s'agit de ma fille. Je dois venir. Ce n'est pas possible autrement.

— Je suis désolé, Marina, mais c'est non. C'est moi qui décide. J'ai écouté vos arguments, je vous ai laissée entrer dans cette salle d'interrogatoire et vous avez fait du sacré bon boulot. Mais vous êtes psychologue. Votre présence lors d'une intervention policière pourrait compromettre sa réussite. Alors je suis désolé, mais c'est non.

Marina le considéra sans un mot, désemparée.

Les traits de Franks s'adoucirent.

— Je suis navré, Marina. Vraiment. Si c'était possible, je vous laisserais venir.

Elle ne répondit rien.

— Vous pouvez rester ici ou rentrer chez vous, comme vous voulez, mais vous ne pouvez pas nous accompagner. Je suis navré. Je vous appellerai dès que possible.

Il lui adressa un sourire pincé.

— Avec de bonnes nouvelles, j'espère.

Marina se sentait au bord de l'explosion.

— Gary, je ne suis pas un putain de parent éploré. Je suis un membre de cette équipe. Et un membre estimé. C'est ce que je pensais, en tout cas.

Les yeux de Franks s'élargirent. Il n'appréciait manifestement pas d'entendre des jurons dans la bouche d'une femme.

— Bien sûr que vous l'êtes. Évidemment.

— C'est ça, oui.

Lui tournant le dos, elle parcourut à grands pas le couloir en direction de l'accueil. Composa le code d'accès, claqua la porte derrière elle. Et trouva son frère assis près de la réception. Elle s'arrêta devant lui.

— Que fais-tu ici ?

— Je t'attends. Ces empaffés m'ont relâché. Ils avaient rien contre moi.

Elle l'étudia. Crasseux et échevelé, dans des baskets et un survêtement dégoûtants. Elle se sentait à peu près dans le même état que lui.

— Il se passe quoi ? l'interrogea-t-il.

Marina s'apprêtait à le lui expliquer quand elle se

ravisa. Elle jeta un regard autour d'elle, contrôlant que personne ne risquait de l'entendre.

— Tu as ta voiture ?

— Dehors. Ils l'ont amenée jusqu'ici. Pourquoi ?

Elle réfléchit.

— Tu as quelque chose de prévu pour le restant de la nuit ?

Sandro lui adressa un regard méfiant, le visage marqué et tiré.

— J'ai comme l'impression qu'aller me pieuter n'est pas la bonne réponse.

— Tout juste, dit-elle. On va à Wrabness. Récupérer ma fille.

111

Amy pressait toujours la détente, mais sa main tremblait trop pour achever son geste. Consciente qu'elle disjonctait, Dee tenta de jouer la montre en attendant l'arrivée du Golem.

— Tu pensais obtenir quoi, exactement, en faisant tout ça ? l'interrogea-t-elle.

— Tu le sais très bien. Ce qui m'appartient. Ce que je mérite. Mon dû.

— Pourquoi ne pas avoir essayé avant ? Pourquoi maintenant ?

Amy baissa légèrement le canon du pistolet. Elle se concentrait sur ses mots, canalisait sa rage.

— J'ai déjà essayé. Plusieurs fois, même. Mais ça coûte cher, figure-toi. Et quand tu n'es personne, que tu n'existes pas, tu n'as pas d'argent. Mais, évidemment, tu ne peux pas comprendre.

Dee ne répondit rien. Des images de sa vie d'avant surgirent dans son esprit, mais elle les ignora.

— Et puis, qui va croire une malade mentale ? Personne !

— Une malade mentale avec un meurtrier notoire, par contre, tout le monde va la croire !

Dee sourit presque à ses propres mots, consciente qu'ils mettraient Amy dans une rage encore plus folle.

— La ferme ! La ferme ! Tu sais que c'est faux. Et on aurait pu le prouver, avec Graham. C'était le plan. C'est à cause de moi s'il s'est brouillé avec Michael. Graham n'a jamais accepté la façon dont Michael m'a traitée, il trouvait ça ignoble. Oh, bien sûr, au début il était partant. Il était avec nous. L'un des nôtres. Il nous a aidés à faire porter le chapeau à Stuart, à le faire condamner pour les meurtres. Mais ce que Michael m'a fait, ça le rendait furieux. Et puis, quand tu as débarqué…

— Il est parti.

Amy sourit.

— Oui. Il te haïssait autant qu'il haïssait Michael. Et quand Michael a refusé de nous donner de l'argent, à lui et à moi, on a monté un plan.

— Ce plan.

— Exactement. Pendant toutes ces années, Graham a conservé une copie du testament que mon père a rédigé juste avant sa mort, celui qui incluait Stuart. Il nous suffisait d'attendre la libération de Stuart, le faire déclarer sain d'esprit, prouver son innocence et partager le pactole. Mais Michael était bien décidé à nous en empêcher. Il nous a mis des bâtons dans les roues.

— Et il a plutôt bien réussi.

Amy répondit à la provocation par un grognement.

— C'était un plan infaillible. Il suffisait de retrouver cette psychologue, celle qui croyait Stuart innocent à l'époque. Elle s'est fait un nom depuis, elle a de l'influence.

Amy soupira, les yeux humides.

— Infaillible, c'est ce que Graham disait.

— Et il se trompait.

Dee sentait Amy fléchir. Dès que le Golem ferait son apparition, elle ne serait plus qu'un mauvais souvenir. Dee pourrait alors rejoindre Michael et embrasser une nouvelle vie. Mais avant, elle ne put résister au plaisir d'une dernière jubilation.

— Tu as perdu ! Perdu !

— Ta gueule ! Ta gueule !

— Perdu !

Amy redressa son arme, visa. Dee se tut. Cette fois, elle était allée trop loin. Mais, alors même qu'elle formait cette pensée, elle perçut plus qu'elle ne le vit un mouvement. Une ombre se coula près d'elle, prit consistance. Le Golem.

Dee sourit, sa confiance retrouvée.

— Je te l'ai bien dit. Tu as perdu.

Amy les fixa tous les deux.

Et éclata de rire.

112

Mickey courait. Mais l'homme courait plus vite encore. Il semblait aussi plus apte à s'orienter sur le cargo. Il se faufilait entre les piles de containers, négociait sans mal des obstacles que Mickey ne repérait qu'à la dernière seconde. Des rouleaux de corde. Des coffres de rangement. L'homme les évitait d'un saut ou d'une incartade, s'il n'empruntait pas délibérément ce parcours pour ralentir son poursuivant.

Mickey comprit bientôt où fonçait sa proie. Vers la passerelle, l'embarcadère et Dieu sait où après.

Il ne pouvait pas la laisser filer ainsi. Il devait à tout prix l'empêcher de rallier la terre ferme.

La silhouette surgit de derrière un autre bloc de containers pour creuser la distance avec Mickey, qui se lança à sa poursuite, enjambant une corde enroulée qui se trouvait sur son chemin.

L'homme jeta un regard en arrière pour voir s'il était toujours talonné.

Mickey accéléra, gagna du terrain. Reportant son attention devant elle, sa cible disparut derrière une nouvelle pile de containers. Mickey suivit, toujours au pas de course.

Et sentit un choc brutal dans la poitrine.

Il s'effondra sur le pont, brisé, le souffle coupé. Lorsqu'il rouvrit les yeux, l'homme se dressait au-dessus de lui dans ses beaux vêtements, une barre de métal au poing. Mickey porta la main à son torse. Tenta de respirer. La douleur était atroce.

Après avoir jeté un bref regard autour de lui, l'homme abattit de nouveau la barre métallique sur Mickey, qui réussit à rouler sur le côté. Son épaule encaissa une bonne partie du coup destiné à son buste. Il entendit un craquement et un élancement déchira son bras de haut en bas. Il essaya de le lever, de le remuer. Sans succès. Il était foutu.

Il ne put que regarder l'homme laisser tomber la barre et vérifier d'un regard la présence d'autres policiers. Personne. Il baissa les yeux sur Mickey. Sourit.

— Je suis terriblement navré, mon vieux, mais je dois filer.

Mickey voulut se relever, l'attraper, l'empêcher de fuir. Mais la souffrance entravait ses mouvements, l'ancrait au pont.

Avec un grognement suffoqué, il tenta de sortir sa radio de sa poche afin de prévenir May. Mais la douleur lui interdisait le moindre mouvement. Il laissa retomber son bras et, avec un soupir, suivit des yeux l'homme à l'élocution et à la tenue soignées tandis qu'il s'éloignait d'une volte-face.

Et s'écroulait à plat ventre sur le pont.

Anni émergea du coin d'un container. Se débarrassant du bâton qui se balançait au bout de son bras, elle se pencha sur l'homme et ramena sans ménagement ses mains dans son dos pour lui passer les menottes.

— Je te tiens, dit-elle. On t'a chopé, mon pote.

— Oh, c'est ce que tu crois…

L'homme chercha à se relever avec force contorsions. Chacun de ses mouvements augmentait sa douleur, mais il continuait à se démener comme un beau diable.

— Attends un peu de voir, sale garce ! Sais-tu au moins qui je suis ?

— Non, répondit Anni. Mais je le saurai bien assez tôt.

— Je suis le propriétaire de ce cargo… Et dès que je serai debout… je t'arracherai tes putains d'yeux de mes propres doigts.

— Cause toujours !

— Et ta langue d'un coup de dents…

Il se tortilla encore sur le sol.

— Détache-moi… tout de suite.

Anni se tourna vers Mickey.

— Appelle May, tu veux ?

Les yeux de l'homme brûlaient d'une rage inhumaine.

— Tu t'es foutue dans un merdier monstre… Tu peux dire adieu à ton putain de boulot… À ta putain de vie…

— C'est bien beau, tout ça, répliqua Anni en crispant le poing qui le retenait. Mais vous feriez mieux de nous expliquer pourquoi deux policiers ont été enlevés et séquestrés à bord.

L'homme se tut et cessa de bouger.

— Je veux mon avocat.

Et merde ! se dit Anni. *La formule magique.* Le contre-la-montre de la garde à vue avait commencé. Elle adressa un regard à Mickey qui gisait toujours par terre.

— Ça va ?

Il essaya de s'asseoir. Retomba sur le sol avec une grimace de douleur.

— À ton avis ?

— Balance-moi ta radio.

Au terme d'efforts considérables, Mickey réussit à faire glisser la radio sur le pont. Sans lâcher son prisonnier, Anni la ramassa et envoya un message.

— Inspecteur principal May, ici Hepburn. On a appréhendé un suspect. Il a agressé Philips, il nous faut des secours.

La voix de May leur parvint dans un grésillement.

— Bon boulot, Hepburn. On s'en occupe. J'allais justement vous contacter. Nous les avons trouvés. Jessie, Deepak et Helen Hibbert.

— Ils vont bien ?

— Les secours devront les examiner. Ce sont les Sloane qui ont tenté de se débarrasser d'eux. Michael et Dee Sloane.

Anni considéra l'homme étendu face contre terre, qui avait réagi à ce nom.

— Je crois que nous tenons ici M. Sloane.

— Ne le laissez pas partir, Hepburn.

Anni resserra son étreinte, à la grande fureur de son prisonnier.

— Il n'ira nulle part, ne vous en faites pas.

Elle coupa la communication et se tourna vers Mickey, le sourire aux lèvres.

— On forme une sacrée équipe, tu ne trouves pas ?

Mickey réussit à lui rendre son sourire.

— Si tu le dis…

113

— C'est ici ? demanda Sandro, les yeux rivés sur le pare-brise. On dirait qu'elle tombe dans le fleuve.

— Ou plutôt que le fleuve l'engloutit, observa Marina.

Ils avaient suivi l'étroite route que Marina avait remontée à pied deux jours auparavant. Deux jours seulement, elle peinait à le croire. Tant de choses s'étaient produites depuis. Elle éteignit les phares aux abords de la maison, se gara. Deux voitures se trouvaient déjà là : un tas de ferraille comme aurait pu en conduire Sandro et une petite voiture de sport hors de prix.

Aucun véhicule de police. Ils avaient réussi à arriver avant, mais Franks et ses hommes ne tarderaient pas. Chaque seconde comptait.

Marina coupa le moteur. Elle s'apprêtait à descendre quand Sandro posa la main sur son bras. Elle se tourna vers lui, irritée de ce contretemps. Mais les yeux de son frère ne trahissaient que de l'inquiétude.

— T'es sûre ? Tu veux pas attendre tes collègues ? Y a déjà du monde dans la baraque, ça risque d'être flippant.

Marina serra les paupières, secouant la tête.

— Je ne peux pas. Josephina est à l'intérieur. On ne peut plus traîner, il faut la sortir de là tout de suite.

— OK. Je viens avec toi.

Marina ne répondit rien. Elle aurait simplement voulu fermer les yeux et dormir. Tout effacer. Retrouver une vie normale. Pas s'introduire dans une espèce de maison hantée pour arracher sa fille aux mains d'une psychopathe. Sentant des larmes filtrer au coin de ses paupières fermées, elle y pressa ses poings pour les refouler.

— Hé...

Comme Sandro se penchait pour la serrer dans ses bras, elle s'écarta.

— Non. Si tu fais ça, je vais m'effondrer. Et si je m'effondre, je n'aurai plus la force d'entrer.

Sandro recula.

— D'accord. Mais t'en fais pas, frangine, je te couvre. Tout ira bien.

Elle lui serra la main. Dodelina de la tête.

Puis ils descendirent de voiture et se pressèrent vers la maison à pas prudents.

114

— Qu'y a-t-il de si drôle ? demanda Dee.

Amy secoua la tête.

— Rien. Rien.

De nouveau, elle s'esclaffa, comme si elle savourait la chute d'une blague irrésistible.

Cet accès d'hilarité commençait à ébranler Dee, en dépit de la présence rassurante du Golem à son côté.

— Je te demande ce qu'il y a de si drôle ? répéta-t-elle, d'une voix plus forte et aiguë.

Amy se redressa et la remit en joue.

— Toi.

— Moi ?

— Oui, toi. Tu es tellement sûre de toi. Tu as toujours raison, hein ? Et même si tu as tort, tu as assez d'argent pour convaincre le reste du monde du contraire. *Mon* argent.

Dee attendit sans un mot. Que la folle vide son sac ! Le Golem lui réglerait ensuite son compte et elle pourrait prendre le large avec Michael.

Amy décrivit des cercles avec le pistolet, puis visa, le sourire toujours aux lèvres.

— Alors, tu comptes faire quoi maintenant ?

— Moi ? répliqua Dee. Rien. Rien du tout.

Du pouce, elle montra le Golem, qui s'était lentement rapproché pour se placer juste dans son dos.

— C'est lui qui va s'occuper de toi.

Amy ne se départit pas de son sourire, son arme toujours braquée sur Dee. On aurait dit qu'elle se retenait de rire.

Pauvre folle, pensa Dee. *Il est temps d'en finir.*

— On ne peut pas te laisser continuer comme ça, à proférer des accusations, manigancer, comploter contre nous. Te mettre en travers de notre chemin. Ça suffit maintenant. Il est temps que ça cesse.

Amy gloussa, exacerbant la fureur de Dee.

— Tu as joué la partie avec beaucoup de patience, mais tu as perdu. Et les perdants ont toujours tort.

— Oh, dit Amy, c'est tellement vrai. Tellement vrai.

Elle détourna son attention de Dee pour s'adresser au Golem. Le brouillard de folie dans ses yeux s'était dissipé, laissant place à une gravité froide et perverse.

— Tu te souviens de notre accord ? L'argent ? Les parts ?

Le Golem hocha la tête.

— Alors vas-y !

Dee sentit la main du Golem lui enserrer la gorge. Elle n'eut le temps ni de crier ni d'implorer sa clémence. Ni de se préparer à mourir.

Il lui brisa le cou.

Elle n'eut le temps que de mourir.

115

La brume se dispersait sous les pas de Marina et de Sandro tandis qu'ils progressaient vers la maison. Ce qui restait de la porte d'entrée s'était décroché de ses gonds. Marina se figea devant. Tendit l'oreille. Des grincements, des gémissements. Les clapotis du fleuve qui léchait les fondations de la bâtisse, les érodait.

Et autre chose. Un bruit faible, étouffé. Des petits cris. Des petits poings qui tapaient.

— Josie, souffla-t-elle.

Elle voulut s'élancer à l'intérieur, mais Sandro la retint. Elle tenta de se libérer avec un regard furieux.

— Attends, chuchota-t-il. Les voitures, tu te rappelles ? On sait pas qui y a là-dedans. Faut faire gaffe.

Mais ses mots n'atteignirent pas la conscience de Marina, qui n'entendait que les cris de sa fille. D'une secousse, elle se dégagea pour se ruer dans la maison.

Elle découvrit un vaste hall central aux plafonds hauts, au milieu duquel s'élevait un escalier à moitié pourri. Elle parcourut les lieux du regard, cherchant à habituer ses yeux à l'obscurité. Soudain, elle aperçut du mouvement, une lumière qui s'échappait d'une pièce sur sa gauche. Elle s'y précipita.

Et se retrouva dans ce qui devait autrefois abriter le grand salon. Une femme gisait par terre, inerte. À côté d'elle se dressait l'un des hommes les plus grands et forts qu'elle avait jamais vus. Et, face à lui, une femme chauve et nue armée d'un pistolet.

La femme détacha ses yeux du cadavre au sol pour les poser sur Marina. On aurait dit une version féminine du monstre de Frankenstein. Un être humain rapiécé. Marina tressaillit devant cette vision, sans toutefois s'arrêter dans sa course.

— Où est ma fille, ordure ? beugla-t-elle en fonçant sur le corps ravagé.

La femme la considéra en souriant.

— Docteur Esposito, je présume ?

— C'est vous ! C'est vous qui avez enlevé ma fille !

La femme jeta un regard par-dessus l'épaule de Marina.

— Golem.

Marina discerna un mouvement derrière elle. Et une odeur épouvantable, de décomposition, de putréfaction, qui rivalisait avec celle que dégageaient les murs de la maison. Elle se retourna. Le colosse se dirigeait vers elle, assez lentement pour lui permettre de le détailler. Sa peau était grise, comme celle d'un cadavre. Des bandages ensanglantés répugnants pendouillaient à ses bras, laissant entrevoir des blessures purulentes. Il sourit.

Puis se figea. Se retourna.

— Hé, mec !

Sandro lui avait donné une tape sur l'épaule. Profitant de l'effet de surprise, il lui assena un coup de poing.

Le Golem chancela avec un regard stupéfait et perdit l'équilibre. Sandro enchaîna une autre frappe. Le Golem s'affaissa sur un genou, un masque étonné sur ses traits gris.

Sandro lança un regard à Marina.

— Je maîtrise. Fais ce que t'as à faire.

Se retournant vers la femme, Marina serra le poing et mit dedans tout ce qu'elle avait dans le ventre. Toute la douleur, l'angoisse et le chagrin des derniers jours. La rage, aussi, ces cris silencieux qu'elle n'arrivait pas à libérer. Tout. Puis elle le précipita vers son adversaire.

À l'impact, son bras trépida et une douleur cuisante surgit dans ses articulations. Mais peu lui importait de s'être démoli la main.

Le coup atterrit sur la mâchoire de la femme, dont la tête se dévissa, emportant son corps dans son élan. Le pistolet lui échappa des mains, valdinguant à travers la pièce, et elle s'effondra à genoux. Marina se pencha sur elle pour lui empoigner le menton et lui relever la tête. Un grognement étranglé s'échappa de sa bouche barbouillée de sang.

— Où… est… ma… fille ?

La femme sourit, les dents luisantes de sang.

— Ça fait du bien ? Je ne te le dirai pas. Ça n'a plus d'importance maintenant.

Marina brandit la main pour la gifler, mais se figea au milieu de son mouvement. La femme la fixait, une lueur de folie dans les yeux.

— Où est-elle ? Dites-le-moi.

La femme laissa échapper un rire.

— Tu ne peux pas me parler sur ce ton. Je suis… Je suis Dee Sloane.

Marina comprit qu'elle n'obtiendrait rien d'elle. Elle se délectait trop de sa souffrance. Se retournant, elle parcourut la pièce du regard, puis tâcha de faire abstraction de ce qui l'entourait pour tendre l'oreille aux appels de sa fille.

Elle les entendait. Faibles, mais bien perceptibles. Des cris. Des coups.

— Josie !

Elle lâcha prise, laissant la femme s'affaisser sur le plancher.

116

Sandro s'aperçut que Marina quittait la pièce, mais il ne relâcha pas sa concentration, ne quitta pas des yeux son adversaire. Golem ? C'était bien comme ça que la tarée l'avait appelé ? Golem ou pas, c'était un homme à battre. Mais ce ne serait pas une partie de plaisir.

Le Golem le considéra avec un sourire. Avança. À le voir, il était du genre à prendre son pied au combat. Sandro détestait ce type d'adversaire. Lui, il voulait juste en finir. Terrasser l'autre mec aussi brutalement et aussi vite que possible. Gagner. Et c'était bien ce qu'il comptait faire à cet instant.

— Même pas mal, dit le Golem. Je suis Superman.

Bon sang ! se dit Sandro. *Bavard et cinglé. C'est bien ma veine !*

Il se mit en garde devant la montagne de muscles qui se dressait face à lui, oubliant le manque de sommeil, l'épuisement des dernières heures. L'adrénaline à laquelle il carburait quand il était entré sur le ring peu avant déferla de nouveau dans ses veines. Il leva les poings tandis que son cœur s'emballait. Sentit son moteur interne monter en puissance. Ça ne manquait jamais de se produire. Comme une puissante voiture de course qui n'attend qu'un infime relâchement de son frein à main pour montrer ce qu'elle a dans le ventre.

Il sentit autre chose, aussi. Quelque chose qui demeurait toujours en lui. À chaque combat, à chaque seconde de son quotidien.

De la rage. De la bonne vieille rage.

Alors que le Golem approchait, Sandro vit les traits de son père s'imprimer sur le visage gris.

— Je ne sens pas la douleur, articula le Golem. Toi oui.

Sandro était prêt.

Il balança le premier crochet.

117

Marina courait. De pièce en pièce. S'escrimant à distinguer des formes, des objets dans le noir, à trouver sa fille. La hélant sans relâche pour l'informer de sa présence, lui dire que tout allait bien, que maman était là maintenant.

— Josie ! Crie encore ! Encore !

Et Josie criait. L'appelait, frappait de ses petits poings. Mais sa voix et ses coups faiblissaient.

— Josie ! Josie ! Crie encore ! Encore !

Marina se rua dans une pièce à l'arrière de la maison. Ici, le bruit et l'odeur du fleuve étaient plus forts qu'ailleurs. Elle entendait l'eau lécher les fondations, rouler sous ses pieds, faisant grincer le bois sous le plancher.

— Josie !

Le martèlement provenait de cette pièce. Marina tendit l'oreille, chercha à le percevoir. En vain.

— Josie ! Je suis là, maman est là ! Dis-moi, dis-moi où tu es.

Un coup. Léger. Faible.

Marina observa autour d'elle, scruta les coins et recoins de la pièce de ses yeux maintenant accoutumés à l'obscurité. Elle fouilla les meubles à moitié pourris, chercha un placard, n'importe quoi…

— Encore, ma puce. Tape encore !

Un nouveau coup. Toujours plus faible.

Un nouveau regard désespéré autour de la pièce. Les murs ne dissimulaient aucun placard. Marina baissa les yeux, étudia le plancher.

Trouva ce qu'elle cherchait.

Une trappe.

S'agenouillant, elle repéra un anneau de métal enfoncé dans le bois. Tira. Le bois humide et gauchi refusait de bouger.

Elle recommença. Plus fort, cette fois. Rien.

Les larmes lui montaient aux yeux. La colère, la rage et le chagrin composaient en elle un crescendo émotionnel. Non, elle ne l'autoriserait pas, elle ne…

Elle força encore. Mit tout ce qui lui restait, la moindre petite parcelle d'elle, dans sa tentative. Elle était plus que disposée à rester paralysée à vie si cela lui permettait de soulever cette trappe.

Le bois bougea. À peine, mais il bougea.

Encouragée par ce progrès, Marina réitéra son effort avec plus de volonté encore.

Et sentit un nouveau mouvement.

Elle tira encore, criant à pleins poumons.

La trappe céda, s'ouvrant brusquement.

Marina bascula en arrière, laissant le lourd abattant de bois s'écraser au sol avec un fracas qui résonna à travers la maison, avant de mourir sur ses vieux murs. Sans perdre une seconde, elle se mit à genoux et scruta l'obscurité de la cave.

Sa fille était là.

Perchée sur les dernières marches de l'escalier,

les yeux écarquillés de terreur, trempée jusqu'aux os. Comme Marina se penchait vers elle, elle se réfugia dans ses bras.

— Tout va bien, ma puce. Tout va bien. Maman est là maintenant.

Elle se releva en serrant sa fille contre son cœur, l'enlaçant plus fort que jamais. Elle ne voulait plus jamais se détacher d'elle. Josephina aussi se cramponnait à elle. Elle dégagea ses cheveux emmêlés de son petit visage, humide de l'eau de la cave et de ses pleurs. C'est à peine si elle la distinguait à travers ses larmes. Par moments, elle avait redouté de ne plus jamais la revoir, la sentir, l'entendre. Mais elle était là, dans ses bras.

— Tout va bien, maman est là. Je suis là, ne t'en fais pas.

Les mots se déversaient dans un flot de délivrance tandis qu'elle berçait sa fille.

— Est-ce qu'on t'a fait du mal, ma puce ? Est-ce que…

Elle sentit Josephina faire non de la tête, pelotonnée contre elle.

— Je voulais maman…

— Je sais, ma puce, moi aussi, dit-elle en la serrant plus fort contre elle. Je suis là maintenant. Je ne laisserai plus personne nous séparer. Jamais.

Josephina ne bougea pas, agrippée à elle.

Marina plongea la main dans sa poche pour en sortir sa peluche, loqueteuse et souillée.

— Regarde qui est là. C'est Lady. Je l'ai gardée pour toi.

Josephina saisit son doudou pour le presser contre elle.

— Si c'est pas mignon !

Marina se retourna. La femme chauve se tenait là. Toujours nue, le visage ensanglanté. Et le poing serré sur son arme.

118

Le coup fit mouche. Le Golem recula en titubant.

— Je t'ai eu ! lança Sandro entre deux expirations sonores.

Retrouvant rapidement l'équilibre, le Golem considéra Sandro. Et sourit.

— Tu ne peux pas me faire mal. Tu ne peux pas me tuer.

Sandro sautillait dans la pièce, en garde. À la recherche de la bonne manœuvre, la bonne combinaison de frappes, la meilleure attaque.

— Ah ouais ? Tu m'as pourtant l'air pas mal amoché. On dirait que quelqu'un s'est déjà fait la main sur toi.

Le Golem se mit à se déplacer, lui aussi. Moins léger et agile que Sandro, il ne faisait pas un aussi bon boxeur à distance, mais il se reposait sur sa carrure, et la puissance qu'elle lui offrait, pour prendre l'avantage.

— Amoché, non, lâcha-t-il avant de partir d'un nouveau rire. Invulnérable. Invincible. Imbattable.

— Ouais, bien sûr.

Ce n'étaient pas des paroles en l'air, Sandro était

forcé de le reconnaître. En témoignait la femme inerte sur le sol. Et la taille du gaillard. Sandro avait déjà combattu des gros balèzes, et ils lui avaient donné du fil à retordre. Les baraques pouvaient balancer un coup et surenchérir, s'arranger pour que ça fasse mal. Il devait alors puiser dans tout son répertoire de trucs et astuces pour éviter la dérouillée. Et ces mecs n'étaient pas aussi costauds que celui-ci.

Il devait remporter ce combat. Ou c'était la mort assurée.

Le Golem attaqua. Pris de court par sa rapidité, Sandro eut juste le temps d'esquiver l'énorme poing qui fondait sur lui.

Profitant de son élan, il pivota vers le flanc de son adversaire pour mitrailler ses côtes de directs. Il avait aussi mal aux doigts que s'il cognait contre un mur, mais quand il jeta un coup d'œil à l'endroit des impacts, du sang filtrait à travers le tee-shirt du Golem.

Ça paye, se dit-il. *Il est blessé ici, comme aux bras*. C'était une cible. Un endroit où viser.

Il frappa encore. Mais, cette fois, le Golem guettait l'attaque. Il arma son poing pour l'écraser sur le visage de Sandro, qui valsa en arrière. Chancelant, il trébucha sur le cadavre et atterrit dans le rideau pourri qui pendait encore à une fenêtre. Alors qu'il s'y agrippait pour retrouver l'équilibre, la tringle céda et il s'écroula avec l'étoffe.

Son adversaire fondait déjà sur lui, à une vitesse toujours aussi surprenante.

Sandro se contorsionnait pour se dégager du rideau lorsque le Golem leva le pied au-dessus de lui, déterminé à lui briser les côtes et lui bousiller un rein au passage. Sandro ne fit ni une ni deux. Il attrapa le godillot en plein mouvement et le tordit de toutes ses forces.

Les cartilages et les os du pied du Golem émirent un craquement sec et définitif, accusant un angle improbable. Le Golem tomba sur un genou, mais ses traits ne trahissaient pas la moindre douleur. Juste une fureur noire.

— Tu crois que ça me fait mal ? Je te dis que tu ne peux pas me faire mal.

Sandro demeura une seconde sous le choc. Il était certain que la manœuvre fonctionnerait et que le colosse s'effondrerait de douleur. Mais ce dernier était de nouveau sur ses pieds, la jambe tordue. Il armait son poing, prêt à frapper.

Sandro roula et s'écarta tant bien que mal à quatre pattes. Attrapant la tringle à rideaux échouée par terre, il tenta de s'y appuyer pour se hisser debout, mais elle se cassa en deux. Il se relevait juste quand le Golem surgit dans son dos et cogna.

Le coup de poing le percuta entre les omoplates, lui coupant le souffle. Il retomba par terre.

Le Golem s'approcha. Le retourna. S'agenouilla près de lui.

— Tu te bats bien. Je respecte ça. Mais maintenant, tu meurs.

Sandro sentit ses doigts se fermer sur sa gorge. Il devait agir. Son cerveau tournait à plein régime. Le Golem ne réagissait pas à la douleur, il était donc inutile d'essayer de le faire souffrir. Non, il devait entamer ses forces.

Les doigts du Golem se resserraient autour de son cou. Des deux mains, Sandro empoigna les pouces de son assaillant et les fit ployer au maximum. Le Golem relâcha légèrement son étreinte, tenta de lui résister. Sandro tira encore. Sentit les doigts craquer.

L'air perplexe, le Golem semblait se demander pourquoi sa poigne l'abandonnait et ses doigts refusaient de se serrer. Il tenta de les refermer. Peine perdue. Sans ses pouces, il ne pouvait plus étrangler personne.

Mais Sandro savait qu'il ne pouvait pas se reposer sur ses lauriers. Son adversaire était encore dangereux. Il tâta le sol, trouva la tringle cassée. Voilà qui devrait faire l'affaire.

Profitant que le Golem était toujours penché sur lui, il saisit la tringle de sa main gauche et la planta dans la blessure qu'il avait repérée plus tôt sur son flanc.

Le Golem ne broncha pas. Sandro recommença. Et encore.

La troisième fois, il laissa la tringle fichée dans les chairs et l'y enfonça de toutes ses forces. Un changement s'opéra dans les yeux du Golem. Une lueur qui faiblit.

Sandro ne quittait pas des yeux le visage de son adversaire. Ce n'était pas le Golem qu'il voyait, mais son père. Son père qui lui tombait dessus, le blessait. Le démolissait. Plus jeune, il n'avait jamais été en mesure de se défendre. La nuit, il restait éveillé dans son lit, à ruminer sa vengeance. Une vengeance qu'il ne trouvait pas le courage d'accomplir le jour. Alors il laissait la rage s'accumuler en lui. La déchargeait sur n'importe qui d'autre. Trouvait des exutoires à sa colère.

Et voilà qu'il se retrouvait face à la figure paternelle.

Lâchant la tringle, il tendit les mains bien à plat, puis les rabattit violemment sur les oreilles du Golem.

C'était l'un des coups les plus dangereux qui soient. Tellement dangereux qu'on l'interdisait dans les combats de boxe à mains nues. Dans le meilleur des cas, il désorientait l'adversaire, atteignait son centre de gravité. Lui perforait les tympans, parfois. Dans le pire, exécuté avec suffisamment de puissance, il provoquait la perte de connaissance, voire des lésions cérébrales.

Sandro espérait y avoir mis la puissance nécessaire.

Son père disparut devant lui, cédant la place au Golem.

La lumière s'éteignait dans les yeux du colosse. Du sang s'écoulait lentement de ses oreilles. Sa mâchoire se décrocha.

Il s'écroula sur Sandro.

— Manquait plus que ça !

C'est à peine si Sandro pouvait respirer sous sa masse.

Il se dégagea tant bien que mal, laissant le corps brisé du Golem avachi sur le sol. Puis il se releva lentement. Les jambes flageolantes, la tête et le corps endoloris. Le souffle rauque.

Mais en vie.

119

— Tout se passait si bien…

Amy tenait le pistolet braqué sur Marina et Josephina, ses traits ensanglantés pétris de regret.

— Si bien ? lâcha Marina, sa fille serrée contre sa poitrine.

— Oui. Le plan était parfait, tout était prêt.

— Parfait ? Vous avez tué… quelqu'un que j'aimais. Vous avez voulu tuer tous ceux que j'aimais.

— Non, pas moi. Michael Sloane. C'est lui qui a fait ça. Je ne suis pas responsable de ce qui est arrivé à ta famille.

— Michael Sloane ?

Marina ne chercha pas à cacher son incrédulité.

— Avec Graham, on comptait prendre contact avec toi pour te demander de nous aider à innocenter Stuart. On voulait faire les choses comme il faut, de manière officielle. Mais Michael l'a appris. Notre plan n'était pas assez bien ficelé. Il a découvert qu'on prévoyait de te rendre visite pendant ton week-end à Aldeburgh. Il nous a devancés et a fait exploser le cottage. C'est moi qui vous ai sorties de là, toi et ta fille. Après, il a bien fallu improviser.

— Je ne vous crois pas.

Amy soupira.

— Ça m'est complètement égal.

— Michael Sloane a bon dos.

Des éclairs traversèrent le regard de la femme.

— Et pourquoi, à ton avis ?

— Vous vous êtes servie de moi. Vous avez kidnappé ma fille.

— J'ai paniqué. Après l'explosion, il fallait bien que je fasse quelque chose. J'étais venue te voir, te parler gentiment, mais la maison a sauté. Michael était sur place. Tu étais inconsciente, alors je t'ai traînée le plus loin possible de lui, pour qu'il ne puisse pas te rejeter dans les flammes. Et puis la voiture a explosé, elle aussi. Tout ce que j'ai pu faire, c'est prendre ta fille et m'enfuir.

— Il n'empêche que vous nous avez fait subir les pires tortures, à ma fille et moi. Et que vous y avez pris du plaisir.

— Tout de suite les grands mots ! Il fallait bien qu'on soit certains que tu n'étais pas suivie, que tu n'avais pas parlé. Alors on t'a fait passer un test dans le pub de Southend. Et puis on t'a dit où dormir. Je suis même venue à l'hôpital pour glisser les cartes routières et le téléphone dans ton sac.

— Vous m'avez espionnée.

— On avait déjà l'équipement. Les Sloane savaient ce qu'on préparait. Ils voulaient nous empêcher d'agir, et même nous tuer s'il le fallait. Alors on surveillait leurs appels, on vérifiait qu'ils ne s'approchaient pas trop de nous.

Elle soupira. Redressa le pistolet.

— Enfin, ça n'a pas d'importance. Plus maintenant.

Marina la dévisageait, incapable de bouger.

Le doigt d'Amy se crispa sur la détente.

Marina n'avait nulle part où fuir, nulle part où se mettre à l'abri des balles. Elle ne pouvait pas non plus désarmer la femme en face d'elle, pas avec Josephina dans ses bras. Elle fermait les paupières, prête à accepter son sort, quand Sandro émergea de l'obscurité derrière Amy pour s'en approcher à pas silencieux.

Une fois dans son dos, il empoigna la main qui tenait le pistolet et replia son autre bras autour de son cou.

Marina posa Josephina par terre. La fillette rechigna, réticente à quitter le giron maternel.

— Une seconde, ma puce. Maman doit faire quelque chose.

Josephina obéit, laissant Marina s'avancer vers Amy. D'une torsion, Sandro l'obligea à lâcher le pistolet. Son autre bras se contracta autour de son cou.

— Qu'est-ce qu'on fait d'elle ? demanda-t-il à Marina.

— Franks ne devrait pas tarder. On va la lui laisser.

Amy se débattait entre les bras de Sandro. Marina la regarda droit dans les yeux.

— Je suis une mère. Une mère très en colère. Vous avez kidnappé ma fille. Vous avez essayé de me tuer, moi et ma famille. Vous avez assassiné mon beau-père.

— Pas moi, suffoqua Amy sans cesser de résister. Michael.

— Mais vous avez kidnappé ma fille.

Amy réussit à se libérer de l'étreinte de Sandro. Elle jeta un regard à la porte dans l'intention de s'y précipiter, mais les deux autres lui bloquaient le passage. Elle recula et, trébuchant, perdit l'équilibre.

Marina tendit le bras trop tard. Amy tomba en arrière dans la cave envahie par les eaux du fleuve. Elle essaya de s'accrocher au rebord pour se hisser jusqu'au plancher, mais Marina l'en empêcha. Elle la considéra un instant.

Puis rabattit violemment la trappe.

120

— Tu peux pas la laisser là, déclara Sandro.

— Et pourquoi pas ?

— Parce qu'elle va crever. Tu vas la tuer.

Des martèlements retentirent sous leurs pieds. Marina semblait ne pas les entendre, mais Sandro, lui, ne pouvait les ignorer.

Marina reprit Josephina dans ses bras avec un haussement d'épaules.

— Et alors ?

Le regard de Sandro passa de la trappe à sa sœur.

— Et alors t'auras les flics sur le dos. Tu tomberas pour meurtre. C'est ce que tu veux pour ta fille ? Que sa mère aille en prison ? T'es pas comme papa, Marina. Tu vaux mieux que lui.

Les traits de Marina se modifièrent. La colère, la rage la quittaient.

— Je n'ai pas la force de la rouvrir, soupira-t-elle. Je rentre chez moi avec ma fille. Tu n'as qu'à le faire, toi, si tu veux.

Elle tourna les talons et sortit.

Laissant Sandro seul devant la trappe.

121

L'aube se levait et la clarté gagnait lentement la pièce. Phil Brennan ouvrit les yeux. Il lui fallut quelques secondes pour se repérer, se remémorer où il se trouvait. L'hôpital. Il se souvint alors de ce qui l'y avait conduit. Et son cœur devint aussi lourd que du plomb.

Il essaya de remuer les jambes et les bras. Les fléchit, vérifia qu'ils répondaient bien. Tout fonctionnait.

Soudain, la porte de sa chambre s'ouvrit. La lumière du couloir inonda la pièce, découpant des silhouettes sombres dans l'encadrement.

Il plissa les yeux pour distinguer les visiteurs. Puis comprit.

Marina approchait, leur fille dans les bras. La sensation de plomb se dissipa dans sa poitrine et ses lèvres s'étirèrent en un sourire. Marina avait une mine affreuse. Les cheveux ébouriffés, les vêtements crasseux, déchirés. Et Josephina ne valait pas mieux.

Pourtant Phil ne les avait jamais trouvées aussi belles.

Marina s'assit sur le bord du lit et, se penchant sur

lui, lui caressa le visage tandis que Josephina le serrait dans ses bras.

— Hello, dit Marina.

— Hello toi.

De près, elle semblait sur le point d'éclater en sanglots. Il posa sa main parcourue de fils et de tubes sur les siennes.

— On est là, lui dit-elle. Désolée d'avoir mis si longtemps.

Et tous les trois fondirent en larmes.

ÉPILOGUE

Ascension

122

Il y avait Don en uniforme. Seul. Jeune, intraitable, raide comme un piquet devant l'objectif, l'air grave de peur de ne pas être pris au sérieux. Un homme en mission, avec quelque chose à prouver.

Et Don en civil, avec les copains. Tous vêtus dans le même style : vestes à large revers et gros carreaux dans les marrons, chemises à col pelle à tarte et cravates larges aux couleurs criardes. Tous coiffés de cheveux longs, avec des pattes à la Elvis. Tous illuminés par le même sourire effronté et la même étincelle dans les yeux. Justiciers et dandys, dieux parmi les hommes. Celle-là provoquait l'hilarité.

Puis Don et Eileen. Dans un jardin, lors d'un barbecue, en train de manger des cuisses de poulet et de siroter de la bière. Heureux. La vie devant eux.

Eileen avait craqué face à celle-là. Mais elle s'était vite reprise.

Et puis Don et Eileen avec Phil enfant. Difficile de dire lequel des trois rayonnait le plus de joie.

Et bien d'autres encore, déclinant le même thème, différentes facettes du même homme. Des facettes admirables, fortes, attachantes. Encore et encore. En boucle.

Un hommage à Don Brennan. Sa vie en photos.

Et en mots. Dans toute la pièce, aux tables et au bar, on racontait des histoires inédites ou rebattues, on partageait des anecdotes. On riait pour chasser les ténèbres.

Marina contempla la scène. Le cœur lourd de chagrin, mais délesté d'un poids à la pensée qu'elle avait connu cet homme et qu'il avait joué un rôle important dans sa vie.

Un service funèbre avait eu lieu au crématorium. Un service humain. Une dame leur avait rendu visite au préalable pour leur poser des questions sur Don, son caractère, ce qu'il aimait et n'aimait pas, les histoires que la famille souhaitait entendre, celles qu'elle préférait taire. Marina et Phil s'étaient chargés de l'éclairer, Eileen étant encore trop ébranlée pour se révéler d'un grand secours.

Après une oraison merveilleuse, la dame avait invité l'assistance à s'exprimer. Un ancien collègue de Don s'était levé. Un grand costaud au nez cassé et au visage cramoisi, plus enveloppé que sous l'uniforme, mais le port toujours autoritaire. Il s'était avancé jusqu'à l'estrade, où il avait entrepris de raconter une anecdote sur Don. Butant sur les mots, il avait éclaté en sanglots. Il avait fallu le raccompagner à sa place.

Et puis était venu le tour de Phil.

Marina lui avait rappelé que rien ne l'y obligeait s'il ne le souhaitait pas, s'il ne le sentait pas. Et qu'elle pouvait l'aider à se déplacer jusqu'au lutrin si besoin. Il avait refusé. C'était quelque chose qu'il devait accomplir seul, sans aide.

Plus d'une semaine s'était écoulée depuis Pâques. Depuis qu'elle était entrée dans cette chambre d'hôpital pour le serrer dans ses bras. Fort, fort, sans plus jamais vouloir le relâcher.

À présent sorti de l'hôpital, il poursuivait sa convalescence chez eux, en congé maladie. Ses blessures étaient moins graves qu'elles ne le paraissaient. Quelques jours encore et il serait de nouveau sur pied, capable de marcher plus ou moins seul. Il avait refusé la chaise roulante qu'on lui proposait et, seulement à contrecœur, accepté une béquille. Il était déterminé à se rétablir. Comme il était déterminé à parler à l'enterrement de Don.

Avant de quitter sa place, il avait serré la main de Marina. Elle l'avait regardé dans les yeux. Des yeux hantés et brisés, qui reflétaient presque les siens. Mais des yeux qu'elle aimait. Des yeux qu'elle ne se lassait pas de contempler, et dans lesquels elle trouvait tout ce qu'elle espérait en retour.

Il lui avait souri, puis s'était levé lentement et, sa béquille dans la main gauche, dirigé vers le lutrin.

Il avait parlé sans notes, puisant ses mots dans son cœur, son âme. Debout face à l'assemblée, il avait expliqué que, pour ceux qui l'ignoraient, Don et Eileen l'avaient adopté. Il n'était pas leur fils biologique. De la même façon qu'ils n'étaient pas ses parents biologiques. Ils étaient plus que cela. Tellement plus.

Il avait ensuite exprimé toute son affection pour Don, ce père à qui il devait sa carrière, son caractère et tout le reste. Et toute sa peine. Il allait lui manquer. Bon Dieu ce qu'il allait lui manquer !

Il avait poursuivi, mais Marina ne se souvenait plus de ses mots. Elle pleurait trop.

À la fin de son intervention, Phil l'avait rejointe. Seul. Sans aide.

Et elle avait su, à cet instant, que tout irait bien.

123

C'est à peine si Marina avait quitté Josephina des yeux depuis leurs retrouvailles. Même lorsque les médecins avaient voulu l'examiner, à l'hôpital, elle avait insisté pour rester auprès d'elle. Elle refusait de s'en séparer une seule seconde. Un sentiment partagé par la fillette, qui se cramponnait à elle.

Leur retour avait été suivi d'une semaine d'insomnie. Josephina refusait de fermer l'œil de crainte que ne réapparaisse la méchante dame. Marina s'était efforcée de la tranquilliser et la petite avait peu à peu retrouvé le sommeil. Mais ses nuits s'étaient alors ponctuées de cauchemars. Elle se réveillait en pleurs, dans des hurlements de terreur. Ils avaient d'abord installé son lit dans leur chambre afin de la garder auprès d'eux, pour finir par lui libérer une place dans leur lit.

Josephina ne lâchait plus Lady. Marina avait bien essayé de lui retirer la peluche, ne serait-ce que pour la laver, mais Josephina refusait de s'en séparer. Elle demeurait donc dans sa main. D'une saleté répugnante et en loques, mais aimée.

Et c'était très bien ainsi.

Un soir, après avoir mis Josephina au lit, Marina et Phil s'étaient retrouvés dans le salon pour tenter de reprendre le cours d'une vie normale. Feindre d'être un couple ordinaire qui discute autour d'une bouteille de vin.

— Ça n'a rien d'étonnant, remarqua Phil. Après ce qu'elle a vécu.

— Oui, c'est sûr.

— Est-ce qu'elle va... Enfin, tu sais... garder des séquelles toute sa vie ?

Marina haussa les épaules.

— J'espère que non. Toi et moi, on a vécu des choses traumatisantes dans notre enfance et on s'en est sortis.

— Mais on a eu de la chance, on a trouvé un moyen d'en réchapper.

— C'est vrai. Il faudra juste faire en sorte que Josephina n'ait pas besoin de chance, elle. Les enfants sont résilients, ils oublient. Mais un traumatisme pareil peut provoquer d'énormes dégâts. Énormes. Même si elle l'enfouit tout au fond de son subconscient, sous toutes les autres couches de mémoire qu'elle va acquérir, il lui restera une trace, un malaise émotionnel.

— Y a-t-il du souci à se faire ?

— Je l'ignore. Seul le temps le dira. Tout ce qu'on peut faire, c'est être présents pour elle. La sécuriser. L'aimer. Bien sûr, l'emmener consulter un spécialiste si besoin, si son état s'aggrave et requiert l'aide d'un professionnel. Mais le mieux, pour l'instant, c'est de voir comment les choses évoluent, de l'aider à s'en remettre.

Phil ne répondit pas.

— On est là, reprit Marina. On est en vie, c'est le principal. Tant qu'il y a de la vie, il y a de l'espoir.

— Et puis les êtres humains oublient. Les souvenirs s'effacent, la douleur aussi. C'est ce qui nous permet de tenir, tous autant que nous sommes.

Elle l'observa en se demandant si ses propos ne se rapportaient pas autant à son père qu'à leur fille.

Puis le silence les enveloppa.

124

À l'étage du *King's Head*, dans le brouhaha des derniers hommages et des célébrations, devant un mur décoré de photos de Don, Phil et Marina formaient un petit îlot de calme.

Franks leur adressa un salut de la tête, mais il ne s'approcha pas. Cela n'étonnait pas Marina.

L'inspecteur divisionnaire ne lui pardonnait pas son comportement lors de cette fameuse nuit à Wrabness. Il l'avait convoquée dans son bureau dès le lendemain, sans même l'inviter à s'asseoir. Lui paraissait déterminé à rester bien calé sur son siège, mais il finit par se lever sous l'impulsion de la colère, lui faisant face derrière son bureau.

— Mais bon sang ! Qu'est-ce que vous avez foutu ? C'était une opération policière. Vous êtes membre de cette équipe. Vous avez reçu un ordre direct, que vous avez délibérément ignoré.

Marina lui tint tête.

— Et bien m'en a pris ! Si j'avais attendu votre arrivée, ma fille serait peut-être morte à l'heure qu'il est.

La bouche de Franks se tordit, mais il se contenta d'observer :

— Nous étions juste derrière vous. Non seulement vous avez interféré avec une intervention, mais vous avez aussi fui une scène de crime. Avec un mort et deux blessés graves.

— Je devais prendre soin de ma fille. Et puis, comme vous l'avez si bien dit, vous étiez en route.

Franks n'était manifestement pas habitué à ce qu'on lui parle sur ce ton. Pas du tout, même. Il ne trouva rien à répliquer. Colère et bienveillance se disputaient ses traits.

— Je comprends, soupira-t-il. J'ai bien conscience que vous avez agi sous le coup d'une tension nerveuse extrême après les épreuves des derniers jours. Mais cela ne change rien au fait que vous êtes un élément de cette équipe… et qu'il y a des voies hiérarchiques à respecter. C'est la brigade d'intervention criminelle ici, pas la septième cavalerie ! Si vous ne pouvez pas le comprendre et vous intégrer, alors il vaut peut-être mieux que vous ne restiez pas.

— Très bien.

— Pardon ?

Il s'interrompit pour la dévisager, surpris.

— Vous pensez vraiment ce que vous dites ?

— Oui. J'y ai beaucoup réfléchi ces derniers jours. Il est peut-être temps pour moi de changer.

Franks demeura silencieux quelques secondes.

— Je comprends. Pour passer du temps chez vous, avec votre fille.

— Oui. Et reprendre une carrière libérale, aussi. Ou hospitalière. Bref, travailler quelque part où l'on saura mieux apprécier mes talents.

Rougissant, Franks hasarda quelques mots de consolation, mais Marina ne l'écoutait plus.

Et leur conversation se termina là.

125

Quelques soirs auparavant, Sandro avait rendu visite à Marina et Phil. Il avait sonné à leur porte et s'était vu invité à entrer. *Pour un changement*, s'était-il dit, *c'est un sacré changement!* Il s'était même assis pour boire une mousse avec Phil. Ils avaient taillé une bavette. Au final, ce n'était pas un mauvais type. Pour un poulet.

Lorsque Marina l'avait attiré dans la cuisine pour lui toucher deux mots en privé, il avait tout de suite deviné la teneur de la conversation.

— Ça va ? lui demanda-t-il.

— Aussi bien que possible. Et toi ?

Il se passa la main dans les cheveux avec un soupir.

— La forme olympique !

— Je suis désolée.

Sandro accepta l'excuse d'un hochement de tête.

— Je n'aurais pas dû te laisser prendre cette décision. Rouvrir la trappe ou pas. Ça n'aurait jamais dû se produire.

Il haussa les épaules dans une tentative de nonchalance.

— Je pouvais pas l'abandonner comme ça. Partir de cette baraque. La laisser crever.

Il soupira.

— Je pouvais pas…

Marina hocha la tête sans un mot.

— C'était une nuit de déglingos.

Il se tut un instant, le regard au sol. Puis il releva la tête pour plonger ses yeux dans ceux de sa sœur.

— J'ai cogité, tu sais. À ce qui s'est passé avec le Golem. Ça, c'était du combat, hein ? Pour le coup, c'était vraiment tue ou crève.

— C'était de la légitime défense, Sandro.

— Ouais. Mais laisser cette cinglée là-dedans, même après tout le mal qu'elle a fait, ça aurait fait de toi quelqu'un d'aussi inhumain qu'elle. Et de moi aussi.

— Tu sais, j'ai repensé à maman. À ce qu'elle a fait pour nous. Une mère ferait tout pour protéger ses enfants, Sandro. Tout et n'importe quoi. Notre mère s'est interposée, elle a fait tampon entre nous et les coups. Je ne pensais plus qu'à Josephina. Je ne voulais qu'une chose : neutraliser au mieux le danger.

— Et moi j'ai relâché cette femme.

— Elle ne représentait plus une menace. Plus vraiment. Tu as su faire preuve de compassion.

— Ouais. Peut-être que je suis pas le portrait craché du paternel, finalement.

— Peut-être.

Il sourit.

— Peut-être bien que je suis pas un cas désespéré.

Marina lui rendit son sourire.

— Peut-être bien.

Ils tombèrent dans un silence résigné. Paisible. Comme un cessez-le-feu après la guerre.

— C'est pas un mauvais gars non plus, observa

Sandro avec un geste en direction du salon. Pour un poulet.

— Et ton autre souci ? s'enquit Marina. Tes dettes ?

Un sourire se posa sur le visage de Sandro.

— Ça va, répondit-il, le regard fuyant. Tout va bien, t'inquiète.

— Sandro…

— Ça va, je te dis.

Certaine qu'elle n'en tirerait rien de plus, Marina renonça à l'interroger.

— Fais attention à toi. Tu sais où me trouver en cas de besoin.

Il le savait.

— Et Sandro… Merci. Merci de tout mon cœur.

Il la serra dans ses bras. Aucun d'eux ne prononça un mot.

Tous les deux suffoqués par l'émotion.

126

— Prête à partir ?

Anni saisit son verre.

— Laisse-moi juste terminer ça.

— Si on ne décolle pas tout de suite, on est ici pour la nuit.

Il parcourut la pièce du regard. Flics et anciens flics se préparaient à jouer les prolongations. L'alcool et la camaraderie aidant, les langues se déliaient. On débitait de vieux récits de guerre, donnait un coup de brillant aux anecdotes pour les remettre à l'honneur.

Elle leva les yeux vers lui. Sourit.

Ce qu'il aimait ce sourire ! Il espérait qu'il ne s'en lasserait jamais. Ou qu'elle ne se lasserait jamais de le lui adresser.

Ils avaient passé les derniers jours à s'occuper de toute la paperasse générée par l'affaire. Monter un dossier béton pour le ministère public. Une lourde peine de prison pesait sur l'avenir de Michael Sloane. Bien sûr, il disposait de riches alliés et soutiens, pour qui l'argent prévalait sur la morale, et il pouvait s'offrir les meilleurs avocats. Mais même avec cet arsenal, tout semblait présager un long séjour sous les verrous. Trop d'éléments jouaient en sa défaveur. Et Mickey et Anni doutaient que ses amis lui restent très fidèles une fois qu'il se retrouverait à l'ombre.

Mickey avait entendu dire que Sloane envisageait de plaider la folie. Il pourrait alors espérer éviter la prison, mais pour passer le restant de ses jours dans un hôpital sécurisé. Et perdre la jouissance de sa fortune. Dans un cas comme dans l'autre, il mourrait derrière des barreaux.

Il ne subsistait en revanche aucun doute sur la démence de sa sœur. Son destin à elle était tout tracé.

— Et le frère adoptif décroche le gros lot ! avait remarqué Anni.

— Possible, avait répondu Mickey. Mais il ferait bien de se dégoter de bons conseillers s'il ne veut pas finir plumé.

Le Golem, comme il se faisait appeler, avait été conduit à l'hôpital. Ses blessures graves et le cocktail mortel de médicaments qu'il avait ingéré l'avaient laissé entre la vie et la mort. Mais ils espéraient de tout leur cœur qu'il survivrait afin de répondre pour ses multiples meurtres devant la justice.

— Qui est cet homme ? avait demandé Anni.

Mickey avait haussé d'épaules.

— Juste un tas de muscles à vendre venu d'Europe de l'Est. Personne en particulier.

L'affaire était bouclée. En dehors d'un coup de téléphone que Mickey avait reçu de Jessie James.

— Comment allez-vous ? lui avait-il demandé.

— Je vous laisse deviner. Un bras dans le plâtre… Ça démange, c'est l'enfer ! À part ça, pas trop mal.

— Une vraie partie de rigolade ! Le coup de Sloane me vaut une belle écharpe autour du bras.

— Les deux font la paire !

— Quoi de neuf de votre côté ?

— Pas grand-chose, avait-elle répondu, sur la réserve. J'ai pris un peu de congés. Je m'offre de longues balades sur la plage d'Aldeburgh. Je cogite pas mal.

— Ça fait souvent cet effet quand on frôle la mort.

— On dirait que vous savez de quoi vous parlez.

Il avait émis un petit rire.

— On exerce un métier dangereux.

— C'est vrai.

Jessie lui avait ensuite donné des nouvelles d'Helen Hibbert, la femme qu'ils avaient retrouvée avec elle et Deepak dans le container.

— Elle a porté plainte. Elle nous intente un procès pour négligence, dommages moraux et tout ce qui passera par la tête de son charognard d'avocat.

Mickey avait ri.

— Eh bien, je lui souhaite bonne chance !

Il avait marqué une pause. Il lui semblait que Jessie voulait ajouter quelque chose, mais qu'elle n'osait pas se lancer.

— Donc ça va…

— Oui. J'essaie d'arrêter de picoler. J'ai… pas mal de décisions à prendre.

— J'espère que vous prendrez les bonnes.

— Moi aussi. En fait, je crois que je sais ce que je ne veux pas. Mais savoir ce que je veux, c'est une autre paire de manches.

Anni posa son verre, sortant Mickey de sa rêverie.

— Ça y est ? lui demanda-t-il.

— Oui.

— Alors viens, on rentre.

127

Du bla-bla. Du bla-bla. Toujours du bla-bla. Voilà à quoi semblait se réduire la vie de Stuart. Des gens voulaient lui parler, sans cesse. Parler, parler, sans jamais le laisser tranquille. Et il en avait assez.

Pour le moment, ils étaient tous partis en le laissant seul. Dans sa chambre. Dans le silence. C'était déjà quelque chose.

Il se carra dans son fauteuil rembourré. Essaya de se détendre.

C'était une petite pièce. Et c'était tant mieux. Confortable, reposante. Cela lui plaisait aussi.

Il ferma les paupières. Entreprit de réfléchir. De rassembler ses idées. Créer une chronologie.

Les policiers l'avaient libéré. Ils lui avaient expliqué qu'il n'avait commis aucun délit, mais qu'il avait besoin qu'on s'occupe de lui. On l'avait donc placé dans un endroit spécial. Un foyer d'hébergement, c'était le nom qu'ils avaient employé. Pour handicapés mentaux. Bien qu'il n'ait pas encore parlé aux autres pensionnaires, ils lui paraissaient plutôt gentils.

Mais, pour l'instant, il n'avait qu'une envie : rester seul dans sa tête.

On lui avait annoncé qu'il allait être riche. C'était bien. Même très bien. Il avait reçu la visite d'un avocat. L'homme paraissait aux anges au moment de lui expliquer que le dernier testament de Jack Sloane avait fait l'objet d'une vérification et que rien ne devrait empêcher Stuart de toucher sa part d'héritage. Il pouvait, en outre, prétendre à une indemnisation considérable. L'avocat lui avait proposé de devenir son meilleur ami, mais l'agent de probation de Stuart lui avait recommandé de se méfier et de ne surtout signer aucun document sans le lui montrer au préalable. Ce que Stuart ne manquerait pas de faire.

Il ouvrit les paupières, se leva. Traversa la pièce jusqu'à la fenêtre pour regarder dehors. Et sourit. Il voyait le même spectacle que depuis sa cellule. Des oiseaux. Des arbres. Le ciel. Des gens, mais loin. C'était bien. Rassurant.

Il dormait mieux. Il ne faisait plus de cauchemars dans lesquels il se retrouvait prisonnier de son propre corps. Plus pour l'instant, en tout cas. Quelques-uns sur les derniers jours, peut-être. Sur Amy qui le retenait, le forçait à braquer un pistolet sur Josephina. Des souvenirs horribles, mais rien de bien méchant. Rien sur son enfance. Rien sur son corps. Rien. Et rien valait toujours mieux que des atrocités.

Il tourna le dos à la fenêtre, se rassit.

Josephina. Une mignonne petite fille. Très mignonne. Il était tellement content qu'elle ait retrouvé sa maison et sa maman. Il avait parlé à sa mère, lui avait demandé s'il pouvait rendre visite à Josephina de temps en temps, l'emmener en promenade, peut-être, ou jouer avec elle. Mais elle n'avait pas trouvé l'idée bonne. Elle ne voulait pas que qui ou quoi que ce soit rappelle à sa fille ce qu'elle avait traversé. Stuart comprenait. C'était triste, mais puisque c'était pour le bien de Josephina, il l'acceptait. C'était ça, être adulte.

Il referma les paupières. Il avait sûrement des choses à faire, mais il n'arrivait pas à s'en souvenir. Des gens s'occupaient de lui, l'aidaient. Ça lui faisait tout drôle de vivre ici, mais il s'y habituerait.

Il sourit.

Il n'avait rien à faire. Juste attendre.

128

Phil fut contraint de s'asseoir, les jambes percluses de douleurs. Marina lui porta un rafraîchissement sans alcool, puis l'étudia tandis qu'il observait la réunion qui se poursuivait autour d'eux.

Les ecchymoses disparaissaient déjà. Les coupures et les écorchures se refermaient lentement. Aucune de ses blessures au visage ne devait laisser de cicatrice. Ses points de suture, qui se détachaient avec netteté à la naissance de ses cheveux et sur son cuir chevelu, ne disparaîtraient pas de sitôt, mais ses épaisses mèches repoussaient déjà et le fil finirait par se résorber. Il resterait quelques marques, mais sa chevelure masquerait la plupart. L'essentiel, c'était qu'il ne souffrirait d'aucune séquelle, selon les médecins.

Il avait eu de la chance, songea Marina. Beaucoup de chance. Alors que ses yeux déviaient vers Eileen, elle ressentit un pincement de culpabilité.

Mickey s'avança vers eux, Anni non loin derrière.

— Comment vous vous sentez, chef ?

Phil grimaça un sourire.

— Pas trop mal. Je serai bientôt sur pied. Et de retour au travail.

Mickey sourit.

— Ne vous pressez pas, surtout.

Phil rit, mais il parut très vite épuisé par cet accès de joie.

Anni apparut près de Mickey. Tout près.

— On y va, annonça-t-elle.

— Vous avez quelque chose de sympa de prévu ? s'enquit Marina.

— Juste…

Mickey s'interrompit, cherchant ses mots.

— On commence de bonne heure demain. Une vraie nuit de sommeil ne sera pas de trop.

— Je ne suis pas aux commandes en ce moment, observa Phil, alors je n'ai pas à vous dire ce que vous devez faire.

— Mais plus pour longtemps, sourit Anni, dont le regard passa de Phil à Marina. L'équipe sera bientôt au complet, comme au bon vieux temps.

— Si on veut, répondit Phil.

Mickey voulut leur serrer la main, mais son bras en écharpe lui rendait la tâche difficile. Anni leur fit la bise.

— C'était un bel au revoir, observa-t-elle. Don aurait été fier.

Phil accueillit son commentaire avec un signe de tête. Puis les deux inspecteurs s'éloignèrent. Phil et Marina les suivirent du regard.

— Tu crois que… ? commença Phil, sourcils froncés.

— Il serait temps !

Tous deux s'autorisèrent un rire sans éclat, avant de retomber dans le silence. Au bout d'un moment, Phil secoua la tête avec un soupir. Marina se tourna vers lui.

— Quelque chose ne va pas ?

— Non, c'est juste… Le discours. Tu sais, celui que j'ai fait. Sur Don. Tu l'as trouvé comment ?

— Sublime. Tu as dit tout ce qu'il y avait à dire. C'était vraiment très émouvant.

Il ne parut pas convaincu.

— C'est juste que… Je ne sais pas, j'ai l'impression que j'aurais pu en dire davantage.

— On peut toujours en dire davantage.

— Non, mais… Tu sais comment c'était ces derniers temps. Avec ce qui s'est passé. Avant tout ça. Les histoires de famille. Mes parents biologiques.

Marina demeura silencieuse. Elle voyait parfaitement à quoi il faisait référence.

— Enfin, c'est juste que… Je ne sais pas, c'est comme si… Comme si on venait juste de se rapprocher vraiment, Don et moi, de tisser une vraie relation de père et fils. Et maintenant… il n'est plus là.

— Au moins tu as connu ça. Certains fils ne peuvent pas en dire autant.

Il dodelina de la tête.

— Tu as raison.

Marina ne dit rien, laissant Phil rompre le silence.

— Il faut savourer chaque sandwich.

— Quoi ?

— C'est une remarque que Warren Zevon a faite, peu de temps avant que le cancer l'emporte. Lorsque David Letterman lui a demandé ce qu'il avait appris de la vie, il a répondu qu'il fallait savourer chaque sandwich, parce que l'un d'eux serait le dernier.

Marina contempla son verre.

— On devrait peut-être rentrer, nous aussi.

Phil regarda autour de lui. Les vieux amis de Don

étaient plongés dans leurs souvenirs de vétérans. Même Eileen discutait. La réunion continuait sans eux.

— Oui, allons-y.

Ils sortirent du pub, puis s'éloignèrent dans la rue bras dessus, bras dessous.

Du même auteur
chez Ixelles éditions :

SUBSTITUTIONS, 2009.

LE RÔDEUR, 2010.

UNE CAGE EN ENFER, 2011.

PAPIER À BASE DE FIBRES CERTIFIÉES

Le Livre de Poche s'engage pour l'environnement en réduisant l'empreinte carbone de ses livres. Celle de cet exemplaire est de :
1 kg éq. CO_2
Rendez-vous sur www.livredepoche-durable.fr

Composition réalisée par Maury-Imprimeur

Achevé d'imprimer en janvier 2015 en France par
CPI Bussière à Saint-Amand-Montrond (Cher)
N° d'impression : 2013822
Dépôt légal 1re publication : décembre 2014
Edition 02 – janvier 2015
LIBRAIRIE GÉNÉRALE FRANÇAISE
31, rue de Fleurus – 75278 Paris Cedex 06

31/6488/6